電　影　館　　69

U0127408

遠流出版公司

Women and Film: Both Sides of the Camera
Copyright © 1983, by E. Ann Kaplan
Chinese language edition arranged with Routledge through Big Apple
  Tuttle-Mori Agency, Inc.
Chinese edition copyright © 1997 by Yuan-Liou Publishing Co., Ltd.
All rights reserved

電影館｜69

女性與電影——攝影機前後的女性

著者／E. Ann Kaplan

譯者／曾偉禎等

編輯／焦雄屏・黃建業・張昌彥
委員　詹宏志・陳雨航

內頁完稿／郭倖惠

封面設計／唐壽南

責任編輯／趙曼如

發行人／王榮文
出版・發行／遠流出版事業股份有限公司
台北市汀州路三段184號7樓之5
郵撥／0189456-1
電話／(02)3651212
傳眞／(02)3657979

著作權顧問／蕭雄淋律師
法律顧問／王秀哲律師・董安丹律師

電腦排版／天翼電腦排版印刷股份有限公司
台北市敦化南路一段294號11樓之5
電話／(02)7054251

印刷／優文印刷事業有限公司

1997年3月1日　初版一刷
行政院新聞局局版台業字第1295號

售價340元
缺頁或破損的書，請寄回更換
版權所有・翻印必究
Printed in Taiwan
ISBN 957-32-3226-x

出版緣起

看電影可以有多種方式。

但也一直要等到今日，這句話在台灣才顯得有意義。

一方面，比較寬鬆的文化管制局面加上錄影機之類的技術條件，使台灣能夠看到的電影大大地增加了，我們因而接觸到不同創作概念的諸種電影。

另一方面，其他學科知識對電影的解釋介入，使我們慢慢學會用各種不同眼光來觀察電影的各個層面。

再一方面，台灣本身的電影創作也起了重大的實踐突破，我們似乎有機會發展一組從台灣經驗出發的電影觀點。

在這些變化當中，台灣已經開始試著複雜地來「看」電影，包括電影之內（如形式、內容），電影之間（如技術、歷史），電影之外（如市場、政治）。

我們開始討論（雖然其他國家可能早就討論了，但我們有意識地談却不算久），電影是藝術（前衛的與反動的），電影是文化（原創的與庸劣的），電影是工業（技術的與經濟的），電影是商業（發財的與賠錢的），電影是政治（控制的與革命的）……。

鏡頭看著世界，我們看著鏡頭，結果就構成了一個新的「觀看世界」。

正是因為電影本身的豐富面向，使它自己從觀看者成為被觀看、

被研究的對象，當它被研究、被思索的時候，「文字」的機會就來了，電影的書就出現了。

《電影館》叢書的編輯出版，就是想加速台灣對電影本質的探討與思索。我們希望通過多元的電影書籍出版，使看電影的多種方法具體呈現。

我們不打算成為某一種電影理論的服膺者或推廣者。我們希望能同時注意各種電影理論、電影現象、電影作品，和電影歷史，我們的目標是促成更多的對話或辯論，無意得到立即的統一結論。

就像電影作品在電影館裡呈現千彩萬色的多方面貌那樣，我們希望思索電影的《電影館》也是一樣。

王榮文

女性與電影

攝影機前後的女性

Women & Film: Both Sides of the Camera

E. Ann Kaplan ◎ 著 / 曾偉禎 等 ◎ 譯

紅 場 電 影 工 作 室 / 策 劃

關於譯者

曾偉禎

美國紐約大學電影藝術碩士。現為年代公司電影事業部經理、輔仁大學兼任講師。曾任台北金馬影展國際組組長及副祕書長，負責國際影片觀摩展選片策劃及邀片工作。與王瑋共組「紅場電影工作室」規畫電影書籍翻譯工作，目前譯有《電影藝術──形式與風格》、《導演功課》、《信手拈來寫影評》；另譯有《認識電影》、《戲假情真──伍迪‧艾倫的電影人生》等。

張玉青

美國紐約大學電影碩士。現任職於緯來電影台。其電影論述/翻譯文字散見《電影欣賞》等期刊。

黃慧敏

紐約市立大學電影研究碩士，現任職於電影資料館。曾任年代影視英文編輯、太陽系英文翻譯。

劉蔚然

政大經濟系畢業。曾任職於金馬獎執委會祕書組，並參與籌劃第三屆「女性影像藝術展」，曾任職於《影響》雜誌。參與翻譯《解讀電影》、《信手拈來寫影評》等書。

目次

譯序

　　翻譯這本書的目的主要是因為台灣目前並沒有專門以女性主義論述來閱讀電影的文集。即使已經有不少關於女性主義運動、理論或藝術等方面的書籍翻譯或出版，國內也有相關的女性影展活動（黑白屋策劃的女性影展），但是嚴謹且有系統的女性主義電影批評文章並不多見。安・卡普蘭這本以她在魯特格斯大學（Rutgers）上課教材為內容的書，在一九八三年出版當時是一個標的——它將女性主義電影評論有系統地整理出來，選擇適當的電影做為素材，並使相關的議題，如母性與父權論述、女性主義電影中寫實風格的爭議、獨立製片與女性主義電影之間的關係，以及第三世界女性導演等，提供了有心人（包括有志研究這門學問的學生）一個研究的基地，可以依勢往上建築、左右發展或往下更深地鑽研。

　　在九〇年代進入末期的今日來翻譯這本一九八三年出版的書，或許十五年相隔太長，有許多舊的議題被新的議題取代，也有更多適當的電影素材可以拿來討論。但是，本書中女性主義的經典論述在今日看來，要拿來揭露如今仍然猖獗的父系（權）制度，其陽具中心論的文化，及檢閱主流電影女壓抑女性主體性的罪狀，讀起來仍是擲地有聲。

　　黃慧敏、張玉青、劉蔚然及我共四名女性同時為這本書的翻譯盡

力。在統合譯名（人名、片名及專有名詞）以及概念首尾一貫上，花了力氣。疏忽難免，還望各方指正。

茫茫書海中，我們希望本書的翻譯出版，對女性主義電影工作者及評論者致上敬意。是她們孜孜不倦的耕耘，才有了今日的果實。

一九九七年春

曾偉禎謹識

序

本書的來源起自我在大學任教關於電影中的女人的課程，整整十年的心得。當一九七三年第一次開課時，婦女研究議題在美國才剛起步，而受到符號學、結構主義或心理分析方面的影響也才開始。從那時起，該堂課即隨著我教學經驗的累進、閱讀其他女性主義者作品，以及自己思考方式的改變，而經歷了許多不同階段的演進。從某個角度來看，本書將我長時間對婦女運動不同階段的多元看法整合在一起，那些看法都影響了我的作品。

開始教授此課時，其實起初是毫無頭緒的；隨著大西洋兩岸女性主義電影理論的發展，還有法國及德國，許多資源開始隨手可得，而我的課也因此可以從簡介女性主義電影評論的「歷史」開始。可以這麼說，過去十年間，女性已在電影研究領域中開創了一個全新的學科，它不斷開發出啟迪人心、聰敏機智及令人興奮的作品，而且還強烈地影響了男性評論家的作品。不管是男性或女性作家，沒有多少本關於電影的書是可以忽略女性再現(female representation)議題的。

不過，很明顯的，許多工作仍待努力；有時候我認為到現在我們才還在起步而已。理論與實務之間的張力仍在，而目前幾個重要的理論方法彼此之間的差異也還在。因為許多電影研究所學生對電影中的女人的研究及論文這個領域正在改變，由於經常受到心理分析學及符

號學的影響，因此他們常提出新問題，並建立了新思考路線。有些轉
而研究目前仍受忽視的重要的好萊塢女導演，如路易絲・韋伯（Lois
Weber）以及伊達・魯品諾（Ida Lupino），或國外的女導演，如潔敏・
杜拉克（Germaine Dulac）或瑪希・艾普斯坦（Marie Epstein）。有些
則朝向尋找女人在默片時代電影中的再現方式，這當然非常需要研
究。

　　明顯的，女性電影理論及評論的領域在八〇年會持續擴展。我希
望本書可以在這擴展的過程中，增添、整合、定位及發展過去這十年
中出現的理論，並提供所有新論點的基點。我也希望對此領域不熟悉
的教師可以因此受到鼓舞來開這堂課，或者是為他們目前任教的課增
加新的觀點。最後，我希望本書可以接觸到各階層的學生，畢竟他們
是需要依賴前人的基礎而發展的。

E. Ann Kaplan

紐約

1983 年 1 月

誌 謝

我不知該如何開始感謝那些使這本書成為可能的人。如同以往，我必須先感謝在英國的家人照顧我的女兒，讓我在暑假可以安心做事。也謝謝我的女兒布蕾特，可以忍受她的母親在某段時間必須如此完整專心地從事一件事。

我的朋友也給了我無價的意見及支持。馬汀·霍夫曼（Martin Hoffman）好幾次在我自覺沮喪無法完成這本書的計畫時，總是支援我，並在重要的章節上給我建議。我也要謝謝許多認識及不認識的人，在進行這本書的不同階段中（從企劃案開始到初稿完畢）給我不同的意見，讓我盡量修正。這些人包括茱蒂絲·梅恩（Judith Mayne）、露西·費雪（Lucy Fischer）及畢佛爾·休斯頓（Beverle Houston）。米瑞安·海珊（Miriam Hansen）和瑪麗安·狄科芬（Marianne DeKoven）在第一章助我頗多，米瑞安另外還在「導論」中的字義注釋上助我良多。伊娃·芮娜（Yvonne Rainer）在談到她的電影的那一章時，很有耐心地回答我的問題，並提供相當有用的參考資料。我和書中第二部分所提到的導演也都見面並談過，謝謝他們回答我的問題。感謝鮑布·史丹（Bob Stam）提供第三世界電影的資料給我，還有莫里斯·卡尼（Maurice Charney）鼓勵我將這本書的企劃案交給出版社（Methuen）。

幾個研究機構及圖書館協助我研究。紐約大學（NYU）電影學術研究所（Cinema Studies）好幾次允許我使用它的典藏影片；魯特格斯大學（Rutgers）圖書館的多媒體服務人員總是那麼周到地安排我看片，並提供我需要的資料。林肯中心圖書館及 Anthology Film Archives 的工作人員都協助我尋找所需要的資料。Unifilm 仁慈地舉辦一次看片活動，讓我得以看到莎拉‧葛美茲（Sara Gomez）的《這樣或那樣》（One Way or Another）；Bioskop-Film Produktion 寄給我瑪格麗特‧馮卓塔（Margarethe Von Trotta）電影的劇本。而伊娃‧芮娜則親自借出她個人典藏的電影拷貝讓我研究。

我也謝謝過去幾年間選我課的學生在我發展本書想法時，如此耐心地聽我的課；他們那些具啓發性的問題及反應，讓我可以不斷地重新檢閱我的方法。在魯特格斯大學或紐約大學裏，不論是大學生或研究所的學生所給我的回饋，均使我認爲這些課程値得編纂成書。

我要謝謝那些爲本書打字的女性們，尤其是寶拉‧哈瓦斯（Paula Horvath，即使她已不再是我在魯特格斯大學的秘書，她還繼續爲我打字），英文系的秘書南西‧米勒（Nancy Miller）、琳達‧塔比迪諾（Linda Tepedino）、琳達‧亞當斯（Linda Adams）及維琪‧布魯克斯（Vicki Brooks）。

此外也必須感謝那些允許我重印先前文章的出版社，以及從電影中摘錄下來的畫面。

因此要謝謝 Millenium Film Journal 讓我摘錄、修改或全文轉摘到本書的文章：

"Feminism, psychoanalysis and history in *Sigmund Freud's Dora*," (Nos 7, 8, and 9);

"Night at the opera: investigating the heroine in Sally Potter's *Thriller*," (Nos 10 and 11);

"Deconstructing the heroine: Mulvey/Wollen's *Amy!*," (No.12)

"Semiotics of the documentary: theories and strategies," (No.12).

另外還有 *The Quarterly Review of Film Studies* 允許我修改：

"The avant-garde feminist film: its value and function in relation to Mulvey/Wollen's *Riddles of the Sphinx*,"這篇文章第一次是在 QRFS, Vol.4, No.2 (Spring 1979) 中刊載的。

此外，*Social Policy* 也同意我使用：

"Marianne and Juliane: politics and the family," (Summer, © 1982 Social Policy Corporation, New York, NY. 10036)。

有一本新的月刊 *Persistence of Vision* 的編輯也同意我重新使用我那篇出現在一九八三年創刊號討論的《慾海花》(Looking for Mr. Goodbar) 的文章。

紐約現代美術館給我幾張(四部)好萊塢電影的劇照。

紐約的法國領事館給我莒哈絲 (Marguerite Duras) 的《娜妞莉‧葛蘭吉》(Nathalie Granger) 的電影劇照。

紐約客電影公司 (New Yorker Films) 給我馮‧卓塔《德國姐妹》(Marianne and Juliane) 的劇照。

伊娃‧芮娜借我她的電影《表演者的生命》(Lives of Performers) 以及《關於一個女人的電影》(Film about a Woman Who...) 的劇照。謝謝大家。

第十章的劇照：Joyce Choppra 給我《三十四歲的喬伊絲》(Joyce at 34)；New Day Films 給我《工會女子》(Union Maids)；Alimi Cinema 5 Films 提供《美國哈蘭郡》(Harlan County, U.S.A.)。

以下的作者都是支援第十及十二章的劇照。它們的來源是：McCall, Tyndall, Pajaczkowska 及 Weinstock 提供了《佛洛伊德的朵拉》（Sigmund Freud's Dora）的劇照；沙莉・波特（Sally Potter）提供《驚悚》（Thriller）及米雪・西桐（Michelle Citron）提供《女兒的儀式》（Daughter-Rite）的劇照。

英國電影協會(BFI)提供了《艾美！》（Amy!）以及《人面獅身之謎》（Riddles of the Sphinx）兩片的劇照。

Unifilm 則提供了莎拉・葛美茲的《這樣或那樣》（One Way or Another)的劇照。

最後，本書大部分是我在魯特格斯大學年度休假期間所完成。我在此由衷地向該大學的慷慨支持表示最衷心的感謝。

E. Ann Kaplan

紐約

1983 年 1 月

導論

第一部分

在本書的一開始，我想先說清楚這本書的目的。這本書之所以寫成是因為時間上女性主義電影評論已有十年基礎，而女性電影評論是直接從七〇年代早期婦女運動（women's movement）及其首要任務中發展出來的，也因此很自然地，一開始即引用了社會學（sociology）以及政治的方法論。而隨著這個方法論的不適用愈來愈明顯，女性主義者開始在她們的理論分析中引用了結構主義（structuralism）、心理分析學（psychoanalysis）和符號學（semiology）。而這個部分對女性電影評論者和研究所學生的小圈圈族羣來說是熟悉的，可是對大部分電影科系以及其他相關人文科系（文學、美術、歷史、戲劇）的學生來說，則知道的不多。這本書的目的之一因此是要為大學部學生以及非專科人士建立一個通路，讓他們了解一些常常不知其義的文字所描述的近代理論，並使他們能對心理分析及符號學有廣泛的認識。

然而，我並不單單只為簡述當代女性主義電影理論（feminist film theory）來寫一本書：首先，已有好幾篇長篇文章已如此做；第二，對我而言，展示理論如何運用可比只是描述理論本身要有用的多。另外，我也要在此加入一個特定的閱讀角度——指出其危險、格局限制以及問題所在——同時也肯定其對女性主義（feminism）發展在電影範疇上

的巨大貢獻。

　　至於本書在其量上的先天限制，我必須做兩項妥協：第一，關於理論，與其去涉及所有已被提出的議論點，我決定集中討論男性凝視（male gaze）問題，這在父權體制中，被視為是透過控制女性論說（female discourse）以及女性慾望（female desire）的權力來宰制並壓迫女性的主要方式。在此導論中，包括了孕育出書中所提電影的主要論點，且會把男性凝視概念的發展，從近代心理分析、結構主義以及符號學理論中的演釋，做一表列。順著蘿拉·莫薇（Laura Mulvey）的理論架構，我認為男性凝視在定義及宰制女性成慾望對象（erotic object）以及設法壓制女性與母親（Mother）之間的關係上──留下一個不受男性「殖民」的空隙（gap），而透過這層醒悟，希望女性由此得以開始建立一個論說、一個聲音、一個位置，讓自己成為主體（subject）。

　　第二，關於歷史的部分，限於篇幅，我無法將電影適當地擺在它們特定的歷史和設置（institutional）的上下文中。因為無法去分析每個年代中的主要電影來開展我的論點，我被迫選擇在顯示女性位置最具代表性的電影範例，而這些電影是觀眾可以立即認知，明白它們在某一特定年代或跨越某年代所具有的普遍性。然而，這並不是說我忽視任一歷史年代的特殊性，或忽略導演與一個電影公司或那個明星合作的重要性；而是我想單純地把重點放置在電影敘事中比較大的結構以及女性在敘事中的位置──一個超越歷史以及個體特殊性的架構上。在此架構中，我將電影放在其社會政治的上下文中，而且我會盡量嘗試描繪出當時歷史狀況是如何影響女性在影片中的地位。另外，本書也不企圖去涵蓋影片在影史上的地位：我僅僅要把目標緊鎖定在某種表面配置（configuration）中，而該配置所顯現出來的內文恰可將我的

論點呈現出來。

女性主義電影理論者常被批評其反歷史論（ahistoricism）的傾向，而我是不願無端接受這項指控的。在此讓我提一下關於我對女性歷史的兩個看法。首先，對我而言有些關於女性的模式（pattern）確實與特定歷史脈絡相關，但其他和婚姻、性別以及家庭有關的模式（是我在此特別強調的）則超越傳統歷史分期範疇；而得有好理由來支持這個說法，因為女性，在被認為是**沉默**（silence）、**缺席**（absence），以及**弱勢**（marginality）的存在的同時，很自然地在某個程度上被貶謫到歷史論述的邊陲地帶，尤其這個歷史是被定義為白人（通常是中產階級）歷史。這並非要否認女性以自己為主體的歷史可被發掘；但具議論的部分在於主導電影敘事（dominant film narratives, 即古典形式）中，女性通常在這些電影的正文中都是透過男性而再現，她們的「不朽」（eternal）地位，在本質上於歷史中不斷重複：她們的「再現」（representation）只隨著當代流行與風潮而做表面上的改變，但只要表層刮去，就會發現裏面熟悉的模式。

第二，女性主義理論家不斷以傅柯（Michel Foucault）的觀點重新定義歷史。傅柯在《知識的考掘》（*Archeology of Knowledge*）中強調「全部歷史」（"total" history）與「一般歷史」（"general" history）的區別，對拿來質疑傳統歷史的基礎中排除女性的情況非常有用。「全部歷史」「將所有的歷史現象圍繞在單一中心，某一社會或文明的原則、意義、精神、世界觀及整體形式」。另一方面，「一般歷史」則提到「系列、分段、限制、層級差別、時間、滯差（time-lags）、與時代不合的存在者（anachronistic survivals）、任何關係的形式」❶。這第二類歷史顯然

---

❶ 請見傅柯所寫之《知識的考掘》（*Archeology of Knowledge*），收錄於 Frank Lentricchia

對女性主義者而言是更適用於女性存在的境況，因爲要沿著傳統男性歷史來建構女性歷史，將會陷入一個爲了順合某種（已吻合男性意志）邏輯需要之陷阱。那只會創造另一個錯誤因果關係的歷史論說。

我同意對女性而言未必有一個獨特的歷史形式——這聽起來多少是有點危險性質的本質論（essentialism）❷味道。但在這裏的重點是，因爲主導藝術形式中遺漏了女性經驗，因此我們有了反映女性在父系系統之潛意識機制中的位置之循環模式，而這在某一程度上，在資本主義之外獨立運作著。

然而這些已建構的歷史模式——包括馬克思主義 (Marxism) 所強調的階級矛盾、生產模式及勞力分工——如同對男性經驗一般，也與女性經驗相關。我的心理分析暨符號學理論的批評論點——如果我有的話——即來自於我認爲社會形構 (social formation) 的領域有時候是歸屬於無人知曉的論說層次之外。我要在此強調感覺/物質經驗（sensual/physical experience）可以「打破」父權論述的可能性，並開放這個可能性給任何變化。

我明白這個信念正引發本書中某些方法論上的張力；這個張力是在女性主義電影理論先從社會學、再到心理分析學的研究門徑中發展出來的❸。我在其他文章中也說明過這兩個研究門徑都各自指涉人類不同的相態——社會學指的是人在社會結構中的存在，而心理分析學

(1980) 的 *After the New Criticism*, Chicago. The University of Chicago Press, and London. The Athlone Press (精裝)，及 Methuen (平裝), pp.190-5. （編註：《知識的考掘》中文版爲麥田出版公司出版，王德威譯）

❷ 在本書中，我所使用的「本質論」這個字，就如同女性主義及其他理論家使用的概念是一樣的，即做爲一個理論來說，它所處的位置的本質是陰性的 (feminine)，多少在主流文化之外，且大部分是生物性的 (biological)。

❸ 簡言之，關於這項演進的詳細討論，請見 Christine Gledhill (1978) "Recent developments in feminist film criticism," *Quarterly Review of Film Studies*, Vol.3, No.4 pp.469-73.

是之於人的精神結構❹。雖然符號學一直嘗試要透過語言以及潛意識
這個調解媒介來整合這兩個領域，但大部分的時候我偏好視它們為平
行的而非彼此不相容的範疇。任何一個方法學——不論是社會學或心
理分析學——在運用的相關領域時都是彼此相關聯的。拉康論
（Lacanian）和佛洛伊德論（Freudian）的心理分析概念在運用到古典
好萊塢電影中的女性角色建構時是有效的。如同我在第一章中的說
明，心理分析學及符號學這兩樣工具使女人得以解開父權文化對她們
在再現形式的枷鎖，它們暴露父權制中先天上心靈及神話力量，且說
明了女性位置（由於很多符號學及心理分析學概念令人陌生，我在本
文中加入辭彙解釋，並在第一章簡介影響女性主義電影評論的重要理
論，以及支援本書中的許多分析）。

　　然而，社會學的議論也不能全盤排除，我會在適當時候論及。本
書第二篇，我將特別專注在女性主義的電影手法和關注此手法之寫實
主義之討論。第十章則針對早期女性紀錄片中的寫實主義風貌，並為
接下來數章討論近代女性電影作品立下基礎。

　　由於篇幅使然，雖然有點不情願，我決定將焦點放在第一篇，研
究不同時期中好萊塢電影中重複出現且基本的模式。影片的選擇多少
有些任意，即使我還是決定涵蓋各個時代的作品。最後選了三部三〇
及四〇年代的片子，而沒有五〇年代的作品，原因是這些電影反映了
當時明顯性別及政治的意識型態，它們的敘事結構正有著掙扎於這些
意識型態壓迫的痕跡，這些電影正容許了所謂的「逆勢研究」（read-
ing against the grain）❺，有趣的矛盾紛紛出現，並暴露了父權制度在

---

❹E. Ann Kaplan (1980) "integrating Marxist and psychoanalytical approaches in feminist
　film criticism," *Millenium Film Journal*, No.6, pp.8-17.
❺英國女性主義評論家（尤其指克萊兒‧姜斯頓Claire Johnston及潘‧庫克Pam Cook）

底下運作的情形。另外，如果因爲篇幅的關係，我只能討論三部古典好萊塢電影，我認爲五〇年代的電影與早期一點的影片比起來其重要性是可以排在較後面的。也因爲五〇年代代表的正是某種事物的**結束**，該期的作品有趣的部分是因爲它們有著代表著時代的符號（codes），卻又欲留還休，性慾充斥又獨特得無處可供識別認可；早期控制女性性慾（female sexuality）的機制，很明白地是被識別爲一種趨力、一種危險；在五〇年代，這種對女性性慾的恐懼彷彿是被壓抑了——因爲它是如此無所不在（我特別指的是像瑪麗蓮・夢露 Marilyn Monroe 或娜姐麗・華 Natalie Wood 這些女明星，相對於瑪琳・黛德麗 Marlene Dietrich、麗泰・海華絲 Rita Hayworth 及洛琳・白考兒 Lauren Bacall）。然而就因爲這些恐懼已被壓抑，這些電影常假裝女性性慾似乎因爲其完全的暴露所以就不存在了！

因此若五〇年代電影是如此異常，略去五〇年代的影片比削減其他影片似乎是要正確得多，既然這個決定是如此難下。我也爲選擇近代好萊塢電影感到惶恐，但是最後決定選《慾海花》（Looking For Mr. Goodbar），因爲其對女性性慾方面，傳統與新的（後六〇年代）論說之間充滿趣味的矛盾。

爲了要展示古典好萊塢電影中男性凝視宰制影片敘事的理論架構，以及女性電影工作者努力使用各種電影裝置（cinematic apparatus）去抗拒該宰制，我將本書分爲兩大部分。第一部分，運用符號學及心理分析學的方法，深入分析四部好萊塢電影，以顯現男性凝視如何運用其社會、政治以及經濟上及性慾上的力量，運用一系列惡意的心理

首先提出該概念，之後由茱蒂絲・梅恩（Judith Mayne)提出：(1981) "The woman at keyhole: women's cinema and feminist criticism," *New German Critique*, No.23, pp.27-43.

變化過程，將女性脅迫成「缺席」（隱形的）、「沉默」（無主張的）、「邊緣」（不具主宰力的, absent, silent, marginal）的存在。我會引用莫莉・哈絲凱爾（Molly Haskell）的概念，以不同方式說明理想化到侵犯的變化，並列出一系列如同哈絲凱爾在十年前（1972）所條列出的變化，以為說明❻。

首先我們將看到，在一九三六年的《茶花女》（Camille）中，男性凝視在片中常常是充滿仰慕的眼神，含帶著一種經濟上而且也是社會上的優勢姿態，結果變成操縱女性的威權。女性被塑造成情慾的客體/對象（object）的功能，為了男性必須犧牲自己的慾望，並服從男性制定出來的法則(Law)，以維持父權權威。本片即明顯證明了女性不但在經濟及性慾上是如此不堪一擊地脆弱，因此需要 某些 男性來保護她們，以避免再受 其他 男性攻擊她的脆弱之處。任何自主的嘗試都將付出代價，如同賈桂琳・羅絲(Jacqueline Rose)❼提到的，女性無法自主或擁有自己的慾望。

《金髮維納斯》（Blonde Venus, 1932）顯現再現系統中操縱女性，及父系制度中傳授女性性慾為威脅的另一種方法。通過拜物化（fetishize）女性形象，男性嘗試去否認其 差異(difference)；另外，男性還讓女性穿上他們的衣著，使之「雄性化」。影片中如此處理女主角，使女人之所以為女人的女性特質消失了，好似與男性相同。然而，我們會發現，因為父系的自戀傾向，這樣反倒有了意外的結果：雄性化的女性形象反倒成為女性觀眾的 反抗 形象(resisting image)；而且男性打扮「允許」了 女性同盟（female bonding），因為它讓我們發現，一向認為

❻ Molly Haskell (1973) *From Reverence to Rape: the Treatment of Women in the Movies*, New York, Holt, Rinehart & Winston.

❼ Jacqueline Rose (1978) "Dora—fragment of an analysis," *m/f*, No.2, pp.5-21.

是必須的性別差異，原來是如此口惠而不實。反而，它讓一個可以排除男人的性別聯結形式可以存在，也因此，當它同意了這個象徵意義的形象之同時，也顛覆了父系制度的統治。

《金髮維納斯》同時也呈現了父權制度中男性拜物化女性與壓抑母性的關係。隨著本書的開展，這個主題會愈加重要，尤其是第二部分我們討論女性拍的電影時。母親在父權制度中被指派成沉默、缺席與邊緣的角色，其實也因女人反抗傳統中產階級架構而不朽。這些複雜的背景因素，我會在書中更加詳細討論。仔細分析好萊塢電影中的母親角色，應可提供我們透視此一平行（但不同的動機）又對立的母性。茱麗亞‧克麗絲特娃（Julia Kristeva, 少數獲得美國男性批評界適當注意的法國女性理論家之一）的理論在這裏可能有用，雖然她的想法複雜且具爭議性，克麗絲特娃的母性理論說明了，第一，父系制度中母性被壓抑的可能理由，以及「母親-女兒結盟」可能具顛覆性的幾種方法。她有效地區分了母性中具象徵性及不具象徵性之間的相態（the symbolic and nonsybolic aspects of Motherhood）；具象徵性的部分是父系制度所堅持的，而這部分牽涉到女兒想為父親懷小孩的慾望；這個小孩單純地反映出的是父親的功能——引起並將慾望的理由正當化❽。

因此，父系制度將僅允許母性中具象徵性的部分顯露，而這會使女性不可能相互結盟。因為在母性所具象徵性的限制下包含著同性戀元素的非象徵性相態：如同克麗絲特娃所說的：「母親的身體……是女性最渴望的，因為它沒有陰莖……透過生產，女人才能進入與母親

---

❽ Julia Kristeva (1980). "Motherhood according to Bellini," trans. Thomas Gora, Alice Jardine, and Leon S. Roudiez, in Leon S. Roudiez (ed.) *Desire in Language: A Semiotic Approach to Literature and Art*, New York, Columbia University Press, p.238.

接觸的領域；她變成是自己的母親；她是同一個可以區隔自己的延續體。」❾

《金髮維納斯》在一開始即先讓觀眾看到母性在父權形式下的模樣，然後允許女主角以離家逃跑的方式安排她去尋找其被壓抑的、非象徵性的部分。父權制度的偵探鍥而不捨地奮力追蹤，正反映了這個行為對他們的威脅，並迫使海倫在片末回到她在父權制度家庭中原來的位置。

在《上海小姐》（Lady from Shanghai, 1946）中，我會接著說明女人如何更直接地被視為威脅。在此，女人已非無助的受害者或陽物替代品。反之，因為她的性慾所含帶的威脅，影片以敵意對待女性形象的方式出現。如同在所有黑色電影（noir film）中，女主角均是具有致命吸引力的女子（femme fatale），直接展示她本身具誘惑力的性慾。男人馬上渴望她又同時感受到受她力量控制的恐懼。由於她的性慾使男人遠離了他的目標，她以具摧毀式的力量干擾了他的生活。而且，因為她外在且公開的性慾，因此被視為魔鬼，而如此的女人絕對必須被毀滅。在犧牲者的模式中，女主角必先因自己而受苦，且通常（因病或貧）會死亡；在拜物模式中，女人則在劇情中被安排成受到控制，通常是婚姻；而且具致命吸引力的女人一定都得被謀殺。必須透過像陽物形象的刀或槍，將她除去以操縱她。

由於讓女性性慾中危險的特質完全呈現，黑色電影更直接公開表明其威脅。在《上海小姐》中的麗泰・海華絲對抗所有要操縱她的機制（mechanism），而這些機制在先前的影片中不是去壓制女性性慾就是視其為無害。在本片中，女性性慾之如此完全表呈，以致於被視為

<hr>

❾ 同上，p.239.

魔鬼，給予了男性道德權利來摧毀她，甚至如果這樣的摧毀同時也意味了剝奪一些他更需要的樂趣。

當代電影甚至比黑色電影在公開呈現女性性慾上更進一步。原因眾所皆知：六〇年代各項運動引發激烈的文化變化，也導致強烈的清教徒(禁慾)規範的鬆脫，而婦女運動也鼓勵了女性擁有性慾自主權(無論同性戀或異性戀)。如此公開呈現女性性慾已對父系制度產生威脅，也激起更多的關切來注意貶抑女性成沉默、缺席及邊緣等的潛在因素。早期那些用來模糊父權制度恐懼女性的機制（如：犧牲、拜物、自殘）都在六〇年代後期失去作用：女性不再被指認爲「魔鬼」，因爲女性已贏回她們可以當**好的**與**有性慾的**(sexual)女人。男性嘗試要用陽具當做主要工具來操縱女人（無論女人有否做錯事）的意圖，已無法再隱藏。

如同莫莉‧哈絲凱爾提到，這個現象結果引發七〇年代早期史無前例地出現一堆拍攝女性被強暴的電影❿。父權制度將更大的敵意開始表現在女性從來都需要性的概念上。男性的嫌惡即從他們被迫承認陰戶（即女性性別差異）上而來。男性的反應是「要就給她」，但讓她愈難過愈好，而且愈要用暴力，首先他們先因女性的性慾望（desire）而懲罰她，接著肯定他對女性性慾（sexuality）的控制權，以及最後藉由對自己陽具自主權的能力來表示其「男子氣概」(manhood)。

在討論《慾海花》時，首先會點出當早期具致命吸引力的女性爲其(墮落的)目的運用她的性慾(sexualits)以操縱男性，現代的自由派(sexually-liberated)女性則爲了**滿足自己**，因此脅迫男性直接正視他自己對女性性慾的恐懼；第二，當黑色電影中這些具致命吸引力的女

❿ Haskell, *From Reverence to Rape.*

性因引誘男性性慾望而遭殺身之禍時(因男性害怕屈從於她的慾求)，新的求慾女性（sexual woman）卻必須受陽具控制，以彰顯男性自認他們對性慾的控制。

但更複雜的是，除了嘗試閱讀《慾海花》為關於一個「解放」女性的故事（究竟在片中女主角泰瑞莎所做的事，對早期片中女性並不可能），本片還有一個潛在且傳統的心理分析議題，而這議題正「解釋」了泰瑞莎所有的行為動機其實來自於她需要父親的愛及認可。換句話說，她所謂的「解放」事實上不過是對父親法則（Law of the Father）的對抗。後來她被強暴及死亡，就是她拒絕向這些父權規範屈服的處罰。如同在她之前的瑪格麗特、海倫及艾莉莎（她們均或多或少以不同方式違背了父權規範），泰瑞莎也必須為她的魯莽而遭受永恒緘默的處置。

在好萊塢電影中，女性最後總是被拒絕有任何發出聲音、形成論述主體的可能，而且，她們的慾望也屈從於男性的慾望之下。她們過著靜默且沮喪的生活；或者，如果她們拒絕這樣的配置，就必須為她們大膽的言行付出代價而犧牲生命。在本書的第二篇，我將處理獨立製片的女性電影，這些電影在婦女運動的宗旨下，既嘗試發掘女性聲音及其主體性，也有試著為「女性」下定義的努力。

不過，在過去這十年左右，這麼多女性電影的出現，要選出代表性影片來集中我們的討論並不容易。我再次想從未曾被談論過的電影中去找，並討論一些在獨立製片中被認為是影響深遠的作品。這部分的第一章將概論女性獨立製片作品中的三個主要派別，以區別它們的電影手法來做劃分，並方便討論及識別：第一是形式主義、實驗性的前衛電影；第二是重寫實、政治及社會學派的紀錄片；第三則是前衛（avant-garde）理論派的電影。我會討論分別這些不同前衛電影的困難

度，並解釋在由男性導演已建構出來的早期電影傳統中，這些女性電影的發源。先驅者如潔敏・杜拉克（Germaine Dulac）以及瑪雅・黛倫（Maya Deren），因為她們提供了女性導演的少數典範，我會於其中簡介，並簡單說明她們對美國女同性戀實驗電影工作者的影響。

美國女同性戀者長久以來即批評這樣的理論點——討論在父系架構外女性（陰性 feminine）之不可能性——這只會更加鞏固男性的宰制。她們認為被女性認同的女性（women-identified women）和女性同盟（female bonding）才是智取父系宰制的方法。女同性戀電影工作者所呈現的女性形象極不同於主流電影中的形象，因此提供了另類思考，及另一個在討論獨立製片電影已存在的理論點。

在回到美國部分前，我也簡要地討論歐洲女導演，因為複雜的理由，在美國女導演還只能拍些短片（大部分為紀錄片）時她們即已可製作劇情片。法國新浪潮（French New Wave）對歐洲女導演帶來的影響，尤其是雷奈（Alain Resnais）及高達（Jean-Luc Godard）是舉世皆知的；稍微較不為人知一點的則是瑪格麗特・莒哈絲（Marguerite Duras），因為她是一個女人，她也是新浪潮運動的重要角色（她深受此運動影響，也帶動這運動的影響力）。該章藉討論莒哈絲早期的電影《娜妲莉・葛蘭吉》（Nathalie Granger, 1972）來溯源法國新浪潮影響，但主要則說明該片如何獨特地反映了法國電影中女性論述的可能，並且發展成理論據點。本片同時也是顛覆母性在父系的、符號性的架構之重要例證（在其中孩童是做為母親慾望父親的象徵）；片中母親嘗試從具毀滅性的象徵領域（realm of symbolic）中「救」出她的孩子。

莒哈絲的電影被放在一些影響英國及最近美國女性主義電影評論界的理論家，如茱麗亞・克麗絲特娃、露絲・伊希葛瑞（Luce Irigary）、赫琳・西秀（Hélène Cixous）和莫妮克・威提（Monique Wittig）等人

的理論作品中。在《娜妲莉·葛蘭吉》中，莒哈絲透過靜默的力量，展示抗拒男性宰制的權術手法；由於象徵領域僅能展現男性的思想及言行，女性因此必得找出超越男性領域之外的溝通方法。在片中的女人們，就如此以沉默的方式找到解決兩難的辦法，如此正暴露了身為女人在父權制度中的受迫的情形，並立即說明透過這個空隙（gap），可能可以開始改變這個狀況。

在德國工作大約八年之後，瑪格麗特·馮·卓塔（Margarethe Von Trotta）發展出一個全然不同的方法，她以呈現女人掙扎著要脫開男性命令的情形來達到目的。她片中冷酷直率的寫實風格，並無法吸引注意力，反而顯現出她努力尋找適合她主題的形式。她此舉將自己列入東歐寫實派導演陣營，而非與高達之類的導演同流，高達在較晚期（相較於本書寫成的 1983 年）的作品中，開先鋒地質疑電影再現的過程。

在美洲，對於對紀錄片沒興趣的導演來說，一個比新浪潮更重要的影響是六〇年代初關於舞蹈、音樂及雕刻的前衛運動。這些合作（co-op）及極簡主義（minimalism）流派並不太關心女性主義的各項論說，因此檢閱伊娃·芮娜（Yvonne Rainer）從這個藝術潮流中發展出來的電影作品，應會有趣。

我決定集中討論她兩部早期的作品：《表演者的生命》（Lives of Performers）與《關於一個女人的電影》（Film about a Woman Who...，1972-4），原因是這兩部片子出現在紐約藝術圈中成立任何關於女性主義電影社團之前，而影片的表現形式被女性主義電影評論家認為是她們想像中應有的面貌。在《暗箱》（*Camera Obscura*）期刊的訪問中所提到的⓫，芮娜與一般女性主義理論家不同之處是她提出許多古典

⓫ *Camera Obscura* editors (1976) "Yvonne Rainer: interview," *Camera Obscura*, No.1, pp.5-96.

敍事電影與前衛電影對立的主要議題，這些包括敍事手法、再現方式，以及電影的裝置（apparatus）。我認為芮娜的影片較接近反敍事電影，因為她使用了大量疏離手法來呈現女性經驗，並讓觀眾有自行判斷電影意義的開放空間。我們必須自行建構電影故事，而在如此做的同時，我們明白了許多女性位置的關係形成以及女性所必須忍耐的痛苦。

在快速檢閱法國與美國的部分，在下一章，我接著要談論七〇年代初由英國發展出來的寫實女性紀錄片。看看寫實主義批評的理論，從其「有效性」的角度來討論此策略，之後我會接著分析從此策略發展出來的前衛理論電影的手法。

受到法國及其他歐洲理論的影響，英國女性主義影評人及電影工作者首先強烈提出女性主義電影是一種對抗電影（counter-cinema）。在這裏所提的三部前衛理論電影：《佛洛伊德的朵拉》（Sigmund Freud's Dora, 1979）、《驚悚》（Thriller, 1979）及《艾美！》（Amy!, 1980），連同接下來章節所討論到的影片，都顯現了父系制度中符號作用下女性被劃歸為邊緣角色的情形，這現象在好萊塢電影中尤其明顯。這些電影作者探索女性沒有聲音、沒有論述、沒有發言位置等問題，也檢查了這個使女性在文化地位古典暨主流論述上，使其成為沉默、缺乏、邊緣角色的機制之運作方式。莎莉·波特（Sally Potter）的《驚悚》以女性主義觀點解構了喬治·庫克（George Cukor）的《茶花女》，而《佛洛伊德的朵拉》運用歷史論述、電影及心理分析學，以呈現女性再現上在意識型態的弱勢，以及心理分析如何被運用來使女性臣服於「父親的法則」。

第十二章，我用來專案研究主題為母親與女兒的影片：蘿拉·莫薇和彼得·伍倫（Peter Wollen）合導的《人面獅身之謎》（Riddles of the Sphinx, 1976），以及米雪·西桐（Michelle Citron）的《女兒的儀

式》（Daughter-Rite, 1978），他們同時被視為前衛理論電影。莫薇與伍倫的電影檢閱了馮‧史登堡 (Joseph Von Sternberg) 的《金髮維納斯》，嘗試捕捉我所提的壓制母性的理由。重點是，他們的電影焦距在母親的意識及語言，並從她的位置來觀察。敘事上，影片又擺脫了早期電影一般處理「母性」(Motherhood) 的實證寫實層面，而靠攏綜合拉康 (Jacques Lacan) 的心理分析學以及馬克思的理論分析。米雪‧西桐電影的獨特性，首先在於它面對女兒對母親的關係，再之是處理了意識與潛意識上對母親的恐懼及幻想；而在八〇年代有特殊意義的是它嘗試在寫實及前衛電影手法間建造了一座橋樑。

選擇至少一部第三世界電影來顯現非資本化社會中的女性地位似乎是挺重要的：當然，這選擇並不容易，不過我最後仍選擇了莎拉‧葛美茲 (Sara Gomez) 的《這樣或那樣》(One way of Another, 1974)，對比資本社會／父權制度的女性與社會主義／父權制度的女性再現情況，對思考婦女運動的下一部，或未來女性主義電影的發展，似乎是相當重要。

本書最後是兩個較短的章節。第一是關於製片、放映及發行獨立製作的女性電影之問題。我特別集中討論「另類」電影手法運用，並希望能跳脫困境，以針對女性主義電影工作者與理論家都已共同碰到的僵局來提出問題。我們必須合併思考「正確」的電影手法與考慮個別電影被閱讀及其因製作及發行型態不同這兩個現象所帶來的影響。

最後一章是結論，提出繼續挑戰主導的父權制度論說的未來方向。我建議「母親」角色可以拿來做為破解父權論述的方法，理由是，如同一些評論已提到的，她並未被主流文化全然認可。但是，這很明顯是需要更多的研究工作。

第二部分

　　爲了幫助對近代電影理論新入門的讀者，我列出下列在本書經常出現且與理論說明相關的字詞、概念及理論模式的注釋。熟悉這些的讀者，當然可以直接跳到第一章開始閱讀。

1.**古典(主流、好萊塢)電影**(The Classical〔Dominant, Hollywood〕Cinema)

　　由好萊塢片廠制度製作且發行的有聲劇情長片。古典時期的正確時間有些模稜兩可(但一般認爲是三〇至六〇年代)，其重點概念是作品中得依不斷重複已定型且公式化的製作方式來生產，不但讓觀眾對其形式(說故事方式)產生依賴，並且不自覺地抱著期待心理來觀賞。

　　古典電影的主要元素是：

　　a.類型（如：幫派電影、西部片、冒險片、女性電影……等)

　　b.明星

　　c.製片

　　d.導演

　　a.b.c.可與 d.區別開來是因爲這些均與**銷售**有關。觀眾進場希望看到某些明星，並期待看到某種類型的電影（不同時代有不同類型需求)。而製片就必須設法去滿足市場需求，並爲此發展出市場行銷策略。

2.**導演/作者論**（Directors/ Authorship)

a.導演在整個好萊塢設置當中是一個可變數;由於他們與整體作品的商品化無**直接**關係,他們只對此制度中的部分**矛盾**負責。然而,他們大體上與此制度彼此糾纏(財務上及意識型態上),而且他們的意識型態也反映了這個現象(因為意識型態**透過**他們而作用)。

b.作者論概念對特定導演而言,暗示了某種自律;在五〇年代末期,這個概念在法國發源(也因此法文 auteur 經常被引用);一個導演的作品被拿來分析其通常出現的元素,說是反映了個人獨特的「世界觀」。現在許多影評人質疑此項依據電影作用的特殊方法,即做為一項裝置(apparatus),來討論導演的批評法之妥當性。

3.電影裝置 (The Cinematic Apparatus)

這個概念牽涉了電影的許多層面——經濟、技術、心理分析及意識型態。在特定的社會及制度中孕育出來,電影力量會凌駕論說之上,而只容許特定「論說者」及特定的「言論」。影評人所謂的電影的**陳述**(énoncé)並無法區隔出**陳述過程**(énociation)。

尚-路易‧鮑德利(Jean-Louis Baudry)即已提出電影機制(mechanism, 放映)製造出來的意義(meaning, 意識型態),不但取決於影像內容本身,也依賴「物質過程,因為影像的延續,由於視覺暫留作用,是透過不連續的元素(譯註:一格一格的底片)才得以復原」。(Jean-Louis Baudry, 1974-5) "Ideological effects of the basic cinematographic apparatus", *Film Quarterly*, Vol. 38, No.2, P42)。

其他理論家則集中於觀眾觀賞電影的位置。意義的發生點是建立在觀者與銀幕上影像的交互作用所產生的樂趣,其樂趣是來自於電影對拜物癖(fetishism)及偷窺癖(voyeurism)這種心理過程的依賴(可查閱下列 7、8 點)。

4.意識型態 (Ideology)

當馬克思的意識型態被認為是所有中產階級設置、生產模式的合成物，近代電影理論家則傾向追崇阿圖塞 (Louis Althusser) 的說法。他認為意識型態是一系列反映出任何社會所認定的「現實」概念的再現及影像。意識型態因此不再是指人們直覺的信念，而是指某一社會賴以生存的迷思 (myths)，彷彿這些迷思被解釋為某些自然、沒有問題的「現實」(對此項討論有興趣者，可參閱 Indiana University 1981 年出版的 Bill Nichols 的 *Ideology and the Image*)。

5.再現 (Repersentation)

這個概念指的是影像 (image) 本質上是「被建構出來的」(constructed)，而這正是好萊塢機制極力要隱藏的。好萊塢主導風格中的寫實主義 (realism, 在此指明顯模倣我們所居住的社會、環境) 一直在隱藏影片是被結構起來的事實，並且還強加灌輸一個幻想，即觀眾所看到的是「自然」的幻象。而也是這個半清醒的「忘記」，允許了像偷窺癖及拜物癖的視覺樂趣得以自由流竄於戲院。

6.佛洛伊德及伊底帕斯危機 (Freud and the Oedipal Crisis)

在進入討論電影樂趣的機制之前，我們必須先將佛洛伊德的伊底帕斯情結 (Oedipus complex) 大致說明一下，因為這概念是佛洛伊德 (在當時) 革命性的心理分析基石，也是與電影理論相關的現象所依靠的。

佛洛伊德引自古典神話 (mythology) 中人物伊底帕斯之名，由古代希臘悲劇詩人索福克勒斯 (Sophocles) 所編著的故事中，伊底帕斯

是一個很不明智地殺父娶母的人；而他也因此受到嚴厲的處罰。在此神話中的架構（即再現）中，佛洛伊德看到的是「成長小孩不可避免的幻想（fantasy）」：首先是與母親是幻想的共同體（illusory unity），他不視她為他者（Other），不認為她是分開或不同的個體。在此階段，他幸福地活在一個前伊底帕斯時期（pre-Oedipal phase）。隨著他開始進入陽物時期（phallic phase），開始意識到父親的存在。在正式的伊底帕斯時期，他愛上母親，卻因為父親將母親據為己有，因而憎恨父親。成功地脫離伊底帕斯情結必須是當男孩發現母親並沒有陰莖，即被閹割（他僅能想像人類在一開始應該都有陰莖）。這個痛苦的發現逼使他遠離母親，因為他恐懼萬一自己認同這個沒有陰莖的人，自己也將陷入危害自己陰莖的可能。現在，他開始認同父親這個他希望成為的人，而且期待「尋找一個和母親相像的女人」來結婚。

佛洛伊德並沒有注意女孩的伊底帕斯危機，但「後佛洛伊德學派」學者（post-Freudians）已同意這是相當複雜的部分。他們認為女童因為陽物嫉妒以及相信母親該為自己缺乏陰莖負責而遠離母親。女孩嘗試從父親處去獲得母親所不能給予她的，並在「嬰兒」與「陰莖」之間劃上等號，期待與一個像她父親的男人在一起，並懷一個孩子。最詳盡的新佛洛伊德學者（neo-Freudian）分析女孩的伊底帕斯情結，可以在南西・卻多洛（Nancy Chodorow）的《母性的重製：心理分析和性別社會學》（*The Reproduction of Mothering: Psychoanalysis and the Sociology of Gender*, 1978, Berkerley, Calif., U. of California Press）。卻多洛探討了更艱難的部分：為什麼女孩得完全遠離她最初愛的對象——母親，且將情色慾望投射於父親身上；她認為這是因為女孩明白她無法「取代」母親，而男孩可以用妻子取代，女孩因此一直停留在前伊底帕斯階段，繼續與母親在一起至成人階段。

7.拜物癖 (Fetishism)

這是另一個佛洛伊德理論中的用詞，指的是男人奮力要去發覺女人身上的陰莖（如長髮、鞋子、耳環等具陰莖形象的物件），以獲得陽性快感的倒錯心理。拜物癖隱含著害怕被閹割的恐懼，因爲性快感是無法在一個沒有陰莖的生物或任何可代表陰莖的東西上得到。在電影中，爲了抵抗性差異（即閹割）的恐懼，整個女性軀體可以是成爲「被拜物」的物件。

8.偷窺與暴露 (Voyeurism and Exhibitionism)

人類看電影的樂趣來自在與觀賞任何藝術比起來都作用得更強的偷窺天性。同是佛洛伊德心理分析學的用語，偷窺指的是觀看者在不被看到的情況下觀賞眼前事物時所產生的性滿足，即所謂的偷窺者（Peeping Tom）。暴露狂指的是藉展露本身的身體或部分器官給他人看，藉以獲得快感的行爲。若偷窺指的是主動的一方行爲（主要由男性將女性軀體視爲他注視的對象），而暴露則指其被動的另一方。

9.凝視：電影中的三種「觀看」(The Gaze: the Three Looks in the Cinema)

a.窺視樂趣（scopophilia），指觀看時產生的性的樂趣，全賴電影的觀看環境所營造出來：在黑暗的空間裏，觀眾的凝視首先被攝影機光圈、再之是放映機所控制，他們看到的是流動的影像，而非靜態的展示(如畫作)或活生生的演員(如劇場)，這些都促成觀影經驗比任何藝術更接近夢的情境。心理分析學派理論家認爲這種退化至早期童年情境的情形是發生在電影中。

b.在主流電影中，觀眾通過凝視銀幕的另一對象產生快感，是屬於性的本能運作。基本上，凝視是建立在性別差異（sexual difference）的文化定義觀點上。有三種「觀看」（looks）形式：

　i.在電影本文中，男人注視女人，女人成為被凝視的對象。

　ii.換過來說，觀眾被定義成認同這個「男性凝視」，並將銀幕上的女人視為物件。

　iii.在拍攝電影的這個動作上，攝影機是最原始的「凝視」。

10.形象/影像（Image）

形象/影像可由兩個主要方式來討論：

a.形象：社會學學者依角色類別討論形象（即家庭主婦形象、雄壯男性形象〔英雄〕、同性戀、歹徒〔反英雄〕、妓女等），他們將影片中呈現的角色與真實社會中的人們做比較。問題是，這樣的分析忽略了電影這個做為藝術的**媒介物**（意即這樣的形象是被建構出來的）。

b.影像：電影研究分析則熟記影像本身是被建構出來的，並討論與攝影機的距離、觀點、剪接、地點、角色在敘事中的作用等。

11.社會學及符號學（Sociology and Semiology）

這兩種思考影像的方法剛好反映研究女性主義的兩個途徑：首先，**社會學**方法是關於人在社會中的研究；電影理論家在此會運用「性別角色」（sex role），如處女、流浪漢等這類字眼。第二，**符號學**指的是符號的科學；電影理論家則是引用語言學的術語來研究「電影做為一種符意表徵系統」（film as a signifying system），例如女人在影片中是一種「符號」（sign）。

社會學是早期女性主義電影理論家所引用的方法，至今仍相當重

要。諸如區分母親/妻子被配置在家庭領域、而丈夫在公共領域這兩者的概念，即來自社會學，它相當有用，卻頗多限制。因為如此無法顯示電影中的意義是**如何**（how）被製造出來的，而且社會學傾向模糊化真實經驗領域（即社會形結構）以及再現（即影片中的影像）之間的區隔。

在研究電影時，符號學會嘗試去解釋電影如何傳遞訊息，如同語言中的一個句子如何傳達意義一樣。索緒爾（Ferdinand de Saussure）是符號學（即符號的科學）的始祖。他認為語言的意義，並非來自說話者所說的字眼，或他的想法，而是來自於符號系統中元素之間的關係。他用**語言**（langue）這個字來指整個語言系統中的關係結構，而**言語**（parole）來指說話的階層（level），在這個字上，有抽象的法則或更大的系統在其中作用著。

對索緒爾而言，語言的基本層階是人類聲音製造出來的聲響（即語音層階 phonetic level）。在此物件只從它們在系統中與其他物件之間的關係而擁有意義，它們是藉由**差異**（difference）來顯示。這個被認知的差異稱為音素（phonemic level）。如同泰倫斯·霍吉斯（Terence Hawkes）指出的：「每個字的意義是奠基在一種結構的概念上，即它以發音不同於其他字的發音的差異上面……在英文中 tin 的/t/音與 kin 的/k/音的對比或『對立感』即是產生意義的來源。」（*Structuralism and Semiotics*, 1977, London Methuen, pp.22-3）。

索緒爾稱這種語言符號的**概念**(concept)及聲音字形（sound-image)為**符旨**(signified)及**符徵**(signifier)。語言系統中的符徵即是音素，藉由組合成字可用來指世界中的物件，即指其**顯義/外延意指**(denotation)。因此 r-o-s-e 的聲音組成了 rose 這個字，即為某種樣子的花之**符號**。但在這個符號與這個花之間並非是因襲而來的關係，它

只是一個**專斷的**(arbitrary)的聯結,因此無法在感官的世界中去質疑其適當性。再者,我們的思考及所知的事物都受制於我們必須使用的語言系統;想法與概念都無法存在於這個語言系統之外,一旦受制於它,並因其符號系統所能允許的而展示。評論者因此無法僅**使用**語言(use language),而是被放置**在**論說之中(in discourse)。

在此最重要的是,它將迄今無法被質疑、自治且個人的笛卡兒式的「我」去中心化,「我」現在僅是述語的語言系統中的主詞。遠不是中心角色,人類被他生存於其中的語言系統的法則所控制。

這樣的位置逐漸破壞了笛卡兒所引介的思想傳統;這個傳統第一次是被國際上影響二十世紀早期的浪漫主義(Romantic)及後浪漫主義(Post-Romantic)運動之思想家所質疑:包括盧梭(Jacques Rousseau)、達爾文(Charles Darwin)、尼采(Friedrich Nietzsche)、馬克思及佛洛伊德。這些思想家呈現了不同的論說,但都同時(不管從哪個角度)質疑這個無瑕的自我(self);但他們思想的力道並沒有在文化中被感覺出來,直到第一次世界大戰帶來了衝擊之後,才使他們的許多理論產生關聯。

雖然上述學者已做了先鋒,符號學需要被放置在反對十九世紀人道主義者思考習慣的陣營中。早期的思想家從沒有質疑他們景觀分析主題的能力(方法學上的),而也就是分析(**意義顯現**)工具這個檢查動作,使得符號學有了其特性,讓統一的自我(unified self)壽終正寢。

符號學與分析電影中女性的關聯

梅茲(Christian Metz)延展索緒爾的語言理論到電影上來,並寫了一本關於電影符號學的書《電影語言》(*Film Language*, 1974)。對於梅茲而言,電影論說如同語言的論說,均伴隨了說話的源頭,一個說

話者，「我」，以及一個接受的人，一個「你」。但是在語言系統中，這個「我」和這個「你」在影片的論說中彼此相連接地結構在一起：「我」是主體（如同一個句子中的主詞），和「你」是客體（如同句子中的受詞）。

組成一個特定論說的法則與慣例即稱為**符碼**（code）；羅蘭‧巴特（Roland Barthes）建立了一系列文學作品中所用的符碼（S/Z, 1975）因此電影評論家開始在分析電影時運用這個概念，來觀察電影如何作用。巴特對電影理論有更進一步的重要性，是因為他揭露了我們所居住的世界包含了一系列符意表徵系統，而語言僅僅是其中之一。符號系統的範疇從衣著、吃的習慣、性傾向到攝影、廣告、電影影像的構成都是。巴特認為電影是靠**迷思**運作的符號系統——它喪失和真實世界中任何可觸參考物、任何客體物件的聯接（見巴特的《神話》*Mythologies*, 1975）。一個符號（舉例來說，玫瑰）可以被抽離它的顯義而變成一個被堆積上去的、新的蘊義（connotative）。因此「玫瑰」可以變成是「熱情」的符旨，成為一個新的符徵。

現在，在顯義過程的第二層上，是**文化**（culture）在賦予新的意義，它拋棄原始符號的顯義，將該符號提升至特定文化中，吻合了某種**意識型態**，一組價值、信念、觀點的蘊義層次。

因此，巴特在書中舉「巴黎遊行」（Paris Match）這張攝影作品為例，是一名黑人士兵向 法國國旗致敬；在顯義層面上，該照片的意義是：士兵向國旗敬禮；但在第二個意義層次上，即文化的、意識型態上的蘊義，我們知其意義與宣揚法國殖民主義有關，我們是在稱頌被殖民的人民對其政府的愛戴，願意為其效忠作戰的這個事實。

或拿高達用在電影《給珍的信》（Letter to Jane）中一張《生活雜誌》（*Life*）封面所用的珍‧芳達（Jane Fonda）與越南人的照片。這張照片當

然也充滿蘊義（即意識型態）；它的符號顯義上是在一個白種女人與亞洲士兵在一個以叢林為背景的環境裏，在此蘊義上，它被營造成巴特所謂的「迷思」層次：珍・芳達在蘊義層面上同時是影星也是激進運動分子，在封面的照片——大且重要，有著某種地位——而背景是一些面貌模糊的越南人——小且擠成一堆，在蘊義層面上是異國的、莫測的他者。該照片頌讚了珍・芳達的慷慨施予，在美國文化中她的位置既是性象徵也是明星，她前進至越南去拜訪種族刻版印象化的「敵人」。

在電影中女人也是如此被處理的，她的真的自我是一個真正的女人，但她被提到蘊義的第二層，即神話；她被呈現的方式就是她是為男人而存在的，而非她**真正**的自己。她的**論說**（她的意義，如果她可以製造的話）被迎合父權制度所構組的論說所壓制，她真實的意義（signification）已被服務父權需求的蘊義所取代。舉例來說，「一個女人脫了衣服」的畫面並無法停留在其表面訊息所提供的顯義，而直接進入蘊義層次——她的性慾、她的願望及她的裸露；她在這樣的論說中立即被客體化，被放在她是**被用來**滿足男性愉悅的位置上。雖然這些意義被**自然**地呈現，如同顯義一般，這也就是我們的文化**閱讀**這些句子及影像的方式，其原因就在於文化的蘊義之疊層（layering）情況，被戴上面具以及被巧妙地掩飾的結果。因此我們觀看好萊塢電影的目的就是要將女性**符號**，即這個形象的面具揭去，並觀察這個符碼的意義如何作用。（參見本書參考書目中與電影研究有關的結構主義、心理分析及記號學的書目）

12.顯義和蘊義 （Denotation and Connotation）

在符號（影像、文字）中，意識型態一直透過文字或影像在顯義

與蘊義之間遊走而作用。明確且依字面定義的顯義（文字、影像、符號）並不容易與它的蘊義區隔開來。而且被認為是顯義的很可能已經含帶了許多蘊義於其中。（見前述第 11 點，有關符號學的定義）

13.**圖象學**（Iconography）

　　另一個在電影中傳達意識型態的方法，即是透過「鏡頭的特殊屬性」，即其圖象（iconography）來完成。它包括了場面調度（mise-en-scène）、構圖、服裝、表情、焦距及燈光等。

14.**敘事：情節與論說**（Narrative: Diegesis, and Discourse）

　　電影敘事本身組合了情節與論說，並依一個因果關係，呈現一串發生在時間中的事件。情節就是電影敘事中的顯義素材（即故事，如動作、事件、人物、場景等項目），論說則是表達的手段（means, 即一個時空依序中用語言及其他符號系統的運用）而不指其內容。論說也包含了表達的情況，一個發音源（「我」）和一個收訊（「你」）。

15.**符碼**（Code）

　　論說是透過一組規則或慣例，也即是符號學者所稱的符碼所構組的。電影採用了一組複雜的符碼系統來配合它多種表意的層次：包括再現和剪接、表演和敘事、聲音、音樂，以及對白等符碼。這些符碼中，有的是專屬於電影(如剪接)，有的是和其他藝術和傳達形式共用的。

16.**拉康的「想像的」和「象徵的」世界**（Lacan's Imaginary and Symbolic）

　　拉康的學說對電影理論非常有用，原因在於他融合了佛洛伊德的

心理分析學以及符號學，因此提供結合了符號學與心理分析學來閱讀電影的工具。拉康的貢獻在於他用語言模式來重新解釋佛洛伊德理論中非語言的、基本上是生物性的幾個階段。他的「想像的」概念大約是佛氏的前伊底帕斯階段，雖然在此時這個小孩已經是一個符徵，已經在語言系統中有一位置。但是**對這個小孩來說**，這個想像的世界（world of imaginary）還仍是在一個前語言時期，一個幻想與母親仍是同一個個體（unity）而非他者的階段。拉康學說中小孩之所以可以離棄「想像的世界」，並非是因為閹割的恐懼，而是因為他需要語言。因此他進入了受父系法則控制的、以陽具符徵為中心的象徵世界（world of the symbolic）。在此語言系統中，他發現自己是圍繞著父親（＝陽具）為中心週邊眾多的符徵的一個。他發現了論說以及「你」和「我」之間的差別。和母親為同一個體的幻象，在鏡像期（mirror phase）破滅了，因為他已認知到母親是一個獨立分開的形象/個體，而他自己也是一個形象（理想自我），製造分開主體之間的架構，並部分來自於發現父親是語言中的第三者（Third Term），而打破母親-孩子二元一組的統一體。雖然小孩現在是進入象徵的世界，他仍共享想像的世界；也就是這個想像的世界，電影經驗得以存在，尤其是指電影可以提供鏡像期所誘發出來的理想自我（ego-ideals），並推動回歸到想像的世界。（請見 Bill Nichols, op. cia., pp.30-4）

17.**電影的 vs.電影以外的**（Cinematic Versus the Extra-Cinematic）

　　牢記這個區別可幫我們避免掉入社會學批評家的陷阱，且避免將銀幕形象與真實經驗過度簡化地聯結。

　　a.**電影的**（cinematic），指的是銀幕上的以及觀眾與銀幕之間所發生的一切（即電影裝置所引發的）。

b.**電影以外的**（extra-cinematic），指的是討論如：

（ⅰ）導演、演員、製片人的生活。

（ⅱ）在好萊塢的電影製作，如設置。

（ⅲ）有關電影製作的方法。

（ⅳ）有關電影製作的文化背景。

譯者註：

　　關於 sex, gender, sexuality, masculinity/femininity 等字的譯法，英文翻譯成中文時常有些困擾，如同一組中文字可依上下文而有不同指涉，英文亦然。sex 與 gender 均有「性別」之意，但前者另有「性」的意思。至於 sexuality，在上下文中通常有不同意義，在本書，我們用了「性」、「性慾」、「性意識」與「性活動」（如 sexual woman 譯為求慾女性）等幾種，均盡量標示原文於譯文之後，以供參考。

　　至於 masculinity 及 femnininity 是雄性與陰性，與 maleness/ femaleness 是男性/女性相提時，前者是強調其後天社會性，後者是先天生物性的。因此，前者依上下文，在本書譯為「雄性特質/陰性特質」。敬請指教。

第 1 篇

古典及當代好萊塢電影

第一章

「凝視」是男性的？

　　打從近代婦女運動開始以來，美國女性主義者一直在文學、繪畫、電影及電視等藝術領域中，探索女性性慾的再現❶。隨著我們努力朝向更具意義的理論方向前進，必須注意的是，在做為一種新的閱讀文本的方法上，女性主義批評是從日常生活的課題中發源而來的——女性重新評估她們被社會化且受教育的文化。從這個角度，女性主義評論與早期從主導理論發展出來的批評運動(即在知性層面上所發生的反應)有幾個基本的不同。女性主義之所以不尋常，在於它綜合了理論(廣泛地說)和意識型態兩個部分(馬克思的文學理論也有類似的雙重重點，但是前提非常不同)。

　　第一波女性主義理論者廣泛地使用社會學方法來觀察女性在不同虛構的作品中，如從高級藝術到大眾娛樂中的性別角色。她們依據一些外在原則，用「正面/好」(positive) 或「負面/壞」(negative) 來形

---

❶ 參考 Kate Millett (1970) *Sexual Politics*, New York, Doubleday; Thomas B. Hess and Linda Nochlin (eds) *Woman as Sex Object: Studies in Erotic Art, 1730-1970*, New York, Newsweek; Molly Hsakell (1973) *From Reverence to Rape: The Treatment of Women in the Movies*, New York, Holt, Rinehart & Winston; *Screen Education*, 有關整個七〇年代。在 Lucy Arbuthnot (1982) "Main trends in feminist criticism: film, literature, art history-the decade of the 70's," (New York University)，這份未出版的博士論文中有關跨藝術各領域的早期研究之摘要。

容完全自主、獨立的女人。當然這種方法對初期女性主義理論相當重要（如凱特・米麗特 Kate Millett 的《性別政治》Sexual Politics,是破土巨著）。受到七〇年代一些電影理論新趨勢的影響,女性主義電影評論首先指出它的限制。首先,因為受到符號學的影響,女性主義理論家強調藝術形式是相當重要的角色;第二,受到心理分析學的影響,她(他)們認為伊底帕斯情結(戀母情結)產生過程是藝術的核心。換句話說,她(他)們愈發注意電影中 **意義是如何被製造的**(how meaning is produced),而不再只是社會學批評家們老強調的「內容」(content);並且特別重視心理分析學與電影之間的聯結。

在更深入說明法國理論家主要開發並影響女性主義電影理論的思潮前,讓我稍微說明為何我要使用心理分析學的方法來分析好萊塢電影。為什麼在許多女性主義者對佛洛伊德及拉康學說採敵對排斥態度下,我仍視心理分析學是有用的工具?

首先,讓我表白清楚:在整個歷史或不同文化範疇中,我並不認為心理分析足以揭露人類心靈本質上的「真相」。在歷史的範疇中,去類別化人類心理產生的過程是困難的,原因是要去類別化的工具/方法幾乎不存在。然而,在西方文明中的文學歷史卻也令人驚異地呈現戀母情結主題的循環。我們可以說戀母情結主題是發生在特定家庭結構的時代中;而由於我關心電影這個近代藝術形式及戀母情結問題的近代理論（從佛洛伊德以降）,我要聲明心理分析運用的適當性,只存在於二十世紀工業社會組織的狀態中❷。

---

❷ 這份議論可在《佛洛伊德的朵拉》(Anthony McCall, Andrew Tyndall, Claire Pajaczkows-ka, Jane Weinstock) 中發現,電影開始由一個角色「說話的唇」說「心理分析學是充滿中產階級意識的論述,功能上是做為一種意識型態狀態的裝置,在真實歷史及真實門爭之外。」這不見得是該片之立場。請見本書第十章之討論。

有人會辯稱資本主義社會以及人際關係結構（尤指自十九世紀末延續到二十世紀的形式）所產生的心理模式，當然需要一個機器（電影）來釋放人們的潛意識，也需要一個分析工具（即心理分析學）來了解、調適這些因結構限制所造成的心理困擾。就此來說，這兩樣機制（電影及心理分析學）支持了現狀，但它們並非不朽/不變的形式，它們反而在歷史中被聯結起來，也就是說，它們在特殊的中產階級資本主義歷史時代中獲得生命。

如果情形是這樣的，使用心理分析學做為工具對女性來說則極端重要，因為它破解了資本主義父權制度中社會形成的祕密。如果我們同意商業電影(尤其是本書所專注的通俗劇的類型)採用的形式是在某些方式上滿足了十九世紀家庭組織(即生產戀母情結創痛的組織)所製造出來的慾望及需要；那麼心理分析學用來檢視這些反映在電影中的需要、慾望及男性-女性配置，就變得是一個極端重要的工具。好萊塢電影中的符號傳遞著父權制度意識型態的訊息，它們隱藏在我們的社會結構中，並使女性依特定的方式存在──這些方式則正巧反映了父權制度的需要及其潛意識。

在讓我們去接受傳襲下來對立於主體及自主的位置這個說法上，心理分析學論說可能真地壓迫了女性；但如果是這樣，就得去了解到底心理分析學是**如何**運作的；因此我們必須掌握這個論說的重點，並依此提出問題。首先，「凝視」**必須**一定是「男性的」（在語言結構、潛意識、象徵系統，即所有社會架構中因襲下來的理由）嗎？我們可不可以也架構起一些東西以致於女性也擁有「凝視」？如果這是可能的，女性會不會要這個「凝視」？最後，不管是哪種情形，做為一個女性觀眾（female spectator）的意義是什麼？只要在心理分析學的學說框架中來問這個問題，我們才可以開始在男性主導並排除女人的歷史論

說中插入女性的位置，並尋找其論說的空隙和罅隙（fissures）。如此，我們方可朝著改變社會來開始第一步。

用心理分析學來解構好萊塢電影可讓我們清楚地看到父權制度神話如何使女性被配置成「他者」的印記，以及永久不變的特性。我們也可以看到家庭通俗劇（family melodrama, 專為女性設計的電影類型）如何用來呈現資本主義核心家庭加諸在女性身上的種種限制，以及「教育」女性去接受這些限制，認為它們是「自然」的、不可避免的——彷彿是天生賦予的束縛。而通俗劇（melodrama）在形式上的部分定義來自於它明顯地與戀母情結主題的依附——禁忌的愛的關係（明目張膽或初期未顯的亂倫）、母子關係、夫妻關係、父子關係：這些通俗劇的主要元素在好萊塢其他類型（如西部片或幫派電影）中不容易見到，卻在通俗劇的內容中彌補過來。

依彼得‧布魯克斯（Peter Brooks）所發展出來的研究架構，我們可以說西部片或幫派電影主要的作用是在複製悲劇曾完成過的功能（指將人放置在更大的宇宙場域中）。但布魯克斯更指出，因為缺乏「一個明明白白的價值來依從」，我們正處在一個「僅能製造出個人神話」的時代中，因此甚至這些類型，廣泛地來說，也都變成了通俗劇。所有好萊塢電影採用這個看法，均將「一個可洗滌罪惡的社會秩序，一組需要被明示的倫理道德命令」這兩個元素，視為通俗劇的必須條件❸。

在好萊塢電影類型中，將女性從主要角色中去除是非常重要的；女人及女性主題，只有在家庭通俗劇中才是中心。在此，布魯克斯對通俗劇中的角色「不論是父親、母親、小孩都只是心理角色，主要就

❸ Peter Brooks (1976) *The Melodramatic Imagination*, New Haven and London, Yale University Press, p.17.

是表達人物的基本心理狀態」❹的定義，似乎是特別相關的，如同他在該書中明確地探心理分析學及通俗劇聯結在一起。他指出，心理分析過程揭露了「通俗劇美學」（我們可在第十一章中看到一部近代女性主義電影《佛洛伊德的朵拉》的導演也將心理分析學視為通俗劇）；但在此對於我們比較重要的是他提出通俗劇形式處理了「壓制的過程以及被壓制的內容」。布魯克斯結論說：「自我、超自我及本能的架構都反映了通俗劇人物背後的癲狂與抑鬱。」❺

蘿拉·莫薇（英國電影工作者暨評論家，她的理論在新近理論發展扮演重要角色）也視通俗劇與戀母情結主題相關，但主要是認為它是一個女性的形式，做為其他主要稱頌男性動作電影類型的修正。她說，家庭通俗劇之所以重要，在於它的「探索女性所熟悉的幽微情感、痛苦以及幻滅」。對莫薇而言，通俗劇對生活在任何壓迫文化的女人來說具有很好的功能。「這個認知有著美學上的重要性，在目擊父權制度下的性別差異，以及在家庭這個小小的領土中所迸發出暴力，這使她們感受到昏昏然的滿足感」❻。但莫薇的結論是，如果通俗劇在將意識型態矛盾陳指至表面上來是具有重要性的，在做為一個女性觀眾，事件卻從沒有因此轉變成對女性有益。

因此，到底是什麼使女性被通俗劇所吸引？為什麼我們會覺得被客體化？而其投降又為何如此愉悅？這正是心理分析學可用來解說之處：因此將女孩的戀母情結考慮進來，就不會對這種愉悅有任何驚奇了。隨著拉康的學說（請參閱導論中第 16 項定義注釋），我們可以看到在前語言階段，女孩被迫離開和母親連在一起的「幻想共同體」

---

❹ 同上，p.15.

❺ 同上，p.201.

❻ Laura Mulvey（1976-7）"Notes on Sirk and melodrama," *Movie*, Nos 25-6, p.54.

（illusory unity），必須進入有主體與客體之別的「象徵的世界」（symbolic world）。她被配置在客體（即缺席）的位置上，她是男性慾望的接收者，是被動地出現（appearing），而非主動表現（acting）。她的性歡愉僅能從她自己被客體化的情形而形成。另外，假若男性採虐待狂式的支配態度，女性因此可能採取相對應的被虐待式姿態❼。

在實際執行上，這個被虐式傾向反映出女人在性關係上是被動的一方，但在迷思的領域中，被虐傾向通常相當明顯。我們可以說在性幻想中，女人不是讓自己是男性性慾的被動接收者，就是**看**另一個女人是男性性慾及性行為的被動接收者。雖然讓我們堅持這個看法的證據不多，至少看起來似乎女性的性幻想在確認著這個配置（positioning）的強勢（待會我們再來看相對應的男性性幻想）。

南西・佛萊黛（Nancy Friday）的研究提供夢的論說，且不管她「科學的」證據是否有問題，這些被研究的女性說在她們的夢裏不是為自己安排性歡愉的情節，就是在這些情節中她是男人色瞇瞇凝視的客體❽。這些做夢者很少主動開始性行為，而夢境中男人大而挺立的陰莖是敍事的中心。幾乎所有的幻想中，都有這個支配-被動（dominant-submissive）的模式，而女性通常是後者。

佛萊黛所提到的女同性戀性幻想是相當重要的，女人同時佔據著支配與被動**兩個**位置，做夢者若不是因支配另一個女人，迫使她和她

---

❼ 佛洛伊德的作品對研究虐待及被虐待狂非常重要，尤其是他的 "Beyond the pleasure principle," *Standard Edition*, Vol.17, pp.3-44, "A child is being beaten," *Standard Edition*, Vol.17, pp.175-204, 及 "The economic problem in masochism," *Standard Edition*, Vol.19, pp.157. 自從我提出後，即由以下的學者接下來研究。Kaja Silverman (1981) "Masochism and subjectivity," *Framework*, No.12, pp.2-9, 及 Joel Kovel (1981) *The Age of Desire: Reflections of a Radical Psychoanalyst*, New York, Pantheon.

❽ Nancy Friday(1974) *My Secret Garden: Women's Sexual Fantasies*, New York, Pocket Books, pp.100-9.

發生性行為而感到興奮，就是因此享受被支配的樂趣。這些幻想說明了女性位置並非毫無選擇餘地的如評論者一向暗示的一定是某方，也不是當她們採取主導的位置就一定是「男性」的位置❾。不管是什麼情形（稍後我會對此著墨更多），在引發性興奮上，這個支配-被動的模式具普及性的情形是相當清楚的。在茱莉亞·李莎吉（Julia LeSage）於女性主義電影評論研討會上（1980 年於西北大學）討論到色情（pornography）時，同性戀與異性戀女性都承諾她們的樂趣（幻想或真實做愛）來自「被迫」（forced）或「迫使」（forcing）他人。有些女學者宣稱這個情形是因為與生長在維多利亞式家庭背景有關，在這種家庭中，所有與性有關的事物都受到壓抑，但有其他人反對這與父權制度有任何關係。女人希望去接受她們的性，而不管這個製造性歡愉的機制是什麼❿。但單單去稱頌任何女性所獲得的性歡愉對我而言過於簡單也問題太多：在我們**鼓吹**這些模式前，必須分析到底**如何**使我們性興奮，而且也得分析父權體制中「如何」結構出這個性態，以致於可製造出這個支配-被動形式所帶來的樂趣⓫。

在佛萊黛的書《戀愛的男人》（Men in Love）中很多關於男人的性

---

❾ 同上，pp.80-90. 認為主導位置一定是男性的位置是有問題的，對我而言有些理論家是以隱喻的方法在使用它（在我們的文化中，主導位置一直是與男性聯結）。明顯的，在任何新的社會結構中，這種性別蘊義應從基本上改變，以避免這種認同。

❿ 由茱莉亞·李莎吉於 1980 年 11 月在西北大學組織的女性主義電影評論會議的一份未出版的會議紀錄。請參考 Pat Califa (1981) "Feminism and sadomasochism," Heresies, Vol. 3, No.4, pp.30-4, 及 Robert Stoller (1975) Perversions: The Erotic Form of Hatred, New York, Pantheon, 關於「支配-被動」模式之討論。

⓫ 自從我首先提出後，關於虐待及被虐待狂的討論即在女性主義圈中展開；Pat Califa (1979) "Unraveling the sexual fringe: a secret side of lesbian sexuality," The Advocate, 27 Dec., pp.19-23, 提出具爭議性議題，關於女性性慾選擇的注意增加，而在 1982 年 4 月 Barnard Women Scholars Conference on Sexuality 學術會議達到最高潮。會後出版的書 Diary of a Conference on Sexuality, New York, Faculty Press, 1982, 即記載這些討論，而過程中很多重要議題也被提出。

幻想，呈現了說話者自己安排了許多事件，因此他可以控制局勢，變得可以預測：再次，這個「我」是在中心位置，彷彿這不是女性的敘事。許多男性性幻想集中在男人安排讓他的女人在他的或其他男人面前暴露身體，而他可以經由觀看來獲得性興奮❷。

男性偷窺狂與女性獲性興奮這兩者的差異是相當驚人的。因為女人並不需要這種慾望（偷窺），甚至當她在觀看，她的觀看是為了在性上面負責，而且更提高一層次來說，是**使她從性中疏離**。另一方面，男人是**擁有慾望及女人**。而如同李維-史陀（Claude Levi-Strauss）的血統關係制度（kinship system）❸（譯註：李維-史陀認為婚姻是讓兄弟們將其姊妹互相交換，女性本身是交易物，她們無權互相溝通、交換），因替換女人，而獲得快感。

但是在佛萊黛的書中，其他幻想也指出男人希望被積極的女性來支配自己的願望，這些女人因強迫他們，使他們變成得無助，如同母親手中一個小男孩。一九八○年舉辦的一次紐約時代廣場之旅（女性反色情組織 Women Against Pornography 常態性地舉辦這樣的活動）更加證明這個事實。在一個以男性對女性性虐待狂和暴力性剝削行為的幻燈片說明之後，我們被帶到一個「性具店」，店中的陳列物在在強調著男性的支配地位。在文學與電影中，我們也看到男性的幻想中都充滿被動的女性。可預測的情況包括：年輕男子(有時是成熟男性)受到權威女性的誘惑——女管家、護士長、護士、教師、繼母等等(當然，有意思的是女性方面相對應的幻想，也有權威男性，不過這個權威是更富社會地位，如教授、醫生、警察、經理級人士等，這些男性誘惑

❷ Nacy Friday（1980）*Men in Love*, New York, Dell Publishing.
❸ Claude Levi-Strauss（1969）*The Elementary Structures of Kinship*, London, Eyre & Spottiswoode.

任何在他們眼前經過的年輕女孩或已婚女性)。

在此,兩件有趣的事發生了。其一是,在西方文明中,男性或女性兩者的性行為當中,支配-被動的模式均扮演重要角色。第二是男人在性行為的姿態上有比較大的寬廣度:可以隨時改變支配或被動的位置,在極端主宰與極端自棄/墮落之間來回過度游移。而女人顯得在被動的一端較多,但並無過度自棄的情形。在他們自己的性幻想中,女人並沒有讓自己去替換男性伴侶,雖然一個**男人**也許會發現被替換是一個令人興奮的幻想❶。

女人性幻想中所呈現的被動,在電影中更被強調出來。在瑪麗·安·寶恩(Mary Ann Doane)一篇有意思的論文〈女人的電影:佔有與求愛〉(The woman's film: possession and address)中提到,在通俗劇類型中,會設計一個女性觀眾,而這觀眾的設計是為了去參與本質上是被虐待狂式的幻想。寶恩表示在主要的古典類型中,女性身體**就是**性(sexuality),是為男性觀眾提供色慾的物件。在女性電影中(woman's film),這個凝視一定要被去色慾化(de-eroticized)(因為現在假設觀眾是女人了),但這樣做的同時卻也有效地使觀眾的靈魂脫離了肉體(disembody)。重複的被虐式劇情則有效地使女性觀眾虛弱。如同莫薇曾指出的,女性在想像的認同階段中被拒絕了性歡愉,而該階段對男性而言重複著他們在鏡像期(mirror phase)的經驗。男性觀眾從銀幕上的男性英雄身上得到的是他更完美的鏡中自己(mirror self),含帶著主宰及操控的意味。相對來說,女性觀眾得到的只是無力的如犧牲

---

❶ Kaja Silverman 的文章 ("Masochism and subjectivity") 在用來了解佛洛伊德對虐待及被虐待狂的觀察相當有用。她強調男性與女性都傾向「被動與順從」及「負面情緒與失落感」。但男性必須抵抗及壓抑這些用來定義女性的誘餌,因為如果認同了,就表示承認不夠陽剛而閹割。

品般的形體，離理想愈來愈遠地加強了自身的無價值感⑮。

在她的論文後面，寶恩說明佛洛伊德所謂的「一個小孩被鞭打」在做爲區別一般被虐式性幻想對男孩或女孩如何作用是相當重要的。在男性幻想中，「性停留在表面上」，而且男人「在劇本的上下文中維持了他自己的角色以及滿足。這個身分認同的『我』仍存在」。但在女性幻想中，首先是被去性了（desexualized），再來是「使女人認爲的觀眾位置在事件的外面」。如此，如佛洛伊德所說的，女孩會設法去「逃離她生命中情慾部分的需求」⑯。

重要的問題仍然未解：女人何時才可以在支配的位置上，而且，是否她們在男性/**陽剛的**（masculine）位置上？我們可不可以想像一個女性主宰位置是在品質上與男性主宰形式完全不一樣的光景？或者僅有我們現在所知的「男性的」與「女性的」這兩種性別可以佔據這兩個位置（支配與被支配）？

七〇與八〇年代的電影會支持後者，並解釋爲什麼許多女性主義者沒有因銀幕上有了所謂的「解放女性」而高興，或因爲現在一些男明星已經變成「女性」凝視下的客體而興奮。傳統的男明星並不需要從他們的「外表」（looks）或他們的性態來獲得魅力，而主要是從他們所適合的電影世界中產生影響力（如約翰·韋恩 John Wayne）；如莫薇所說，這些男人變成觀眾心目中的理想我（ego-ideals），符合著鏡中影像，這些男觀眾比起看向鏡子的小男孩是更有自制力的。莫薇指出「這些男性形象可以自在地指揮想像空間裏的場景，他引動注視，並

---

⑮ 參考 Mary Ann Doane, "The woman's film: possession and address," 這份 1981 年 5 月在 Asilmar, Monterey, 的 Conference on Cinema History 會議中提出的論文，pp.3-8。之後還有 P. Mellencamp, L. Williams, and M.A. Doane(eds) *Re-Visions: Feminist Essays in Film Analysis*, Los Angeles, American Film Institute.

⑯ 同上，p.17.

帶動劇情」 ❶ 。

　　近代電影已開始改變這個模式：如約翰‧屈伏塔（John Travolta）這樣的明星（影片有《週末的狂熱》Saturday Night Fever、《都市牛仔》Urban Cowboy、《Moment by Moment》）已被認為是女性凝視下的客體，尤其是在《Moment by Moment》這部電影中，更明白地是女性的性對象，而這個女人是主導整部電影劇情走向的人。勞勃‧瑞福（Robert Redford, 如在《突圍者》Electric Horseman）中已開始被視為「女性」慾望的對象。但重要的是，在這些影片中，一旦男人離開了他們傳統的角色，變成性對象，女人開始變成「男性的」角色，是凝視的持有者，是劇情的推動者。在此同時，她幾乎總是喪失了傳統女性角色的陰柔特質──並非是吸引力，而是像仁慈、人性、母性這些特質。她變得冷酷、企圖心旺盛、擅於支配，如男人一般。

　　甚至在一部被認為是「女性主義的」電影《我的璀璨生涯》（My Brilliant Career）中，這種情形也在作用著。這部片子有意思在它的前題是一個思想獨立的女主角在父權文化下的兩難：愛上一個富有的鄰居，她讓他成為她凝視的對象，但問題在，身為女性的她，她的慾望並無力量。男人的慾望通常是含有力量，以致於當男主角最後決定給予女主角他的愛時，他因此獲得到她。然而，由於女主角在愛的關係中只能是被動的角色，為了她自己的主自權，她決定拒絕他。本片玩弄著已確立的位置，但仍無法透過這些位置開發出新局。

　　從以上的討論我們可以下個結論，那就是我們的文化深深地受制於區隔性別差異的迷思中，「男性的」與「女性的」輪流運作複雜的

---

❶ Laura Mulvey（1975）"Visual pleasure and narrative cinema," *Screen*, Vol.16, No.3, pp. 12-13.

凝視機制，以及支配-被動的模式中。兩性在再現的位置配置上明顯地加惠了男性（透過偷窺癖及拜物癖，這些都是男性操控的，還有因為他的慾望含帶著威力/動作）。然而，近代婦女運動的成果，女性已被允許在再現時採取（進入）被定義為「男性的」位置，只要男性也乖乖地採取**女性的**位置，來使這整個結構完整。

當然，重要的是這種交換在電影中是容易的，在真實生活中，這樣的「以貨易貨」則含帶著巨大的心理障礙，而也只有心理分析學可以揭露這些困難。在任何情況下，這樣的「交換」對雙方都沒什麼用，因為並沒有真正地改變了什麼：角色仍然是被鎖定在他/她們的不變範疇裏。只是如此倒置形象還可能給婦女運動長久以來使女性更具支配力的一個活路。

因此，到此我們已到達必須質疑這個支配-順從結構的必要性了。凝視不需要是男性才可以了，如果要擁有並使用凝視，由於我們的語言及潛意識的架構，因此必須在「男性的」位置上才行得通。這個男性的位置的頑固展示，正是女性主義電影評論者在分析好萊塢電影時所要論證的。她們指出主流好萊塢電影機制就是依父權制度的「潛意識」所裝配成的；電影的敘事因此是以男性為基礎的語言及論述所組成的。女人在電影中如同社會學理論家所指的，並不是一個可以意指的（一個真正的女人 a real woman）的符旨，她的符旨與符徵都已被省略成一個呈現男性潛意識的符號而已。

兩個基本佛洛伊德概念——偷窺癖與拜物癖——已被用來解釋男性觀眾觀看銀幕女性形象時女性再現以及其背後的機制如何作用（或者，用不同方式來說，偷窺癖與拜物癖是主流電影用男性的潛意識來**構組**男性觀眾的機制。首先，偷窺癖，是與窺視本能（scopophilic instinct）相聯結的，即男性從他們自己性器所獲得的樂趣，轉成從看

他人進行性活動來獲得樂趣。一些理論家認爲電影即依賴著這個本能，使觀眾本質上成爲一個道地的偷窺者。使小男孩從房間鎖匙孔偷看以發現父母親的性行爲(或因想到這些性行爲以獲得性的快感)的趨力(drive)在男性成年人坐在黑暗的戲院中看電影時得以開始活動。攝影機的「眼睛」是由放映機中控制一次讓光打進來一格底片的光圈(aperture)再製造出來的，而這兩個過程（攝影機和放映機）複製了在鎖匙孔上的那個眼睛，即，這個眼睛的凝視是被鎖匙孔的「框」所控制的。當銀幕上有性場面時，觀眾明顯地就是在偷窺的位置上，但女性在銀幕上的形象，不管是不是性的活動或其他劇情，都是被「性慾化」(sexualized) 的。

根據莫薇的理論，女性銀幕形象的色慾 (eroticized) 與男性三種注視(look)/凝視(gaze)有關：首先，拍下情境的攝影機的注視(即鏡頭內景物的事件 pro-filmic event)，這通常是由男性主導拍攝的，與技術無關的，是男性的/偷窺的注視；第二是劇情敍事中男性的注視，使女人變成他們凝視下的客體；最後是男性觀眾的注視(如先前所討論的)，這個注視模仿著前述兩項注視❶。

但是，如果女人僅是被色慾化或客體化，這並不會太糟，如我先前指出的，客體化這件事可能是西方文明中先天即存在於男性與女性的色慾中。但有兩點需要更進一步的說明。首先，男人並不僅僅是注視而已，他們的凝視夾帶著行動以及佔有的威力，而這在女性的注視中並沒有，女人接受並回敬凝視，而沒有威力。第二，女人的性慾化及客體化並不單是爲了色情目的，從心理分析學的觀點來看，這是設計來消滅女人(被閹割及擁有一個罪惡的、生殖的性器)所具有的威

❶ 同上，pp.6-18.

脅。在凱倫‧霍妮(Karen Horney)的文章〈女人的恐懼〉(The dread of women, 1932)中,她指出文學領域中。「男人從不倦於翻新表現被女人吸引的強烈威力,而和這吸引力並肩的,是他擔心他會死或會被做掉的恐懼」❿,霍妮接著推測「男人在推崇女人時來自他渴望愛情外,也有想要終止這份恐懼的慾望。然而,類似的信念也在男性在態度上經常誇張地展示對女性的輕蔑上找到」❷。霍妮接著探索男人對女人的恐懼並不只在閹割上(與父親比較相關),還有在對陰戶的恐懼。

不管是什麼理由——是害怕閹割(佛洛伊德)或是嘗試要否認女人罪惡的生殖器之存在(霍妮),心理分析學同意男人努力要在女人身上找陰莖。女性主義電影評論家已發現這個現象(醫學上稱為拜物癖❷)在電影中作用的情形,攝影機(潛意識地)拜物化了女性身體形象,認為這個身體如陽具般以消滅女人的威脅。意即,男人「將這個再現的形體轉變成一個拜物對象,因此它變成令人安心的,而且是不具危險性的(因此,誇大且高估,形成是對女明星的崇拜)」❷。

霍妮指出男人稱頌及輕蔑女人這兩個相矛盾的態度,是反映出男人要消滅女人所帶來的恐懼之終極需要。在電影中,拜物癖及偷窺癖這兩個雙胞胎機制代表了兩個處理這兩個焦慮的方法。如莫薇指出的,拜物癖「建構了客體的生理美,使之成為一個可以自給自足的東西」,而偷窺癖,與輕蔑的心態結合,則有一個虐待狂的傾向,並與由控制或支配女人所帶來的樂趣,以及處罰女人(因被閹割而有罪)有關

❿ Karen Horney (1932) "The dread of woman." Harold Kelman (ed.) (1967) *Feminine Psychology*, New York, Norton, p.341.

❷ 同上,p.136.

❷ 關於拜物癖的有用論述,見 Otto Fenichel(1945) *The Psychoanalytic Theony of Neurosis*, New York, Norton, pp.341-5.

❷ Mulvey, "Visual Pleasure," p.14.

❷❸。對克萊兒‧姜斯頓(Claire Johnston)來說,這兩種機制在女人身上使得女人被呈現得根本不是一個 **女人**。延伸《電影筆記》(*Cahiers du Cinéma*)分析《摩洛哥》(Morocco)一片所持的理論,姜斯頓登認為馮‧史登堡壓制著「女人做為社會以及性的存在的概念」,因此將男人-女人的對立以男性-非男性 (male-non-male)來替代❷❹。

　　從此觀點來看女性主義電影理論家對凝視和女性觀眾的議題,我們可以看出心理分析的方法學所涉及到的更大的議題❷❺,尤其是改變現狀的可能性。也由於這個新的理論方法,使得女性主義電影社團通俗化❷❻。例如,在一九七八年的圓桌會談上,有些女性發出不平之聲,對於女人原來由男性發明出來的理論,以及我們如何被男性主導的力量而被看/被擺置的這些現象表示不滿。例如茱莉亞‧李莎吉認為拉康的批評理論具摧毀性,它讓女性「具體化在父系制度所意欲的幼稚位置上」;對於李莎吉來說,拉康的理論建立了「一個全然男性的」論述❷❼。而魯比‧瑞奇(Ruby Rich)則反對任何在銀幕或觀眾席排除女性存在的理論。她質問我們如何能不理會位置,而僅是分析它而已❷❽?

　　有些女性主義電影理論家似乎紛紛應和瑞奇的要求,開始挑戰先入為主的概念,思考女人在父權制度電影中是如何被建構出來的。例

---

❷❸ 同上。

❷❹ Claire Johnston (1973) ("Woman's cinema as counter-cinema," Clair Johnston (ed.) *Notes on Women's Cinema*, London, Society for Education in Film and Television, p.26.

❷❺ 參閱第九章之詳細討論。

❷❻ 1980 年 11 月西北大學所舉行之 Lolita Rodgers Memorial Conference on Feminist Film Criticism., 關於它報告中的差異,請見 Barbara Klinger (1981) "Conference report" *Camera Obscura*, No.7, pp.137-43.

❷❼ "Women and Film: a discussion of feminist aesthetics," *New German Critique*, No.13 (1978), p.93.

❷❽ 同上,p.87.

如茱蒂絲・梅恩（Judith Mayne）在最近的女性主義電影理論期刊中有一段有用的結論，她認為女性電影的討論內容必須「打開胸懷」將觀眾納入進來，她說：「評論的目的是要去觀察電影如何激發反應以及觀眾如何反應的過程。」㉙稍後，梅恩提議，對女性主義研究來說，較適當的位置是：放映機──讓影像投射到銀幕上的機器，以放慢速度或停止放映的方法來強迫我們凝視影像，來發掘這種過程如何製造出偷窺慾，讓我們以「逆勢研究」來研究我們做為觀眾的位置。

　　如果梅恩、李莎吉及瑞奇的提議導引我們至一個豐碩的方向，那麼露西・阿布斯諾特（Lucy Arbuthnot）及蓋兒・席內卡（Gail Seneca）的理論則充滿問題，但在這提出來做說明也很有用。在一篇針對《紳士愛美人》（Gentlemen Prefer Blonde）的論文中，阿布斯諾特及席內卡均嘗試將某些影像定義成受壓抑的，文章開始她們即表示對近期女性主義研究方向的不滿，也不滿意新近的理論性女性主義電影。她們指出，這些電影都太「集中在反對男性視女性為慾望客體，而較少讓女性聯結在一起」。另外，這些電影「在破壞敘事以及避免觀眾對主角產生認同感的同時，不止破壞了男性觀賞的樂趣，也破壞了我們的樂趣」㉚。在強調她們需要與銀幕上堅強的(strong)女性形象認同之時，她們也提出好萊塢電影提供了許多令人愉悅的認同例子；在一篇頗機智的分析文章中，她們就提出《紳士愛美人》中，瑪麗蓮・夢露及珍・羅素（Jean Russell）兩人之間的關係，就是兩個互相關懷、堅強的女性，正給予我們需要的楷模。

㉙ Judith Mayne (1981) "The woman at the keyhole: women's cinema and feminist criticism, "New German Critique, No.23, pp.27-43.

㉚ Lucy Arbuthnot and Gail Seneca, "Pre-text and text in Gentlemen Prefer Blondes," 1980 年 11 月西北大學 Feminist Film Criticism 會議提出之論文。印在 Film Reader, No.5 (1982), p.14.

然而，電影應以整體來看，而不只專注幾個鏡頭，很明顯的，夢露與羅素都是被放在提供男性凝視的位置上。男人的弱點並沒有使他們的敘事權力減低，女人也只有以她們的性慾做爲盾牌。電影將她們結構在「被－看」的位置，而她們想主導誘惑男性這回事也變得荒謬，因爲想捕捉男性的意思，正意味著她們要「被捕捉」。夢露以被拜物姿態所站的位置，目的在減低她的性威脅力 ❸，而羅素則是男性位置的反諷。結果是，這兩個女人以一種誇張的形式，又再度重複了主導的性別類型典型。

阿布斯諾特與席內卡兩人的理論缺點是，她們忽略了所有主流影像基本上都是男性組構出來的。明白這點讓茱麗亞‧克麗絲特娃及其他人認爲，在男性架構外，無法知道「女－性」（femimine）可能是什麼。克麗絲特娃認爲，因爲社會需要以及宣傳之便，我們一定得保留「女人」這個類別，但「女人」這個字她認爲是「沒有被表現出來的、不可說的、沒有意義且無意識型態的」 ❸。依據同樣的理由，珊蒂‧佛莉特曼（Sandy Flitterman）及茱蒂絲‧貝瑞（Judith Barry）也提出女性主義藝術家必須避免聲明女人身體內有任何特定的女性力量，以及避免呈現「一個繼承下來的女性藝術本質」 ❸。在一個拒絕女人滿足的文化中，這種對藝術的衝動是可理解的，但這個導致了「母性」被重新定義成女性創造力的位置，而同時女人「被提議是文化的承載者，

❸ Maureen Turim(1979) "Gentlemen consume blondes,: *Wide Angle*, Vol.1, No.1, pp.52-9. Carol Rowe 在她的電影《Grand Delusion》也（有些嘲諷地）呈現夢露的陽物中心。

❸ Julia Kristeva (1980) "Woman can never be defined," trans. of" La Femme, ce n'est jamais ç a" 作者爲 Marilyn A. August, 於 Isabelle de Courtivron and Elaine Marks (eds)*New French Feminisms*, Amherst, Mass., University of Massachusetts Press, pp.137-8.

❸ Juith Barry and Sandy Flitterman (1980) "Textual strategies: the politics of art-making," *Screen*, Vol.21, No.2, p.37.

雖然是另類的那種」❸❹。

　　佛莉特曼與貝瑞認為女性主義藝術的形式，如果不把「『女性』的社會矛盾」討論進來，是相當危險的。她們提議「一個激進的女性主義藝術應該包括了解女人在文化的社會實例中是如何被設置出來」，並且「應包括設計來顛覆女性為商品的美學」，如同克萊兒‧姜斯頓以及蘿拉‧莫薇早先提出女性電影必須是對抗電影（counter-cinema）的論點。

　　但是對抗電影的概念之關鍵點在視覺樂趣（visual pleasure）上。在定義上，對抗電影當然是拒絕樂趣的，莫薇認為這項拒絕是為了獲得自由必然的前題，但毋須有問題介入。在介紹樂趣這個概念時，阿布斯諾特及席內卡提出了一個中心但很少被討論到的議題，即在不認同好萊塢電影壓抑的前題下，女性主義電影需要將女人放置在觀眾的位置上，並滿足我們對**樂趣**的需要❸❺。她們指出女性主義電影理論者不知不覺陷入的陷阱，似是而非且自相矛盾的論點，即，對好萊塢電影而不是前衛電影的迷戀，因為好萊塢電影帶給我們樂趣；但我們一直很機警地在某種程度上允許樂趣是來自對客體化的認同。我們這種做為（男性）凝視物件的「被-看」位置，成為性慾上的樂趣。

　　然而，單單享受壓抑並沒有用；將好萊塢電影影像挪為己用，將這些影像從原來完整的架構中取出，並不會使我們有任何長遠的進展。我在前面提到，為了要完全明白女人**如何**在被客體化時獲得樂趣，必須藉用心理分析學來了解。

---

❸❹ 同上。

❸❺ Mulvey, "Visual pleasure," pp.7-8. 沒錯，「女性形象一直被偷且用來做為此用途（即滿足樂趣等等），不能以此帶著感傷悔恨來看傳統電影形式的沒落」，然而，問題仍然存在的是用**甚麼**來替代此樂趣。

梅茲、史蒂芬・希斯(Stephen Heath)等人已說明電影在很多方面模仿人的潛意識❸❻。佛洛伊德提出的夢與潛意識部分的機制已與電影的機制相提並論。電影敘事如同夢境，象徵一個潛在的被壓抑的內容，只是這個「內容」部分現在指的是一般的父系制度，而不是個人的潛意識部分。如果心理分析是一個可以解開夢境意義的工具，它也可用來解開電影意義之謎。

因此心理分析學被視為女性主義用來了解父系社會中社會化的第一步。我在分析好萊塢電影時已展示父系社會如何用迷思將女性擺置成沉默、缺席及邊緣的位置之幾種方法。一旦了解我們的位置以及我們所處的核心家庭所承續的語言及心理分析過程，我們必須想一想改變論述的策略，因為這些改變將影響我們所居住的社會(我在此並無排除從另一個角度著手的可能，即從父系論述的縫隙來建立另一個辦法，例如集體兒童教育 collective child-reading, 這應可開始影響父系制度論述；但這個方法必須對思想及行為常保警覺之心才有用)。

接下來在本書的第二篇，我們可以看到有些女性主義電影工作者已開始分析父系制度論述的工作，這其中包括以嘗試找到破解的辦法來分析電影再現的方式。在第十一章分析《佛洛伊德的朵拉》時，我們將說明電影工作者相信先提出**問題**來質疑現狀是建立女性論述的第一步，也許質問是女性唯一可用來對抗父系壟斷制度的方法。因為

❸❻ 參考 *Edinburgh Magazine*, No.1 (1976) Rosalind Coward, "Lacan and signification: an introduction," pp.6-20; Christian Metz, "History/discourse: notes on two voyerisms," pp. 21-5; Stephen Heath, "Screen images, film memory," pp.33-42; Claire Johnston, "Towards a feminist film practice: some theses," pp.50-9 Cf. 還有 *Screen*, "Psychoanalysis and cinema," Vol.16, No.2 (1975), 在這期中重要的文章有 Christian Metz, "The imaginary signifier," pp.14-76, 及 Stephen Heath, "Film and system: terms of analysis, Part II," pp.91-113.

問題永遠帶來另一個問題，但事實上它至少已開始動作，即使它是在一個非傳統的模式裏。莎莉‧波特即以此概念來組構她的電影《驚悚》（也同樣在第十一章），並讓她的女主角開始調查，藉一堆問題的查訪引導到一些(暫時性的)結論。蘿拉‧莫薇也指出，即使有人接受女人心理分析的位置，那麼我們尚不至於迷失，因為戀母情結/伊底帕斯情結在女人身上並不完整；她指出「因為女人在文化及語言上均被排除在外，因此有些地方女人並沒有被殖民化」**❸⑦**。

從這個位置來看，心理分析理論讓我們看到女人有改變自己的可能（也許可以此來改變社會），因為她們不像男人從小開始即經歷明確定義、過分簡化的一組心理過程。看完在制約的好萊塢電影再現下的女性導演們的反應後，本書的結論我們就將討論這個可能性。

❸⑦ Jane Clarke, Sue Clayton, Joanna Clelland, Rosie Elliott, and Mandy Merck (1979) "Women and representation: a discussion with Laura Mulvey," *Wedge* (london), No.1, p. 49.

第二章

《茶花女》中的父權及男性凝視

　　雖然實際上任何一部好萊塢電影都可用來闡釋女性在男性凝視的權力掌控下其沉默、缺席及邊緣的狀態，但是喬治・庫克的《茶花女》(Camille)特別適於我的論旨。首先，這部電影是改編自歷史上重要的古典通俗劇：小仲馬(Alexander Dumas fils)於一八四九年所作的《茶花女》(La Dame aux Camélias, 1852 年首演)。我們因此得以重新審視一九三六年時男—女關係的模式，家庭、傳統的衝突觀念，及重返浪漫主義時期、但卻從該時起(或至少從五〇年代開始) 就支配了主流戲劇的中產階級意識型態❶。(這齣戲從完成後迄今的數十年間，總是不停上演，以女明星為主角，及各種不同的電影版本❷，證實了其超越特定歷史時空的風采)。

　　其次，此劇關注浪漫主義時期的特殊層面(一八五〇年代巴黎波希米亞式的生活)，因其標示出一個時代，當時西方社會因工業革命的影

---

❶ Stephen S. Stanton(ed.)(1957) *"Introduction" to Camille and Other Plays*, New York. Hill & Wang p.xxx

❷ 著名的舞台劇演員曾演出瑪格麗特・高提耶的包括 Sarah Bernhardt, Eleanora Duse, Lillian Gish, Ethel Barrymore 及 Eva LeGallienne；在 1936 年庫克的版本之前 (是為原劇初演的 1852 年的第 84 年) 有 1917 年 Theda Bara 及 1921 年 Nazimova 和 Valentino 主演的版本及 1927 年 Norma Talmadge 等版本。1980 年 Mauro Bolognini 拍攝了義大利的版本。

響正處於一種轉型狀態，無法避免地動搖了傳統的性別角色。處女-妓女的分野(明顯是西方至少從古時起對女性再現的方式)從此採取了主流古典通俗劇的形式。

第三，《茶花女》和莎莉‧波特近來的女性主義電影《驚悚》(1980)為一有趣的聯結，後者在某一層面來說，是對類似《茶花女》的另一古典歌劇的解構。雖然普契尼(Giacomo Puccini)的《波希米亞人》(La Bohème)是在小仲馬的劇作後約四十年完成的歌劇，卻反映出女主角最終仍將被邊緣化的類似處境。普契尼的歌劇受亨利‧莫吉(Henri Murger)的「波西米亞生活」(La Vie de Bohème, 1845-8)的影響，而小仲馬的劇作面對另一種不同的地下社會，他們卻同樣顯現出女主角在父權體系中相同的困境。以女性主義角度來閱讀庫克的電影，可以帶領出波特電影中對《波希米亞人》的解構，我將在本書的第二篇中討論。

第四，《茶花女》在電影本身之外的方面是很有趣的：庫克是一個少數能處理女性纖細情感的導演，在兩部典型的女性電影中已指導過茱蒂‧迦蘭(Judy Garland)及英格麗‧褒曼(Ingrid Bergman)演戲❸。此外，庫克在米高梅公司(MGM)工作，而《茶花女》正表現出典型片廠制度的繁華富麗，同時，庫克並以一種歷史性的關注角度來切入。

最後，《茶花女》這部於三〇年代拍攝的電影，反映出當時人們希望從令人失望的社會及政治現況中遠離的慾望。電影海報將瑪格麗特及亞蒙間的愛情化為嘉寶(Greta Garbo)及泰勒(Robert Taylor)間的羅曼史；舉例來說，某張海報的文案寫道「葛麗泰‧嘉寶愛上了勞勃‧

❸ 參見《煤氣燈下》(Gaslight)及《綠帳海棠春》(Born Yesterday)，討論庫克做為一女性的導演，見 Gary Carey (1971) *Cukor and Co: The Films of George Cukor and His Collaborators*, New York Meseum of Modern Art.

泰勒」，而另一張背景圖樣爲嘉寶及泰勒深擁的海報上寫道，「將我消融在你懷裏直至魂飛魄散」（當然，這句台詞在劇作或電影中都沒有出現）；在另一張海報中，嘉寶「這位絕世女子將爲了她所鍾愛的男子受苦並消逝」。而另一張廣告直接訴求於人們想要經由一波波的感情被「抽離」開來的需要：「興奮之情襲捲了你，你的心將狂跳不止；你的情感將流向巴黎」❹。同時，影評全都提及女性觀眾爲亞蒙鼓舞而同情嘉寶時的落淚。

　　庫克電影中的感傷癖是從小仲馬所建立起的通俗劇變奏形式而來。結合了尤金・史克里伯（Eugène Scribe）的精緻戲劇理論及新心理學上的寫實主義❺，小仲馬在一八五二年的劇作和之前的戲劇形式有所不同。《茶花女》因其被視爲不適於戲劇的主題，而且又以精英觀眾爲影片的訴求對象，而引起一場騷動❻。「交際花」（情婦或高級妓女）被認爲是不適於戲劇的題材，因爲她是不見容於社會的。正如史坦頓（Stephen Stanton）指出的：

> 在一八五二年，即使是在法國，妓女是不被中產階級接受的。在舞台上演出一社會名流的交際花以及她無私的愛是一大膽的創舉❼。

同時，正如舒華茲（H. S. Schwarz）指出的，小仲馬將其寫實的主題以一般性的語彙表達而更令人無法接受❽。史坦頓指出，「他所做的是將戲劇更貼近於生活及人類的問題，而非從浪漫主義興起前開始所倡導的

❹ 此片的海報及電影上映時刊載的影評，可於紐約的林肯中心圖書館找到。

❺ Stanton (ed.) *Camille and Other Plays*, p.xxx.

❻ 同上，p.xxxi-xxxii.

❼ 同上，p.xxxi

❽ H.S. Schwarz 被引述於同上，p.xxx。

主題。」❾當然，於此同時，他間接發展出一種最終是刻劃且直指中產階級的戲劇形式❿。

評論界將小仲馬的作品視爲以一種不妥協的方法反映「生活及人類問題」，更顯出閱讀古典作品中、暴露中產階級意識型態所主控的「現實」結構及父權觀點的需要。小仲馬因以女主角瑪格麗特・高提耶（Marguerite Gautier）的觀點來呈現此劇（一反普遍以男性爲中心位置的做法，如普契尼的《波希米亞人》）而獲讚譽，但他仍無疑地接受了女性的欲求得在父系社會的要求下被犧牲之必要性。瑪格麗特內化了父權體系的需要，爲了更「崇高的」男性目標而犧牲了自我幸福。

十九世紀中葉古典敍事會開始關注於犯錯的女人及其與社會的關係絕非偶然；正如我先前指出的，工業革命使社會結構歷經了激烈的變化，無可避免地也使性別角色動搖。從十九世紀初，一種僵滯、物質傾向的布爾喬亞式工業階級在法國和英國建立起來，伴隨而來的是小家庭的鞏固及性別角色的僵滯。這種極端的物質主義及其僵滯性，在那些新興工業鉅子的下一代身上產生了一種反映，他們轉向藝術家式的生活以做爲反抗其父親的方式。盧梭在《La Nouvelle Héloise》（1976）中的主角類型，以及稍後在哥德的《Werther》中的主角，在之後的浪漫主義作品中，如巴爾札克（Honore de Balzac）、斯湯達（Henri Beyle Stendhal）及福婁拜（Gustave Flaubert）的作品裏，一再地重複出現。在英國，從米爾頓（John Milton）的撒旦人物發展出的

---

❾ 同上，p.xxxi。

❿ 對通俗劇形式的沿革及其基本特質的重要分析，見 Peter Brooks (1976) *The Melodramatic Imagination.* New Haven and London. Yale University Press, 特別是第一章到第四章。對通俗劇更精闢的有關電影的研究，見 Grisekla Pollock (ed.)(1977) "Dossier on melodrama," *Screen* Vol.18 No.2 pp.105-19.及 Laura Mulvey (1976) "Notes on Sirk and melodrama." *Movie*, No.25, pp.53-6.

拜倫式英雄（Byronic hero），是更具魅力且陽性化的類型❶；而二十世紀初的德國，中產階級工業鉅子那些附庸風雅的兒子也許是湯瑪斯・曼（Thomas Mann）筆下最感性的人物。這些富商之子羣湧入大城市，過著無憂無慮的生活，從事藝術創作，與女人廝混，飲酒作樂；因此開啓了這種亨利・莫吉所描繪的以無責任感爲特徵的波希米亞式生活——無妻無子、任意來去的男人。雖然經常挨餓受困，他們仍爲這種存在形式之興味及冒險所吸引，且對許多人來說，這僅是生活的一頁篇章，一個終將成爲相對來說較規則、成功的正常生活的過渡階段。

這種反物質主義中產階級家庭的革命形式並不適用於中產階級女性，她們仍爲禁止她們拋頭露面或追求此種藝術、知性的生活之符碼所環繞。然而，正如史坦頓指出的，一八六〇年代的法國，有一羣貴族婦女、官員之女，因爲家族男性在帝國戰爭中被殺害，「拒絕了那些由其背景、教養及品味所認定的婚姻」。❷然而，這些女人卻無法因此獨立地追求知性及藝術的生活，她們不得不以其手腕及美貌，去贏得相稱但卻已婚男子的青睞及友誼，她們因此扮演著情婦的角色，但事實上提供的經常不止是肉體的享樂。小仲馬將這些女人名之爲「交際花」（demimonedaines）。

勞工階級的婦女缺乏除了以她們的性吸引力之外去贏取男人心的教育，因此她們要不就成爲高級妓女(如普契尼歌劇中的瑪莎塔Musetta)，或藉出賣勞力換得微薄津貼來勉強維持悲慘的生活——以針線工作爲主（如同一齣作品中的咪咪 Mimi）。如我們稍後在討論莎

❶ 見 Sandra M. Gilbert (1978) "Patriarchal poetry and women readers: reflections on Milton's bogey," in *PMLA*, Vol.93, No.3, pp.368-82.
❷ Stanton (ed.) *Camille and Other Plays*. p.xxxi.

莉‧波特的《驚悚》時將提及的，正是這種在於中產階級男性藝術家「在他的閣樓中做些什麼」（在波特電影中，咪咪從不確知那些藝術家們究竟是在做**什麼**或**爲什麼**而做）與咪咪「在她的閣樓中做什麼」的對比（巨細靡遺地交代她不情願地縫裙子編花飾）吸引了波特。當藝術家安然地存於生產線之外，咪咪卻被固定在勞力生產上。事實上，兩人的關係建立在剝削她的努力所製造出來的收入上。

雖然瑪格麗特來自鄉村，她與社會之間的聯結接近「交際花」式的生活而非勞工婦女的生活。她藉由和那些富有的仰慕者相交，以維持其奢華的生活方式。不過，這些大多數是她不愛的人，她僅提供肉體上的歡愉。但當她愛上一個正努力躋身於中產階級的年輕人亞蒙‧杜瓦時，卻成爲此經濟體系中的威脅。滿足她的慾望，可能意味著對杜瓦的毀滅：瑪格麗特的出身及混亂的生活，是不可能成爲這種男人的妻子的；她得放棄她的慾望以保持中產階級父權體制的完好。

在將戲劇改編爲電影時，庫克的編劇並沒有小仲馬在劇中的批判姿態；相反的，電影忠實地複製了原始的意義。以下的分析將從主體性及慾望的觀點出發，以顯示出《茶花女》是如何表現出女性被置於父系社會中進退維谷的處境。賈桂琳‧羅絲簡述了此種困境：

> 因此，佛洛伊德關於女性(femininity)的論述所顯示的，正是這個性別差異的問題，即欲望的產生——小女孩究竟是如何成爲女人的，或她眞的成爲女人了嗎？……她的慾望……（是）……去滿足沒有被滿足的慾望。❸

庫克的電影可區分爲幾個明顯的段落，每一段分別反映出瑪格麗

❸ Jacqueline Rose (1978) "'Dora'——fragment of an analysis." *m/f*. No.2, p.18.

特與主體性、慾望，以及男性凝視間關係不同的處境。影片第一段中，在某種程度上來說，她譏諷地反抗做爲慾望客體、邊緣、他者的位置。瑪格麗特具現了也許是不可避免的妓女心理狀態，由於是分裂的主體，她成爲男性凝視的客體，但也對在男性的目光前呈現自己相當自覺。她刻意利用她的身體做爲一個景觀，且利用這種男性凝視的結構以達到她本身的目的——如金錢、禮物、仰慕尊崇（雖然她對此感興趣的程度含糊不清）；簡而言之，她是個墮落的女人，一個長久以來一再被呈現的具致命吸引力的女性角色。電影開始她被建構爲被閹割的女性（沒有陰莖的主體），但隨著影片進行，她具有主體性的這一部分（主導行動、引誘男人並向她的朋友誇述），她自身的慾望並無法宣洩；完全展現了「她的慾望是去滿足沒有被滿足的慾望」的位置，她並不想改變生活方式，但她並不快樂、無趣、不滿足，缺乏——她爲做一個主體及女人付出了代價。

複雜的開場說明了瑪格麗特身陷的陷阱。對女人來說主體性**及**慾望的不可能性在一連串複雜的誤識中顯現出來，一方面是瑪格麗特及其對手奧琳佩，另一方面是瓦維男爵（Baron de Varville, 瑪格麗特應該引誘之人）及在瑪格麗特還不識得他之前就愛上了她的亞蒙·杜瓦（Armand Duval）。劇情在雙方的誤會彼此的身分（mistaken identity）下開展，一開始，瓦維男爵抬頭，望向瑪格麗特的「朋友」普魯敦絲指給他看的包廂時，誤將奧琳佩識爲瑪格麗特；接著，瑪格麗特在人羣中尋找瓦維以引誘他時，發現亞蒙正愛慕地看著她，而將他誤認爲瓦維。瑪格麗特已習於假裝喜歡可供應她生活的男人，因此當她發現她要引誘的富人竟是一個英俊的年輕人時，更加無法抗拒。那一刻，瑪格麗特相信她的「慾望」及她的「勾引任務」（藉此她成爲主體，雖然這是女人成爲主體的唯一方式，也就是欲求那不可能實現的慾望）

奇蹟似地相互結合。正是這種一廂情願的可能性，使得她與亞蒙相互投射的眼神有著獨特且美妙的吸引力，當然，對他來說，這曾經是毫無希望的，美麗且令人欲求的瑪格麗特・高提耶竟會愛慕地看著他——一個銀行員的兒子。因此這對他倆來說都是特別的時刻，因為這一切促成這不可能的愛。這是社會符碼、階級及經濟狀況是如何界定及限制欲望，以及如何控制情感聯結的可能性之最佳範例。要開始這種不可能愛情的唯一方式是經由誤識。

瑪格麗特一知道亞蒙的真實身分、而瓦維男爵實際上是在對面和奧琳佩坐在一起的人時，她知道必須放棄亞蒙，回復先前慾望主體的位置。她必須回望瓦維的注視，立即成為被閹割（沒有陰莖）的主體，以及矛盾地，成為瓦維凝視之客體；影片接下來即是呈現在瓦維想完全佔有瑪格麗特，及她抗拒被佔有（只要她仍保持社會階級中「賣淫」的地位時所有的姿態）之間的衝突。

瑪格麗特在對抗拒被瓦維男爵佔有的努力，以及保持她經由這種未實現的慾望所獲得的主體性，在劇情中顯而易見。例如，瑪格麗特拒絕和男爵一塊兒離開（辯稱因生病而羸弱）；更甚的是，雖然她很清楚男爵絕對無法容忍背叛，卻允許亞蒙接近她。

這段劇情中瑪格麗特和亞蒙初次會晤的戲劇性非常依賴中產階級社會對於此種「放蕩」女人的隨意想像。亞蒙給了她一本叫做《瑪儂》（*Manon Lascaut*）的書，告訴她這是關於一個「活在愛及愉悅」中卻有著悲慘下場的女人的故事。亞蒙是在警告瑪格麗特她可能的後果嗎？或他的行為僅簡單反映出中產階級對這種「放蕩女」的態度，而她則成了此種受壓抑慾望的代罪羔羊？瑪格麗特表面上過著和瑪儂相同的生活，雖然觀眾知道這種亮麗的外表是多麼的虛偽，亞蒙仍得於其後才獲知。

他在宴會這場戲中了解到這一點，盛裝的瑪格麗特美貌非凡，白紗展現並強調出她的脆弱及脫俗，使她由其階級和低鄙的朋友間脫穎而出。但當她顯然是最光鮮無憂時，身體及精神的疾病卻浮顯出來：她的咳嗽燃燒了亞蒙的情感及想要照顧她的欲念，並使瑪格麗特不再隱藏對他的熱望。在一場戲劇性的情節中，瑪格麗特無法抗拒自己的慾望，熱吻了亞蒙的臉。她突然臣服於慾望更經由鏡子鏡頭強調出來，鏡中倒映出嘉寶向後仰的身體，而泰勒俯身於她之上。這個影像意指著回歸到想像的領域，是前伊底帕斯時期的自我與母親的融混。我們意識到這種結合是違反論述的，更加強了這對愛侶終將分離的命運。

由於只有經由退化至幻想的、前象徵期的想像領域（pre-symbolic realm of imaginary），愛侶們才能從父權體系的限制中釋放出來。這種解放感以及文化中被稱為「羅曼蒂克」的愛，是來自於解放象徵領域中心限制，解放孩子們賴以學習語言及了解自己在這個世界中的位置的「父親法則」，解放對戀母情結的抑制。亞蒙和瑪格麗特此時處於「父親法則」之外，此段戲中的場面調度，如幽閉的空間及物體堆積的擁擠狹隘，暗示了這對愛侶陷入的困境：因為他們的愛情在象徵領域之外，因此是不可能的愛。

而實際上，亞蒙帶著瑪格麗特的鑰匙離去，並計畫稍後悄悄的返回時，象徵著「父親法則」的男爵出現了。瑪格麗特雖終找到了愛的對象，但她的愛仍是無法被滿足的。

「法則」進一步從男爵延伸到亞蒙的父親身上——一個更不容忽視的對立者，因他是更攸關的，亦即他的家族血親。在亞蒙認為瑪格麗特背叛了他，回家以尋求旅遊資助的戲中，有兩件更重要的事：我們先是遇見了亞蒙的姐姐及她的未婚夫，相對立於瑪格麗特及亞蒙，他們是一對「理想的」愛侶，在父權體制的家庭當中做了正確的結合；

此外，我們了解到亞蒙和他父親間的經濟關係。亞蒙在金錢上仰賴他父親，雖然祖父留下一筆祖產，他父親卻禁止他動用。違抗父親對此事的命令，表示一種無可挽回的不信任。

亞蒙威脅要離開反而再將兩人結合在一起的一場戲中，顯現了瑪格麗特對父權規範的內化（雖然她的邊緣化似乎可以用來顛覆這些規範）。當瑪格麗特和亞蒙安適地相並而坐時，她首先稱讚他房中的家族照：她因這「完美的」家族照而感傷——可愛的姊妹、快樂的夫妻，照片散發著安詳穩定的存在；接下來（在此可預期稍後她對他父親的反映）當他向她表明愛意及想帶她一起走的欲望時，她試圖保持亞蒙和她的距離。我們知道瑪格麗特也相信自己是「不好的」，因這正是社會對她的建構。

瑪格麗特和亞蒙的關係不被中產階級所接受，是因他們不同的社會地位；因此他們的愛只能存於偏遠的地方，亦即刻意創造出的抒情的幻象中。這種羅曼蒂克愛情的論述對中產階級的「現實」來說是被詛咒的，因為這種愛會犧牲財富的累積及財產的分配❶。（正是這個理由，浪漫主義時期中產階級商賈之子反抗此種對物質層面的存在❶。）

片中，這對情侶遠離了幾代表文化、財富的城市，來到鄉間，這段戲中鄉間場景的設計正巧妙地比喻了「想像的領域」。在此，虛假的

---

❶ 這個現象在 Joel Kovel(1981) *The Age of Desire: Reflections of a Radical Psychoanalyst.* New York. Pantheon. 比如說，見他在〈欲望及超歷史〉（Desire and the transhistorical）一章中所言：

重點是政治經濟的組織是為了漠視慾望。而這使一切更為困惱。經濟體系的無情是由歷史所決定的，因為我們的歷史是由情感豐沛的人士所形成，他們所企欲的被資本的運作的非個人化世界所阻絕……在晚期資本主義中，慾望潰爛……慾望成了具體及非理性之所。是政治經濟天堂的地獄。（摘引自頁 84-5）

❶ 舉例來說，這在英國浪漫主義時期第二代的詩作中是非常明顯的，特別是濟慈與雪萊，他們渴望超越物質領域而在與愛人的幻想中找到平靜之所。

1. 這場戲場面調度所呈現的自由，與擁擠且幽閉的城市空間成了強烈的對比；大遠
景表現出這對戀人周圍的開闊空間。虛假的場景增加了「想像空間」的感覺，這是
在公共及象徵領域之外的空間。亞蒙充滿愛意地凝視著瑪格麗特，而她是如此地貞
潔、羞怯。

場景及人工的景緻增加了電影的意涵，這些電影元素強調了這對戀人試圖去尋找的空間的「不真實」，是在公共及象徵領域的論述之外的空間。這場戲暗示了「想像領域」靜止、非辯證的本質，因為，人只要有任何舉動，他/她就是處於象徵領域之中。這對愛人試圖返回前伊底帕斯期的虛幻狀態。

瑪格麗特在亞蒙的愛情及保護下，在此自在地生活著，解除了所有社會責任。大遠景代表了自由，相對於擁擠且幽閉的城市空間，表現出環繞著這對愛人的開闊空間。但「法則」也威脅到這兒來，以畫面後方天邊隱約浮現的男爵的城堡做為象徵；他的出現暗示著在中產階級資本主義建構的社會中，他們所擁有事物之短暫、「不真實」的特質。

但男爵仍然不是最大的威脅；「法則」以杜瓦先生（亞蒙之父）的形式，壓迫在瑪格麗特的身上。在瑪格麗特和杜瓦先生對談的主要場景中，瑪格麗特的位置從反抗（在此她試圖發出自己的聲音）轉為完全自我滅絕，最後被「法則」所征服；她使自己成為客體、他者，至沉默、缺乏及最終的死亡。這到底是如何發生的？為什麼發生？必要嗎？

正如我剛才指出的，瑪格麗特起初採取反抗姿態，她覺得杜瓦先生欲阻止這場婚姻的主要原因是，他反對瑪格麗特成為亞蒙的妻子。但杜瓦的論證是迂迴漸進的，是三段逐漸加強的說服手法。首先是經濟及社會的理由：亞蒙違反了家庭的符碼，想從父親手中取得他的財產，若果真如此，很快就會耗盡家產。其次，他利用中產階級對家庭及婚姻的論述：他說非建基於婚姻、孩子及「健全的聯結」之上的關係是無法持續的，因此亞蒙的愛會旋即消逝，因處於社會結構之外的人心是不可信任的。杜瓦巧妙地將他的論點轉入第三階段，為了瑪格

麗特本身的利益著想，他聲言，「沒有任何無防衛的女人不應將生命中最美好的時光獻給那些終將遺棄她的男人身上」，他這一說摧毀了瑪格麗特認為「任何人都是可能超越自私」的信念。

截至目前為止，瑪格麗特只是聽著，但並沒顯出屈服的樣子。杜瓦先生使出最後的手段，亦即他強調他知道什麼對亞蒙來說才是最好的。他說，瑪格麗特和他在一起正扼殺了亞蒙進入「真正」生活的權利，因為亞蒙就無法進入他該有的圈子中。在這可怕的重責之下，瑪格麗特終於屈服，並將對立於她慾望的價值內化了（且正如我們所知的，這同時也是她愛人的慾望）。她臣服於父權體制的法則之下，深覺自己的毫無價值，現在願意為她所愛的人犧牲自己的性命。她說「亞蒙不值得為我扼殺了前途」，而矛盾地忘卻了這一決定本身可能在精神上「殺」了他，如同會使她在肉體上喪失性命。

瑪格麗特真正的意思在與杜瓦先生會晤的結尾時表現得很清楚，她同情**他**，因她讓他承受了要求她犧牲的痛苦！「別自責了，」她說道，「你只不過是在盡做為亞蒙父親應盡的職責罷了。」換句話說，瑪格麗特是說她或亞蒙都不足以違抗杜瓦先生所代表的父權體系的法則，此時，她將這種凌駕她之上的價值觀內化。

這整場戲說明了中產階級父親對孩子命運的決定權，以及女人在文化中臣服於否定她的發言、主體性位置，和在社會秩序中的合法性地位。瑪格麗特在面對杜瓦先生時無立足之地；這對愛侶暫居的抒情生活的不安定是很顯然的，因為在面對公共（象徵）領域時，一下即完全崩解。她「除了亞蒙之外我一無所有」的悲言當然不受理會，她答應將亞蒙送回父親的身邊。

因此瑪格麗特現在得強迫自己背叛亞蒙，正如先前她不得不在瓦維男爵面前自取其辱以和亞蒙在一塊兒。她刻意返回和亞蒙處於鄉村

2.「法則」化身爲杜瓦先生襲向瑪格麗特。這場戲說明了中產階級父親對孩子命運的掌控。我們的文化否定了女性的發言、主體性的位置……，但卻要求女性臣服於這樣的社會體制中。較緊的取鏡和暗調打光強調了杜瓦先生的陰鬱及憤怒，與瑪格麗特明亮的服飾成了強烈的對比，而她頭髮上聖潔的打光方式也凸出了她的清純。

時已摒棄的「墮落的女人」的狀態（亞蒙雖發掘出深藏在瑪格麗特心中的「善」，仍無法「救贖妓女」）。在一重要的場景，瑪格麗特告訴亞蒙她不再愛他了，接著，再次身著白衣，從開啟的門邊哭著走出，門縫間可看到遠處天邊矗立著男爵的城堡；鏡頭凝在她脆弱、清明的身影漸入遠方，意指著她自我的喪失，向深淵屈服。

　　影片最後，瑪格麗特處於另一與主體性及慾望的關係中。我們在第一段中見到她處於主體的位置，但卻付出了實現其欲望的代價，且仍深受父權體制的限制所包圍；她是男性主宰下被凝視的客體，卻同時以其凝視回控，因而呈現一種緊張的狀態。社會層面上，瑪格麗特是不見容於社會的，因她違反了女人應有的符碼（例如，做爲處女或

是妻子），且關係混亂。第二段中，我們見到她糾葛於對亞蒙的愛及對金錢和奢華生活的需求之間；此外，社會層面上來說，她們的愛情是不可能的，在現有的社會論述中並無容身之處。第三段代表了她選擇「不可能」的短暫愉悅，返回「非眞實」的想像領域，在進入象徵界前和諧地相容。

當然，想像領域無法持續，因此在最後，瑪格麗特放棄了她的發言、主體性及慾望的可能；她屈服於父權體系及中產階級經濟和階級關係的需要。此時她讓自己成爲男爵的犧牲品，因她破碎的心對過去的種種已失去興緻。現在她得忍受這種折磨，不僅來自亞蒙，更來自所有她最忠實的朋友。男爵甚至以在公開場合羞辱她來取悅自己。

爲了和亞蒙斷絕關係並重回男爵身邊，瑪格麗特實際上只想著死亡。她此時的處境正是佛洛伊德在〈悲傷與憂鬱〉（Mourning and melancholia）中所描述的：女人因其在父權體系中的位置而特別容易感到憂鬱。影片一開始，瑪格麗特就表現出佛洛伊德稱之爲因對自我價值的缺乏所產生的憂鬱傾向：「病人將其自我陳述爲任何努力都是無用的、不可能的，以及道德的卑劣；他自我叱責，自我譭謗，並期待能被驅逐及受懲。」 ⓰ 在影片開始不久，瑪格麗特和亞蒙對話時聲稱她自己是卑劣的：「你爲什麼要照顧我呢？」她說道，「我總是這麼地抑鬱或淫蕩。」而我們也已見到，瑪格麗特很難相信亞蒙眞的愛她，且想和她在一起。

瑪格麗特離開亞蒙後，她的憂鬱症進入一新且更危險的階段，這是她將相對於她欲望的價值內化的結果。一向被視爲次等的瑪格麗特

⓰ Sigmund Freud (1955) "Mourning and melancholia," *Standard Edition*, Vol.14, London. The Hogarth Press, p.237ff.

（先是由於她關係的混亂，現在則因其對亞蒙的背叛）想必得擁有超乎尋常堅強自我的價值感。她自我犧牲的英雄式行爲（例如離開亞蒙，因這對他來說是最好的事）顯然不足以支持她。而且本片中敍事的建構方式，就是要讓觀衆覺得這樣的「犧牲」（受苦及死亡）是「美麗」及「值得稱許」的。

由於女人經常被要求做出此種犧牲（在藝術及生活方面），值得探討的是，這種行爲到底到什種程度才可稱之爲「高貴」。佛洛伊德有助於我們深入探討女人如瑪格麗特所承受的精神痛苦的層面；我們可看出，父權體制正是經由此種再現的方式得以將女性視爲「神經質的」角色。

正如佛洛伊德指出的，憂鬱症的機制會顯現一個人突然從濃烈的情愛中撤退後的危險性，以及引發一種深層的無價值感，使她自願地撤退：

> 首先必需有對象；「本能」(libido)必須附著於某一人身上；接著，因爲對愛的人失望或受到傷害，這種關係被破壞。結果並非是「本能」從這個對象身上抽離，轉移到新的對象上的正常的情況，而是不同的……這個「本能」退入「自我」(ego)之中。它在「自我」中並沒有作用……僅僅是建立了對這個對象的認同。至此，這個對象的陰影投在自我之上，以至於後者被這樣的特殊的心理機制所批評❶。

佛洛伊德繼續說，沒有了愛的對象，主體有退回至自戀的危險；愛的對象被自我認同所取代（自我被視爲客體，且導向對自我的憎惡，而

---

❶ 同上，p.241。

實際上這是對失落的客體的憎惡)。這是痛苦的人為什麼有自殺的傾向的原因——如佛洛伊德所言,戕害自我而不戕害已失去的對象。

　　瑪格麗特在影片最後的心理狀態,正反映出此種憂鬱症:她的愛事實上已被杜瓦先生斷絕,但她非但沒有把憎惡導向將她和亞蒙拆散的杜瓦先生身上,反而轉為對自己的氣惱,不僅不照顧自己,更遁入一種使情況惡化的生活以自殺。她讓父權體制視她為無價值的論定變成她對自我的認定,而沒有採用別的論述,用不同的價值觀來評價自己。

　　因此只有從這種抽象的、父權體系中的位置(舉例來說,杜瓦先生),瑪格麗特的犧牲才被視為「高貴」。可是從瑪格麗特的觀點看來(隱於影片中),其實她的死無疑是對生命的蹂躪。但這種古典敘事之所以要女主角去死——正如莎莉・波特在《驚悚》所顯示出的一樣——正因為她是父權秩序的威脅。在此片中,瑪格麗特表現出她對死亡的必要性瞭解,她說:

　　之前,我對死亡感到憤怒;我為此悔恨;死亡是必要的,我愛它,
　　因為它等待著你的歸來。要不是我死去,你父親是不會寫信要你
　　回來的 **⓲** 。

這從不同的觀點來看非常有趣,這番話顯示出瑪格麗特知道她死亡的**必要性**——且她消極地接受此種必要性。她知道要不是她的確就將死去,亞蒙的父親絕不會允許他回來。同樣的,片中她和亞蒙之間簡短、

⓲ "J'ai eu tout à l'heure un moment de colère contre la mort; je m'en repens: elle est néces-saire. et je l'aime, puisqu 'elle t'a attendu pour me frapper. Si ma mort n'êut été certaine, ton pere ne t'êut pas écrit de revenir." Elliott M. Grant (ed.) (1934) *Chief French Plays of the Nineteenth Century*, New York, Harper & Row, p.477.

充滿張力的復合之所以可能，全因瑪格麗特再也無法以其對亞蒙的愛情，即試圖維持在十九世紀中產階級社會架構中不見容的愛情，而威脅到父權體系的秩序。

電影和劇本都壓抑了瑪格麗特的「犧牲」在本質上具精神官能症的徵狀，尤其是這種以男性為優先而放棄自我的女性特質，正是我會組織的基礎。本片因為是在好萊塢中產階級的體制下生產的，所以不敢暗示瑪格麗特與亞蒙間的愛情，在不同的社會結構下可以有的可能性。

瑪格麗特是只被允許追求無法滿足的慾望的文化下的犧牲品；因為如果女人敢於追求自己的慾望，如片中所顯現的，會受到滅絕之險。藉由這些機制，《茶花女》中的女人最終仍退讓到沉默的境地，以無聲且無法實現慾望的方式，做為繼續存於體系中的代價。

第三章

《金髮維納斯》中的拜物論
及母性的壓抑

雖然喬治・庫克的電影不具顛覆性（它並沒批判女性在父系社會中的位置），但片中還是因為用女性觀點來安排事件，而曝露出男性對女性的矛盾要求。從一方面來看，《茶花女》讓女性觀眾在看完電影後覺得自己經歷了一個「美麗的」經驗，因為她從瑪格麗特的悲劇中獲得了一個替代性的感傷滿足；然而，在另外一方面，觀眾也會開始想**為什麼**瑪格麗特要死，而我也在上一章說明，答案就在電影中。

因此，在無法說明在其他社會結構或存在模式可能或可企求的情況下，該片終究對女性境況是懷著同情的態度。這也部分說明喬治・庫克做為女性電影導演其獨特敏銳之處（專門拍針對婦女觀眾電影的導演，並展示女性境況的悲憐）❶。在某個程度上，女性觀眾在銀幕上看到的困境，事實上是她們自己的(同樣在父系制度中的位置)，換句話說，這些電影在向她們說話。在此層次上，這些電影在三〇年代和當今的肥皂劇的社會功能相同❷。而我們也看到，這些作品的限制是在於女性可以認同的對象通常都是犧牲者，因此對女性觀眾的吸引力

---

❶ Gary Carey(1971) *Cukor and Co: The Films of George Cukor and His Collaborators.* New York, Museum of Modern Art.

❷ Tania Modleski (1983) "The rhythms of day-time soap operas," 收編在 E. Ann Kaplan, *Re-Garding Television: A Critical Anthology*, Los Angeles, American Film Institute. 有通俗劇功能的詳細分析。

是針對社會賦予她們的被虐狂傾向而來（女性是否真得接受這個位置是另外一件事，關於此點，我們需要更多具體的證據）。

《茶花女》更進一步的吸引力是嘉寶及泰勒是**一起**被呈現的，即做為一對情人的再現。成功的理由有二；第一，對很多女性觀眾而言，泰勒是性象徵，因此她們認同嘉寶，她替代她們和泰勒「做愛」。第二，嘉寶本身細瓷般的美貌且僅帶一些些性感，並沒有威脅到女性觀眾。她好像總是在「別的地方」一樣；並且，嘉寶的哀憐處境引發了女性觀眾的同情，激發她們的母性，女性觀眾因此一直站在她這邊，希望她的慾望至少可以獲得滿足，來彌補看的人無法被滿足的部分。

雖然是同一時代的古典好萊塢電影導演，在處理馮‧史登堡常合作的明星瑪琳‧黛德麗（Marlene Dietrich）時，喬治‧庫克則採用截然不同的手法來處理她。庫克對女星及表演的敏感，對比著馮‧史登堡的完全主宰。而當庫克努力在劇中呈現女主角的觀點，馮‧史登堡對女主角及她的遭遇則完全漠視。《金髮維納斯》因此是專為男性觀眾而拍的電影，利用電影來做為男性主宰女性的方法——運用將女性身體拜物化的再現系統，就說明這個方法有時候反而引發出男性自戀的情況來；女性觀眾可以將這陽剛化的女性形象解讀成一個 **反抗** 形象（resisting image），而男性觀眾一點也不會覺察到，因為對他而言，男性的打扮是會減少女性的性威脅。對女人來說，男性打扮「允許」一種「女性同盟」（female bonding）的形式，可將男人排除，因此顛覆了父系的統治。

馮‧史登堡是克萊兒‧姜斯頓所指的眾多將女性貶到「缺席」（absence）位置的導演之一。她認為女性在他的電影中，在社會存在或性慾存在的狀態下均被壓抑，因此男人可以維持電影世界的中心位置，而不管電影的表面上是焦聚在女人身上：

做爲符號的女人，因此成爲電影論説的僞中心。這個符號眞正對抗的是男性/非男性，由史登堡利用男性服裝來包裹黛德麗的形象而建立。這個裝扮暗示了男性的缺席，而這個缺席同被男人同時否決及恢復。女人的形象因此變成僅是女人被排除及壓抑的痕跡而已❸。

在電影的前三分之二部分，這是眞的，因爲我們沒看到從海倫的觀點所看的事物，因此女性觀眾完全不明白她是什麼(女性觀眾很努力想明白海倫言行的意義)。但在電影的中段部分(從海倫被「迷住」開始)，當她還是由主導論説所結構出的形象，我們看到這個論説壓迫她的情形，因爲從此處開始，我們看到了海倫的觀點。

因此姜斯頓全然否定黛德麗的**任何**存在是有些過分了。這包括兩方面——第一，在劇情中，做爲敍事的人物；第二，電影攝影之外的，是歷史人物（明星）——黛德麗在其中顯示出了她在演出時所受到的壓抑的自覺。

首先，飾演海倫的黛德麗在《金髮維納斯》的位置和嘉寶在《茶花女》中一樣，處心積慮地用她的位置成爲男性凝視的對象，使女性觀眾察覺。例如，當她爲男性觀眾表演賺錢時，相當自覺地用自己的身體做爲景觀，一個男性凝視的客體；然後，當她需要從這些男人中的一個去獲得金錢或權力時，她知道她可以操縱他們的慾望(最喜劇的一段是，當黛德麗「引誘」那個完全不曉得她是誰的偵探時，將他玩弄在股掌間的樣子)。

❸ Claire Johnston (1973) "Women's cinema as counter-cinema," 收編在 Claire Johnston (ed.), *Notes on Women's Cinema*, London, Society for Education in Film and Television, p. 26.

3.當黛德麗想從男人身上獲得金錢或權力時,她知道如何去操縱他們的慾望以達到目的。此處黛德麗成功地施展魅力謀取工作。請注意她的眼神:斜睨著史密斯,清楚地明白自己是史密斯注視下的慾望客體(請與第五章圖7中基頓的眼光相比較)。

第二,做為前電影事件的歷史人物來說,黛德麗似乎相當明白馮‧史登堡如何利用她,也明白他對她形象的迷戀。這份覺察說明她在攝影機前非常自覺的表演:她為史登堡表演,看起來似乎她是故意為電影景框外、劇情之外的史登堡的凝視而表演。這製造了畫面中相當大的張力,因為黛德麗自覺到她如何被利用(除了她表面的被動,如果是有點諷刺接受了這個位置的安排),此種相當明顯的方式改變了她被客體化的作用。她了解電影外她被擺置的論說,使在她與被安排的她之間產生了一種距離,這個縫隙並提供了女性觀眾看到她在父系社會中被組構的情形。

對男性觀眾來說,另一方面,黛德麗被組構成「終極拜物的對象」(ultimate fetish, 套蘿拉‧莫薇的話)。她美麗、肉慾、光滑的特質,

即她被膜拜的再現方式，來自馮‧史登堡對她的慾望，以及他同時要壓抑她的性慾的需要。換句話說，馮‧史登堡對瑪琳‧黛德麗的態度就如我們社會對女人的態度。如同蘿拉‧莫薇指出的，在攝影上馮‧史登堡以打破男主角的權威注視達到這個目的，使觀眾直接注視她的形象。莫薇指出，這個效果是──

> 女性之美如同物件完整呈現在銀幕上；她不再是罪惡感的承載者，反而是完美的產品，她的身體因攝影上的特寫被分割而風格化，成為電影的內容，而且是觀眾注視的直接接受者❹。

以此，馮‧史登堡得以更具威力的方式去滿足一般男性觀眾向女性形象拜物的需要。

馮‧史登堡本身對他與黛德麗之間關係的說法，說明他對她拜物的情形。他同時也聲明他對她銀幕形象及出現方式完全負責，說明了她不但是他創造出來的，而且她就是他：

> 在我的電影裏，瑪琳並非她自己本身。我才是瑪琳，這一點，瑪琳清楚得很❺。

---

❹ Laura Mulvey (1975) "Visual pleasure and narrative cinema," *Screen*, Vol.16, No.3, p.14.

❺ 馮‧史登堡這段話的引述來自 Richard Dyer (1979) *Stars*, London, British Film Institute, p.179.而關於黛德麗是他的創造，見 Von Sternberg(1965) *Fun in a Chinese Laundry*, New York, Macmillan, 以下是他的說詞：

我因此將她放到我的概念中接受嚴格的考驗，將她的形象與我的融合，直到完美。她活過來，而且以一種悠然輕鬆的態度回應我給她的指示，我從沒經歷過這種經驗。(p. 237)

在書中的前半部，馮‧史登堡透露他對女人的看法，且毫不難為情地表示出對黛德麗的操控：

女人是該被動、順從並依賴男性的主動，且隱忍痛苦。換句話說，因為被操控，她通常不會特立獨行。相反的，她應該享受。(p.120)

因為這個論點，馮・史登堡在電影裏自戀地排除了女主角的觀點，也不真正關心她們；他要瑪琳僅是為了那個她可以提供的景觀而已。因此，那些她飾演「演員」的電影裏，她的出現位置就是劇情的內容，演員的身分使她的存在比僅僅是讓攝影機聚焦在她身上更有敘事上的動機。

在《金髮維納斯》中，我們同時發現以上這兩種情境；在影片的開始及最後部分，瑪琳是表演者，在很多場戲她被拍的方式，套莫薇的話：「是男性觀眾凝視的直接接受者」，而不管在劇情中也有觀眾。她的身體因特寫而充滿銀幕空間也因此成為銀幕空間。在一段奇特的巫舞中(之所以令人困擾是該舞蹈以種族歧視的方式呈現美的形象以及怪獸圖象)，瑪琳・黛德麗十分自信地對著攝影機微笑，對她自己的美貌及對觀眾的威力十分自信。

不過，她最被拜物化的一段是最後在巴黎的那場表演，她穿著令人目炫神移的全白男性晚禮服以及高禮帽，充滿了性誘惑力、自信，而且美艷如冰。完美無暇的服裝及身軀，和她結構獨特的臉頰及刻意的姿態，透過柔焦及表現主義式的燈光處理，創造出了精緻的、人工化的且超現實的形象。完全封閉在景框中，儘管劇情中有尼克這個觀眾存在，瑪琳的形象為男性觀眾提供了直接的情色聯結。

不過當黛德麗與尼克在一起時，她一樣是被拜物化了，因為當攝影機否決了男主角的沉思，允許觀眾再度直接擁抱主角。極端特出的服裝修飾著她的形象，毛皮高領外套簇擁著黛德麗的臉及修長的身體，高瘦的高禮帽更強調出整個效果。高聳的顴骨彷彿一個完美的面具。(僅有眼珠流轉著，或上或下或右或左轉動，這些眼神的意義是什麼呢？在迴避攝影機及男性觀眾的凝視嗎？是唯一她可用來反抗的工具嗎？)

4.在這個鏡頭中，黛德麗從巴黎返家。在簡陋的家門外，她的華服背叛了深植在拜物主義及母性之間的矛盾。請留意葛倫那充滿慾望的注視以及黛德麗避開的眼神，雖然她面對著攝影機，但「她的」慾望是缺席的。

　　黛德麗在片末穿戴著回住宅的外套、帽子及禮服，應該是最拜物化的了。緊針織帽與絲綢禮服搭配得宜，蓬鬆的袖子也勾勒出她完美的頸線。裙緊緊包著她的下半身，高跟鞋、外套及墜毛的袖子。鏡頭一開始是拍她像鳥一樣站在樸素的屋前，而在屋內的畫面，她的華服背叛了深植在拜物主義及母性之間的矛盾，而這份矛盾貫穿了整部電影。（見圖4）

　　與此矛盾有關的非攝影事物再次也相當重要，馮‧史登堡強烈反對黛德麗在《金髮維納斯》以母親的角色出現，而且他也不願意呈現她被魅惑時一段很長的墮落的戲。他與製片人為劇本吵架徒勞無效，反對黛德麗的母親角色也不成，馮‧史登堡生氣地離開片廠，並且不願繼續拍片。後來因為黛德麗拒絕與新導演合作，馮‧史登堡才回到片

廠。不過,不管這故事是他的親身經歷❻,他還是憎恨這部電影。

　　反對黛德麗飾演母親角色與他處理她的再現方式,明顯是相關聯的。因為,如果拜物化是用來使男性觀眾消除對女性性慾的恐懼,它當然也是用來壓抑母性的。自法蘭克‧鮑威爾 (Frank Powell) 的《從前有一個愚人》(A Fool There Was, 1914) 以來,這種矛盾 (性慾及母親角色) 即存在於美國電影,目的都是要去降低女性的整體威脅。父系制度將母親角色再現在性慾之外,因此,在某種定義上,母親對男人沒有威脅。但,誠如,克麗絲特娃指出的,其定義必須集中在其象徵性的面向上,即,在父系制度中,「母性」就是「為一個父親懷一個小孩的慾望」(即為自己父親生的小孩) ❼。父親,根據克麗絲特娃指出,因此,被融合在小孩裏,小孩因此變成慾望的執行 (現在真的變成對父親的慾望)。因此,從這個觀點來看,所有女性對孩子的慾望是被排除的。因為男性完全壓抑女性性慾及對父親以外的慾望 (希望她成為慾望客體),男人因此可以恢復地位。

　　母性的其他非象徵性面向也被壓抑了,因為它們可以提供一個縫隙,使女性可能可以避開父系制度的主導。如克麗絲特娃指出,「母親的身體……是所有女人熱切想要的,因為它沒有陰莖……以懷孕生子,女人可以與母親聯結,她變成自己的母親,她們的同體分身出來的延續體」❽。這個具顛覆性的可能性正是父系制度 (及父系的再現方式) 必須排除的。

❻ Charles Silver (1974) *Marlene Deitrich*, New York, Pyramid, pp.39-45, John Baxter (1971) *The Cinema of Joseph Von Sternberg*, London, Zwemmer, pp.102, 108.

❼ Julia Kristeva (1980) "Motherhood according to Bellini," Thomas Gora, Alice Jardine, Leon S. Roudiez 合譯,Leon S. Roudiez(ed.) *Desire in Language: A Semiotic Approach to Literature and Art*, New York, Columbia University Press, p.238.

❽ 同上,p.239.

《金髮維納斯》有趣之處在它認為母性無威脅的策略上，母性不具威脅性是因為它對克麗絲特娃指出的母性概念上，有不置可否的態度。當大部分古典好萊塢電影成功地展示具象徵的母親角色時，黛德麗被拜物成慾望的客體的地位，讓傳統的再現變成問題。當然，絕不支持母親角色的非象徵性及顛覆性的部分（這些，如同以往，一定要完全壓抑下來），本片在某層面上，無疑地曝露了理想好萊塢電影的虛偽。

然而，從表面的劇情來看，本片是有試著去肯定典型、理想好萊塢家庭的父親、母親及小孩在各自適當的位置上。依此概念，母親被安排成一種圖騰，完美、奉獻，在父親的主導下服務他。她是一個別人的客體（object-for-the-other），而非自己的主體；一個空洞的符徵，是一個公共領域中安全的天堂。因為母親被視為必須與丈夫孩子相連，因此父系制度概念下的母性，事實上都在壓抑母親的角色。

因此，雖然有點怪異，當黛德麗在家庭中擔任母親角色時，她就在傳統的位置上服侍丈夫及孩子。費瑞迪如同一般傳統丈夫一樣，反對海倫外出賺錢（雖然明顯的她賺錢是為了供他使用）；而且當她決定去俱樂部工作時，鏡頭先拍攝丈夫與兒子看著她離去的沮喪神情，然後才拍她站在樓梯口離去的畫面。父親與兒子單獨在晚餐桌上的畫面也強調了母親的缺席，即海倫不在她應該存在的位置。接下來的整部影片費瑞迪憂鬱的身軀正象徵著海倫的缺席，而她應該是屬於他及兒子的。

不過這些支持理想好萊塢電影家庭的表面手法也在許多方面被反面處理：例如在開場的家庭戲中，黛德麗非常尷尬地存在那個空間裏，洩露了我在之前所提到的，馮‧史登堡與黛德麗在電影之外，對母親角色的不安，並對她在做一個母親卻看起來如此「虛偽」的樣子

負責❾。電影上，古典好萊塢電影的「母親」圖像——樸素的衣服、圍裙、亂髮——已先聲奪人強過黛德麗已然相當拜物化的形式（即，開場時費瑞迪第一次在瑞士看到黛德麗赤裸在湖邊），結果是相當怪異的呈現——在某場戲裏她確實看起來像一個女僕，穿黑衣及圍裙。

第二，儘管整個敘事重點是在費瑞迪這個可憐的、被遺棄的丈夫身上，如同比爾・尼可斯（Bill Nichols）提出的，燈光確是主要打在黛德麗身上。結果電影的重量不在家庭上，而是給一個掙扎在兩個男人對她的需要的衝突中的女人❿。而費瑞迪鬱鬱寡歡的形象為所謂的理想家庭覆上他貧弱且無法令人忍受的行為之陰影。

第三，嬰兒的再現方式也與一般理想家庭不同，和一般好萊塢電影中的孩子有差。強尼在片中呈現方式是機械的且具毀滅性的⓫。當黛德麗在片中為他洗澡時，強尼非常激進，他先想「殺」他的玩具鱷魚，並將喇叭對著母親的臉吹。在他睡前，他是和玩具槍及吵雜的機關槍玩具在一起。入睡後，邊聽爸媽討論，他不斷將玩具熊的眼挖出來又讓它彈回去。之後的鏡頭也都顯現這些令人不舒服的玩具和他在一起的畫面，還包括他反戴在腦後勹的嚇人面具。本片對核心家庭的憎惡就在這個變態且激進的小孩身上顯露出來。

這個小孩不自然地參與父母的性慾也反映了核心家庭運作的一種潛意識。首先先是出現佛洛伊德家庭羅曼史癥候（Freudianfamily-romance syndrome），使小孩(在父母的協助下)讓父母晉升到高貴的地位；他依此讓整個家庭成為滿漲著真實經驗的童話故事。但是接著

❾ Baxter, *The Cinema of Joseph Von Sternberg*, pp.103, 106-7.

❿ Bill Nichols (1981) *Ideology and the Image*, Bloomington, Ind. Indiana University Press, pp. 113-19.

⓫ Baxter, *The Cinema of Joseph Von Sternberg*.

核心家庭的亂倫情況無可避免地在小孩偷窺到父母性交時呈現出來。

　　然而，誠如我先前提到的，所有這些破壞理想核心家庭的現象並非爲了重新定義母性的動作而來（即，不同於主流論述的定義），而是非故意地先在主導再現中，呈現女性性慾與母性的不可相容性；第二，電影焦聚在拜物主義上，策略地用來減低男性對女性性慾的恐懼。正是後者，使馮‧史登堡無法以平常抗爭對待對母性本質的敵意。

　　《金髮維納斯》中缺乏實體的母親讓壓抑母性有了更開放的空間，但它的目的是爲了不斷呈現黛德麗的美。是慾望的客體。黛德麗既是物件又是母親，兩個角色之間的張力，在她帶著小孩離開的那段長段落最明顯。

　　敘事上，對她老公或情人尼克‧湯森（Nick Townsend）來說，她的離開是完全違反「法則」的——男人因此暴怒，包括她自私又滿口道德的老公及州立警察，我們在此第一次在片中看到海倫的觀點。比爾‧尼可斯提到，叢林與石板的視覺母題象徵海倫的受困**⓬**，它們象徵父系法則限制她並剝奪她當母親的權利。海倫確實面臨著兩極的角色，一則是要她爲男人服務的女人，以及不需要依賴男人的母親。兩者之間的鴻溝使得片中其他女性角色可以更進一步來支持海倫（即「好萊塢女同志」）——旅館的女經理及在南方的黑人女僕。這兩個女性角色形象都是被定位成邊緣且不被喜愛。而正是女性同盟中這個具潛力的顛覆性力量——給了父系制度一個威脅——使影片必須回頭去破壞，要海倫重新回到慾望客體的正確位置，並且必須要回到核心家庭的母親角色才可以。

　　她與孩子間的不睦（從她的觀點來看），曝露了父系制度對遠離應

⓬ Nichols, *Ideology and the Image*, pp.119-22.

當位置的母親的殘酷對待。火車站那場戲就有了非常強大的視覺力量，她的身影強烈地象徵失敗。她坐在車站的長椅上，彎腰掩面哀愁之影像無與倫比。火車離去後，站在鐵軌上，她脆弱如柳，如同無助的受害者。這是影片中少見的呈現黛德麗不爲男性凝視而存在的段落，不過這個角色還是犧牲者的角色。

最後的一場尋找海倫的戲，是對抗該片整個主導敘事策略達到最高峯的地方。有趣的是瑪琳穿著男裝，這個形象提供了矛盾的多重閱讀。從一方面來說，這個形象暗示了她離家獨居的男性化，另一方面是允許了具顛覆性質的「女性-女性同盟」。當她出場時，她還戲弄了一下正要退場的伴舞女郎，她運用了扮裝來使這種魅力合法化。正如女性影評人指出的，在此刻，女性觀眾因父系法則的表面依據（男性穿著）以及具顛覆性地展現「女性-女性情慾」（female-female eroticism）的組合，而獲得無比的情色震撼❸。做爲針對自戀的男性觀眾來建構的電影，這顯然是出乎意料的反應，而且它還變成女性專享的時刻。在此黛德麗嘗試綜合自己所展示的存在（在敘事與男性觀眾的關係中，均做爲一個被凝視的物件來說）與男性客體化女性截然不同的、具顛覆性的女性同盟。

但，也僅有此一時刻而已；整體來說，海倫這個角色並無法逃脫束縛著她的結構。首先，順從父系法則，她教導孩子要記得父親，而順著父系制度概念中的象徵性母性，她與小孩的親密關係正暗示他是陽物替代品。即，她並無嘗試打破以達成母親的非象徵性面向（如果眞的依克麗絲特娃的說法，像這樣的情況是可能的）。第二，她仍繼續透

❸ "Women in film: a discussion of feminist aesthetics," *New German Critique*, No.13 (1978), pp.93-7.

過做爲男性凝視的物件，以自己的性慾來爲男人服務。整個獵尋她的這場戲，所有的表演均在緩和這個黛德麗被迫去扮演墮落的角色。而事實上，即使如此，黛德麗仍光芒四射，因爲她永遠在展示自己。不管劇情如何或她穿什麼，攝影機永遠不放棄將她拜物化。而她也不斷玩弄攝影機，因而觀眾無法認同她。反而我們被迫去認同這個凝視她的攝影機，從一個距離去觀察且仰慕她。

因此這個墮落並非那般視覺化，只要關於黛德麗的形象及劇情；而甚至在劇情來說，黛德麗也無法一直是受害者。尼可斯即說，黛德麗已如此墮落，就是爲了要轉變且「提升」到上層，希望可以成功及富裕。但這個提升也不過給拜物化更多機會罷了。我不同意尼可斯的說法，認爲海倫已如此主宰了她的行爲及人生。換句話說，我不同意他關於這個「提升」的意義，因爲海倫個人付出巨大的代價——如《茶花女》中的瑪格麗特。在討論該片時，我提到「放蕩」（loose）一點的女性多少可以獲得一些主體性（拒絕她已婚/訂婚/不獨立的姊妹），然而，矛盾的是，這是得透過她做爲慾望客體的角色而來。因此，眞正主宰的還是這個定義她「放蕩」的這個制度，而她的存在仍是爲男人服務（即，透過出賣自己，在經濟上依賴男人）。

如同妓女或放蕩的女人，海倫在片末是成功了。她成功掙脫了兩個一直要束縛她的男人。但付出的代價是愛與親密。男性再現制度是不會允許像海倫這樣獨立的女人。因此在電影中，她在巴黎時是既寂寞、冷酷又無情。只等著尼克前來告訴她正在遠離孩子與先生的愛，而之後也就是他帶領她回到她家。因爲電影劇情不會允許海倫在家庭或男人之外去得到自我的完整。

最後的和解和電影的開場一樣令人難信；因爲劇情要求海倫必須在家庭單位中（好萊塢電影的意識型態是認爲家庭是先天「自然」的

單位），與要將她拜物化的機置是互相矛盾的。因此，在挑戰好萊塢藐視家庭中的性慾，海倫在最後的家庭團聚中，仍然是攝影機凝視的物件：正式服裝、華麗晚禮服——明白標誌著女人做為慾望客體及沒有性慾的母親這兩個角色間的矛盾。在攝影機將她情色化的同時，她同時也是丈夫及孩子情色凝視下的物件；沒錯，這小孩即是偷窺者，是情色的行動者，他讓好萊塢電影中的家庭聯結在一起，將這部電影帶到當他的父母第一次見面的情景。海倫因此回到她的雙重束縛——劇情及攝影機前，永遠不可能踱步離開太遠。

然而，黛德麗嘗試去獲得一些主宰的努力，其影響仍是宏大的：她在劇情或電影外的意識及位置（只要我們能推論的），反映出對抗的一個可能的形式。玩弄自己的被客體化，即超越被客體化這件事；而顛覆主導制度的這個具紀念性的「女性-女性同盟」的現象，正是這個制度中有縫隙所在的證據，而這正也是女性可以插足之處。

第四章

力圖主宰女性論述
及女性性慾的《上海小姐》

如同席薇亞‧哈維（Sylvia Harvey）曾指出的，黑色電影所呈現的世界裏，反映了「一系列深層變化，雖然這些變化沒有被發現或了解，然而卻已動搖了社會秩序的根基及其正常概念」❶。她接著還指出，正是「黑色電影中所沒有的『正常』家庭關係」，這種怪異且強烈的缺席，指出了美國社會中女性所處位置的改變❷。根據哈維的說法，這些改變中的一種，即是二次世界大戰女性大量成為勞動力的現象，它是隨著——

> 家庭的經濟及意識型態上的功能變化，所推動的一個專賣性經濟結構及目標的改變。這些經濟變化引發了傳統家庭組織的改變；因此在黑色電影中呈現出來的恐懼及不安感，部分來說，可以被視為是對這份強迫侵蝕傳統家庭結構及其所代表的保守價值的直接反應❸。

克莉絲汀‧葛蘭希爾（Christine Gledhill）指出，除了錯亂的黑色電影

---

❶ Sylvia Harvey (1978) "Woman's place: the absent family in film noir," in E. Ann Kaplan(ed) *Women in Film Noir*, London, British Film Institute, p.22.

❷ 同上，p.25.

❸ 同上。

世界中，上述這些社會變化趨勢外，還有「偵探電影中驚悚形式在運作」以及「女性是男性主宰世界的威脅者，以及男性願望的摧毀者，此永存不墜的神話」❹。

當《金髮維納斯》在一方面努力以將女性形象拜物化以尋找控制女性性慾的威脅，另一方面以去除海倫在片中的母性來控制她的主體性（subjectivity），並將它安全地放置在核心家庭（nuclear family）意識型態圈中，放在從屬於父親的「適當」位置。奧森・威爾斯（Orson Welles）的《上海小姐》（Lady from Shanghai）則乾脆呈現不在這核心家庭範疇中的女性。

不過，葛蘭希爾也指出，這種做法並不必然是前進的，因為這個「獨立」的女人只有兩個選擇：工作（通常是俱樂部中的歌舞女郎）或靠男人生活。任何對女性潛在前進的處理手法，都強烈地受制於婚姻或母性這些令人嫌惡的選擇裏。另外，「獨立的」女性通常和男性犯罪世界同享憤世嫉俗的特質，而她身陷在這個世界中，使其他選擇更形虛渺。而她也更常去臣服於男性偵探的道德判斷及價值觀，這個男性的旁白即形成我們的認知。葛蘭希爾總結地說：「對女性來說，這些手法均使矛盾集中出來，因為這些電影一則挑戰家庭霸權，但到後來將女性放置在受壓迫且被遺棄的位置上」❺。

男性偵查女性主角的過程在《上海小姐》中被強調出來，因為其中並無其他同時進行的偵查。黑色電影通常以一樁謀殺開場，而這正說明影片接下來的偵查結構，但是本片以麥可・奧哈拉（Michael O'Hara）的旁白開場（這個角色由導演奧森・威爾斯自己飾演，也許有

---

❹ Christine Gledhill (1980) "Klute I: a contemporary film noir and feminist criticism," in Kaplan, *Women in Film Noir*, p.19.

❺ 同上, p.19.

些做作，但整體演出相當迷人），表白了自己追求由麗泰·海華絲飾的艾莎·班尼斯特（Elsa Bannister）的愚昧。本片一步一步地鋪陳他逐漸與艾莎糾纏不清，他對她「心理狀態」的迷惑，以致於到最後受艾莎欺騙及背叛的情形。

前述討論過的兩部好萊塢電影大部分均呈現男性如何主宰女性論述以及如何建立女性形象（事實上，在描述女性以極大的代價，在父系制度的斗篷下如何短暫且不完整地爭取自主的過程中，是有一些罅隙；在《上海小姐》中，並沒有呈現這些幾近全然的控制。這是因為本片中兩條明顯而內外交纏的敘事線使然。第一條是奧哈拉的旁白敘述；第二條是班尼斯特先生-艾莎-格里斯比之間的三角關係。

讓我們先來看奧哈拉的旁白敘述這條線：全片影像以典型黑色電影風格進行，奧哈拉是一個追求事實的主角，而艾莎的角色則是他追求過程中的陷阱，使他不平衡，使他迷惑，並使他遠離他生命中的主要職業。在本片（很不尋常地）這個部分被以追求生命目標及自我身分認同的角度呈現。如同在大部分的黑色電影中，主角成功與否是決定在他是否可以脫離女人的操縱。有時候，在黑色電影裏，男人會因無法拒絕女人的誘惑而被摧毀，在本片則透過呈現充滿性象徵的、具主宰力的女人，之後因她的毀滅而恢復常態秩序。

在第一層劇情面上，女性形象透過男性旁白的敘事結構而脫離控制；在此旁白提供了一個空隙來分開聲音與畫面，「觀眾可在畫面所呈現的以及說故事的人的說法之間下判斷」❻。因為麗泰·海華絲的形象在電影結局前是完全曖昧的，我們可以說奧哈拉的旁白與我們所見的是相對的，如果我們願意，可以反駁他的說法。

---

❻ 同上，p.16.

在第二層劇情面上，我們也可推論出男性力圖要擁有對女性論述的控制權，而這代表的是麥可必須爭奪的世界。做爲一個外圍者，麥可知道的不多；而也由於他是領導敘事的人（幾乎整部片是從他的觀點出發的），做爲觀眾的我們，也和他一樣處在未知的黑暗中，這個事實使影片以蓄意營造的失落感、恐懼與流離情結，成功地塑造出典型的黑色電影情節。因爲這樣，我們很難**感受到**艾莎與男人之間的掙扎，但從麥可與眾人之間的互動中，以及某些偶爾的機緣，像當麥可不在場時，我們得以暗中與班尼斯特、格里斯比及艾莎之間的互動中，可以**推測**出一些。

讓我從第一層，即麥可所旁白出的故事開始。在此處令人驚異的是（也是區分出黑色電影與其他電影類型不同的特點）女性被明顯地視爲神秘、難以了解的事物。以女性主義再閱讀《上海小姐》可發現，劇情的安排是明顯要去防止女主角被觀眾「了解」。因爲無數的理由；她並非以她自己本身被呈現，而是代表了什麼（即如一個符號）。不過故事的敘事並非依賴在這個「不可知」上，而敘事也不努力去讓觀眾看到這一點。我們可以說這是男性對女性的幻想及恐懼之潛意識結果。但是在《上海小姐》，女性的「不可知」卻提供了敘事的原動力：男主角的任務是去發現這名女性的眞相，而這個眞相常繞過他，也因此也繞過我們這些和他一樣立場的觀眾。然而，不從他對她的形容，而從她的形象，以及她與主角之間的短暫互動，我們可以不斷地努力去了解她。

在此我們來思考一下男性觀眾與女性觀眾對本片女主角所採取的不同立場，可能會頗有用處。如我已在第一章中討論到的，像瑪麗·安·寶恩這樣的女性主義電影理論家正在重新思考蘿拉·莫薇的實驗性結論（見〈視覺樂趣〉一文❼），即古典電影主要是爲了男性觀眾而

建構的。例如瑪麗·安·寶恩就認為有些類型,如女性電影,事實上,是明顯地為女性觀眾而建構的。沒有被仔細討論的應該是女性觀眾在對為**男性**觀眾而建構出的影片前所處的立場。例如在《上海小姐》,有可能只有女性觀眾能夠去「解讀出」艾莎所呈現的曖昧事件。如同《金髮維納斯》,《上海小姐》也是為男性觀眾拍的,但是女性觀眾可以**不必要**認同麥可·奧哈拉來避免某些立場。即,女性觀眾能去感受到葛蘭希爾所說的,在男性旁白(聲音)與女性形象(畫面)之間的罅隙。

男性觀眾在本片中除了「認同麥可·奧哈拉」這樣的立場外很難還有其他可能,因此他對海華絲的感受經驗應該和奧哈拉形容的一樣。奧哈拉回溯式地敍述關於與艾莎及班尼斯特這對夫妻的第一次見面,是非常特殊的,尤其是建立起奧哈拉所陷入的性的論述;他的開場說:「當我開始愚弄自己,則無人可擋」,畫面是一輛馬車行經中央公園,一個美麗的女人的臉從黑暗中出現,被燈光打得雪白美麗的臉上,自信的眼睛望著前方。他繼續說:「如果我知道結局是什麼,是永遠不會開始這樣做。但當我一看到她,一看到她,有好一陣子我腦筋就是不太對勁。」

這個經驗和莫薇所論述的相似,當她簡述拉康的鏡像理論時,她提到:

> 對這篇文章來說,重要的事實是,鏡中形象延續想像的 (imaginary)、認知/錯誤認知 (recognition/misrecognition) 及認同的母體,因此,我,這個主體的第一次明顯出現。此時正是觀看 (looking) 的老式幻想(明顯的例子是母親的臉)與最初的自覺,兩相

❼ Laura Maulvey (1975) "Visual pleasure and narrative Cinema" *Screen*, Vol. 16, No.3, p. 10.

撞擊的刹那❽。

換句話說，在**看到**艾莎的這個刹那，奧哈拉退化到想像的領域，掌握這領域是與母親融合在其中爲一體的記憶；伴隨一個短暫的自我失落，是這個階段的典型特徵，他經歷一個**再融合**（refusion）的渴望。如同莫薇指出：「如同自我逐漸感受遺忘世界的感覺，正是形象認知的前主體期的懷舊式回憶。」❾

　　只有這個心理現象可以解釋奧哈拉對艾莎的全然著迷，這違反了他的理性、他的判斷力。他是受慾念支使的人，做著違背意志的事。他說：「我當時除了惹麻煩上身外沒別的事可做：有的人也許聞得到危險的氣味，但我沒有。」一會兒，他又重複了一次自己已失落的感受：「我就是這樣發現她的。從那時起，我神智不清好一陣子。我啥事不做，就只想著她。」

　　奧哈拉這種「遺忘世界的感覺」，即他進入另外一個空間的狀態，被導演在開場的電影手法裏，明顯地被強調出來。整個場景相當人工化──這是和其他電影或任何威爾斯過去作品(除了《歷劫佳人》Touch of Evil) 來比。另外，公園的場景很暗，與海華絲被燈光照亮的臉成強烈對比。這個效果是她的臉被獨立出來，變成另外一個空間，如同在一個眞空管中，毫不假裝要去配合實寫腔調，奧森・威爾斯讓艾莎乘坐的馬車彷彿是在空間中流動著，像佛利茲・朗（Fritz Lang）《命運》（Destiny）中載著死神的馬車一樣，它與空間中任何景物都毫無關係，也沒受到保護。觀眾對景框外的任何狀態毫無所知，景框內的空間**就是**唯一空間。同樣的效果也在街道及停車場的場景出現，人

---

❽ 同上。
❾ 同上。

5.奧哈拉第一眼「看到」艾莎就退回到「想像的領域」,這是個由母性的虛幻記憶所
主宰的領域。他的臉鑲在車窗中,似乎靈魂已與肉體分離,而艾莎的臉則被燈光打
得異常明亮。雖然艾莎全身皆是性感的符碼(低胸緊身洋裝、完美無瑕的唇與臉孔,
以及回應著奧哈拉送亂凝視的眼神),她看起來仍非凡地純潔。

的形象如凍結或蠟像般地呈現。這種超現實特性使原本黑色電影中已
有的空間封閉性及夢魘特質更增添了受困的氣氛。我們清楚地知道,
是在心裏而非其他空間裏,我們正跟隨著一則有關為知識、真理及身
分認同奮鬥的,也是爭取權力及主控權的內在戲劇。這個氛圍同樣弔
詭地瀰漫在影片後段出現的遊艇戲中,而做為外在空間的海上、船上,
它原可能代表的是開放、而非封閉的空間特性。

　　假設對奧哈拉來說,他的經歷是發生在原始認同 (primary identifi-

---

❿關於電影認同的二個階段,請參考 Chritian Metz "The imaginary signifier," *Screen*, Vol.
16, No.2, pp.46-59.

cation）的第一層次上，而對於男性觀眾而言，認同他的情況則是在第二層的認同上⑩。男性觀眾從奧哈拉的經歷獲得滿足，因為他也（從心理分析角度來說）在追逐一樣的東西；隨著奧哈拉的追逐過程，男性觀眾也被帶領到類似回歸到前象徵期（pre-symbolic）的情境。

根據尚-克勞德・亞賴（Jean-Claude Allais）所描述：典型男性觀眾的反應，就如上述所提到的，是確實發生的：

> 有好長的一段時間，觀衆沒有察覺在她女神般形象背後的醜陋現實。金髮、豐滿、軀體完美，她不斷展現所有可引發想望的完美體態，並將之具體化。她的美貌使她不受懷疑。她既天真又純潔，是未知宇宙的天后（剪接手法使得她充滿神秘，我們觀衆僅知道有羣中國人對她非常忠心），她是女神，她世俗化的身軀僅停留一會兒，而一切都是不可觸及的⑪。

艾莎在此被理想化成女神，她的美艷雖一直停留在無法觸及的範疇，但卻已引發了他人無法阻遏的慾望。

然而，對於女性觀衆來說，就不必須陷入同樣的期待與母親角色再融合的慾望機制裏。奧哈拉讓我們感到奇怪是當他提到別人可能早已懷疑她的危險性，但更奇怪的是，午夜時艾莎為何一個人在公園裏坐馬車。在典型的黑色電影手法，她代表的是性慾的符號（即她的低胸

---

⑪法文原文：longtemps, le spectateur ne se doute pas de la hideuse réalité cachée sous la divine apparence de Rita. Blonde, superbe, sculpturale, elle continue à incarner un idéal fondé avant tout sur la facination physique qu'elle exerce. Sa beauté la met au-dussus de tout soupçon. Elle est Rosalinde. Elle est l'innocence et la pureté. Souveraine d'un univers ignoré (et qui restera à cause des coupures. On sait seulement que le Chinois lui obéissent avec dévotion). une Déesse, assurément, habitant pour quelque temps un corps terrestre et qui semble pourtant inaccessible. (Jean-Claude Allais (1961) "Orson Welles," *Premier Plan*, March, p.32.)

緊身衣、無瑕疵的唇及口，及充滿挑逗的眼睛），但她看起來又奇異地如此純潔，直到她在離開奧哈拉前，公開地挑逗他。奧哈拉在她手提袋中發現的槍令我們更加懷疑她，寄望奧哈拉一定要遠離她。

不過，在游泳那段戲後，奧哈拉對艾莎的疑懼明顯地消除了，面對著艾莎，他被她的眼淚及天真說服了，而且從這一刻起，開始全然地迷戀她。但至少女性觀眾，由於較疏離的關係，可以看出她不誠懇的一面。例如，艾莎的眼光總是有些陰霾，不直接且無法透視；當她假裝說要和奧哈拉一起出走，相信沒有一個人相信；劇情最後，當奧哈拉為得到一筆錢來與她未來共同生活而涉入克里斯比的陰謀裏，她在那剎那的眼神終於顯露了她真正的意圖。而且，所有場面調度的元素都提醒觀眾抱著警覺心。當兩人在博物館中私語，幾乎要許下誓言時，一大羣莫名奇妙的魚及其他像怪獸的生物在背景裏游來游去，它們巨大的顎有時都比兩個人的頭加起來還大。

但在此處，奧哈拉並不知他已被怪物吞蝕，艾莎的形象已全然迷惑了他。從一開始，艾莎就拒絕被控制；她若即若離；在公園中那個鏡頭使她看起來完全獨立（例如，那些惡少的攻擊一點也沒傷到她）；她擁有槍、財富，以及發號施令的位置（她提到她「需要一個男人」來共享財富），說明了她是一個有權威的女子；最後，她的過去（她曾在上海這個需要的不只是運氣才能活下去的城市裏存活下來）說明她具有可以獨自照料自己生活的能力。

然而，當奧哈拉受僱到遊艇後，艾莎又來另一套遊戲：她開始假裝需要他，說自己是丈夫手下的犧牲者，是丈夫勒索的對象——這個情境經由她的僕人總叫她是「可憐的人兒」更被強調出來，似乎她正在過著悲憐的生活。換句話說，她**假裝**向奧哈拉投降，但事實上絕不是這麼一回事（也許她在遊艇上的幾幕戲中，穿著男性的服飾讓人想

起《金髮維納斯》的瑪琳‧黛德麗，但在此是不同的功能，這段戲是要強調她對「敍事」的暗盤操控力）。

從第二層敍事來看，即班尼斯特-艾莎-克里斯比的三角關係中，一股力圖要控制艾莎的力量依然在努力，只是在此戰火味道比較平均且明顯。班尼斯特及克里斯比都知道艾莎是怎樣的女人，但他們不一定知道她的計謀。他倆所代表的世界是醜陋、殘酷且扭曲的；兩人看起來都不太理智，班尼斯特比他的跛腳看起來更惡毒。可推斷的是，他無法在性上滿足艾莎，他雇用了偵探布倫喬裝廚師來監視她是否忠貞。但艾莎並非只受一個人監視，克里斯比也注意著她，部分是來自他自己可憎的私心，部分也因為他對老伙伴班尼斯特的忠誠。

在第一層敍事裏，艾莎是三個男人凝視的對象，他們嘗試由凝視（gaze）她而擁有她，控制她的性慾，並壓抑她的發言權。而在甲板上做日光浴這場非常精采的戲中，可明顯看出艾莎拒絕受困的對抗方式。

班尼斯特控制她的策略之一是用嘲諷的口吻，即同時羞辱她又激怒她。而她唯一的武器是她的性慾，觀眾可明顯看出她是如何使用。此班尼斯特間接地佔了上風是故意說奧哈拉想下船不幹的事來刺激她。在這段談話戲中，鏡頭不斷切回艾莎美麗的軀體，穿著比基尼躺在甲板上。而此段剪接手法也為艾莎製造了一種特殊空間，因為大部分時候有她的鏡頭，都很少有其他人（即使在傳香煙的那場戲，也是用慢速搖攝她的手接給克里斯比煙，所以看起來兩人坐的好似很遙遠）；她與她自己的美貌被孤立起來，她的鏡頭因此看起來是插入鏡頭（insert），與敍事無關，因此製造了一種令人困惑、超現實的氣氛。

這個剪接手法也反映出艾莎反抗班尼斯特控制她的第二個策略，即消極退讓、疏離。她決不被激怒，保持冷靜、不動怒，對自己的性

感保持自信。為了強調，她開始唱歌，沙啞但性感的聲音唱出與船名同樣的歌曲"Le Circe"，暗示了其象徵意義。在此，她變成塞倫（Siren，譯注：希臘神話中的妖女，用歌聲誘惑水手，以致船撞上暗礁），要誘惑水手走上死亡之路。她愈唱愈起勁，如此把四個男人全聯結在一起——奧哈拉、班尼斯特、克里斯比以及布倫——四人全停下來聽她唱，被歌唱中夾帶的慾望迷惑得無法自拔。

結構上，沒錯，艾莎是**被**團團圍住，第二層敘事裏，在她嫁給班尼斯特這樁婚姻以及其他任何他可以控制她的事物中，我們可以推論她的反抗及計謀是因反彈而來，雖然另外一個原因是她的貪婪。無論如何，奧哈拉是她用來使自己脫身的武器。

第二個三角關係——班尼斯特、艾莎及奧哈拉——是二層敘事交疊之處。在這三角關係中則充滿欺瞞，艾莎同時以和克里斯比之間的陰謀欺騙奧哈拉及她的丈夫。奧哈拉以為他自己是來救艾莎離開她殘酷又充滿虐待狂的丈夫。男性觀眾被這樣的劇情結構所引誘而相信。因為在表面上，艾莎是如此需要奧哈拉，因而支持了觀眾的認定。

在影片中一場由班尼斯特安排的大型野餐，使人想起《大國民》（Citizen Kane）中的一景，均象徵了主角偏執、乖僻的一面：叢林沼澤、鱷魚與大禿鷹，都代表了班尼斯特可憎的靈魂，及他殘忍、扭曲的人性。而艾莎在其中如出污泥而不染地出入，也是再度讓女性觀眾及男性觀眾分別有不同想法：對於已被迷亂的男性觀者，在很願意去相信她的情況下，艾莎的形象更證明了她的純潔；而對比較疏離一點的女性觀眾來說，則說明了她厲害的一面：不但與該環境相配，並且還可以左右！

在野餐這場戲，奧哈拉恨班尼斯特入骨，遂掉入克里斯比的掌握中，奧哈拉希望自己能拿到錢以贏得美人艾莎。他相信自己可以**擁有**

她，而事實上，她才是透過整個敘事暗地裏掌控他的人。

因此，兩層敘事裏都看到透過控制女人的性慾及她的論述來嘗試擁有她。不過，反之亦然。我可以再回想第一章中提到的凱倫‧霍妮的意見，她提到很多藝術表現是男人「覺察到他被女性強烈吸引的力量，同時和他的渴望並存的是他的恐懼，他擔心會死亡且毀滅」**⓬**。如果伴隨著將女人理想化(idealization)的渴望(longing)，是消除對她的畏懼，那麼將她拜物化(如《金髮維納斯》)應該是另一種方法。

在《上海小姐》這兩種機制都有：奧哈拉嘗試透過理想化 (idealization) 的方式去擁有艾莎，而班尼斯特及克里斯比則透過凝視她的權力，即拜物的方式來擁有她。跛腳的班尼斯特當然**只有**凝視她的份（他的被動使他的拜物行為無法避免）；而因為艾莎是別人的，克里斯比當然也同樣只有凝視的份。做為一個原型的偷窺者，克里斯比喜歡秘密地透過他的望遠鏡來偷窺這個世界，而每當他看時，觀眾也被擺在同樣的位置，尤其是每次他偷窺艾莎時，觀眾也成為了偷窺者。

男性觀眾即透過這兩種機制而被「縫」入敘事中——然而，並非毫無曖昧之處，因為男性對於女性形象的立足點，是必然不同的(至少在一些點上，如男人都希望擁有艾莎，而且被她的美艷所惑)。而女性觀眾則也許會採男性的位置，或她也可以採另外位置，如我們已了解的，她會刻意保持疏離。事實上，女性觀眾可以自由地去觀察兩個勢力之間的互動，這個位置之所以可能是因為旁白與影像間的縫隙被開啟，也由於上述所謂的二層敘事存在的關係。

女性觀眾可能也會推測艾莎會用上述兩種方法去反抗男性凝視。

⓬ Karen Horney (1932) "The dread of woman", 重印 Harold Kelman(ed.) (1967) *Feminine Psychology*, New York, Norton, p.134.

但很重要的是，注意艾莎被安置的位置使得她可以拿來做為反抗的武器是負面的。在父系架構中，臣服於父系法則才是道德上受愛戴的女性。從男性的眼光來看，要反抗女性就得變得更邪惡。也因此，在此，艾莎的武器只有性慾及欺瞞。她誘惑奧哈拉來對抗班尼斯特對她的拜物，使班尼斯特又妒又抓狂；而她抗拒奧哈拉（將她理想化），則是用操縱及背叛他的方式來執行。她「獨立」的代價即是道德上的墮落，而她所處的父系制度裏，因為她反抗所有為女性設下的法則，因此必須受懲罰。整個劇情中因而充滿了一個模式，即下意識地反映了男性對女性的恐懼與渴望，而同時**警告**男人他們想擁有這樣美麗、性感女人的危險性。

電影象徵性地呈現奧哈拉對艾莎慾望的後果。在艾莎身處的遊樂場的瘋狂世界中，剛好反映了奧哈拉對她發狂的著迷。抽象地說，她把他帶到一個「狂亂」的空間，使他願意去做所有事，包括冒生命危險去獲得她。在遊樂場的恐怖滑梯之旅，眼前一幕接一幕的恐怖景象都象徵他與艾莎之間危險關係的後果。如夢魘般的畫面正是他錯將信任給艾莎的結果。

弔詭的是，當他從遊樂場的瘋狂世界中醒來，他用旁白的方式，理性地告訴我們他對艾莎的判斷。當他在鏡廳裏與艾莎面對面時，他的這份自覺讓這場戲產生效果。從奧哈拉的觀點鏡頭看去，艾莎的複影似乎在嘲笑奧哈拉退化到前象徵期，即他回到對母親的臉之前戀母情結的幻想。因為他錯誤地想與艾莎重新融合到鏡子中，回到事實上已不可能在現實中出現的鏡像期，這正是他的錯誤認同。這一影像說明奧哈拉似乎擁有千百個艾莎，但事實上他有的是空的；她現在是整部影片一直所呈現的她——一個影像、一個空洞的符徵、一個純粹的理想我。

班尼斯特進入此場景正標識了戀母情結的存在：他代表了，父親/法則（兩者兼有）。他的進入在視覺上相當戲劇化，因為他也被鏡子反照出複數影像。我們看到的是一串條狀的枴杖影像，暗示他被閹割的情形。他是跛腳的父親/法則，他是被他不完整的男性氣慨。由於他無法掌握他的女人，也認為他的女人正要與奧哈拉私奔，因此他前去殺她，然而，如同他自己說的，殺她即是殺自己。

當班尼斯特與艾莎的影像同時出現在鏡廳中，她的身體一直是象徵片段、破碎、不完整的場域，且永遠無法融合成一個整體。如此被不同的男人從不同的角度來看，艾莎因此是一個永遠無法被掌握及了解的個體。

影片到這場鏡廳戲，這些讓人的身體分裂的景象相當驚人。但一旦槍擊開始，所有的事情均被動搖，對兩個男性角色各有不同層次的象徵性暗示（重要的是，女性在此並無觀點——敘事擺置她的位置是如一物件，因此沒有她發言的餘地）。對奧哈拉來說，鏡子的破裂象徵他又回到象徵的領域，是他想像階段的結束（這個回歸將在稍後他與艾莎死前的對話而完成）。對班尼斯特來說代表的則是他佔有艾莎的夢想破裂：她明顯愛上別人，她的性慾必須由他以外的人來認可，也因此他必須死。下一刻當這對夫妻向對方在鏡中的複影舉槍互射時，他們在一個瘋狂的幻象世界中，喪失了所有對主體與客體、自我及他者的認知。

但破碎的鏡子還有另外一個層次，當人物在電影中時，它象徵的是想像世界的崩裂，對觀眾而言，則是電影世界的破碎。就如同劇中人因破鏡而有所體悟，觀眾也了解該從電影這個夢醒來。銀幕就如同鏡子，允許觀眾因此得以「回歸」，即在想像的層次上參與電影。

有一場戲特別標幟了兩者的覺醒：攝影機從玻璃碎片中向上攀

6.在這個令人驚悚的畫面中，我們看到艾莎在一長串鏡子裏的複影，還有想要佔有她的兩個男人的倒影。她的槍直指著攝影機，而班尼斯特的槍則指向艾莎，然後瞄準奧哈拉。奧哈拉毫無防禦武器（無論是心理上或生理上都一樣），他的影像是如此地充滿象徵意味（如戀母情節的姿勢）挿在這對夫妻之間。

爬，並拍出在影片中反射出的空白天空。由於畫面過度曝光，顯白，因此看起來有如一個荒地的沙漠。有如我們**穿過**這些鏡子、這個幻覺，然而站在荒涼的另一邊──與想像領域隔開的另一邊。

有意思的是，攝影機發現艾莎站在廢墟中；當她蹣跚走出，我們發現她終於被死亡擊碎。隨著她形象的崩潰，「眞正的」艾莎終於現形：她是極端脆弱的。然而這時要拯救奧哈拉也太遲了：在象徵的領域裏，顯示了奧哈拉與艾莎之間的道德距離；她認為勝利即是一切，而奧哈拉對此概念感到嫌惡。

然而，奧哈拉在艾莎死前以自以為是的道德姿態拒絕她。他的行為暗中說明了他對艾莎的戀母情結：他尋求理想、完美女性的痛苦幻

滅（與母親再度融合），他無法忍受接近她。他的最後話語正反映出他將用他的一生來忘記她。

專為男性觀點架構的《上海小姐》，最後還是對女性呈現了極端複雜但多少是曖昧的觀點。這個顛覆的性質與將美麗、純潔及天眞的女性反迷思化有關，這個女人形象長久以來抓住渴望與母親再融合的男性想像力——這樣的回歸允許了男性減少對性別差異的威脅，回到一個小男孩所屬的安全地帶。

同時，導演奧森・威爾斯也摧毀一般對男性英雄的認知，典型的男性觀眾是無法在奧哈拉身上發現蘿拉・莫薇所提到的銀幕理想形象，即一個「可以讓事情發生、並比觀眾／主體更能掌控的形象，如同鏡中影像是比機器協調（motor coordination）更有自制力」❸。因為奧哈拉的旁白不斷破壞一部電影對主角的需求。從一開始，奧森・威爾斯即不相信電影的英雄機制，他開玩笑說他可以演公園裏這個「主角」是因為那人是業餘的（而後來在片中，我們知道他在佛朗哥掌政的西班牙是一個職業殺手）。電影最後，我們知道奧哈拉事實上是他所迷戀對象的犧牲者：他以為自己是論述的主體，事實上連男性觀眾也不知道他早已失控，奧哈拉重述已發生的敍事，並不斷地嘲諷他過去的幻覺，警告觀眾不要去相信表象的東西。奧哈拉是奧塞羅式（Othello）的人物，太誠實地信任自己去想像其他人可能欺騙他的程度❹。

但是，如果本片是有些顛覆性的話，首先應是在導演威爾斯對多愁善感、理想女性形象的顛覆，第二，對男主角雄性氣概的破壞，但即使如此，我們也不能說他對艾莎的處理是前進的。沒錯，影片對女

---

❸ Mulvey, "Visual pleasure," p.12.
❹ Serge Daney (1966) "Welles au pouvoir," in *Cahiers du Cinema*, No. 181, pp.27-8; Maurice Bessy (1963) *Orson Welles*, Paris, Editions Seghers, p.62.

性性慾的公開處理多少是具顛覆氣氛，但事實上那是艾莎反抗男性對她的操控。她拒絕被男性的定義及操控所束縛。艾莎用的是她的性慾，她僅有的工具，來獲得她的獨立。

然而，她所獲得的獨立並非值得羨慕，因爲它架構在操控、貪婪及謀殺之上。因此，若有前進的部分，那是導演以女性獨立來替代結構性壓迫女性的形式（女人得臣服於父系法則），只是當他允許這個女人從家庭束縛中獲得自由，事實上這個獨立是建立在道德墮落上。在下一章，我們將探討這樣的獨立是可以不透過道德沉淪而獲得的（即，從女性觀點來看），而男性對女性的全面之無理性力量，得以因而曝露出來。

第五章

當代好萊塢電影中陽物主宰形式：布魯克斯的《慾海花》

茉莉‧哈絲凱爾及其他人均曾提到，在婦女運動覺醒下，六○年代以來有兩種類型主導著商業電影。第一種是沒有女人的兄弟片（buddy-buddy film），可以在電影中避免掉性別差異的問題；而第二種是，既然性別差異是不可避免的，那麼就讓女人在影片中被強暴，或臣服在暴力之下。

後者在六○年代之所以成氣候，主要是由於一部先驅電影——《偷窺狂》（Peeping Tom），由麥可‧鮑威爾（Michael Powell）導演，在當時初出現時因片中不必要的虐待狂行徑而被批評。這部片子比任何電影更能說明先前我們所討論的三部好萊塢電影，關於它的機制是如何讓父系制度削弱女性帶來的威脅：首先是運用凝視（gaze）的力量操縱她，再者是將她拜物化，最後再以謀殺伺候。前兩種機制明顯地依賴攝影機來做為控制及操縱該注視及將女性客體化。而將女性謀殺的再現，當然同樣的是攝影機底下的產物，即攝影機是被用來控制女性形象的呈現，從再現中來壓迫女性。攝影機就是一套完美的機器，使女性的再現完全是在男性的控制中，因此女性被剝奪擁有自己的「女—性」（the feminine），被剝奪發現自己的「女—性」是什麼的機會。

最後，比所謂「瘋狂殘殺」電影更複雜、更有趣的作品在八○年代出現了。在這裏《偷窺狂》依然是有用的範例，因為它說明攝影機

在做爲工具上如何去征服女性以及結構出女性受虐待狂觀眾。影片中我們的主角先用他的攝影機來誘惑女性。在此有趣的部分是，他矛盾地依賴父系社會中對女性的解釋，即她是有被注視的慾望的客體——這個解釋已被女性內化進去了——來誘使她們進入他的領域。而這個慾望使影片中這些女人——希望被看/被客體化/被製造成被觀看物——即是使她們在他的操縱下充滿弱點❶。

但主角馬上將他的攝影機變成具破壞性的陽具(在此顯露的是黑色電影中陽具與刀的聯結，而攝影機也是陽物主宰的替代物)，因爲他的攝影機三腳架的其中一隻內藏有一把刀子（令人想起《吉妲》Gilda中的陽具/刀的拐杖），當他要開拍時，即可抽出來使用。

最後，《偷窺狂》透露了電影銀幕在反映出女性受虐狂式地認同銀幕上受害者的女性形象，這是透過嵌接在男主角攝影機上方的鏡中倒影而來。最殘忍的是，受害者還必須被迫去從鏡子看到她們死前的模樣。女性觀眾因此經歷了雙重受虐狂式的認同：首先，她認同女性形象以及**她**被結構的受虐狂觀眾的位置；第二，她在電影中認同女性受害者的位置。

《偷窺狂》這部電影在七〇年代的電影如《發條桔子》（A Clockwork Orange）及《柳巷芳草》（Klute）及稍後的《巴黎最後探戈》（Last Tango in Paris）、《大丈夫》（Straw Dogs）及《朱唇劫》（Lipstick)的熱身之後出場。《發條桔子》及《柳巷芳草》中的女性都受到男性的虐待，之後被強暴；《柳》片中，謀殺者還在影片最後對女主角瘋狂地說出他對女性性慾的敵意；對他來說，女人都只想要性而已，且搔動男性來

❶ 女性被當做被視物體、內化的結構，使女性將她們的身體拿來做爲職業如模特兒及廣告。關於在油畫及廣告的歷史中，女性如何變成男性凝視的客體，詳細研究請參考 John Berger (1977) *Ways of Seeing*, New York, Penquin.（中譯本：《看的方法》）

獲取她的東西，妓女就是表現出所有女性希望擁有的一種比較外放的行為。

《巴黎最後探戈》與《大丈夫》稍有不同，片中女人最後屈服於強暴是因為她們的性慾也被挑起。換句話說，她們的行為吻合了所有強暴者對女性的看法，即她們都渴望性❷。《朱唇劫》則在八〇年代成為潮流，女性先被強暴，然後尋求報復。因為槍，女性開始有了陽具，不過因為她穿上男人的衣服，扮演起男性的復仇角色，她對男性的威脅因而減低。這個模式吻合近期將女性陽剛化的潮流（在前面導論中我曾提到過）如此，「支配-被動」的模式依然存在，但在這模式中的性別認同則已改變❸。

值得注意的是，在八〇年代這類對女性有殘暴畫面的電影，都被歸類到B級片型。當七〇年代逐漸結束，商業主流電影又出現另一種類型——專對女性觀眾，且明顯專為婦女運動所挑起的各類議題而拍。夏綠蒂・布萊絲敦（Charlotte Brunsdon）在她討論《不結婚的女人》（An Unmarried Woman）的文章中即提出，電影外的因素提供了這些電影的內容：社會、政治、經濟事件已改變了女性的教育及工作模式，也改變了性別模式（由婦女運動提出，以及避孕劑的便利），和婚姻及離婚的模式❹。她接著提出，這些電影都在探討婦女面臨加諸於她們身上的矛盾需求，她們已開始扮演新的角色，但父系制度的結

---

❷ 在 Lazarus 和 Wunderlish 的 *Rape Culture* (1975) 中有一則強暴者的訪問。他認為強暴者自覺有操控權，而受害者會轉而需要他，而這使他自覺性感。影片中的其他部分，均曝露了一個事實，即男性氣慨需要從操縱女性及受女性需要來增強。

❸ 思考復仇女性新形象的理由充滿趣味，而這明顯吸引男性觀眾，也許是因為這形象對男性幻想在閹割女性的手中受苦的作用而來——在一種回歸戀母情結下對母親的幻想中，因對女人有敵意而受處罰。

❹ Cf. Charlotte Brunsdon (1982) "A subject for the seventies," *Screen*, Vol.23, Nos 3-4, pp. 22-3.

構卻還沒準備好——「在雄性霸權內所構成的女性本質是矛盾且片段、破碎的」❺。這些因新的解放而曝露出來。

從很多角度來看，一九七七年拍成的《慾海花》(Looking for Mr. Goodbar)，是連接了七○年代初殘暴對待女性的主流電影，與新的七○年代末「女人的電影」(women's film)，即布萊絲敦所提出來的這類電影。自八○年代美國文化開始整合(最好不過)、選擇（最壞的情況)女性所提出來的需要，由婦女運動引發出來的威脅開始減輕；因而關於性別差異及性別角色的問題也因此縫隙已開，而可以被陳述出來，即使結果離激進還很遠。

如《慾海花》以及隨後的電影，它們都陳述了女性獨立的基本議題，以及它所引發的問題；但這部電影仍受到六○年代意識型態的殘留影響，而這在七○年代已蝕朽；即由嬉皮利用藥物來昇華中產階級限制對他們的限制。自由戀愛及烏托邦理想主義，已在七○年代轉型成中產階級的換妻及吸大麻，主要目的是要來支撐垂敗的性興趣及無聊的團體生活；或是在單身酒吧中尋覓藥物及性勾當，來隱藏由電腦帶來的新的工業模式，大都會中心的分裂成小社區，以及行動力增加等現象，充滿了極端疏離生活中的寂寞。

另外，《慾海花》也反映了女性解放的概念在七○年代中期對父系制度仍是巨大的威脅。因此，它回顧了不只是七○年代早期以暴力對待女性的電影，也呈現了之前在三部好萊塢電影中的女主角，她們所面臨的困境。沒錯，正是七○年代中期電影外的歷史特性給了本片獨特的色彩及樣貌，但在內在，我們可以發現相關於早先父系制度對女性位置的矛盾與衝突。《慾海花》和《茶花女》一樣（但與另外兩部不

❺ 同上, p.20.

同），都針對女性觀眾，但和《上海小姐》一樣，女主角都是拒絕放棄她的慾望以換得她的主體性。這兩種情況的組合在這部電影中確實是製造了相當新的情況；但由於泰瑞莎的位置仍在父系結構中，她的新情況終於還是被降低到相當程度。

也許我們可以說泰瑞莎要求領導「自己的」生活及性滿足的可能性，僅僅是爲她帶來更大、更危險的矛盾；她最大的可能就是讓她變成對父系論述更大的威脅，然後讓自己帶來更大的敵意及憎恨。雖然她受的懲罰和《上海小姐》中的艾莎「相當」，但更可怕的是她已被解釋成「好人」，敍事上來說，她並沒做錯什麼而導致殺身之禍，更不用提影片中她因爲她反抗男性的主宰而激怒了他們。

對早期好萊塢電影中的女性不能而泰瑞莎已得的獨立，使得我們想將此解讀成一部關於「解放」女人的電影：我們可以看到泰瑞莎離開父親的家後想執行她的慾望並主控自己的生活。在電影中好幾場戲都彷彿支持了這樣的解讀。例如，電影一開始，泰瑞莎就是一個性方面非常主動的人，首先她幻想與她的教授馬丁·恩格熱烈擁抱，她自信地走向他；在他的研究室裏，她主動示愛。做愛的畫面集中在**她**享受的表情（特寫她的臉及呻吟，她是主動的人）。在後來的戲裏，她明白地引誘他（拉起自己的裙子）；另外一場戲是她跑向他的車子，此時她早已撩起自己的裙子。他的飢渴如此明顯，但最後因爲他做愛的冷淡，使他不再吸引她，但畢竟她已從他身上獲得樂趣。

接著我們仍可看到她和每個她遇到的男人尋求性歡愉；東尼是滿足她的人，她拒絕詹姆斯只因他性愛上非常潦草。她做爲一個急欲想擁有新經驗、並拒絕父親對她的限制的女人，她離開家，找到一個工作來養活自己，獨居，不依靠任何一個男人。

她也是無懼的。不怕夜生活，和毒販面對時冷靜，帶陌生人回家

時也無畏。

然而，要將此片解讀成「已解放」（liberated）女性，會掉入一個陷阱，即將銀幕形象當做一致的本質而忘了將銀幕形象視為整體敘事系統中的表面配置，因而誤讀了影片的意義。若能以後者方式來閱讀，本片的意義即可以從泰瑞莎身處於父系制度世界中的整個位置衍生出來。如此可以揭露本片更複雜、在意識型態上更保守的一面。

讓我先從保守的意識型態開始：像許多七〇年代電影中處理六〇年代及後六〇年代的所謂的「性解放」（sexual liberation），《慾海花》呈現了單身生活的基本負面形象；導演李察・布魯克斯（Richard Brooks）似乎是靠安東尼奧尼（Michelangelo Antonioni）的《春光乍現》（Blow-Up）以及約翰・史勒辛格（John Schlesinger）的《親愛的》（Darling），到亞倫・派庫拉（Alan J. Pakula）的《柳巷芳草》，這些電影來創造他電影中昏暗的酒吧，讓人們在其中酗酒及吸食藥物。這些場景中都是特寫鏡頭，集中捕捉女性身體，強調局部──龐大的胸部；聲音部分是快速的、斷續的爵士及迪斯可音樂。這些貪婪的情況延伸到泰瑞莎的姊姊，凱薩琳有一個不快樂的婚姻，她的老公大部分是在嗑藥的狀態，老看色情電影，並追求性狂歡──因此，不論泰瑞莎到哪裏，她都碰到藥物、濫性及酗酒。

在早期的好萊塢電影中，保守主義的做法一定會以比較的方式，拿一個理想化的母親（idealized Mother）角色來對比下流的夜生活。《慾海花》有趣的地方是，它所呈現的核心家庭可是差理想家庭差得遠。然而，本片卻嘗試在女主角身上引介出理想化的母親：在白天，她是聾啞學校的好老師，這個母親角色既溫和又慈愛，對學校中最需要幫助的窮黑人小孩愛咪給予特別照顧。

透過這個設計，我們再度看到好萊塢電影父系制度無法綜合兩種

矛盾角色(性慾及母親的論述)的困難❻。在整個影片的後半段，泰瑞莎的夜晚與白天生活一截成二段，而形象上也是完全不連貫並且是矛盾的，泰瑞莎可說是內在分裂成傳統處女-妓女（vingin-whore）角色於一身❼。這種分裂也更進一步延伸到片中的其他女性：兩個姊妹，布里姬，是母親（不太具姿色的），以及另一個凱塞琳，是妓女（性慾上活動力強）。而她們三人的母親唐恩太太則完全是被征服的、被打的且不具姿色的。

當傳統電影對女性的論述和解放的論述將兩者綜合在一部電影裏時會製造一連串衝突。解放的表面意義是傳統論述認爲是充滿問題的。因爲在傳統論述底下，本片不但以最大眾化的方式來呈現，彷彿它已先經過媒體的篩檢；且它被批評是比自溺或幻想還來得嚴重。泰瑞莎父親對她與婦女解放運動的態度是明顯的，在他們吵架時，他的說詞是，他可不是「燃燒胸罩的十字軍」會授爵位給他的君主。但泰瑞莎自己也和婦女運動扯不上關係，明顯的例證是她在新年前夕還去照顧別人的小孩。當時電視報導著，一九七五年是「女性年」，且畫面上有一羣女人在遊行示威，但泰瑞莎完全忽視電影銀幕裏的一切（在小說中，她的漠視是較自覺的、自毀式的，因爲學校的老師曾邀請她加入婦女自覺運動。明顯的是，泰瑞莎對女性同盟這樣的事沒什麼概念，但電影中的敍事並沒直接解釋原因）。

很清楚地，要讓泰瑞莎正面地與婦女運動結合，必須在影片中將

---

❻ 禁止母親性慾是傳統典範，例如 Michael Cutiz 的《慾海情魔》（Mildred Pierce, 1945），近期電影如《不結婚的女人》（1980）開始允許母親可有性慾需要，但前題是女兒已長大，而她是和她約會的對象。像《月落婦人心》（Shoot the Moon, 1982）這部片子，母親的孩子還小，她雖有自主性慾，但在片末她的生命因嫉妒的前夫而破壞。

❼ 東尼一度厭惡在酒吧流連的泰瑞莎，認爲她該去教書和養幾個小孩。雖然他自己也常在酒吧混，但就是不允許女人如此，男人只尊敬處女。

7.這部電影架構在某種意識型態上,即「解釋」泰瑞莎的「解放」是出自於反抗父親法則的一種對抗形式。注意泰瑞莎在此畫面中的眼神,她以斜睨回應東尼對她的注視,象徵著她的「墮落」(請與第三章圖3中的黛德麗相比較)。

該運動嚴肅地處理成是提供女性其他選擇的運動。但本片反而是架構在**解釋**泰瑞莎的「解放」,做為一種反抗她的「正確」位置(即必須服從父系法則的傳統位置)的一種形式(至少影片是如此呈現)。以此解讀,我們的女主角可不是一位「已解放」的女性,或一個擁有自主慾望的女性,我們的女主角仍然是受制於她成長環境的父系制度。雖然全片均是從她的觀點來拍攝,就如《茶花女》是由瑪格麗特的觀點拍的,整個敘事架構是反映出她需要男性。

需要被書寫出來的這個意識型態,不令人意外的,是屬於心理分析學的。換句話說,在表層底下,電影敘事是在說明泰瑞莎的行為動機完全是因為父親對她的排斥。例如,我們知道泰瑞莎嫉妒父親疼愛的漂亮妹妹;我們也看到她被壓抑、缺席的母親,從未曾出面來介入女兒的生活;也明白泰瑞莎的父親之所以無法與她相處是因為他壓抑

自己對因泰瑞莎也有的同樣疾病而死亡的姊姊——他排斥泰瑞莎是因為她提醒了他無法承受的苦痛。這些都呈現著泰瑞莎極渴求父親的愛及許可，因為無法獲得，她才變成他所憎恨的模樣。

因此，運用心理分析學的術語來看，本片是關於排斥與姊妹對抗、使泰瑞莎無法調適到她當一個「正當」女人的問題家庭劇❽。根據此論述，她無法紓解的戀父情結危機使她無法與適當男人如詹姆斯建立一個健康關係。她抗拒婚姻及家庭部分來自她抗拒自己的家庭，而因此也被婚姻/家庭抗拒了，但這伴隨的是她因為自己先天的疾病而懼怕生小孩。

因此，我們可以看到本片如何以她無法獲得父親的愛來解釋她的「解放」。在馬丁教授身上她尋找父親蹤跡，但失望了，因此，根據本片，她是準備要放棄愛情、婚姻及任何永久關係。她拒絕詹姆斯是因為他想要婚姻，他要「保護」她；她因為以前一直失望，以致無法相信。

影片的最後一場泰瑞莎與父親見面的那場戲，更確證了本片的論述。這場戲對泰瑞莎來說是具有治療作用的，首先是從關於父親對姊姊莫琳的死亡所撒的謊；再者是，他對泰瑞莎壓抑自己的真實情感。她終於使他在她面前承認看見自己的姊姊受苦是多麼痛苦，而再見到自己的孩子也因自己的遺傳要遭受這些苦而感到愧疚。泰瑞莎如此逼迫他吐出真言，使他在苦痛中顛覆，但她也因此從對父親的憎恨中解脫了，甚至在最後憐憫他起來。

這段戲之後，她似乎要開始新生活，這確定了本片的論述，即她

---

❽ 本片的原著小說（Judith Rossner, 1975）即已提到此心理分析論述。從她的觀點我們了解更多她的家庭背景及她的戀父情結危機。書中的內心獨白比影片中的回溯及幻想，使我們獲得更多的資料。

的叛逆是一種傳統的心理分析式叛逆。她首次整理自己的公寓，點亮所有的燈，將所有藥物沖入馬桶，結束自己與東尼的瘋狂關係。雖然她不願在除夕夜和詹姆斯在一起，但並沒有完全不接納他。他們之間的對話表示她是有可能去適應一個好的穩定的男人。而根據影片的論述，她是應該擁有的。同樣拒絕了姊姊和她的新男友，泰瑞莎最後決定到酒吧去。但如同她對酒保說「這是我最後一次在酒吧釣男人」，她真的是準備要開始新生活。一個詹姆斯在酒吧的鏡頭提醒我們，她應和他在一起；因為之後我們會發現，如果她早一點決定對她自己最好的生活，也許可避掉此次殺身之禍。

泰瑞莎在影片中的遭遇，因此是起因於這個心理分析的論述：離家、拒絕嫁給詹姆斯、性濫交、因絕望而酗酒及嗑藥，和最後被殺。但是即使本片是幾乎成功地隱藏這個心理分析論述之理由，即，父系制度僅是無法忍受一個踰矩的女人（變成父親法則外的他者），也未必盡然做到了。其中仍然有縫隙，使對泰瑞莎踰矩行為的憤怒未加控制地爆發出來。這是超越敘事上的需要，但矛盾的是，它之所以存在是因為影片大部分從泰瑞莎的觀點拍攝的。而因為這個位置，觀眾經歷了這個男人所表現的憤怒，無法不去發覺這些憤怒的多餘。至少在這個小程度上，父系制度要擁有及主宰女性的需要被曝露出來。

關於男性角色對泰瑞莎的誇張的憤怒，有四個例子。第一個是父親因她在別處過夜卻沒打電話回家而生氣。她母親則溫順地附和說：「我們擔心會發生什麼事。」父親隨即要母親去準備早餐，他轉而對泰瑞莎咆哮：「妳得依本屋的住家規矩來。」她堅持要離家：「待在這裏我不會是我。」他回答：「妳差凱塞琳差遠了。」（嘲諷的是，她是待在凱塞琳自己辦的狂歡派對一整晚，而父親根本不知道凱塞琳有這一面）。最後他大叫「妳獨自待在酗酒者的天堂裏吧」，並警告她「妳

一個人絕無法生存」。

　　第二個例子是，泰瑞莎首次拒絕東尼。被拒之後他不發一語，但在泰瑞莎與酒吧中釣回來的男子在床上時，東尼憤怒地回來。他不明白她的行為，向她咆哮說她仍是他的女人。她回答「我是我自己的女人」並把他趕出去時，他大叫，「妳和我媽是全世界最大的屎」（他暴露了男人對女人的憎恨，以及他們依賴已久的母親的憤怒）。

　　第三例是，詹姆斯對泰瑞莎仍然拒絕他而暴怒——泰瑞莎的父親因為要她嫁他竟附和著他。對觀眾來說，在此重要的是，詹姆斯的再現一直是有問題的。他不像敘事中所說的是一個「好男人」，而父親願為他背書，更令人覺得可疑。有一場戲詹姆斯自謅了一個因為看過自己父母親的做愛使他對性並不迷戀的故事，這使觀眾覺得他並不是敘事要求他的角色❾。因此，這個敘事隱而不見地支持了泰瑞莎對他模稜兩可的回應，又同時指責她不抓住這個機會來跳出迷失的自己。

　　詹姆斯對自己的看法也吻合這一層次的敘事：他無法了解為何泰瑞莎要拒絕他，因為從他的觀點來看，她幾乎沒有任何理由。他說她需要他，而且「一定是我，只有我」。當她轉身離去，他瘋狂地暴怒，並搗毀她的公寓——打破燈又將床拉出分開——這個憤怒似乎在此境況下是沒有正當理由的。接著在父母親家中，當她父親知道她拒絕了詹姆斯，畫面上看到是他氣得跟著泰瑞莎下樓，揚起手杖，彷彿要打她，並大叫：「妳可以自由地離家，離開教堂，滾到地獄去。」他說他無法理解為什麼她可以為聾啞學生付出，但背叛了當一個理想的母親。

❾ Robin Wood (1980-1) "The incoherent texzt: narrative in the 70s," *Movie* (UK), Nos 27 -8, pp.33-6. 可有更詳細討論關於詹姆斯的角色問題。

當然，這一系列憤怒在本片的論述中毫無解釋，最後在喬治（她最後的愛人）對她的憤怒中達到頂點——這個憤怒是指最基本的、對女人最無法忍受的、最敵意的——「女人是爛屄」，即她們是**性的**存在（sexual beings）。凱倫·霍妮所提到的，男性之所以憎惡女性性器官因為它提醒了閹割，及性別差異❿。因為性主動，泰瑞莎踰越了她的位置，在這個事件上變成致命的。

泰瑞莎赤裸裸的慾望和她堅持保持距離（不讓男人過夜），使喬治無能，後來他坦承了他的不舉，同時說明他為什麼要練身體，因為他怕在監獄中被稱為「水果」。喬治的同性戀傾向在影片中當然僅是要用來隱藏男性（不管他們的性傾向如何）對女性的性方面的憤怒。本質上，喬治的憤怒與其他三名同性戀男子對泰瑞莎的憤怒並無兩樣；影片安排同性戀者來執行謀殺，正是允許了主導階級的男性去認同最後一場殘暴的戲。

喬治在謀殺泰瑞莎前所講的話，和《柳巷芳草》中的謀殺者是類似的，「他媽的女人，妳只要躺著，而男人得費力辦事」。隨著他的憤怒轉成狂怒，他跳上她並且要強暴她；可是愈生氣他愈是無法讓陽具堅挺起來，他必須殺掉她以停止她的威脅。在此陽具與刀合而為一，加強了陽具的力量，而不是像《上海小姐》替代了他。《慾海花》與這類以暴力對待女性的電影之間的結合是很明顯的，尤其是當他強暴她又殺了她時：「這就是妳要的，對不對？妳這個賤女人，這就是妳要的。」

閃爍的燈光使兩個身體動作在畫面上看起來如機器人一般，既齷齪又恐怖。突然間，泰瑞莎的尖叫靜默下來。在此影片讓泰瑞莎得到

---

❿ Karen Horney (1932) "The dread of woman," 重印於 Harold Kelman(ed.) (1967) *Feminine Psychology*, New York, Norton.

懲罰，因爲她活該不接受自己在社會上的位置；以女性主義的論述來做逆勢閱讀，更可發現，父系制度處罰泰瑞莎是因爲她膽敢踰越——即擁有自己的性慾且嘗試當自己的主人。這顯示了一九七七年和一八五〇年代，或三〇、四〇年代都是一樣，是不可能實現的。在象徵性系統中，根本就沒有位置容許單身且具性慾的女性；父系制度文化仍然對無羈絆的女性感到恐懼，而戀母情結仍領導著男人去期待女性臣服於父親法則。

第 2 篇

獨立製片女性主義電影

第六章

歐洲及美國的前衛電影

在第一篇我已經仔細探討因為女性對男性構成的威脅，使得父權社會中的女性被建構在沉默、缺席或處於邊緣位置。心理分析論述將女性定位為沉默、缺席、處於邊緣，而我也使用這個論述的用意在於以子之矛，攻子之盾。心理分析做為一種工具，使我們得以解讀好萊塢電影，進而揭發分析這些電影如何將女性定位在低下的位置。了解這種定位和論述可以解釋兩件事：第一，女性取得主體性的困難；第二，身為女性主義者常遭遇的矛盾。

好萊塢電影常被認為是**唯一的**電影，但在美國一直有其他電影形式存在著。長久以來，歐洲著名的前衛電影導演（德國表現主義、法國超現實和達達主義、法國印象主義、俄國形式主義和未來派）一直比美國前衛導演和獨立製片導演更活躍、更受矚目，然而派爾・羅倫茲（Pare Lorentz）、馮・戴克（Willard Van Dyke）和拉夫・史坦納（Ralph Steiner）在三〇年代就有作品，四〇年代則有瑪雅・黛倫。六〇年代以來，新興的美國電影成為最常被談論的前衛電影，這些前衛導演包括史丹・布萊克基（Stan Brakhage）、麥可・史諾（Michael Snow）、約拿斯・梅卡斯（Jonas Mekas）和安迪・華荷（Andy Warhol）。

要將這些前衛電影導演分類並解釋其中差異是極困難的。一九七六年彼得・伍倫將前衛電影劃分為兩個主要流派：伍倫認為第一種（即

所謂的合作運動"co-op" movement）主要定位於美國境內，並與當時的美術界和其價值觀融合（彼得‧吉達 Peter Gidal、卡伯斯 Guyborns等極簡主義者 minimalist）。伍倫認為的第二種（所謂的政治性前衛"political" avant-garde）則來自高達、哥林（Jean-Pierre Gorin）及史特勞普-胡莉葉（Straub- Huillet），在美國很少有代表人物。當時伍倫相信這兩種前衛電影派別的美學訴求、學術性架構、經濟性支助、所得到的理論支持及歷史/文化起源是不同的❶。

但在一九八一年三月，伍倫修訂他一九七六年的立場。他認知到前衛電影要比這種簡單分類更加複雜。他在一篇簡潔的論文中寫道：不論在歐洲或美國，事實上大部分的前衛電影運動包含了數個並不一致、相反的流派，雖然可分辨出其中主要兩個相對的派別。這些流派一直隨著現代主義發展「自從立體派推翻了文藝復興以降，符徵和符旨之間的自然關係之後」❷，伍倫繼續寫道：

其中一個趨勢是專注於符徵的特定性，使符旨不確定或致力於消除符旨。另一個趨勢是藉由剪接不同質元素，試著發展出符旨和符徵之間的新關係❸。

這兩種趨勢中，伍倫喜好第二種，他說這「和高達、史特勞普-胡莉葉相近」（即伍倫原先稱為「政治性」的前衛電影形式）。雖然伍倫在此對所使用的名稱更加小心，但是很清楚地（即使在他修訂後的理論中），他反對符徵和符旨分離，因這種分離最後將發展成完全抑制符旨，形成純粹只有符徵的藝術，脫離了意義和指涉。這即是一種自我

❶ Peter Wollen (1976) "The two avant-gardes," *Edinburgh Magazine*, Summer, p.77.
❷ Peter Wollen (1981) "The avant-gardes: Europe and America," *Framework*, Spring. p.10.
❸ 同上，p.10.

反射電影（self-reflexive cinema），以形式本身做爲它的主體❹。

　　有些導演，如彼得・吉達，認爲這是使用電影媒體方式中唯一可避免意識型態污染的方法❺。但在伍倫重新修訂的論文中，他認爲電影符號學的問題在於它無法發展出和前衛電影相關的電影理論：

> 電影符號學的問題是雙重的：第一，因爲建立在索緒爾理論的基礎上，導致電影符號學無法在好萊塢和藝術電影的古典符碼之外，找到較有彈性的觀念來擴大符號學的範疇。第二，形成一種傾向，即尋找可廣泛運用電影符號（cinematic sign）的一般性理論，而非強調電影的多元性和異質性❻。

在伍倫論文的最後部分，他提到（但沒有討論細節）女性主義電影製作和女性主義電影理論已經開始突破前衛電影的分界。因爲女性必須做的工作，使得形成這種情形的原因並不難了解。女性在社會中所受的壓迫每天都影響著我們，因此女性被迫發展出一套電影符號學，其中包括指涉理論（theory of reference）。但是女性的壓迫來自以符號顯現意義的系統中（signification）對女性（錯誤的）再現（[mis] representation），所以女性如何能避免處理再現？既然女性的聲音從未被聽到，我們怎能不試著選定一種聲音、一種論述？儘管在排除女性的父權文化中做這種努力非常困難。更進一步來說，女性如何能繼續忍受被主流歷史所排除（例如歷史上女人的出現被壓抑）以及左派激進分子忽略女性的政治議題？

---

❹ 同上，p.9.

❺ 請參考 Peter Gidal "Theory and definition of structural materialist film," pp 1-21. 以及在他編輯的 *Structural Film Anthology*, London, British Film Institute (1976) 中的文章 "Deke Dusinberre." pp. 109-13.

❻ Wollen, "The avant gardes: Europe and America," p.10.

如果我們以上述議題形容不同女性主義電影的特色，則很明顯地女性獨立製片導演已經以許多不同方法開始著手實行她們的計畫。雖然要爲女性電影創造出令人滿意的分類方式很困難，但是爲了使我的討論有組織，我將以電影所使用的電影策略劃分，列出三大類電影：第一種是形式主義、實驗性的前衛電影；第二種是寫實主義的政治性、社會學式的紀錄片；第三種是我所稱爲的前衛理論(政治性)電影(avant-garde theory〔political〕film)。

這三類電影當然各有其早先的歷史傳統。女性實驗電影可回溯至法國超現實主義和印象主義、德國表現主義和俄國形式主義，最近的影響則來自六〇年代的前衛藝術-偶發藝術（happenings）、約翰‧凱吉（John Cage）、極簡主義。寫實風格電影則源自三〇年代美國和英國的紀錄片。這個時期的紀錄片上承俄國的庫勒雪夫（Lev Kuleshov），下接義大利新寫實主義和英國自由電影運動（British Free Cinema Movement）。前衛理論電影則源自布萊希特（Bertolt Brecht）、俄國導演如艾森斯坦（Sergei Eisenstein）和普多夫金（Vsevolod Pudovkin），他們雖然仍使用實寫主義和敍事電影，但他們希望能爲新（社會主義）內容找到新的符徵領域❼。最近的影響則有法國新浪潮運動，特別是一九六八年以後的高達以及史特勞普-胡莉葉。

但這些傳統大部分是由白種男人開創和發展的，即使有女性參與（我稍後將討論其中傑出的例外——潔敏‧杜拉克和瑪雅‧黛倫），以當代定義來看，她們並非女性主義者❽。這種對女性的排除，使女性導演變得對形式和風格的議題特別敏感，而使她們能避免盲目追隨以前的傳統。雖然女性導演被迫依賴以男性爲主的藝術傳統，但我們看

---

❼請參考 Wollen 在 "The two avant-gardes," pp.81-2. 中的論述。

女性與電影

一三六

到這三類電影中的女性導演自己重新思考傳統，將傳統加以修改，使傳統能為她們的電影所用，並取得不同程度的成功（在第十章將更清楚說明）。因此女性導演幾乎是意外地發現自己正為男性所認為的明確電影形式搭橋。

因為不同原因，許多女性導演早期都被實驗電影、動畫或超現實形式吸引。也許部分是因為受到影史上唯一的兩個女性導演典範——杜拉克和黛倫——獨立製片的影響。她們的作品曾在所有早期女性主義影展中放映。杜拉克最容易取得的影片是《布達夫人的微笑》（The Smiling Madame Beudet, 1922），本片受到法國印象主義和超現實主義的影響（印象主義則受到十九世紀象徵主義運動的影響） ❾。並非是真正的女性主義電影，片中使用超現實主義技巧表現一個嫁給鄉下人的怨婦內在的痛苦和幻想著願望實現。雖然在本片大部分中布達先生（Mr. Beudet）被視為低俗、遲鈍的男人，但他並非敵人，杜拉克認為錯誤是在於鎖住這對夫妻的整個中產階級婚姻制度。在某些方面布達先生和他的妻子一樣是受害者。但本片在當時大部分反映男性地位的電影中，能由妻子的觀點來表現事物是創新的手法。杜拉克常用反幻象(anti-illusionist)的電影技術，用來刻劃一位極度沮喪女人的內心生活，效果非常完美。

杜拉克的作品有一重要功能即**揭發**父權制度下女性的定位，雖然

---

❽ 關於杜拉克對女性主義所做的明確定義，根據 Wendy Dozoretz (1982) "Germaine Dulac: filmmaker, polemicist, theoretician,"（未出版的論文，紐約大學）；但當時在法國尚未有全然成形的運動，對女性主義與再現之關係並未特別注意。黛倫則因為戰爭及其餘波影響，並未受到任何一種女性主義思維之影響，因此也發展出極有限的覺醒的女性主義。但是她本人的事業以及她的電影以女人的心理、身體、定位為主題，顯示她對我們現在所稱的女性主義議題極敏感。

❾ 請參考 Dozoretz "Germaine Dulac" 文中對杜拉克影響的討論。

她沒有意識到有其他出路。同樣重要的是，她成為歷史上一位女性的典範，努力克服她所受到的歧視，她做為一個女人能在男性主導的領域中成功地表現自己，有所成就。雖然稍後她的角色被史學家忽視。

杜拉克作品風格寧靜、富有詩意，而黛倫的電影則令人震驚，激烈、強而有力。黛倫的技巧極富原創性，她長期努力工作，將她心目中的電影影像以完美的風格表達。就像杜拉克，黛倫也是藝術電影和純粹電影（pure cinema）的倡導者❿。在一般人對獨立製片和前衛電影的興趣很小、對女人的作品更沒有興趣的時代，黛倫很努力地想讓她的作品和她自己能被接受。她對電影技術完整的知識及精確詳盡的了解令人印象深刻。有時候，她對理論和形式的強烈關注令人想起艾森斯坦。黛倫的電影以女人為焦點，以強烈的超現實風格探討女性心理中的分裂、疏離、嫉妒和惡夢。

在《跳接》（Jump Cut）雜誌的「女同性戀者與電影」專輯中，賈桂琳・吉塔（Jaquelyn Zita）引用的芭芭拉・漢默（Barbara Hammer）的評論，可明顯看出黛倫直接影響了當代女性主義導演：

　　我從未看到一部我認同的電影，直到我看到瑪雅・黛倫的《午後

---

❿ 兩位女士都以著作及四處演講來提倡電影是一種藝術形式。請參考杜拉克二〇年代在電影雜誌中所發表的許多論文（例如 Cinémagazine, Le Rouge et le noir, and Les Cahiers du mois）；她所寫的一篇篇幅很長的論文 "Le Cinéma d'avant-garde" 收錄於 H. Fescourt(ed.) (1932) *Le Cinéma des orgines à nos jours*, Paris Editions des Cygne, pp.341-53. 參考 M. Deren (1946) "Cinema as an art form," *New Directions*, No.9, reprinted in Charles T. Samuels (1970) *A Casebook in Film*, New York, Van Nostrand Reinhold, pp.47-55；以及 "A letter to James Card" (1965), reprinted in Gerry Peary and Karyn Kay(eds) (1977) *Women in the Cinema: A Critical Anthology*, New York, Dutton, pp.224-30；除了許多短文之外，黛倫還以電影形式為題寫了一篇長篇論文 "An anagram of ideas on art, from and film," reprinted in George Amberg (ed.) (1972) *The Art of Cinema: Selected Essays*, New York, Arno Press.

的羅網》(Meshes in the Afternoon)，當時我覺得我找到了美國實驗電影之母。她所拍攝的類型並不常見，看她的作品就像在電影中讀一首詩，而不像好萊塢電影是讀一個故事或一本小說。她是個偉大的象徵主義者，是第一位檢視複雜的女性心靈，發現陰性人格中有許多內在的自我，並試著將這些投射爲影像的人❶。

　　因此，對許多女性來說，實驗電影代表著由壓迫女性、虛僞及好萊塢電影中的幻覺式再現中解放。如果一個相似的題材拍成了紀錄片，則這兩個導演手法的方向是相反的。被實驗電影所吸引的女性，通常是在尋找她們內在經驗、感覺、感情、想法的抒發，那些對紀錄片有興趣的人則更關心女性在社會中的生活。稍後我會說的更清楚。

　　如果說幾位女同性戀導演使用了實驗電影形式（除了漢默之外，還有康妮・貝森 Connie Beason、珍・奧克森堡 Jan Oxenberg、芭芭拉・賈貝莉 Barbara Jabaily、艾瑞爾・杜赫提 Ariel Dougherty，以及《跳接》中女同性戀導演片目中所提及的許多人），這也許是爲了防止男性觀眾把女同性戀做愛當做色情。但女同性戀想要表現的正是她們的性慾，因爲這對主流秩序帶來很大的威脅，所以一直遭到父權社會壓抑。但女同性戀做愛的幻覺式再現（illusionist representatoin）如何能避免被男性觀眾納入，對男性而言（這正如色情影片的作用），這是一種伊底帕斯退化（Oedipal regression, 即小男孩完全佔有「媽媽」，沒有具威脅性、像爸爸般的男性干擾他的性慾）❷，如果色情電影扭曲了異性戀做愛，那女同性戀做愛也被完全挪爲私用了。

　　因此對想讓女同性戀情慾「出櫃」的女性來說，使用實驗電影形

❶ Jacqueline Zita (1981) "Films of Barbara Hammer: counter-currencies of a lesbian iconography," *Jump Cuts*, Nos 24-5, p.27.

式是有其道理的。芭芭拉‧漢默的《多重高潮》（Multiple Orgasm, 1977）藉由聲音，將風景影像重疊在佔據銀幕的陰核上，表現女性歡愉的極致。她的《雙重力道》（Double Strenght, 1978）則藉由實驗性運用電影的形式，更進一步表現女同性戀親密關係中的許多層次。鏡頭中一個女人先是穿著衣服在高的鞦韆上，然後是裸體，代表自由、歡樂、著重精神生活以及純粹的感官歡愉。女性的身體一起擺盪著，暗示她們的親密關係，彼此之間的關心。其後和死亡有關的字眼和影像表示關係中的危機，但本片避免以敘事方式呈現，因此這個關係的發展並不清楚。分離的影像以強有力手法呈現，在美學上的效果也是相當驚人，一個女人的身體在銀幕上分裂為二，有時以同一身體做重疊效果，做著體操動作。聲軌上是女性的聲音，描述她們在彼此身體上得到的歡愉以及分離的痛苦。

其他有關女同性戀的電影，特別是那些以大眾生活為主題的電影（例如南西‧波特 Nancy Porter 和米奇‧里米 Mickey Lemie 的《女人的地盤在屋內》A Woman's Place is in the House［1975］，拍攝關於愛倫‧諾保 Ellen Noble 的故事）使用寫實形式，這些電影和其他女性紀錄片一樣重要，因為它們呈現了女人的新影像，使父權社會商業電影所建構的影像變得不真實。當然這些影片也反映出其他寫實性紀錄片所面臨的同樣問題，這點將在第十章中討論。我在這只想指出，要一個人相信並非由主流秩序建構的關係是相當困難的。女同性戀者在一個符意表徵系統（signifying system）中被定位為「他者」（Other）。

---

❷ 就我所知，目前為尚未有統計解釋男性對女性彼此做愛影像的興趣。也許這和男性與兩個女人做愛的幻想有關（即男人可幻想自己是女性愛人的再現）。A片中的男性愛人都有驚人的男子氣概，性能力表現也超乎常人，因此只有女人的影像也許對男性觀眾而言，競爭壓力減少了許多。但這是一個複雜的議題，需要更多的研究。

被冠上一個特定、負面的符號，已經到了何種程度？女性所認同的女性和女性同盟的影像，真的能顛覆父權統治嗎？我們能創造新的呈現方式，而逃離主流秩序將這一關係建構為邊緣化、特異化、可被收編的命運嗎？或者我們該將女同性戀關係視為母親與兒女的關係，即尚未被男性殖民的領域（至少在非象徵層次上 non-symbolic level），因此這成為另一個可能帶來改變的管道？

也許這些問題的答案將從東西歐拍攝關於女性同盟的許多電影中浮現（有些是情慾，有些則不是）。除了本篇討論有關情慾的兩部影片（莒哈絲的《娜妲莉‧葛蘭吉》及馮‧卓塔的《德國姊妹》Marianne and Juliane）之外，還有法國的香塔‧艾克曼（Chantal Akerman）、妮莉‧凱普蘭（Nelly Kaplan）和安妮‧華妲（Agnes Varda）；匈牙利的瑪塔‧梅札諾斯（Marta Meszaros），以及最近德國的海琪‧山德（Helke Sander）、烏瑞琪‧歐婷傑（Ulrike Ottinger）和秋塔‧布魯克納（Jutta Brückner）等人的作品。她們的作品代表著自從女性開始尋找自己的聲音、定位以後，展現不同於好萊塢電影的風貌，這是一大進步，雖然有些例子仍依賴寫實主義。

在下面的章節中，首先我將討論上文所提的兩位歐洲導演，她們各在非常不同的政治和電影脈絡（context）中拍片，這些脈絡也反映出歐洲主要流派和主流電影風格。《娜妲莉‧葛蘭吉》是以法國女性主義政治中特別的一支為基礎，瑪格麗特‧莒哈絲使用法國新浪潮的風格（她曾協助新浪潮的發展）以達成她女性主義的目的。在另一方面，馮‧卓塔在德國八○年代政治動盪不安中拍片，她在《德國姊妹》中呈現生活在仍和納粹主義餘波掙扎的德國文化中的女性、她個人的人生選擇和政治選擇的互動。

其次我將分析一位重要美國導演伊娃‧芮娜早期的電影，我認為

她是上述前衛導演和實驗電影傳統之間的橋樑，基本上她仍屬於實驗電影傳統。其次我將研究美國早期女性紀錄片，以及在新理論影響下產生的寫實主義議題。我將探討前衛理論電影演進的原因（我稱之為演進），這種演進是因應寫實紀錄片而發展的，我將深入分析三部代表這個項目的影片。最後我將研究一部第三世界電影，它使用的策略在某種程度上和前衛理論電影的策略相似，但同時也注意到使用寫實主義。在本書的最後兩章，我將提出關於美國獨立製片女性主義電影未來的問題，並探討未來理論發展的可能方向。

第七章

沉默：女性抗拒男性壓迫之策略

莒 哈 絲 的 《 娜 妲 莉 · 葛 蘭 吉 》(1972)

　　因許多複雜的原因，歐洲的女性電影工作者早在美國的女性之前就已開始生產獨立製片劇情電影。女性製作的影片數量雖隨女性運動而增加，但美國的生產仍幾乎完全局限於短片上。在此無法詳細說明造成此種差異的原因，但很明顯的，首先這與美國電影工業的特殊結構相關，美國電影工業的融資方法及意識型態文化霸權使女性執導困難；此外，這與歐洲中產階級女性不同的文化位置相關，此種位置至少使某些人較易取得權力。在歐洲向一些小的獨立製片電影公司融資是可能的（在美國這才方起步），且近來電視台（尤其是在法國、德國及英國）願意出資獨立製片，包括女性製作的電影。

　　瑪格麗特·莒哈絲是個非常重要的女性導演，她在近來的女性運動前就開始電影工作。她曾參與部分（主要由男性掌控的）法國新浪潮運動（亞倫·雷奈《廣島之戀》Hiroshima mon amour, 1959 的編劇，並參與此片的工作），並在寫了多年的前衛小說之後，於六〇年代中期開始電影創作❶。直至六〇年代中她的政治位置（如她與賈克·希維

---

❶ 莒哈絲在 1943 年時寫了第一本小說 Les Impudents，在 1966 年拍攝第一部電影《此恨綿綿》(La Musica) 之前就已寫了十一本小說。她的許多小說已被改編為電影，有些作品也採取戲劇的形式。完整的作品/電影年表見 Elisabeth Lyon (1980) "Marguerite Duras: Bibliography/Filmography" *Camera Obscura*. No.6. pp.50-4.

特 Jacques Rivette 和尙‧納布尼 Jean Narboni 訪談時所表示的) 在許多方面成爲近來法國女性主義作家採取的政治立場，除了後來在七〇年代女性成爲焦點時，莒哈絲也論及嬉皮 (hippies) 及其他受抑的團體。

　　舉例說來，在訪問中談到《Detruire, dit-elle》時，莒哈絲指出，費 (Faye) 是一個學識豐廣的男人。他想要從知識體系**內**摧毀知識。但是她說道，她「寧願將之摧毀並替之以眞空。讓男性完全缺席」❷。希維特指出這種眞空狀態的產生可能成爲危險的，完全消極的狀態，但莒哈絲爲這種在代之以新秩序之前的被動性爲一必要的階段而辯護：

> 他們（嬉皮）在啥事也不幹上是能手。能達到這種境地是很不可思議的。**你**知道如何啥事也不幹嗎？我不知道。這就是我們最缺乏的……他們創出了一種眞空，而這些……對毒品的依賴……這只是手段，我非常確信……他們是在創造一種眞空，但我們仍無法預見什麼會取代被摧毀了的事物——現在來談這點還太早了❸。

稍後，莒哈絲辯稱嬉皮是「在生產的體制之外的」：

> 嬉皮是與**任何事物**都毫無聯繫的生物。他不僅在任何的安全體系及社會福利之外，也完全與世隔絕❹。

莒哈絲相信這種「局外人」的位置是有用的；這是一個使人們能不經劇烈改變而從一種情況轉換至另一種情況的位置。正如她所說的：

---

❷ 莒哈絲與希維特及納布尼的訪談(1969) *Cahiers du Cinéma*, No.217, pp. 45-47, 英譯文見 Helen Lane Cumberford (1970) *Destroy, She Said*. New York, Grove Press.

❸ 同上，p.115.

❹ 同上，p.117.

這不是反抗；而是等待。正如有人不徐不急一般。在將自己投入行動之前……突然地從一個狀態過渡到另一個相當困難。這甚至是不正常，不健康的……等待是必要的……你啥事也不做，直到你**解除了**之前所有的一切❺。

更進一步，當莒哈絲談論到「希望與絕望間的鴻溝……一種無法言喻的鴻溝」時，這種立場就更清楚。這是她稱之為「真空」，或「原點」的鴻溝，「重組感受能力……重新發掘自身」之處❻。莒哈絲稱之反映「一種自由的典範」之處，一種嬉皮們享受並善用的自由。

在此闡明莒哈絲這種因對早期政治立場的幻滅所導致的政治觀點是很重要的。早期此種理想主義行動派的策略，包括走入工廠並「吸收他們」。莒哈絲那時已反對將外圍知識分子的觀點加諸工人身上，代之希望工人能自行對行動委員會發表演說；但與希維特及納布尼訪談時，她將此種政策視為一種溫和的干預主義，十九世紀的慈善事業。她採取的新立場，為一種人民間精英溝通的形式，此種形式一旦建立，將徹底改變社會秩序，以對立她稱之為於違抗人民意志的「偽革命」❼。

對莒哈絲來說，真正的共產主義是一種新型態的愛，一種從自我投射、個人主義、所有權、嫉妒、競爭、擁有中解放出的愛。自我將為更大的社群犧牲，在社會整體利益下昇華。人們因此不會有明顯的差別；會有一種人格特質的滑動，一種由自我與整體融合產生的混合❽。

---

❺ 同上，p.120.
❻ 同上，p.121.
❼ 同上，p.119-20.
❽ 同上，p.127.

在近來關於女性的理論興起之前，莒哈絲早已開始一般性地對父權採取批判的姿態。然而在《娜妲莉·葛蘭吉》中，她明確地將此批判置於對女性壓抑的分析中。她的電影大多拍攝於一九七〇及七二年法國女性主義革命運動期間❾，並且超越了當時的諸多女性理論（哈利米 Gisèle Halimi 之 *La Cause des femmes* [1973] 及赫琳·西秀 Hélène Cixous 的 *Le Rire de la Méduse* [1975] 是兩本重要的著作），《娜妲莉·葛蘭吉》並精確地發展出一種之後由法國理論家所闡明的女性主義策略。在分析莒哈絲於一九七五年的某些論點前，我先簡單概略說明此一理論，接著再顯示《娜妲莉·葛蘭吉》如何反映出此種稍後爲女性所倡導的政治策略。

　　法國理論家因受拉康影響，關注於語言本身及語言做爲社會進化及社會組織的主要工具，先天即偏頗男性的事實。因此，若語言被定義爲「男性的」，使用語言的女性將與自身疏離。以拉康想像領域（realm of imaginary, 前語言期）和象徵領域（realm of symbolic, 基於語言的秩序）的區別，這於是說明了女人被迫在一基本上是疏離的語言系統——此系統線性及幾何的統馭了象徵、超我、律法——中尋找她們的位置。女性面對著此一矛盾，只要她們保持沉默，高席（Xavière Gauthier）說，「她們將在歷史演進之外。但若她們開始如男人一般地說話及書寫，她們就會進入壓抑及疏離的歷史中；且從邏輯上來推理，這正是她們的言論所要瓦解的歷史」❿。

------

❾ 見 Courtivron and Marks (eds) (1980) *New French Feminisms*. Amherst. Mass. University of Massachusettes Press. 中 "Histories of France and of feminism in France", p.24-5. 主要的事件爲個別的小型女團體結盟產生了運動的自覺；這種憤怒在無名英雄塚前由 Wittig, Rochefort 等人產生了「英雄無名的妻子」（Unknown Wife of the Soldier）、「女性主義革命者」（Feministes révolutionnaires）的建立意欲摧毀父權的秩序及引發幾場分裂性的活動及聲明，1972 年，此團體開始研究女性文化及解放「被抑制的創造」。

根據克勞汀・赫曼（Claudine Herrmann）的說法，女人僅剩的唯一選擇是從空無、無男性之地發聲，由此她方可找到自身。「因此，**眞空**對她來說是一不卑不亢的價值」**❿**。或如克麗絲特娃所言，「因爲從語言中疏離，因此她們在發聲時是受苦的夢想家、舞者」**⓫**。

　　克麗斯特娃進一步討論此種疏離開始解除的方法。正如於此之前的男性前衛作家一樣，女性開始發展一種對語言的特殊感受力及創造地下文化，經由否定的斷裂。雖然沒有「我」可指稱這種「女性特質」，克麗斯特娃認爲「這仍是有效的、抗拒所有限定的，且在（性）愉悅方面確保了概念的延續。『我』，意義質問的主體，同時也是差異的主體——性別矛盾」**⓭**。

　　高席回憶在討論女性作家採用「父親之姓名」**⓮**，這說明了她臣服於法則及所有「傳統的語言」時，他問莒哈絲「女人是否可在父親的姓氏之下書寫」，莒哈絲答道：「那是絕不可能之事，即使只是一秒鐘。正如許多女人一樣，我覺得姓氏是如此可怕，我甚至從不用它」**⓯**。

　　在此我們可以看到莒哈絲是如何與七〇年代中期的理論相聯結。一九七五年在《*Signs*》的訪談中，莒哈絲提及數千年來女人在以男

❿ Xavière Gauthier, "Is there such a thing as women's writing?"，英譯 Marilyn A. August, Courtivron and Marks (eds) *New French Feminisms*. pp.162-3.

⓫ Claudine Herrmann, "Women in space and time." 英譯 Marilyn R. Schuster.同上，p.169.

⓬ Julia Kristeva. "Oscillation between 'power' and 'denial'"，英譯 Marilyn A. August.同上，p.166.

⓭ 同上，p.167.

⓮ 正如編輯指出的，「在法文中『名字』(nom(name) 和『沒有』(non(no)是同音字。拉康學派的心理分析利用這種相似性，強調了父親在孩子進入語言期及與所欲之母親分離中扮演的角色。在拉康學派的典範中，這種進入語言期標示著進入由語言的法則所掌控的象徵界中。」 Gauthier. "Is there such a thing as women's writing?". p.163.

⓯ Gauthier. 同上，p.163.

性主導的文明中被覆以黑暗與沉默：

> 女性書寫實際上是從未知的轉譯，是新的溝通方式而非已形構出
> 的語言❶❻。

她進一步指出，因她是試圖「從黑暗中」來書寫的人，因此在她的內
心深處有些東西使她停止運作，而轉為沉默：

> 但所有事都被斷絕了——理性思考的方式，由學院、學生、閱讀、
> 經驗所傳承的思考。我非常確信我現在所說的。就好像我返回鄉
> 下……男人已沉於其中，而女人從不知自己為何物，因此她們不
> 會沉溺其中。在她們背後，只有一片黑暗。在男人背後，是會扭
> 曲的事實，是謊言……在女人內在的沉默裏，任何落入其中的事
> 物都會有巨大迴響。然而在男人之中，這種沉默則不復存在❶❼。

　　莒哈絲認為這是男人的力量，包括他們的語言，也就是使女人噤
閉並保持沉默之事。女人正如無產階級般受壓抑，以致於不具創造性
的可能：

> 正如你問我：「為什麼無產階級中沒有作家？為什麼在勞工中沒
> 有音樂家？」那是一體的兩面。工人中沒有音樂家，正如女人中
> 也沒有音樂家。反之亦然。做為一個作家，你得擁有完全的自由。
> 音樂是一種剩餘的產物，它是瘋狂，一種自由認同的瘋狂❶❽。

---

❶❻莒哈絲與 Susan Husserl-Kapit 的訪談，見 Signs (1975). 亦見於 Courtivron and Marks.
New French Feminisms. p.174.

❶❼同上，p.175.

❶❽同上。

在另一次訪談中，莒哈絲再次抨擊男人從已建立好的位置上，將之理論化及發言的需要，以做爲實際進步的改變的解構。她指出一九六八年五月是男人迫使女人和少數者噤聲的範例，以及他們「援引舊理論的方法，以對付這種新的狀況：要重估和解釋六八年五月。」根據莒哈絲所言，我們需要的沉默，以留給新規則浮現的空間：

> 這種整體的沉默是必要的，因爲必得經由這種沉默，一種新的存在的模式才得以孵育，必得經由一種共同的、隱匿的、整體的行動才能成形並找到方向❶。

雖然《娜妲莉・葛蘭吉》是於最後一篇訪談的前一年，一九七二年完成，它非常近於當時所發表的觀點。首先，這是關於沉默的政策的影片，以做爲面對具破壞性的男性發聲、分析、分解的壓迫的女性策略；莒哈絲以強而有力的方式顯現出如何不經由文字產生變革，且在陽具中心的文化中，可允許某些確定的、男性作風的行爲及瞭解。其次，電影形式本身顯現出此種政策：片中大部分以默片的方式拍攝，莒哈絲以剪接/蒙太奇及攝影機和畫面的構圖來傳達其意念。她敏銳地運用聲音，經常是對位法，以強調視覺上的觀點。莒哈絲以一種克麗絲特娃所讚賞的前衛方式來操弄電影形式；她正如前衛作家（喬艾思 James Joyce、亞陶 Antoni Artaud、約翰・凱吉），以一種新的方法運用形式，試圖經由否定性及斷裂（拒絕架構清晰的慣例）以超越「眞實」的再現。根據克麗絲特娃的觀點，前衛與地下文化間的聯結提供了一種女性如何突破傳統（陽具中心）語言及形式限制的模式❷。

---

❶ 莒哈絲與 Suzanne Horer 及 Jeanne Soquet 的訪談(eds) (1973) *La Création étouff'ée*. 亦見於 "Smothered creativity", in Courtivron and Marks (eds) *New French Feminisms*. pp.111 -13.

《娜妲莉‧葛蘭吉》結構如詩，以一系列反覆出現的主題，利用重複來聚集漸強的象徵性意義。

電影以一連串影片中不同部分的鏡頭開場，解放了傳統連貫整部影片的時空關係。莒哈絲在過去和現在時間來回，且不時插入回憶或幻想（或之類的事件）。這種效果將我們從一般傳統藝術作品中時空的關係中解放，並將我們置於非經由嚴格的因果關係控制的意識中。我們得暫止一般的心理功能的模式，這使我們常抵禦性（保護性）地問道：「她是誰？那是什麼意思？他們為什麼這樣或那樣？」在傳統的藝術作品中，我們總被給予這樣的答案。

在我們所經驗著的順時鐘時間裏，電影時間似乎是葛蘭吉家庭的某一下午，他們必須在當下做出一個關於八歲大的女兒娜妲莉的決定。下午一開始，父母決定將她送往另一個學校，但隨時間消逝，卻從中出現了另一決定：在此最重要的是，新的決定非經由理性分析而產生——例如線性的，以目的為導向的語言模式的使用。它反而是從女人與小孩間非口語的互動，以及特別是經由音樂的意義和象徵（在某一時點上包含有更多的意義）來產生。

重複的母題取代了一般的時空及因果關係，產生了另一種結構，另一種一致性。在這種結構當中，對女人的情感生活而言何者是重要的被強調出來。女性重複的畫外音（在被確實前，我們假定此為娜妲莉學校校長），討論這個孩子的不守規矩及在學校的暴力行為，反映出伊莎貝爾‧葛蘭吉（Isabelle Granger）對孩子深切的關心。這個聲音雖然表面上是女聲，事實上具現了建制機構中的男性論述：冰冷，無感情，機械化。我們不確知伊莎貝爾究竟是在回憶這聲音（如回溯）或

---

❷ Kristeva, "Oscillation between 'power' and 'denial'".

正進行在影片稍後（明顯）進行的面談。時間的面向是不重要的——唯一的事實是孩子崩潰了，且正被趕出學校。

另一重複的（非具現的）畫外音，也同樣建立起這個對女性充滿敵意的外在（男性）官方世界；這次是一男聲，週期性地報告兩個女孩在離葛蘭吉家不遠的樹林裏被青少年殺害的新聞。這個畫外音建立了一個屬於男性的、對女性充滿敵意的公共領域（例如，這對女人來說是個危險的地方），並形成了一空間的對立，相對於葛蘭吉的屋子及花園與女人、小孩和動物（貓，鳥）等聯結的地方；男性重複的報導擾動了房子的靜謐，產生令人不安的訊息，且這訊息因平行於（另一）令人不安娜妲莉的訊息而更加遽；事實上，這個暗示為，無論如何，娜妲莉本身的「暴力」是導因於外在世界的暴力。

莒哈絲的鏡頭更強調了此種女性內在與男性外在世界的分離；房子對立於街道的兩極化，成為對社會中刻劃男女存在之不同模式的比喻（而非反映一最根本的位置，特別是將女人置於家中，而男人則是在公共［勞動］領域中）。攝影機不停拍攝女人向窗外(或內)凝視。一開始，先生待在屋內不久。攝影機搖向午餐台，我們聽見他談論著娜妲莉的聲音。伊莎貝爾安靜地回應，其他人——她的朋友、小孩——則靜坐著，臉部毫無表情。小孩去上學了。很快的，先生的視線望向窗外橫過街道，停在他的車上，沉默突然降臨屋內。女人安靜、凝重地，以緩慢刻意的動作清了餐桌。從窗外可看見花園，但一切寂靜祥和；黑貓打哈欠伸懶腰，象徵了寂靜及時間的靜止。女人們似乎共同產生出他者的空間——她們一同移動，但她們幾乎很少彼此交談，她們似乎是一致地。她們無須言語交換彼此的感覺。雖然她們安靜地做著個別的事，卻似乎完全知道另一人的想法。

舉例來說，當伊莎貝爾打電話給娜妲莉的鋼琴老師，詢問娜妲莉

8.這是個常見的鏡頭，兩個女人坐在窗前，窗外的花園隱約可見。她們倆全都沉溺在他者的世界中，無需隻言片語即知對方的感覺。

是否可繼續上她的課時。鋼琴老師的聲音答道，只有娜妲莉自己可以決定。伊莎貝爾痛苦地讓電話垂落膝頭；她的朋友（由珍妮‧摩露 Jeanne Moreau 飾演）也同時停止了清理餐桌的動作，傾聽伊莎貝爾究竟發生了什麼事，她感覺並感同了她的難題。對話一結束，她又繼續她的動作。

關於音樂課的對話，以及之前伊莎貝爾在午餐台前所說「要是娜妲莉不學音樂的話，她會迷失的」，顯示出音樂對小孩及母親兩者的重要性。隨著電影發展，鋼琴課的問題在此又被重複，音樂象徵在男性語言的壓抑限制之下一種表現的方法。音樂是娜妲莉與她所放棄的世界最後的聯結，以做為對抗男性語言將她置放的位置。這代表了生活、愛、她的母親，以及要是失去了這個，她將迷失在暴力、破壞及侵犯

中。只有這種非口語的模式，可將她重新導入正途，並再次進入她母親（及母親的朋友）的價值當中。

在某方面來說，母親和娜姐莉是處於同一地位的。她倆**之間**的衝突並不如女人和她們所處的父權文化間的衝突那樣大。伊莎貝爾在提及孩子的困境時感覺無助，那是超越她倆之上的困境，而不是一人對抗另一人的問題。音樂是唯一聯結她們的方法。在一個沉痛的時刻，伊莎貝爾的朋友告訴她說，「忘了娜姐莉的事吧」，伊莎貝爾於痛苦中質問，「什麼，不理會我的小孩？」這種痛苦也在另一場戲中顯現，伊莎貝爾燙著娜姐莉的衣服，頓住，被無聲的眼淚所襲捲，她抓住衣服一角緊摀住臉。

片中的這首鋼琴曲是廣為人知的法國練習曲，做為娜姐莉的標示，且在伊莎貝爾思及孩子時彈奏出來。舉例來說，在正午剛過的一場戲裏，盤子都洗淨後，伊莎貝爾在房內踱步，思忖著娜姐莉的事該怎麼辦，我們可聽見這音樂；稍後，她進入娜姐莉的房間，為寄宿學校收拾行李，當攝影機搖過這些物品(包括一張紙條寫著:娜姐莉所有，請勿觸碰)，音樂再次響起。之後不久，伊莎貝爾走進放鋼琴的房間坐下，很明顯地，她想彈奏，以此和她的小孩聯結，但她卻無法這麼做。當她站起身來離開時，鋼琴聲再次出現。

電影第一部分音樂的引介很仔細地對位於聲軌的另一主要部分：首先，重複的收音機中的男性聲音，討論兩個年輕女孩的謀殺案；以及其次，老師的聲音，討論這個小女孩（娜姐莉）不自然的暴力行為。這兩個論述被用來對立於做為介入壓抑的男性秩序的音樂，當音樂代表了女性的領域，超越或外在於只能被評斷、分解及分析的語言。

然而，沉默是女性抵抗此種語言禁制的主要方式，莒哈絲在全片中堅持此種對沉默的運用——這是違反正常電影傳統的技法。舉例來

說，我們從未聽見女性移動所發出的任何聲音——亦即，聲軌並沒有錄下她們的腳步聲或活動（例如洗盤子、燙衣服、生火及耙花園中的葉子）的聲音；以此建立更明顯的內在與外在的區隔，街道上傳來的聲音間歇性地突入（汽車喇叭鳴聲、交通聲、人聲）；這些聲音因內在的沉靜而更顯驚駭（正如男性的畫外音）。

其他的設計亦強調此種靜默：運用貓懶洋洋的打哈欠的鏡頭（特寫），及接著懶洋洋地沿著伸長的走道晃晃蕩蕩，這提供了一種夢幻和無時間感的心情；其運動標示出一種對那些同樣地沉默、緩慢及優雅地運動的女人們的共同性。

莒哈絲並將女人和自然聯結；她們在花園的工作本身即為其一，但更有甚者，為自然界的運動在女人身上的反映；舉例來說，朋友站在池邊，風輕拂她的秀髮，莒哈絲切到風以同樣的方式吹過池水表面的鏡頭[21]。

聲軌強化了影像及攝影機的運作，剪接亦提及支配性男性對女性存在模式的對立。女性模式的特質以幾種方式被視覺性地建立。一開始，正如我們已經提及的，莒哈絲藉由一面是花園及房子，另一面是街道的界線隔離了男性及女性界域。經由經常出現的窗框鏡頭中，「另一個」領域可被窺見，例如電影一開始先生出外工作（我們從屋子的窗戶看見他穿過街道進入車內，開車離去）；稍後，我們從窗戶看見售貨員離開屋子，試圖敲另一家的門，消失，最後又重新出現進入他的車內。我們看見朋友穿過街道，暫時進入另一個領域去接孩子放學；電影最後，我們再次見到售貨員離開，接著（據莒哈絲說是拍攝時的一個意外）一個男人及一隻狗進入鏡頭，靠近屋子的狗，突然將他的

[21] Duras (1973) *Nathalie Cranger*. Paris, Gallimard. p.33.

主人扯離，彷彿對房子心生畏懼，這房子現在是在女人的掌控之下。

　　這些屋內，以及延伸來說，花園的空間，產生了一種曖昧不清的效果。這是一種「獄–巢」（prison-nest）效果（以蘿拉‧莫薇的話來說）❷。在某方面來說，家是一種監牢，因女人被限制在此空間中，被家庭及花園的框架所限制住，若她們非處於他者（被控制）的位置時，如她們必須處於男性外在的領域。另一方面，家庭的空間確保家庭的安全、親密、溫暖及安全，這是屬於女性及她們生活方式的；她們擁有對此空間最大的控制權；那是一個庇護的空間，甚至可能是「治療」的。許多屋內房間及走廊的鏡頭，產生一種安靜詳和的氣氛；恍若是屋子的空間及其物體，簡潔的線條，整齊美觀本身的不可思議的呈現；不擁擠的、開放的房間及走道暗示了夢幻、沉思，與家庭生活的紛亂喧鬧的刻板印象相對立。這同時也與灰暗、堅硬的街道對立——一個運動的、工作的、交通的、吵鬧的場所。

　　若說從窗戶望出的鏡頭表示了女人在某種程度上是受限的，那麼花園的鏡頭則產生了一種自由的感覺，雖然此種自由仍為花園的藩籬所界線。但這提供了房子對娜姐莉的壓力的疏解，以及女人及孩子共同的不需經由語言且具生產性的活動（燒掉小枝及樹葉，清理池塘）。火使人憶及佛洛伊德的象徵，女性的趨向自然而非毀滅❸。也許對莒哈絲來說，女人看顧火堆象徵著她們與人類文明最本質的聯結，以做為反抗男性秩序在過於毀滅性的繁忙中，失去了對本質的洞見。

　　進一步來看，攝影機經由一再重複的女性的鏡像鏡頭，將女性空

❷ Suter and Flitterman (1979) "Textual riddles: woman as enigma or site of social meanings? An interview with Laura Mulvey." *Discourse*, No.1 p.111.

❸ Sigmund Freud, *Civilization and Its Discontents.*英譯 James Strachey, New York, Norton (1961). pp.37, 47.

間界定為屬於拉康的前象徵期、前語言期的領域（想像界）。非口語溝通的有效性增強了電影的策略，以沉默做為抵抗父權體制的策略。

鏡像鏡頭及語言是為女性在男性文化中的困境的聯結，在某一場戲中是很明顯的——一女人於鏡中延伸的影像，接上顯然離題的提及摩露的葡萄牙籍女傭瑪麗。摩露從電話中認知，瑪麗因為看不懂文件上的內容，竟簽了字，結果使自己淪落至被遣送離開法國的命運。這象徵了女性在男性文化中因語言的不同造成的疏離。正如莒哈絲在電影腳本注解中指出的：伊莎貝爾不也因不知如何運用男性語彙而放棄了她對孩子的權力嗎❷❹？電影所引發的問題是，女性是否可利用對受壓抑的認知，積極的**選擇**沉默為語言，以做為反抗持續地使用「男性」語言及因此「標示出她們本身被排除的情況」。

鏡像鏡頭強化著影片，強調了在前象徵期的女性空間及自戀慾的一致性。正如蘿拉・莫薇指出的，女性們常不可避免地因自戀而為彼此所吸引——在他者中見到自我的反映，正如自己反映在鏡子中一般❷❺。莒哈絲意圖曝露此種「反映」是很明顯的，除了經由許多反映出女人羣體的鏡像鏡頭外，還有她們在形貌差異外，彼此間的相似性。她們的和諧一體，在她們所居的男性文化中被壓抑的位置來說是必要的。本能上的同一是唯一可能的模式，因為語言並無法表示出她們做為主體的位置。

莒哈絲顯示男女領域的兩極化，以及女性存在的方式之權力及意義最戲劇化的方式是售貨員的拜訪。女人們一直坐著縫娜妲莉的衣服。一種一如往常的沉默存在著，這也帶有一種沉重，以及女人共同

---

❷❹ Duras(1973) Nathalie Granger. p.31.
❷❺ Mulvey "Women and representation." p.51.

的對孩子的感嘆。她們聽見聲音，一個售貨員進來。他立刻被女人的沉靜及她們以這種方式溝通的權力所迷惑；他的言談在這種氣氛下開始支支吾吾——他口吃、忘詞。男性公共領域的論述曝露於女性代表的價值中，成為無意義的囈語。女性愈是坐著抗拒他的論述（拒絕或不回答），他就愈形困窘，不知所云。莒哈絲顯示了女性僅經由沉默而凌駕男性論述的權力：架構他的論述的價值——賣東西、賺錢、作帳、分析等等，是對她們的模式的禁制；她們的知識及權力，經由一種更深層的存在持有，將他扭曲，並曝露了他的工作在這個世界上的表面性。當然，這種直接倒轉在論述當中是常發生的，尤其是當男性的話語壓制了女性之時。

這場和售貨員的會面的效果，在片尾顯現出來；他從冷酷的、無法滿足其需求的外在世界來到了一個可資庇護的平穩之所。在伊莎貝爾的廚房，以及她的出現帶來的溫暖下，售貨員終於崩潰哭泣，承認他討厭他的工作，他其實是一個洗衣商，欲返回他原來的工作。彷彿女人已向他顯示他目前工作的虛妄，並讓他返回某種更真實的事物上。

在售貨員的兩度造訪間，娜妲莉的「危機」達於頂峯。外在世界的突入安靜的女性空間，預示下午隨著娜妲莉的回家發生的「暴力」。直至目前為止，我們對這個孩子所知甚少，除了從校長的話及由她母親和友人身上所截取的訊息。某次，朋友指出，「娜妲莉有時似乎想殺光世上的每一個人……她想成為孤兒，一個葡萄牙人，僅因為這些是悲慘的。」我們知道她母親為孩子的事感到痛苦，我們也覺察娜妲莉的暴力與外在世界對女性的暴力的某種聯結。我們從母親的痛苦中瞭解到，打破這種她與娜妲莉間的暴力關係的唯一方式，是和她的孩子分離——而這是她無法忍受的分離。

但截至目前為止，孩子並未單獨出現：因此我們看著她下午的舉

動時懷著某種興味。在她完全孤立於屋內的其他人（內縮至本身）時，她找到唯一的聯結是寵物。我們已知貓在某種程度上象徵著女人，因此這彷彿是娜妲莉試圖經由動物來接觸她們。我們見到她溫柔地擁抱並親吻了貓，顯示出一種內在的需求，一種內在的溫柔，沒有任何「報告」（或他們的代言人）所指出的。她試圖成為寵物的母親，將它們放在嬰兒車內在花園中散步。但，受挫地，她突然地且暴力地推翻嬰兒車，漫無目標地走開。

她與其他人的疏離尤其在摩露與娜妲莉的姐姐蘿倫絲的親近中表現出來，她幫摩露清理池子，而娜妲莉只遠遠地站在一旁看著——她的母親則注視著她的觀看。

音樂課這場戲是張力最強的時刻，因為我們知道音樂課對「治療」娜妲莉的意義。蘿倫絲和老師一同練習時，娜妲莉旁若無人地坐在摩露旁，摩露想伸手和她做身體上的接觸，卻被娜妲莉傲慢地拒絕。但最後，令人寬慰的，娜妲莉同意上課，音樂在屋中迴響，安靜詳和的標示著她的「回歸」家庭，回到聯結她和其他女人的事物上。

到現在，伊莎貝爾才願意將對她所居的世界對她的孩子所做的事情的壓抑的憤怒表現出來。我們見到她收到了「從外界而來」的報紙及信件，將這些「訊息」撕成碎片。接著，她以一種緩慢且有條不紊的動作，撕碎了娜妲莉的學校作業。這些碎片後來都被燒燬，而我們聽到伊莎貝爾打電話給寄宿學校說，娜妲莉不會註冊了。

正如莒哈絲所指出的，這在電影中是一重要的時刻，直到最後的高潮。在此，伊莎貝爾採取了一種前所未有的舉動，以拒絕將她的小孩送到任何學校來反抗男性秩序❷⑥。沒有人知道將會發生什麼事；女

❷⑥ Duras, *Nathalie Granger.* p.78.

人和小孩面對著未知，但這是一種經由非口語的方式達成的未知
──並非經由分析、解析、語言，而是經由本能、沉默、消極，這是
幾年前莒哈絲讚賞嬉皮，幾年後她倡導的做為女性面對此種無解的困
境時的策略。

售貨員的回來強調了此對壓抑的男性秩序的勝利──且他感到屋
內有某種較先前更可怖且有力的東西。他最後在房內失落地漫步，無
法理解、瞭解正在發生的事，反映出男性在女性空間及模式中的疏離，
以對照她在他的界域中所經歷的。售貨員熱切地看著伊莎貝爾的身
影，她的黑外衣及黑髮，在花園中的樹林間穿梭直到最後消失不見。
他突然間心生恐懼，離開屋子，跑向他的車子（我們再次從窗內看見
他）彷彿由某種駭人處離去。

莒哈絲的電影引發了重要的關於女性被壓抑的本質的問題，及可
能面對的策略。對莒哈絲來說（正如對我們已知的其他法國女性主義
者來說），受抑女性的主要武器一直是男性主導的語言（及男性中心的
文化及其他）。一但女人瞭解到此種壓抑，她們可以選擇沉默，以做為
一種抵抗支配的策略。矛盾地，莒哈絲的「沉默」成為一種進入文化
的方式；這標示出一種鴻溝，一種裂縫，改變可能由此開始發生。

然而，此種政策仍有許多問題。首先是假定女性的本質不同於男
性。視私人領域、母性及女性的親密為非由男性秩序所劃定的界域，
及因此是女性可抗拒支配的領域，這種劃定獨屬於女性的空間是很危
險的（正如我在第一章中提過的）。必須堅持的是在任何新秩序中，不
會形成界定女性的領域（這也是創造新秩序的唯一重點）。第二個問題
是這種「沉默的策略」的觀念。對莒哈絲來說，此種策略並非將女性
留在否定性的位置，因她視沉默為一種積極的解放的姿態。然而接受
女性從象徵領域中的排除是很危險的，因為這個領域包含了生命中大

部分且重要的領域。很明顯的,在任何新秩序中,女性仍將在象徵領域中運作。莒哈絲留下的未解的問題,與女性如何經由沉默而得以進入象徵領域,發聲、主體性相關。沉默似乎最好是一暫時的、非常性的策略,反支配的抵抗,而非女人尋找一個她們可在此種文化中生存下去的空間的策略。

　　毫無疑問,語言是如此地獨斷地是男性的,以致於我們只能在被支配或沉默中選擇。而因明顯的的理由,語言必須成為我們的改變的工具。要是我們相信在象徵領域中的秩序是固定的,對女人來說改變就是不可能的。然而,要是語言能不是僅被用來壓制女性,我們就可以開始改變,只要我們知道其壓抑的本質。《娜妲莉·葛蘭吉》顯現出語言做為一種機制,藉此支配運作著,但仍留給我們尋找進入象徵領域的方法的課題。我在下一章中將述及馮·卓塔如何顯示出女人在象徵領域中尋找位置及避免被壓制的努力。

第八章

象徵領域中的女性政治

馮·卓塔的《德國姊妹》(1981)

　　莒哈絲探索女性停留在想像領域的可能性，盡可能地拒絕男性象徵領域的秩序，而馮·卓塔則分析女性在象徵領域中的政治論述。她片中的女主角們不是藉組織反抗主流秩序（恐怖分子），就是試圖在主流秩序中工作以達成改變（改革派女性主義者）。

　　雖然莒哈絲和馮·卓塔對象徵領域的處理截然不同，兩者的影片都重要地將女性觀眾帶入了與好萊塢電影不同的位置。在第一章，我們見到典型的家庭通俗劇中一再重複的受虐情節，約制了女性觀眾的位置。當男性觀眾被賦予理想化的銀幕英雄角色，以回應於他在鏡像期中完美的自我形像時，女性觀眾只有無力、被犧牲的角色，強化了原已建立的無價值感。因此，某些女導演（例如安妮·華妲、克勞迪雅·威爾 Claudia Weill）試圖彌補此種欠缺，並提供女性新的理想化形象就是可理解的了（舉例來說，展現出堅強美麗的女性，而去除電影敍事及畫面**中**的男性凝視；實際上，莒哈絲在《娜妲莉·葛蘭吉》等片中啓用美麗的女明星，正是如此）。然而這可能是對好萊塢建構女性觀眾的戲劇化轉變，它仍與好萊塢滿足理想形象的需求之機制密不可分。它允許退回至想像領域，但並不因角色爲女性就代表它是前進的。

　　與莒哈絲相反的，馮·卓塔拒絕爲女性觀眾提供理想化形象；她

也許因某些受虐的角色而受人批評，然而她的電影與好萊塢影片最大的差異，在於她的女性角色積極地界定她們的生活、自我認同及女性主義政治，這是她們在主流論述中經常被低估、或藉由選擇性的控制而逼使她們進入不利的位置。若說她的女英主角落入受虐角色的陳窠，那是在個別的政治或個人情況下選擇的結果；馮·卓塔以顯示出這種位置如何被建構，做為反對好萊塢電影將其呈現為「自然」或「不可避免的」的形像。女性觀眾因而視此受虐傾向為父權體制限制及界定女性特質的結果，而非毫無疑問可以認同的傾向。

在詳細論述她的影片前，我先簡要說明馮·卓塔在拍攝《德國姊妹》及其他早期電影時的文化背景，以及她在美國人熟知的德國新電影現象中的地位。

當雪朗多夫 (Volker Von Schlöndorff)、法斯賓達 (Rainer Werner Fassbinder)、溫德斯 （Wim Wenders）及荷索 （Werner Herzog）的電影在七〇年代初震驚美國影壇時，美國的影評人稱許德國新電影中特別的力量、深度及繁複性。五〇及六〇年代，德國電影因某些理由似已瀕臨潰敗。因納粹及二次大戰的摧殘，德國文化迷失，人民試圖在一個不僅分裂為東德與西德，且同時與歐洲的鄰邦，以及自身過去的歷史相疏離的國家中重新界定自己。在這段真空期中，美國主義不僅是以可口可樂或漢堡王的形式，更在電影、音樂及服裝上侵入。年輕人因缺乏任何正面的關於身為「德國人」的意識，自然轉向美國文化以尋求鼓舞、刺激及認同感。

這些美國文化曾影響第一波德國新電影運動中的導演、他們一開始唾棄美國主義，本身卻仍受吸引（例如，法斯賓達的《美國大兵》American Soldier, 溫德斯的《美國朋友》American Friend, 以及荷索的《史楚錫流浪記》Strozek）。但僅將這些作品視為簡單的沉迷，很可能

是錯誤的：事實上，德國新電影運動是一個更為複雜的、異質性的運動，而非我們在美國所知道，或所見到的，經由嚴格揀選的某些導演的作品。這意圖擊垮美國藝術電影市場的「四大導演」，以及要不是在美國拍電影（如溫德斯，最近［譯註：1983 年］完成了關於漢密特 Dashiel Hammett 的電影，由柯波拉 Francis Coppola 製片），就是起用英語演員的導演（例如法斯賓達及其電影《絕望》Despair），在形式、主題及風格上都截然不同。一些其他的導演現在開始受人注意，特別是被忽略的女性電影工作者，使我們對德國新電影文化的多樣貌及範圍有一更清楚的認識。

在我們檢視電影前，很明顯的，他們汲取了從法國新浪潮（其本身與沙特 Sartre 及存在主義聯結）、義大利新寫實主義（貝托路齊 Bernardo Bertolucci、帕索里尼 Pier Paolo Pasolini）到東歐導演如華依達（Andrej Wajda）等不同的影響。但若說德國新電影出其社會動亂、疏離及對外來者的偏見的部分呼應了六〇年代美國及歐洲情況，因為德國戰後特殊的政治局勢，這些情況背後產生的因素是大不相同的。

近來許多電影開始處理納粹及七〇年代德國恐怖主義的議題，反映出此種獨特的情況（如法斯賓達的《絕望》［納粹主義］及《第三代》The Third Generation［恐怖主義］，或集體創作的《德國之秋》Germany in Autumn［恐怖主義及納粹］）。若年輕的德國人想從他們一向無能為力、且支配了他們的文化現實的傳承中解放自己，而非一種簡單的德國認同，與納粹主義正面衝突的做法顯然是必要的。此外，近來恐怖主義活動之暴力及極端主義，對那些本身經常是左派分子，或至少對當權派幻滅及支持某些恐怖主義分子的觀念，而非他們的政治策略的導演已產生出一種更進一步的問題。

近來德國電影的創新，部分是來自其將政治與個人、心理問題聯

結的手法。電影工作者本身對自我認同的關注，並沒有導致高達式去個人化的政治電影，或關注於再現的政治問題（這在法國新理論的覺醒之初，曾吸引某些歐洲電影工作者），反而產生一種特別的敘事電影：綜合對德國當權者激烈的批評反政府新浪潮（這使人聯想起二〇年代的布萊希特及某些德國表現主義者），以一種如文生‧坎比（Vincent Canby）所指出的「將現實蒸餾至其視聽上都不再真實」的疏離效果之反前衛技法風格❶。

首先反映出此個人及政治的融合的，是電影工作者雪朗多夫在與其妻馮‧卓塔共同製作的電影中。馮‧卓塔對雪朗多夫的影響在一以男性為主導（現今仍是）的電影運動中來說，意義是很重大的。雪朗多夫及馮‧卓塔前兩部共同製作的影片（《離婚婦人》A Free Woman, 1973 及《失節》The Lost Honor of Katarina Blum, 1975）表現出對女性地位的關注，以及由男性單獨執導的電影中不受重視的女性議題。《離婚婦人》講述一個中產階級家庭主婦，因受女性運動的影響決定解放自我，卻沒有完全預期到其痛楚與困難。第二部影片論述一個女人拒絕扮演父權體制對她預期的角色，而在面對媒體及男性當權者無情的剝削時的無力感。在一關注結合個人與政治的電影運動中，馮‧卓塔的影響使這種「個人的」更為私密、感情也比由男性執導的電影距離更近（在此荷索也許是特例）。（這種親密及直接是某些德國新銳女性導演，如海琪‧山德及烏瑞琪‧歐婷傑同樣擁有的）。

馮‧卓塔及雪朗多夫決定獨立工作時，產生了非常有趣的結果。馮‧卓塔的影響唯獨在雪朗多夫的《戰地記者》（Circle of Deceit）沒有出現，因其對女人不真實的處理；她自己的電影三部曲，更是反映

---

❶ Vincent Canby (1982) *New York Times*. 7 March.

出更深入對女性關係的微妙及複雜的關注，且這經常是被置於更大的社會政治脈絡中。

《德國姊妹》如其他的電影一樣，是論述女人間的親密關係，其中所有女人在某種方面來說都是雙重性的。這種雙重性不是內心分裂的具現（如德國浪漫主義時期），也不是僅欲顯示女性在疏離的、男性主導的空間中試圖尋找自我的不同可能性。它更是作用在一更複雜的層次上，首先，顯示出女性對其他女性身上的特質，所感受到的強烈吸引力；其次，顯示出女性在建立自我和他者界線的困難；及最後，在父權體制下的社會化過程中，不可避免地女性間的嫉妒和競爭心理。有時，這種雙重性發生在想像/象徵領域的軸線上，其一在公共領域中良好運作，而另一似乎欲退回至前象徵期及早期母—子關係的混合階段。此結果和苢哈絲人物中所反映出的，在前象徵期的和諧、親密、非衝突的關係非常不同。馮·卓塔的寫實主義一如苢哈絲的軟性和詩化程度，是同等地尖銳及無情的。

馮·卓塔首部電影《克莉絲塔的覺醒》（The Second Awakening of Christa Klage, 1977）中溫厚、開放及解放的女主角被壓抑的、不安分的軍官之妻所吸引，一傳統的、無趣的銀行櫃員被克莉絲塔所吸引，也許是因她大膽自由的生活。片中公共領域試圖剝奪及限制此威脅其秩序的女性聯結。馮·卓塔的第二部影片《姊妹》（Sisters）主要論述兩姊妹間緊張及具破壞性的關係，瑪麗亞在男性社會中有一席之地（她是位成功的執行祕書），而安娜拒絕進入象徵領域，渴望與她的姊妹合一，希望被照顧。兩人間破壞性的關係的衝突導致安娜自殺，因她無法容忍一個男性愛人進入她們之間。

《德國姊妹》（Marianne and Juliane）結合前兩部影片中的女性關係的層面，但卻導向更深入複雜的層次。手足對立的主題，及對德國

恐怖主義者所激起的左翼政策的爭辯，被置放在德國納粹及基督教徒背景的脈絡中，也就是形成這對姊妹個人、政治、社會的發展及她們痛苦、衝突的生活。

影響這對姊妹的文化、政治及家庭環境，經由電影的回溯鏡頭而表現。過去的歷史在兩個層面上持續影響著現在：首先，姊妹過去的個人、心理分析的歷史仍在她們目前的關係中出現；其次，過去的文化及政治的層面，亦即納粹仍無法被完全克服。

我們先見到在現時中的姊妹（她們已近四十，於二次大戰末期出生）；茱麗安，大一歲的姊姊，在女性主義雜誌社工作，爲女性的議題從事運動，而瑪麗安已投入成爲激進的恐怖主義者。鏡頭從茱麗安的觀點開始，她在書房內，向我們顯示一老舊的房舍及光禿的樹枝，接著轉向書架，密集地堆滿了書本及茱麗安撰寫女性主義文章時所需的檔案。我們有一個安靜的、內心的影像，一種（也許是）在茱麗安工作時入侵了她的隱私的感覺。

這旋即被茱麗安的妹婿溫納的侵入所打破，他希望茱麗安可以照顧瑪麗安的兒子揚，因爲瑪麗安加入恐怖組織，而把這個孩子留給她照顧。姊妹間持續的愛、恨關係立刻顯明，茱麗安憎惡瑪麗安總是將她推向她不再想要的位置。茱麗安拒絕撫養小孩，指出瑪麗安刻意放棄家庭生活以輕視她，尤其此時茱麗安想過正常生活。

回溯鏡頭顯示出實際上這兩個姊妹轉換了她們過去的位置；年輕時茱麗安才是叛逆的——穿著黑牛仔褲上學，抽煙，擾亂課堂秩序被請出教室外，讀沙特而非黎爾克（Rilke）。她的行爲多半被視爲刻意地挑釁他正直、信仰虔誠的父親（這部分源於基督徒對納粹分子的抵抗），是非常傳統的中產階級男人，以一種權威式的方式教管整個大家庭。茱麗安的母親表面上完全臣服於她父親，卻是暗中與叛逆的茱麗

9.茱麗安和瑪麗安偷偷地在博物館碰面。瑪麗安恐怖分子的形象和她背後代表德國基督教傳統的雕像，在這個諷刺性的樣態下，使她們產生了懷疑。

安共謀的人；在學校舞會的一滑稽的戲中非常明顯：茱麗安最後終於同意遵守規矩穿裙子時，她隻身踏入舞池，引起羣眾的驚駭，但她母親卻因她對符碼的反抗而暗自欣喜。

另一方面，孩童時的瑪麗安是順從的模範，埋首於傳統的德國文化及音樂中；她為父親所喜愛，是個有責任感、教養良好的小孩。她代茱麗安向父親求情，坐在他的膝頭上，他撫摸著她的頭髮。

馮・卓塔雖拒絕對這兩姊妹做心理式的分析（而寧願讓我們揣測她們的行事動機）。顯然，瑪麗安強烈地與父認同，導致她走向自我毀滅的途徑；茱麗安的反抗（假使部分是源於父親對妹妹的溺愛）使她

對父親所抱持的價值觀且因之讓納粹得以掌權一事的反感，有一健康的面向。茱麗安憤世嫉俗的存在主義，似乎比瑪麗安強烈的「服務人羣」的慾望健康得多：茱麗安（幼時）曾指出，「成為有用的人只是一種自願奴役的形式」。這段話部分反映出茱麗安微妙地與母親在傳統中產階級家庭中被壓抑的角色的認同：片中以一種美麗可理解的方式捕捉了這種壓抑，正如它也同時暴露出母親在一由父親所主控的體系中被排除至沉默及邊緣（馮・卓塔所有的母親角色在幫助她們的女兒這方面都是無用的；她們通常是寡婦〔正如電影中所成為的〕，過著孤寂無益的生活，雖覺察女兒們所涉入之事的毀滅性，卻又覺得對於預防一場災難無能為力。在監獄中簡短的一場戲，茱麗安帶母親前來探望瑪麗安時，典型化了所有馮・卓塔的母親所顯現出來的無助）。

同時，瑪麗安與父認同這種毀滅性的結果，表示馮・卓塔在標明父權體制的存在模式的危險。她幼時的過度順從，反映出也許是對父親認同不健康的需求，不穩固的女性認同。

馮・卓塔避免簡單地以心理分析將兩姊妹的激進行為視做因為伊底帕斯情結沒有被適當地處理所造成的結果；當論及此點時，馮・卓塔反而強調社會及政治結構對兒童意識型態的影響。以此，她的論點更精微且具破壞性。刻意聯結兒童長於傳統教會及家庭的價值觀下，與新的暴力的一代，也許並非原創❷，但馮・卓塔經由她對這兩姊妹的並置，對此提出新的見解。她指出瑪麗安盲目地對父親的熱望，相對於茱麗安的抵抗及與母親認同，使她具有成為新的狂熱分子的傾向。納粹的僵固、偏狹及理想主義，迴響於瑪麗安對恐怖主義的意識

---

❷ 見 Charlotte Delorme (1982) "Zum Film *Die bleicrne Zeit* von Margarethe von Trotta." *Frauen und Film.* No.31. p.52.他認為除了這種老套之外，電影依循著保守的家庭心理分析及簡化的議題。

型態固執的、抽象的、不爲所動的陳述中。這種聯結在茱麗安前往獄中探視瑪麗安、狂吼瑪麗安在希特勒之下可能成爲一納粹狂熱分子時最爲明顯。

　　要是這種將納粹及恐怖主義的意識型態二者平行對立時顯得諷刺，馮‧卓塔在這危險、抽象、絕滅人道主義關懷的德國思想脈絡中（認同男性秩序）也見到一種相似性。茱麗安（及多少在她的男友沃剛出現時）所與之掙扎的，正是此種絕滅；她試圖在這與妹妹強烈的關係──她在保持界線、分離的感覺時的困難──幾乎讓她喪失理性的情況中，保持一種平衡、理性的選擇。兩姊妹的父親於青年庇護所中放映《夜與霧》（Night and Fog, 亞倫‧雷奈關於集中營的電影）的那場戲，兩姊妹身體及心理上的噁心，表現出瑪麗安在現實中堅強了許多。

　　然而這些將瑪麗安人性化的回溯鏡頭使這部片並非是完全反恐怖主義的電影。幼時的場景緩和了瑪麗安現在冷酷的形象（瑪麗安和她的朋友們於沉寂的夜裏，無禮的突入茱麗安及沃剛的公寓，索求著咖啡及衣服；還有許多在獄中她嚴責獄卒的戲）。在此我們可以看到對恐怖主義的一種敵意的陳腔濫調的父親。瑪麗安的情況可爲說明，首先，茱麗安分享她對西方資本主義的批評及對第三世界的同情，其次，瑪麗安爲具吸引力、聰明且勇敢的女人，雖然外表堅強獨立，仍渴求著愛及親密感。

　　然而，瑪麗安這個角色的問題，在於她僅經由茱麗安的觀點來呈現。這大大限制了我們所能知道的，關於瑪麗安的轉變此一未解的問題。因此，這易使人將瑪麗安視爲茱麗安的「複影」──茱麗安想成爲的被壓抑的部分。此種詮釋可由影片後半段茱麗安在妹妹瑪麗安死於獄中之後，強烈想與之認同的部分得到驗證。茱麗安想知道瑪麗安

10.攝影機停留在朱塔·蘭琵悲苦的臉上，好像要穿透她的臉龐，探索她痛苦的自我懷疑及衝突。由於攝影機本身做不到這點，因此在嚴格的非寫實主義下，變得過分認真且缺乏幽默感。

確實的經歷，她懷疑這是一場謀殺，而將自己深陷重演瑪麗安的死亡的舉動中。諷刺的是，她現在她妹妹做爲一恐怖分子有著同樣的狂熱。她因此著魔而失去她（幾乎是理想）的情人沃剛，她依賴著他父式的愛及保護，以支持她脆弱的自我認同。她沉浸於妹妹的死亡，這矛盾地使茱麗安更爲堅強，雖然這究竟是如何產生的並不明顯。

　　瑪麗安的兒子揚在片中的出現，強調了馮·卓塔認爲父母的行爲對孩子產生的影響。揚的生活完全被母親及阿姨的生活所影響，正如她們被父母輩的價值觀所影響一樣。茱麗安因對揚幾乎被活活燒死感到部分的責任（養育之家附近的小孩發現瑪麗安就是他母親時，放火燒他），終於決定照顧他。此舉標示出人與人之間什麼是重要的。場景將我們帶回影片開頭──回到茱麗安的書房，及從窗戶望出的對面的大樓。這種呼應表示一方面似乎沒有任何改變，卻又已人事全非了。茱麗安面對公共領域的殘酷，亦即瑪麗安及揚所發生的事，在某方面

來說使她內縮，但卻矛盾地使她準備肩挑起照顧揚的重擔。因此，在公共領域中的失落，在私己的範疇中有了相對的獲得。但最終，以發生於公共領域中的改變來說，這觀點仍是淒涼的。

馮‧卓塔毫不容情的寫實主義強化了她灰澀的觀點。片中大量的、壓迫性的特寫鏡頭逼近我們；攝影機停留在茱塔‧蘭琶（Jutta Lampe）悲痛的表情上，似乎試圖超越電影的能限，亦即穿透她的臉龐，探索痛苦的自我懷疑及衝突。剪接手法將我們置於遽烈改變之中，刻意搖憾我們，讓我們對馮‧卓塔女主角的折難感同身受。只有在和沃剛共處的短暫溫情的時刻中（及他們短暫的假期）能在一次次痛苦的經驗中得到慰藉。這使人憶起東歐導演如華依達，瑪塔‧梅札諾斯、Károly Makk 及 Pál Gábor 電影中的寫實主義。在此我們也見到馮‧卓塔因瞭解寫實主義的局限，而盡可能避免被自己所選的電影形式逼進角落。這種循環及重複威脅將她的女主角困住，正如在《德國姊妹》中殘存的女主角，被她欲重複其對控制的需求的衝動所困。只有這個男孩揚提供了一種繼續向前的希望。

我們在下一章將轉向美國，首先檢視非寫實主義導演，以一種和歐洲的莒哈絲及馮‧卓塔完全不同的文本創作，接著轉向美國紀錄片及探討寫實主義的問題。

第九章
美國女性實驗電影
伊娃・芮娜的《表演者的生命》與《關於一個女人的電影》

　　伊娃・芮娜的早期作品攝於七○年代初，其重要性在於做為伍倫所列出的兩個前衛電影主要流派之間的橋樑。由一九六二至一九七二年間，在許多風格各異的紐約前衛電影導演中，芮娜的女性身分使她的定位很獨特，而這也是她的作品令人著迷、風格創新的原因。她在六○年代中期著名的「傑德森舞蹈」的表演（Judson Dance Performances）即顯示出她能有創意地運用六○年代初許多不同的影響：如康寧漢（Merce Cunningham）的舞蹈（避免使用故事和角色）、約翰凱吉的音樂（接受噪音和意外事件）、極簡主義雕刻（將細節加以減約），到偶發藝術（happenings, 垃圾表現主義 ash-can expressionism）、勞勃・羅遜柏格（Robert Rauschenberg）的普普藝術風格（將日常物件與藝術史名作結合並加以誇張使其成為焦點）❶。

　　芮娜的第一部電影《表演者的生命》攝於一九七二年，早於紐約任何女性主義電影團體，她是女性藝術家在男性主導的前衛電影運動中能產生聲音的先驅。此時，藝術家反對當權派的政治理念集中於越戰而非女性主義。

---

❶ 關於芮娜作品的背景，請參考 Annette Michaelson (1974) "Yvonne Rainer, Part one; the dancer and the dance." *Artforum* (Jan); "Yvonne Rianer, Part two: lives of performers," *Artforum* (Feb.)

但到了七〇年代早期，女性研究成為學術研究方法之一，並產生了一些可即運用的文本，芮娜說女性研究為她感興趣的主題——性別衝突、性別關係及她想處理的感情生活題材——提供了支助❷。她說事情是「慢慢醞釀」而發生的，她並未直接參與女性運動❸。在芮娜一九七五年和露西‧莉帕（Lucy Lippard）的訪談中，她同意在她開始拍攝早期作品時，她以相當不情願的態度認同女性主義，部分原因是因為女性主義者對她作品的反應。在與莉帕的同一訪談中，芮娜拒絕承認人文主義和形式主義之間必須完全劃清界線。

> 我一直嘗試著能有兩個世界最好的部分。事實上，我可能將繼續追求某一種將成形的理論，即藉由具有高度活力的形式方法將最粗糙、肥皂劇式懺悔的冗長台詞或經驗加以轉換，並產生一種全新的影響。我接受這種二分法是現代藝術的必需方式。我並非嘗試讓我的作品走到和主題有更直接關係的回頭路❹。

　　因此芮娜拍攝電影的目的（如果不是她的形式策略），和我將在第十章討論的前衛理論導演極為不同。但芮娜仍保留了對「內容」（符旨的一種）的興趣（雖然模糊、搖擺不定），但這使她和結構主義、極簡主義導演背道而馳。

　　當芮娜拍攝影片時，表示她對女性主義的關注或對政治的關注及覺醒並不太多，這使女性主義影評人對她的作品特別感興趣。《暗箱》的編輯們在一九七六年和芮娜訪談的簡介中寫道，他們發現「芮娜電

❷ *Camera Obscura* (1976) "Yvonne Rainer: interview," *Camera Obscura*, No.1, pp.76-96，以及芮娜與我私下談話中她對我提及的評論。

❸ Lucy Lippard 的訪談，刊登於 *Feminist Art Jouranl*, Vol.4, No.2, (1975).

❹ 同上，p.6.

影中的現代主義式的自我反射(self-reflexiveness)及形式的活力是對幻象電影的一大突破。她的影片同樣注重探討女性主義的問題，這些使她的電影成爲電影拍攝的範例」❺。這些編輯讚賞芮娜脫離了她們所質疑的寫實風格電影拍攝方式，因爲他們認爲觀眾以情感認同影片中的角色，但無法造成有效的政治影響，這種認同無法爲分析女人的境況之所以是**女人**保留必要的空間❻。編輯們認爲需要許多「我們能自己想像的情境，將它們置於疏離的結構中，保留給觀眾去做批評性分析的空間」❼。芮娜在她的影片中正提供了這種空間，而且並未以倡導極簡主義電影、結構主義電影的方式，將她自己的經驗完全棄之不顧。正如《暗箱》編輯所寫，她達到了將檢視她的經驗及探討電影本質、時間特色加以結合的目標❽。

在編輯的簡介中，她們指出芮娜拒抗（或並未同意）她們將她的形式策略解讀爲有較廣義的政治含義。導演和理論評論家之間的這種差異相當有趣，因爲導演和評論家立場不同，因此所「見」也不同；但這個訪談也顯露出這種對立產生的有益結果，我們可看到雙方因爲迎接「他者」的挑戰而開始質疑她們的假設。這並非是關於發現「眞相」，而是對彼此看法、定位不同的認知。

很明顯的，芮娜以她所處的藝術世界及她本身內心的聲音爲創作的方向。她對形式和情感的關注使她拍攝了《表演者的生命》及《關於一個女人的電影》，並影響了影片的外觀，她並非運用某種理論加以演繹。另一方面，女性電影評論者一直從事於分析主流電影與獨立製

❺ *Camera Obscura* editors (1976) "Yvonne Rainer: an introduction," *Camera Obscura*, No.1, p.59.

❻ 參考第十章，對寫實主義所產生的議題有更多的討論。

❼ "Yvonne Rainer: an introduction," p.59.

❽ 同上。

片電影，企圖發現主流電影策略的限制及女性電影策略能解放之處(芮娜和其評論者的差異，明顯地表現在她們對尚·尤斯達許 Jean Eustache 的《母親與妓女》The Mother and the Whore 的長篇討論中❾)。

另一項引人入勝的討論是關於認同。令人驚訝的是，評論者和芮娜皆認為她的影片很容易得到觀眾認同，雖然兩者認為的方式完全不同。《暗箱》的編輯認為，相對於寫實風格的電影如《珍妮的珍妮》(Janie's Janie) 要求 (並依賴) 觀眾情感上的認同，芮娜的電影允許「以有意識、可辨認的相同性認同為基礎，取而代之」❿。另一方面，芮娜很明顯地認為自己在拍攝《關於一個女人的電影》時，回歸到訴諸情感的認同。她說：「我對老舊的亞里斯多德的情緒洗滌作用 (catharsis) 感興趣。我要觀眾被憐憫或恐懼所感動，然後是一種移情作用產生的強烈不安」⓫。換句話說，芮娜認為她拍攝的電影和寫實風格電影、好萊塢電影一樣，都在提供直接情感性認同。

就像前述論點，芮娜和《暗箱》編輯的差異之處也同樣引人深思。首先，必須先探討芮娜所稱的「認同」和編輯們所稱的「取代」之間的主要差別。到底「取代」如何不同？至少在理論上而言，取代表示有更遠的距離，有更多分析的空間，但仍牽涉到某種「將自己放在銀幕人物的位置」。是否因為影片中的人物較不個人化(personalized)，而使影片較未牽涉到個人問題。

再者，仍存在著哪些觀眾能或不能認同或取代哪個銀幕人物的麻煩問題。《暗箱》的編輯們聲稱他們覺得很難遵照影片要求「認同」珍妮。但許多女人也無法將自己放在芮娜影片中人物的地位。這種認同

---

❾ 同上，pp.81-5。

❿ 同上，pp.65。

⓫ 同上，pp.80。

取代的能力和觀眾的社會定位、對符號顯現意義方式的經驗有關，而同樣地和影片的形式策略有關⑫。整件事似乎比積極使用理論所允許的結果要來得更為開放、更為複雜。我們尚未有足夠的資訊來支持這項理論⑬。有趣的是，芮娜本身對影響許多人的可能性表示值得懷疑。她不願對「已經願意分享我的觀點及認同我的表達方式的群眾」談話⑭。

在《女性主義藝術雜誌》（Feminist Art Journal）莉帕的訪談之前有編者的話，其中比較了艾默莉‧羅什柴兒（Amalie Rothschild）和芮娜，使芮娜的定位得到了公正評斷。辛蒂‧南瑟（Cindy Nemser）雖然小心翼翼地**尊敬**芮娜的電影，但很清楚的，她較喜歡艾默莉‧羅什柴兒（一位美國紀錄片導演）的透明寫實主義（transpareut realism），南瑟認為羅什柴兒推翻了障礙、拋棄了已被接受的「前衛電影」老舊規則，全心全意地深入研究、檢視她自己的根⑮。另一方面，南瑟認為芮娜致力於製造效果；只有在她不經意時，透過一些真實的片段，允許她「藝術家的感覺」、她的憤怒和恐懼顯露出來。（根據南瑟的說法，「芮娜是典型的與世隔離的藝術家，受困於她自身知識分子的自命不凡，無法回到她生活的源頭，因此作品正是她生活境況的化身⑯。」）

這些對於芮娜電影的不同反應，預告我將在第十章中討論的關於寫實主義的爭辯。在此我將檢視芮娜的電影，將它們視為使用電影達到女性主義目的獨特方式的例子。她的電影並非全然是做為一種反敘

---

⑫ 第十章對這些議題有更詳盡的討論。

⑬ 因為以觀眾事實上「接受」特定電影的不適當研究方法，而阻礙了觀眾反應議題的研究。

⑭ "Yvonne Rainer: an introduction," p.61.

⑮ Cindy Nemser (1975), editorial, *Feminist Art Journal*, Vol.4, No.2, p.4.

⑯ 同上，p.4。

事電影（anti-narrative cinema）、反幻象電影（anti-illusionism）。芮娜本人質疑她遠離幻象主義的程度，如同我們看到她希望透過她的電影策略，去製造出如傳統寫實主義的產生和情緒化效果[17]。

也許我們可以簡短地討論《表演者的生命》，試著爲該如何解讀芮娜的影片的兩難局面找到一條出路。在這部影片中，芮娜首先允許我們（觀眾）看到她如何建構她的影片，其次她透過「電影中的觀眾」方式，教我們如何閱讀《關於一個女人的電影》。我要以兩方面爲重點：第一，芮娜凸顯了敍述過程，使我們明白敍事體是被建構的，她在揭露對敍事體需求的同時也顯示了敍事體如何限制、定義、同質化；第二，芮娜對情感掙扎的興趣，特別是和感情關係有關的情緒。她在此地表現出她明白感情關係極容易陷入主流敍事體的陳腔濫調（好萊塢通俗劇、肥皂劇），這也是爲什麼她嘗試著避開敍事體的部分原因，因爲她不知道如何能在主流刻板印象之外創造一個故事。但她想保留住**情感**；事實上，她使情感由主流敍事體形式的陷阱中（即以敍事體文字表達情感）獲得解脫。因此她試著擺脫兩難局面：模擬狀況＝主流敍事體形式的陳腔濫調→必須避免情感→結構主義風格電影或極簡主義風格電影。即使芮娜本身認爲她並不關心《暗箱》編輯所指出「再現的政治」（politics of representation），而是較關心**內容**的政治（the politics of content）。她關心的是不陷入形成中產階級資本主義社會中抗爭的意識型態，而能去刻劃出感情議題或衝突。

她的策略之一是要演員呈現外在的中立（outer neutrality），反映於角色不受影響、無表情的臉以及演員以無抑揚頓挫、毫無表情的聲音讀著思緒和感覺。這種刻意去人性化（depersonalization）是芮娜解

[17] "Yvonne Rainer: interview," pp.80-1.

構傳統敍事體的方法之一，傳統敍事體藉著身體、姿勢、臉部表情、繁複具有特性的聲音模式和個人演說來呈現獨特的個體。去人性化的呈現和強烈的個人思維、感覺之間的分裂正形成了芮娜影片的特殊力量和效果。芮娜使用去人性化，使她定位於現代主義內，但屬於歷史上較早時期，正如我們所見，她並非運用極簡主義和結構主義電影中完全拒絕意義和指涉。為了界定芮娜的定位，此處和詹明信 (Fredric Jameson) 所討論的福婁拜和巴爾札克的差別有所關聯。詹明信以新佛洛伊德、拉康理論看敍事體，他以拉康的想像-象徵秩序區別文本。對詹明信而言，所有敍事體文本在某方面而言是起源自一種原始家庭狀態 (他稱為幻想主敍事體 fantasy master narrative) 的願望滿足。他繼續說道：

> 這種無意識的主敍事體，我們將稱為幻想敍事體 (fantasm)，以和英文名詞幻想 fantasy 所代表的白日夢和願望滿足區隔，這個幻想敍事體是個不穩定或互相矛盾的結構，它的功能和事件可持續重複演出 (在人生中一次次再度上演，其中演員不同、演出層次不同)，必須重複和加以排列組合，無休止地產生許多關於結構的解決方法，但從未有滿意的解答。這個主敍事體的原始、未處理的形式是源自想像期 (Imaginary)，換句話說，正是我們所說的清醒時的幻想、白日夢及願望實現❸。

當將這個想像文本使用於再現時必須先加以修改，因為此時作者進入了符意表徵系統中的象徵秩序的世界，為解決想像期的願望滿足

---

❸ Fredric Jameson (1981) *The Political Unconscious*, Ithaca, N.Y., Cornell University Press, p.180.

設立了障礙。然而，有些文本（如好萊塢電影和大部分的通俗文化）將願望滿足的痕跡留在敘事體的表面；而其他如「高度寫實主義」的文本，詹明信說：

> 擁抱更難滿足的幻想：這種幻想無法以簡單的方法，如不真實的全能觀點或不需要敘事線的手法而獲得滿足，相反的是，這種幻想賦予它本身最極致、可呈現於外的張力，未設置最繁複、最有系統的困難與障礙[19]。

詹明信在此看到了巴爾札克與福婁拜之間極大的差異，即巴爾札克保留了願望滿足心理機制的外貌，福婁拜則藉由將文學文本去人性化，盡全力除去敘事體中願望滿足的痕跡。詹明信建議這種「去人性化計畫」在某方面和佛洛伊德對美學創作基本問題的認知相呼應，即美學創作必須「使其內容中私人願望滿足的元素加以普遍化（universalize）、錯置（displace）、加以隱藏，如果美學創作者想令他的作品被認為是藝術，尤其是被其他已厭惡詩人滿足自己私人願望的主體接受。」[20]

芮娜採取去人性化的原因和詹明信列出福婁拜的原因非常類似。芮娜能藉由疏離工具將她私人經驗加以錯置和普遍化，但仍能堅持情感生活的重要性。《表演者的生命》中的一段旁白道出了芮娜對此片及《關於一個女人的電影》她想達到的目的：「這個角色的臉是不動的面具……她必須以面無表情的臉表演，但同時也表現出她特有、掩飾的感情。」[21]用拉康的話來說，芮娜想要給我們的不僅止於一個想像、

---

[19] 同上，p.183。
[20] 同上，p.175。

滿足願望的文本。在詹明信的架構中,她所給予我們的是一個「高度寫實主義」的文本,其目的在於利用象徵秩序製造和想像期關係之間的障礙。她的電影用眞實的角度及所擁有的經驗來分析慾望的問題。只有在語言及電影機器的符徵系統中及象徵秩序的層次上才可能做出這種分析。但她仍努力以新方式運用這些符徵系統,以收納她的新意義及顚覆舊有中產階級意識型態。

在《表演者的生命》中,芮娜決定有兩種方式可避免舊有意識型態:第一,藉由凸顯「表演」做爲解構肥皂劇式劇本的策略;第二,將令人意想不到的元素引入劇本中,例如讓兩個和同一個男人做愛的女人相遇並彼此同情(其中之一最後自願放棄這個男人,因爲認爲這種情形很荒謬),以及批評這種「劇情」。

表演以兩種方式凸顯,製造雙重疏離效果:第一種方式由一些演員在畫面外唸同一個劇本,畫面中是這些演員無聲的表演;第二種方式是有一位眞正觀眾正在觀賞片中一些表演片段時發出了聲音。但這種對敍述體的解構,事實上是表演者在眞實生活中的名字(因此有一種紀錄片形式),因此使這種反幻象主義得到平衡;觀眾也感覺到這個表演起初的構想是源自一種眞實生活的狀況(自傳性/紀錄形式)。

因此,芮娜在解構通俗劇的同時,提供一個觀眾可了解的關係衝突。她讓我們進入通俗劇的「建構」,但禁止觀眾以通常的方式認同其中的角色(以對抗強迫這種認同的好萊塢電影策略),但同時我們也被這種悲哀的情形所感動。雖然,影片使我們參與這種悲哀場面,但旁白的描述和批評使我們思考我們所看到的影像。敍述者在某處問道:

㉑《表演者的生命》的劇本收錄於 Yvonne Rainer (1974) *Work 1961-73*, New York, New York University Press. 劇中引用的這段話是摘自 Vladimir Nizhny (1969) *Lessons with Eisenstein*, New York, Hill & Wang.

「她怎麼讓自己陷入這種進退兩難的困境？」劇本中也包含了對它本身所提出的問題，由唸劇本的人彼此問問題，有時也對劇中導演提出。（例如，有個女人說，「伊娃，你讀過這個嗎？我只想知道一下。」另一個片段中一個演員質疑一項陳述，芮娜說：「我們剛討論過了，這項陳述是在文本中，這兩個女人都不確定她們的感情。」）還有對劇本中引用容格的話有所爭辯，一個讀劇本的人認為這段話「誇大」及「自以為是」，而芮娜則承認她的弱點是對男人有著誇強虛偽的感情。

《表演者的生命》中使用畫面外觀眾為工具，是芮娜教我們如何閱讀《關於一個女人的電影》的方式之一，其目的是為了讓觀眾對他們所看到的影片採取同情、但有些好笑、疏離的態度；對於影片中過於嚴肅、複雜的愛情（我們全都置身其中），他們的態度則是帶著溫和的嘲諷。例如，當芳達打開禮物盒發現裏面是一盒眼影時，觀眾大笑；但當旁白解釋眼影的象徵意義時（為了報復她內在的痛苦及做為外在武器），觀眾保持沉默；眼影覆蓋了半邊的臉，讓另一半臉看得見，象徵芳達不敢洩露她內在的感覺，但同時保持著面無表情的外在形象。

通常在《表演者的生命》中，角色藉由他們的身體語言、舞蹈動作表達自己。在接近片尾時有兩段這種表演。第一段是芳達的獨舞，代表一個特別的時刻，這段獨舞，如魯比・瑞奇指出，的是在康寧漢風格的古典主義（芮娜曾在康寧漢舞團中當舞者）及默片《莎樂美》（Salome）中誇張的德國納粹表現主義（芮娜曾說過她這段編舞受到《莎樂美》的啓發）❷這兩種風格之間擺盪。這段獨舞也彰顯了兩件事；第一，女人被定位為男性注視下的「景觀」（spectacle, 她的愛人正在觀賞並替她的表演評分）其次並超越了這種定位，成為表達芳達在

❷ Ruby Rich (1980) *Yvonne Rainer*, Minneapolis, The Walker Art Center, p.7.

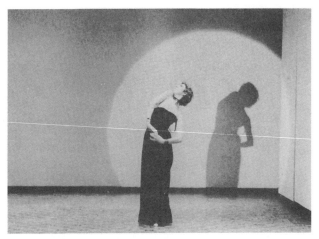

11.芳達的表演凸顯了女性被定位為男性凝視下的「奇觀」（她的愛人正在觀賞她，並替她的表演評分）；但這個表演也表達了芳達在三角戀愛中不穩定和無助的地位。影子暗示著分裂、分割、缺乏和諧。

三角戀愛中不穩且無助的地位。其中的舞蹈動作全與平衡有關，跌倒和再度站起、奇特的身體姿勢，這些全和芳達的感情空間相類似（見圖 11）。

這部分插入的文字為「感情關係是慾望的關係，被強迫和限制所污染」，為獨舞所引發的感覺做總結，並為最後的羣舞做準備。這段羣舞以在後台的舞者為焦點。如瑞奇所說，這個「強迫和限制」的象徵保留在背景中，芮娜認為親密關係將帶來限制，這是她的警告，也正是這部影片透露給我們的訊息❷❸。

《表演者的生命》中凸顯了敍事體的建構，以其隨之而來的疏離工具使我們較能了解芮娜在《關於一個女人的電影》中的企圖，《關》片中的建構較《表演者的生命》更為隱秘，使用了更為複雜的疏離工

具。正如我們所見，《表演者的生命》在它的文本中建構了一羣觀眾，以這羣觀眾教導電影院中的觀眾如何閱讀這個文本，即藉由電影中觀眾的笑聲教導我們明白文本中演出的幽默及溫和嘲諷，片中觀眾不精確的言詞、咳嗽、偶而出現的批評，使我們一直意識到我們在觀看一個「表演」的這個事實，因此阻止了我們產生認同的企圖。

演員在扮演角色時的困難或如何將角色扮演好的困難（他們常重複台詞）強調了敍事體的整體本質是再建構的（reconstruction），和再現是相似的。《表演者的生命》為觀眾建構了一個明確的定位。

了解這種定位可以讓《關於一個女人的電影》的迷惑稍減，我認為芮娜在這部電影中，要我們站在和觀賞《表演者的生命》時類似的位置，只是這次我們沒有電影中有回應的觀眾來引導我們。雖然這部片子中仍有一羣人數較少的觀眾，只由四個角色組成（除了孩子之外），此外觀眾並不像在《表演者的生命》中從頭至尾都出現。觀眾在開場放映一對夫妻爭吵的幻燈片時出現，之後時常出現，這些觀眾成員放棄觀眾的角色成為劇中的人物時，我們也失去了引導。

在某方面，我們懷念《表演者的生命》中銀幕上的觀眾所帶來的趣味和輕鬆氣氛，但取而代之的是使我們對複雜的感情關係有更仔細的分析。《關於一個女人的電影》所使用的疏離工具更為複雜，和芮娜在此片中更加積極參與象徵秩序以對抗想像領域相呼應。正如我稍早提及的，芮娜所有的電影都專注於符意表徵系統中的文字（words）及語言。就這方面而言，她的電影令人想起了高達、莫薇和伍倫。但在《表演者的生命》中有一個提出評論的旁白時常出現，也有相當長的無聲部分，只讓我們觀看肢體動作。在《關於一個女人的電影》中，芮娜使用了更多的書寫文本（written text），相對地就減少對舞蹈的依賴。事實上，她的人物大部分時候是靜止不動的，如同在照片中一樣，

這成為一個主題、文本中的參考點、一種疏離工具，同時也對電影機器提出了批判。

　　藉著使用照片，芮娜似乎是刻意減弱古典電影中的傳統敘事方式，這些方式通常使觀眾沉迷其中。她很少使攝影機認同一個或另一個特定角色，而景框中的構圖相當不尋常，令人無所適從。例如，影片開場是一系列在海灘渡假的幻燈片，旁白是以女人的立場說話，對幻燈片中的那段感情感到失望，但仍認為那是個快樂的假期。放映過數張幻燈片之後，我們明白現在看的是電影，觀眾經過一段時間才發覺，因為背景和照相機所拍攝的背景完全相同。突然一個女人巨大的腿部由景框上方進入畫面，在遠處我們看見那個男人──海邊的一個渺小人影。女人首先在遠處躺下，當旁白分析繼續時，她將臉轉向我們；最後她坐起身，在景框前半部中顯得很龐大，將她的手臂搭在男人手臂上（男人現在和小孩加入），沿著海灘走。

　　這是個令人驚訝、不尋常的構圖，攝影產生的特殊特質更加強這種效果（攝影令人想起日本導演敕使河原宏 Hiroshi Teshigahara 的《砂丘之女》Woman of the Dunes），燈光凸顯亮處，藉著純淨的影像顯示海砂和女人衣服的質感。觀眾透過攝影機奇特、扭曲的透視角度觀看，加強了超現實感。芮娜刻意拒絕提供觀眾所期待、熟悉的商業電影中觀眾可舒適觀看的定位。

　　靜照、奇特的構圖和影像的質感都使觀看和敘事體疏離並防止了普通的認同。芮娜使用其他三種工具達到同樣的目的。第一種是文字和影像不符（正如在高達影片中），這強迫我們特別注意每一個元素，並注意每一元素是如何運作。例如，有場戲是旁白的聲音在描述有一次她看著一個男人和一個孩子跳舞，以及這對她產生的影響，這段影像是由高角度拍攝這個男人和孩子在一個房間中坐著看電視。這種文

本和影像的分離令觀眾暫停，因為我們心中出現了聲音所描述的影像，而銀幕上的影像**並非**我們心中的影像，因此我們會對真實的場景特別注意。女人對跳舞場景的不安，和男人、孩子安靜坐著這個舒適的場景形成對比，但是這種對比只會強調她被男人刻意排除在外的感覺；我們男人利用他和孩子的親近來操縱女人，激怒她並使她覺得不被需要。

另一個例子是旁白的聲音談著她和她愛人的男性情人共度晚餐，影像也使用了高角度，這次是男人、女人和孩子一起吃早餐。旁白繼續討論著這個男人，而我們看到女人在翻閱雜誌，男人在準備早餐、烤土司給孩子吃。影像和詞語之間的不協調令我們專注於**詞語**，因為詞語和影像不符。

《關於一個女人的電影》中第二種使我們與敘事體疏離的方式是芮娜使用了比《表演者的生命》中更多的字卡（intertitle）和書寫文本畫面。有趣的是，芮娜的用意並非使用電影形式使敘事分割，她的動機是希望加強文字的影響力，讓觀眾不僅止於聽到文字：

> 當我要確定所呈現的文本能產生最大的影響時，當我要避免字句只是由聽眾左耳進、右耳出時，我以印刷的文字呈現素材。我用這種方式處理較情緒性字眼、髒話及關於情慾的字句。觀眾和這些文字「面對面」所產生的參與感是決定文字產生影響的一個重要因素❷❹。

但正如《暗箱》的編輯所指出，「結果是令人注意字卡本身而非注意其中的內容」❷❺。書寫文本出現的時間長於觀眾閱讀所需的時間，它成

❷❹ "Yvonne Rainer interview," pp.81.

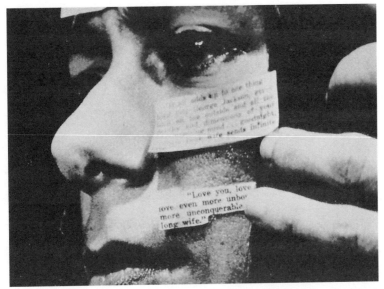

12.另一種疏離工具是字幕卡，以許多不同的方式使用。此處將片段的字幕卡貼在角色的臉上（由芮娜本人演出），攝影機由一張字幕卡緩緩移向另一張。這個方式令人察覺到拍攝電影的過程本身，卻也是商業電影傳統所嚴令禁止的。

為一連串影像之間一種突兀的元素，使我們將注意力由內容轉到電影過程本身，因為正如我們所了解的，這種方式對電影來說是令人討厭的。

　　另一種疏離工具是交替使用男聲、女聲呈現角色的思緒和感覺。我們常聽到一個女性角色的思緒由男性說出，這再次使我們注意這個故事是「被建構」的。

　　最後，影片中的時間-空間關係全都是扭曲錯誤的。我們只得到了故事的片段而非整個故事。導演只給予我們一些小片段，觀眾無法真正知道這些片段發生的時間、人物及前後順序。片中提出了幾個可能的感情關係的演進，包括一個有孩子的女人和兩個男人的關係，一

㉕同上。

個女人和一個男人的關係，這個男人有一個男性情人，一個女人和一個男人的關係，第三者是另一個女人。

我們得到這些可能情節的許多小部分，但每一部分自我封閉，它和之前或之後的片段並非絕然相關。這對只觀看好萊塢電影的觀眾而言是很混亂的。而這類觀眾在觀看芮娜的電影時可能會花許多時間想把所有的片段拼湊起來。芮娜拒絕使情節明確是有其目的，我已在本章開始時提過，其目的是在於去人性化和概論化。芮娜拒絕使她的角色隨著電影發展而有個人特色，拒絕將所有的事件聯結成一個完整有秩序的故事。她使情境保持開放，使我們思考這些情境。所有的材料並非如好萊塢電影中簡潔地提供給觀者，我們必須自己建構這部電影，而我們在如此做的同時也可以學習到關係的運作方式，特別是由女性觀點來看。

影片中強烈地傳達女性角色所表達的痛苦。我們是否知道她們的名字，是否知道傷害她們的那個男人，是否知道到底是誰和誰上床已經不重要了。我們所體會到的是這些女人的失落感，不知道她們要什麼以及她們的憤怒、失望、沮喪，我們感覺到這些女人的無力感，她們在當下無法說出自己的意思，她們不確定到底是自己哪裏不對或是她們所愛的男人不對，進一步的感覺是她們不知道男女關係中眞正可能發生什麼事。我們做爲觀眾開始問自己這些問題：慾望能滿足嗎？若沒有控制、限制、強迫，愛還會存在嗎？沒有傷害和被傷害的愛是否存在？如何能避免錯誤的溝通？慾望能自由、快樂地流動嗎？

如果我們眞的提出了這類問題，我相信芮娜已經達到了拍攝這部電影的目的。芮娜的電影特別藉由女人的經驗提出了這些問題，這對女性主義做了一項重要貢獻。當然，其中沒有本書中所呈現莒哈絲及前衛理論電影的明確女性主義政治，因爲芮娜對與象徵秩序的關係採

取了和這些導演不同的立場。這些導演認為符意表徵系統只能表現男性定位，但芮娜則並未質疑工具本身。她的文本使女性得到自由，因為她給與女性角色一個聲音，讓她們說出了對於自己複雜情感關係的思緒和感覺，並以分析的模式呈現；他們試著了解自己和她們的愛人，想要找出他們如何鑽入這個死結的原因。

芮娜探討了親近、親密及愛情的普遍性問題，她揭露了女人如何被定位為**受害者**而女人對這點並未完全明白。正如評論者所說，芮娜使用《驚魂記》(Psycho)的劇照及對古典好萊塢電影的指涉（《表演者的生命》中重演了《潘朵拉的盒子》Pandora's Box 的一場戲）呈現了對女人成為男性暴力受害者的關注❷⓺。但芮娜並不願意將這建立成為全球女性被壓迫的政治觀點。她承認自己「很明顯地關心受害者以及女性做為受害者」，她說：「我的女性角色可能將繼續在傻子、女英雄以及受害者之間擺盪，成為她們自己的期望、對立男性的期望以及社會道德期望的受害者。」❷⓻

因此芮娜仍繼續以個人經驗為主，正如我們所見，這可以加以普遍化，但尚未向外擴展成為對女性生存其中的社會、政治機制的解釋。芮娜將在她以後的電影《柏林之旅》(Journeys from Berlin)中繼續探討這個問題，很可惜本書無法分析這部電影❷⓼。

---

❷⓺ 參考 Rich, *Yvonne Rainer*, p.8.

❷⓻ "Yvonne Rainer: interview," p.95.

❷⓼ 本書沒有足夠篇幅可詳盡深入探討芮娜早期電影作品及《柏林之旅》(1980)。雖然《柏林之旅》所探討的議題是本書的中心議題，但是和本書所討論的其他電影相較之下，這部電影較難取得。請讀者參考魯比‧瑞奇在 *Yvonne Rainer* 一書中對這部片子的討論；Noel Carroll (1980-1) "Interview with a woman who...." *Millenium Film Journal*, Nos 7-9, pp.37-68；以及 Jan Dawson 在 *Sight and Sound* Vol.49, No.3, pp.196-7 中對《柏林之旅》全面性的評論。

第十章

女性主義電影中
寫實風格的爭議

寫實主義和前衛理論電影之理論與策略的歷史性概論

在美國女性主義導演中拍攝劇情長片的伊娃·芮娜是個異數。正如我在第七章所說，美國女性導演不像歐洲女性導演（例如莒哈絲、馮·卓塔）一樣能取得拍攝劇情片的管道。而其中原因和美國女性的能力並沒有關係。近年來能在好萊塢拍片的少數女性，通常都因為有男性人脈（male connections）而且所拍攝的影片並不全然是和女性相關❶。

到目前為止美國女性拍攝數量最多的電影是採取真實電影（cinema vérité）紀錄片形式，這是最簡單、最便宜的電影形式之一。雖然也有使用其他風格和模式的作品（例如動畫、非敍事抽象電影、形式主義電影、劇情短片），但真實電影風格仍是主要形式。除了經濟因素之外，造成這種情形的原因並不清楚。在歐洲，特別是在英國，有較多對電影形式的實驗產生，這也許是因為美國婦女運動和許多歐洲婦女運動之間的差異甚為複雜（例如常有人提及美國的運動較為激進，偏向實事求是，對社會理論取向較感興趣；歐洲團體則以本書導論中所摘要的思想家為基礎，很快地將他們的理論和阿圖塞的馬克思主義加以發展）。

---

❶ 我在此處所想到的是 Barbara Loden, Elaine May 以及 Claudia Weill.

不論原因爲何，既然紀錄片形式被如此廣泛使用，而且也引起許多理論上的爭辯，本章將針對美國女性紀錄片中具代表性的例子加以討論。在下一章中，我主要將分析英國前衛理論電影的例子，這種電影形式的興起是因爲對寫實風格電影不當之處有所認知而產生的回應。首先我將在此討論兩部女性拍攝的著名早期紀錄片，以證實這種批評是可成立的，同時我將探討這個理論的問題，其次我會爲上文提及的前衛電影策略下定義並加以評估，以做爲第十一、十二章中分析特定電影的準備。

　　第一批由女性拍攝的獨立製片電影主要即源自寫實主義傳統，包括六〇年代英國自由電影運動和加拿大國家電影局（National Film Board of Canada）的影片，同時還受到法國新浪潮的影響。這些運動的起源則可追溯至因第一、二次大戰而盛行的紀錄片拍攝。因爲受到戰爭的刺激而以寫實風格拍攝非商業性電影；不論紀錄片或劇情片，其目的在於捕捉普通人的生活經驗，將其拍攝在底片上。這些導演和生活經驗有較親近的關係是因爲：1.使用勞工階級和其議題做爲主題（這個階級和他們的關注總是要比中產階級和他們的問題來的更爲「眞實」）；2.他們的電影是根據眞實事件拍攝(相對於虛構的故事)；3.使用實景拍攝，相對於在人造的片廠中搭景；4.使用義大利新寫實主義風格和電影技術，如長拍，以避免因剪接而干擾了事實。

　　女性紀錄片中最重要的作品是美國新聞片集團（American Newsreel Collective），創始於一九六二年，主要是受到諾門・法若屈特（Norm Fruchter）的影響，他剛由英國回到美國，之前在英國電影學院工作。「新聞片」這羣人也將維托夫（Dziga Vertov）視爲典範，維托夫在一九一八至一九一九年間創辦並執導每週發行的新聞片《Kinonedielia》，拍攝俄國戰場前線的事件。「新聞片」團體的目的很

明顯的是在於宣傳，即宣導當時六〇年代激進分子參與的許多政治性事件（公民權、組織社區、黑人權力、反越戰運動、接收教育機構，最後一個是婦女運動）。他們使用當時所熟悉的「真實電影」技巧（由法國新浪潮開創），使用快速感光底片（灰色調、粗粒子）、手提攝影機、人物訪問，聲軌上使用旁白（並不盡然是評論），運用剪接產生令人震驚的效果，並發展出對政治事件的特定詮釋。這些電影以非常低的預算、集體創作方式拍攝，通常很粗糙，有時甚至很馬虎；但這正反映了他們的目的並非在製作美學作品，而是創造強有力的組織工具。新理論所質疑的正是這些影片做為組織工具是否可行。因為根據理論，這類電影使用的符碼無法改變意識（consciousness）。

這點在艾琳·麥克蓋瑞（Eileen McGarry）的文章〈紀錄片寫實主義和女性電影〉（Documentary realism and women's cinema）中表達得最強烈。她指出遠在電影導演抵達現場之前，事實本身首先就被社會的下層結構（infrastructure, 人類經濟活動）其次是政治和意識型態的上層結構（superstructure）加上符碼❷。因此導演「並非在處理事實，而是處理可拍為電影的事件（pro-filmic event）：存在於、發生於攝影機之前的事件。」❸她認為忽視「主流意識型態和電影傳統為可拍為電影的事件加上符碼是隱藏實情，即事實是經由電影工作者的出現及對設備的需求加以選擇和改變的。」❹

這在某種程度上是真的（很明顯的，任何銀幕影像都是許多選擇的結果，包括該放映哪一段底片，哪些鏡頭該放在一起，和拍攝主體

❷ Eileen McGarry (1975) "Documentary realism and women's cinema," in *Women and Film*, Vol.49, No.7, p.50.

❸ 同上。

❹ 同上，p.51。

的距離和角度，該使用什麼字眼，等等）。我們等一下將明白，紀錄片導演無法完全控制「指涉」（referent），但她也並非完全受制於符意表徵系統。弔詭的是，她對意識型態反而能有較多的控制。我必須先將影片依意識型態，即女性主義政治，加以分類，才能開始談一項論述。而因爲理論是高度抽象的，這種分類正是理論所不允許的。所有早期電影使用同樣的電影策略，但使用這些策略的目的可分爲兩種；第一種是像開始先鋒「新聞片」集團拍攝的《女人的電影》（The Woman's Film, 1970），其中展現了明顯的左派激進政治；第二種是像萊契爾/克連（Julia Reichert/ Jim Klein）的《成長中的女性》（Growing Up Female, 1969），反映了較爲自由/中產階級的立場，反映了社會中的性別角色如何清楚地劃分，而使男性擁有特權，但並未分析性別分類（gender-typing）的根本原因或處理階級和經濟的關係❺。「新聞片」集團這部電影的目的很明顯地是在於提升意識，即對支持私人企業及累積個人財富的資本主義系統剝削工人階級女性的意識；而第二部電影促使女人由性別角色中解放，因爲性別角色限制了女性擁有豐富、實現自我、具有挑戰性人生的機會。但這兩部電影使用的工具是相同的。

　　現在讓我們討論兩部早期影片《三十四歲的喬伊絲》（Joyce at 34, 1972) 和《珍妮的珍妮》（1971），以評估符號學理論批評是否能成立，以及這種批評在何種程度上不適於解釋影片之間下列的差異：1.意識型態上；2.對電影概念上（劇情片和紀錄片被認爲基本上是相同的）；

---

❺ 參考 E. Ann Kaplan (1976) "Aspects of British feminist film theory, a critical evaluation of texts by Claire Johnston and Pam Cook," *Jump Cut*, Nos 12-13, pp.52-5，以及 Julia LeSage (1978) "The political aesthetics of the feminist documentary film," *Quarterly Reviews of Film Studies*, Vol.3, No.4, pp.507-23.

3.對觀眾的概念受限於符意表徵系統的符號。

　　首先，我將摘要使用結構主義、符號學對寫實主義的批評分析《三十四歲的喬伊絲》和《珍妮的珍妮》能做到何種程度。第一，這兩部片子的電影策略是建立作者和觀眾之間不受歡迎的不平衡關係（unwelcome imbalance），這兩部片子的作者居於擁有知識的地位，而觀眾被迫被動接受這些知識。在觀影過程中使我們（觀眾）無事可做，只能被動地坐著，接受訊息。第一部影片中的訊息是婚姻、家庭和事業全都和諧地運作。第二部影片的訊息是一位女性如何憑著決心，將她的社區組織起來以因應必須的改變。這兩部片都有古典的結局（classic resolution），因為兩位女主角皆取得某種程度的成功，讓觀眾認為我們不必做任何事。

　　第二，這兩部影片的角色都直接面對鏡頭向觀眾說話，鼓勵我們將喬伊絲（Joyce）和珍妮（Janie）的影像當做「真實」的女人，如同我們已經認識他們。但事實上，這兩個人物都是由影片中的攝影機、燈光、聲音、剪接所建構的。對觀眾而言，這些人物除了電影中的影像再現之外，沒有其他本質論的存在。

　　第三，我們不了解每個女性人物只是一種再現的原因是因為這兩部電影並未令人注意到它們本身「是」電影，也未使我們明白我們在看電影。因此，這兩部電影並未打破觀眾平時被動觀賞商業電影的習慣。

　　產生上述情形的關鍵在於一致的自我（unified self）的觀念，這是符號學出現之前的思想特色。做為主體的喬伊絲和珍妮以自傳模式呈現，他們有著歷久彌新的本質，並能自外於社會結構、經濟關係、心理分析定律的影響，經由個人的改變而成長。使用家庭電影和舊照片則是藉由時間建立連續性（continuity）的重要工具，這也反映出梅茲

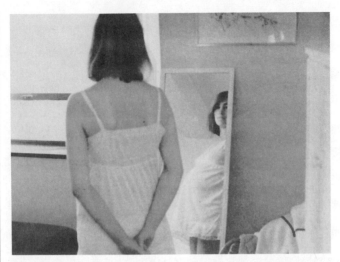

13.喬伊絲（在 Choppra 和 Weill 的《三十四歲的喬伊絲》中）以自傳的模式呈現，正如片名所強調的，她擁有的本質使她能在脫離社會結構、經濟關係或心理分析法則後繼續堅持下去。這個鏡頭顯示喬伊絲在鏡中看到她懷孕的身影，而她的旁白則訴說著等待的沉悶。影片的策略限制了這個鏡頭其他涵意的可能解釋，如對女性再現以及母親在父權中被定位的批評。

和希斯所指出電影對虛構故事（fiction-making）的需求，即使在紀錄片中亦普遍存在。將過去的影像用於再現並未加以質疑，這些影像的功能是封鎖個人的改變，並非做爲證據證明女人和她們的身體是由社會機構、心理機構的符意表徵系統所建構的（有趣的是，這種建構是米雪・西桐的影片《女兒的儀式》中的主題，片中以慢速度放映的家庭電影，使我們明白這個再現絕非「天眞的錄影」，拍片過程本身的功能是爲女童建構一個地方）。

但這是兩部影片寫實模式的相同之處，其後的差異在於兩位導演對階級議題不同的關係。在《三十四歲的喬伊絲》中完全沒有提及階級和經濟關係，影片並未讓觀眾知道喬伊絲和她自由作家丈夫所享受的特權（他可能有許多時間待在家裏），以及她經濟寬裕的中產階級父母所提供的支助。本片的電影策略用來縫合（suture）衝突和矛盾，正

如好萊塢影片策略的功能。喬伊絲的旁白有著「形而上學的表象」，令觀眾相信喬伊絲這個人，她領導著我們，將由一連串沒有相對關係照片呈現的混亂、迷失、沒有關聯的世界變得有條理。她的聲音製造出一個令人安心而舒服的世界，其中的符徵回應著明顯而確定的符旨。喬伊絲做為一種再現，她本身並未威脅到已被接受的常規（norms），她英俊非凡的丈夫也為喬伊絲的環境鍍上一層金，這完全符合商業電影中產階級主角的例子。

《三十四歲的喬伊絲》的結構因此使中產階級的幻象不朽，第一種幻象是個體可以造成改變；第二種幻象是個體總是能自外於她/他所居住的象徵性機構和其他社會機構，如果逆勢閱讀這些電影，可以發現喬伊絲得到塑造她的社會結構許多的眷顧。《珍妮的珍妮》則是表現一個女人明白形成她個人的經濟、階級結構，並刻意、決絕地脫離這些結構。首先，她說出她明白對她生命中的兩個男人（父親和丈夫）而言，她被定位為「他者」，但她並未將他們對她的壓迫怪罪於他們個人。這兩位男性也是象徵性組織（symbolic organization）的受害者。

其次，珍妮的影像本身違反了正常符碼（normal codes）。身為一個勞工階級人物（勞工階級的視覺再現幾乎都被刻劃為卑躬屈膝或接受感化、慈善機構的協助，正如四〇年代英國紀錄片導演約翰‧葛里遜 John Grierson、詹寧斯 Humphrey Jennings 作品中的人物），這些勞工階級人物說話粗俗，穿著並不優雅。因此珍妮的影像具有顛覆性。珍妮是一個激進、好戰、意志堅定的女性，隨時準備好要作戰。珍妮的再現抗拒著主流女性定位。

第三，相對於《三十四歲的喬伊絲》，《珍妮的珍妮》並未使用傳統的凝視裝置（gaze apparatus）。珍妮並未被定位為男性凝視下的客體（雖然她無法避免攝影機或男性觀眾的觀看 look）。在電影虛構情節

中，珍妮並未被男人觀看或像商業電影中的女性被安排爲男性凝視的對象。

最後，本片所使用的電影策略並不像《三十四歲的喬伊絲》的寫實手法般的無聊。本片中有軟性的重疊手法（soft superimposition, 廚房窗上珍妮的臉部倒影和屋外街上的景物重疊），而珍妮在開始將社區組織起來之前的寂寞以燈光晦暗的鏡頭表現，聲軌配上悲傷的音樂，拍攝角度怪異，並以洗淨的衣物在風中飛揚的鏡頭暗示主角的心境。因此產生一種簡潔的「之前」和「之後」的區別。這即是這部寫實電影的特色，在意識型態和視覺上相當成功。

以上對《三十四歲的喬伊斯》和《珍妮的珍妮》的比較顯示，對「眞實電影」的批評在某種程度上完全可以成立。但這些批評的單一性、抽象公式化（abstract formulation）則形成另一個問題。當我們仔細觀看一部寫實風格的電影，可以了解全面概論化（large generalizations）的弱點。寫實風格電影的策略遠比理論批評所允許的有更多異質性，更爲複雜❻。我們需要一種理論，可允許及接受寫實模式中對階級、經濟議題不同的定位，同時不去緩和任何符號學問題（特別是全面將觀眾定位爲被動地接受知識），這種理論至少可提供一個空間來對抗寫實形式中某些電影的霸權符碼（hegemonic codes）。

在此刻很重要的是要探討對寫實主義批評的起源，特別是和下列兩者的關係，第一，對社會、電影中以人類爲主體觀念的批評（即知識的理論 theory of knowledge 是否能使對寫實主義的反對成立？）；第二，這類批評和電影機制理論及其運作方式的關係。

這類批評因爲有塑造霸權的功能，隨之而起的自然是強調符意表

---

❻參考 Julia LeSage (1978) "The political aesthetics of the feminist documentary film."

徵系統，事實上這是我們唯一所能「知道」的系統。但是正如德希達（Jacques Derrida）所言，人們攀住一種信仰不放即「有一個終極、客觀、完全眞實的世界，而我們能完全認識這個世界」❼。因爲傳播藝術的影響，使我們執著於聲音是傳播的主要工具，這如德希達所稱爲「以我們最終將能和物體面對面的幻象爲依據所虛構的一種形而上學的呈現」（a falsifying 'metaphysics of presence' based on the illusion that we are ultimately able to 'come face to face' with objects.'）。永遠有某種藝術存在，表現出「對於現世之外不變的世界有著明顯、直接、持續的信仰。」❽

寫實主義做爲一種藝術風格，其設計是用於使這個穩定世界的幻象成爲不朽；在寫實主義中當然以「眞實電影」風格拍攝的紀錄片最具說服力，「它提供了一扇可以淸楚看見這個世界的窗戶」以及「符徵有直接、明確的符旨」❾。寫實主義理論符號學家所反對的電影是在二次大戰後發展的，部分是受到義大利新寫實主義的刺激；理論家克拉考爾（Siegfried Kracauer）和巴贊（André Bazin）則提倡「能拯救現實世界」的電影，以及一種假設，即寫實技術使我們能自己感覺未受到其他電影技術扭曲的實際情形❿。

而符號學家正是以這點做爲寫實理論的議題，因爲對他們而言，除了符意表徵系統之外並無其他可認識的現實（reality）。第一個反對

---

❼ Jacques Derrida (1976) *Of Grammatology*, trans, Gayatri Spivak, Baltimore and London, Johns Hopkins Press，引用於 Terence Hawkes (1977) *Struturalism and Semiology*, London, Methuen, p.146.

❽ 同上，p.145。

❾ 同上，p.143。

❿ Siegfried Kracauer (1960) *Theory of Film: The Redemption of Physical Reality*, Oxford, Oxford University Press；以及 André Bazin (1967) *What is Cinema?*, Vol.1, tans. Hugh Gray, Berkeley, Calif., University of California Press.

寫實主義的聲明是克萊兒・姜斯頓的著名文章，姜斯頓認爲「眞實電影」或「無干涉電影」（cinema of non-intervention）對女性主義者來說是很危險，因爲它使用了一種寫實風格美學，其中隱藏著資本主義對眞實的再現。「眞實電影」並未打破寫實主義的幻覺。既然女性被壓迫的實情，無法藉由攝影機無私地捕捉在底片上，姜斯頓認爲若想令女性主義電影能產生影響，則它必須是一種「對抗電影」（counter-cinema）：

> 任何革命必須挑戰對事實的描述；在影片文本中討論女性的壓迫並不足夠；對電影的語言／對現實的描寫也必須加以質疑，因此才能產生影響使意識型態和文本分離❶❶。

　　因此女性主義電影導演在她們的電影作品中必須面對已被接受的對現實的再現，以暴露其中的錯誤。寫實主義風格無法改變意識是因爲它無法和表現舊意識的形式分開。因此必須拋棄廣泛使用的寫實主義符碼，包括攝影、燈光、聲音、剪接、場面調度，而以新方式使用電影機器，才能挑戰觀眾對生命的期望和既定的看法。

　　諾亞・金（Noel King）在《銀幕》（Screen）雜誌一篇分析兩部政治性女性主義紀錄片的文章中有非常類似的觀點，這兩部影片是《工會女子》（Union Maids, 1976）和《美國哈蘭郡》（Harlan Country, U. S.A, 1976）（皆屬於歷史／回顧影片項目）。他將姜斯頓短文中限於篇幅、無法發展的論點加以詳加發展，他企圖「逆勢閱讀這些紀錄片，拒絕將它們當做文本系統來閱讀以取得安定」❶❷。他如此做時，即運

---

❶❶ Claire Johnston（1973）"Women's cinema as counter-cinema,"in Clair Johnston（ed.） *Notes on Women's Cinema*, London, Society for Education in and Television, p.28

用解讀好萊塢的相同批評方式，並未將古典好萊塢系統和新興女性主義紀錄片所使用的寫實技巧加以區別（諾亞・金在此是以史蒂芬・尼爾 Stephen Neale 對三〇年代民粹電影和納粹宣傳影片的研究為基礎❸）。

例如，金指出這些電影的策略是壓抑接受訪問的主體對所處的社會結構所做的任何論述。其興趣在於強調個人的責任在於以道德觀點改變不公平。

> 如此《工會女子》中的政治所稱為「救贖的政治」，也就是說，在這個系統中個人責任的問題最為重要。這種政治意圖由文本機制表現，將個人主體定位為負責，是否能實現所託付的道德命令，並以此決定勝利或有罪❹。

然後他談論這兩部電影的電影策略，主要是敘事策略。他說它們使用「一連串敘事的次形式：傳記、自傳體和大眾敘事史」。金指出所有形式都遵循著一種因果關係，起源總是包含著結尾。《工會女子》藉由電影資料館典藏影片及訪問中建構，對軼事的回憶銜接影片，以及有串場作用的旁白敘述（由三個女人述說），談論著三〇年代的美國，「本片產生了有時空連續性的論述（discourse of continuity），產生了過去的效果，而非讓觀眾身處其境。」❺。金最終所反對的是《工會女子》和《美國哈蘭郡》的敘事方式產生一個大段組合式的事件流程（譯者註：指梅茲理論中的大段組合syntagmatic）、簡單的歷史性進展（dia-

❷ Noel King (1981) "Recent 'political' documentary-notes on *Union Maids* and *Harlan County U.S.A*" *Screen*, Vol.22, No.2, p.9.

❸ 參考 Steven Neale (1973) "Propaganda," *Screen*, Vol.18, No.3, p.25.

❹ King, "Recent 'political' documentary," p.12.

❺ 同上，p.5。

chronic progression）確定所有的問題都將得到解決，保證讀書能增加知識，允諾著滿足和完整❶。當然這種「縫合」是古典好萊塢電影的傳統工具，其目的在於撫平可能發生的矛盾、不一致或爆發（eruptions），因爲這些可能反映出好萊塢不想承認或不想知道的較沒有秩序、較不一致或不連貫的現實。就像克萊兒・姜斯頓及金在結論時強調必須創造不同的文本，以此抵抗大眾文化歷史（populist cultural history）的修辭傳統，因爲這項傳統只「刻劃它本身的策略和實行方法，並未提供對階級、集體完整而一致的再現。」❶

在許多方面，這是一種符合邏輯的結論，但用這來詳細分析特定的電影，如前面對《珍妮的珍妮》和《三十四歲的喬伊斯》的分析，則這種定位會太過單一（monolithic）。如果十八世紀的新古典主義批評家所要求將詩與現實之間的不同之處加以消除是錯誤的。（即要求詩如實地模仿外在世界，忠於「我們所知道的存在的物體，我們所知道可能發生的事件；以我們對自然和自然法則的觀察和經驗爲基礎。」）❶如果浪漫主義評論家跟隨傳統，強調獨尊詩的論述是錯誤的，即詩並非反映外在現實而是反映當下感覺的流動（詩人的心已將外在的自然轉變爲影像，這是因強烈情緒激動而產生，和詩人自身之外的世界並沒有相對的事物）❶，則符號學的錯誤（在某些運用上）在於將藝術和人生都視爲同樣被符號表徵系統所定義、限制的領域。

紀錄片導演被誤導回歸十八世紀對藝術的觀點，即彷彿透過一片

---

❶ 同上，p.17。

❶ 同上，p.18。

❶ M. H. Abrams (1953) *The Mirror and the Lamp: Romantic Theory and the Critical Tradition*, London, Oxford University Press, p.267. 在第十章中完整地探討「由眞實到自然」的議題。

❶ 同上，第五、六章中探討浪漫主義詩的理論。

14. 《工會女子》藉由檔案影片、對軼聞往事的回憶，再以旁白貫穿。Noel King 說這產生了「時空連續的論述」，結果並未讓我們回到「過去」，因而產生了過去的效果。此圖是 Reichert/Klein 在《工會女子》中加入了洗衣廠罷工的檔案鏡頭。

透明的玻璃，藝術可以模仿人生，並相信再現可以直接影響行為（即一個窮苦女人的影像可立即帶給觀眾財富分配必須更公平的覺醒）。但將符徵視為唯一需要了解的學問，也將產生問題。泰瑞‧伊格頓（Terry Eagleton）在討論符號學和馬克思主義的關係時指出，以這種方式看待馬克思主義的歷史觀點將產生危險。歷史將在新理論中蒸發消失。既然我們永遠無法掌握符旨，我們也無法討論做為人類主體的現實狀況。他繼續說明其危險不僅在於符旨將面臨存亡關頭，他說「這也是指涉（referent）的問題（即社會實際狀況），我們全部的人許久以前就被排除在外。在使符號再度具體化（rematerializing）時，我們將面臨使符號所指物去物質化（dematerializing）的立即危險，語言唯物主義逐漸回復為語言理想主義。」❷⓿

當伊格頓談到「由所指物逐漸脫離」時，無疑地，他是言過其實，

因爲索緒爾和阿圖塞都並未否認所指物的存在，但當符號學者談論現實中的突發事件時（即意外、死亡、革命），他們認爲人類生命中的每一天都被一個文化中無所不在的符意表徵系統所主控，即被（所謂）界定大眾的「現實」那些論述所影響。我並不想和這種界定、限制對「現實」看法的論述起爭議，並且同意這些論述主要是由掌握權力的階級所控制，但重要的是要允許和此論述不同的另一種經驗能存在，或是說讓這種論述並非是唯一的論述。符號學和後結構主義非常重要之處，在於兩者終於丟棄了一種獨霸的美學論述——這種看法使藝術和科學之間的二分法成爲不朽（大部分人所認知的）。但如果我們想創造一種能爲社會大眾每日生活品質帶來改變的藝術，那我們就需要現在常被責怪爲「天眞無邪的唯物」理論[21]。

但在離開對寫實主義做爲一種電影策略的攻擊之前，我要簡短地

<hr />

[20] Terry Eagleton (1978) "Aesthetics and politics," *New Left Review*, No.107, p.22.

[21] 此處我所指的是忽視被壓迫者有情感認同需求的理論是危險的。我們也許能以當權與少數對立的論述解釋罷工的情形；工廠中的當權論述是老闆爲工人建構了地位以符合他們（老闆本身）的利益。被壓迫羣體對當權派所能有的少數反應之一是罷工，雖然這種定位是頗具防禦性的，由當權論述所建構並且爲工人本身帶來許多痛苦。因此工人在基本物質層面上（食物、衣服）需要支助，並且在心理層面上需要感情支援。由理論所運作的抽象層次上來看，似乎其他的層面並不重要或不值得一提。梅茲是少數對社會形成層面一直保持認知的評論者之一，這不僅在他的 *Film Language: A Semiotics of the Cinema* (trans. Michael Taylor, New York, Oxford University Press 1974) 中對寫實主義的討論可見到，也在 Discourse 他的訪談中可見（弔詭的是他在這個訪談中的言論促使了註[12]中所提及 Noel King 文章的寫成），他在這篇訪談中支持「天眞」的寫實風格紀錄片，如《美國哈蘭郡》。當梅茲被問到拍攝罷工的紀錄片是否會誤導，「因爲在表面上，它假設知識是毫無疑問的。」梅茲回答：「如果這部電影有很明確的政治、立即目的；如果導演拍攝一部電影是爲了支持一項罷工……我能說什麼，當然這是可以的。」梅茲繼續說，他特別談到《美國哈蘭郡》，這是那種在主要/次要認同層次上完全沒有新意的電影，但這是部很好的電影……質疑一部電影並未達成導演計畫之外的目的並不公平。她的用意在支持罷工，她做到了，這是部很棒的電影，我支持它。」

("The cinematic apparatus as social institution: an interview with Christian Metz" *Discourse*, No.1 (1979), p.30)

討論寫實主義理論中關於電影機器的兩種假設。第一，如果將同樣的批評運用於商業敘事電影的寫實手法及獨立製片紀錄片形式，是否能成立？我寧願讓理論變得較鬆散，因為我認為同樣的寫實主義符意表徵手法可以用於不同的目的，正如我們在《珍妮的珍妮》和《三十四歲的喬伊斯》的比較中所看到的。商業電影中的寫實主義也許真的和十九世紀小說是很相似的形式，皆受限於中產階級對世界的看法，並將它塑造為「自然」、「毫無疑問的」。但《珍妮的珍妮》並非《不結婚的女人》；而《三十四歲的喬伊斯》和保羅‧莫索斯基（Paul Mazursky）作品中所使用的形式相近。

姜斯頓和金對寫實主義的攻擊被一種假設混淆，即他們假設寫實電影模式本身對再現和生活經驗的關係提出了問題。但問題其實是在於導演假設這種關係存在或觀眾假設這種關係。但如果將寫實主義只視為一種電影風格，則可以用於不同的類型（即紀錄片或劇情片），則寫實主義並未堅持和社會形成特別的關係❷❷。正如梅茲所說，就是這種「觀眾經歷了**現實的印象**（impression of reality），一種我們在親眼目睹幾乎真實奇觀發生的感覺」造成了問題❷❸。梅茲接著說，事實是「電影的外貌（presence）和能讓觀眾靠近觀賞（proximity）正是它的**魅力**，這令大眾驚奇而使電影院客滿。」❷❹

梅茲繼續寫道，事實上最重要的差別並不在於電影模式的不同（寫實主義的幻象相對於反幻象主義）；而是在於發生在此時此刻的事件和一個經過他人**敘述**事件的差異。一旦有了「說」（telling）的過程，

---

❷❷ 參考 Dana Polan (1982) "Discourse of ratioality and the rationality of discourse in avant-garde political film culture," 這篇論文在 Ohio University Film Conference, April, 1982 中發表。

❷❸ Metz. *Film Language*, p.4.

❷❹ 同上，p.5。

真實就不會被認知（或非真實被認知，梅茲有時如此說）❷❺。因此，甚至紀錄片或現場電視採訪在**敍述**事件時，都是在創造距離，使真實無法被認知。梅茲曾寫道：「寫實主義並非真實。寫實主義會影響內容的組織，但不會影響敍事的地位。」❷❻

因此，雖然紀錄片和劇情處理的是不同的素材（劇情片是演員在攝影棚中演出，紀錄片是拍攝真實人物在他們生活環境中），一旦這些素材成為一長串底片，被作者以他/她所希望的任何方式建構，則兩者的差異幾乎消失。劇情片和非劇情片都傾向於創造劇情，如我們以上所見，通常是以家庭羅曼史（family romance）方式呈現。如果我們同意麥克蓋瑞的論點，我們已見過甚至在開拍之前，人們對拍攝電影過程的文化性假設（cultural assumption）已經將前電影事件加上了許多符號❷❼。因此紀錄片最後在某方面和劇情片幾乎一樣都是一種「敍事」。由另一方面來說，有人認為（如麥可‧萊恩 Michael Ryan）所有的劇情片都是「紀錄片」，因為所有觀眾都知道其中一切都是演出，我們在看著一個明星扮演某個人、演出動作，這些都是在攝影棚中經過操縱，使其看來像真的事件❷❽。

但紀錄片和劇情片在兩個基本層次上是不同的，一個層次影響了導演，另一個則和觀眾相關。和導演相關的是，對劇情片所能掌握的程度高於紀錄片。紀錄片的拍攝依影片計畫的不同可以允許有或多或少的控制（即拍攝一部示威的紀錄片，導演在現場時不知道事件會如何發展；但拍攝一部回顧影片時可依賴以前的紀錄片段，透過剪接，

---

❷❺ 同上，p.22。

❷❻ 同上，p.21-2。

❷❼ McGarry, "Documenatry realism and women's cinema."

❷❽ Michael Ryan (1981) "Militant documentary: Mai '68 par lui," *Ciné-Tracts*, Nos 7-8.

允許影片對真實事件做出較多的再度建構，就如同敘事電影的方式）。但只有在劇情片特定類型或在體制內工作時，才能控制拍攝過程（如好萊塢只允許特定事情發生）。此外，一旦伊底帕斯模式被打破，劇情片仍有表現具有想像力可能性（imaginative possibility）的潛力。

我由導演的角度強調劇情片和紀錄片之間差異的目的是在避免使劇情片和紀錄片成為固定、二元對立，這種令人無法滿意的選擇，或是避免藉由斷言所有的電影論述都被同樣的符號顯現意義系統控制，被它界定、限制何者能被再現，因而消弭了所有的差異。雖然梅茲對事件和被**敘述**事件的廣泛性區別仍然成立，但只能用於非常抽象和概論性的層次上。事實上，我們必須將敘事項目下不同的類型加以分別，認知電影是有相當多的種類，從依賴現實世界（在某種程度上）的敘事，到使用日常的邏輯，但以超自然邏輯（梅茲稱為「非人類邏輯」）建構環境的敘事。導演在每部影片中所面臨的問題都不同，而每種電影類型也會有特定的危險和特定的優點。

至於觀眾方面：在劇情片和紀錄片中，觀眾的定位很明顯得不同，但米歇・布拉克（Mitchell Block）的《沒有謊言》（No Lies, 1973）或米雪・西桐最近的作品《女兒的儀式》，可被視為背叛觀眾經驗。在這兩個例子中，兩位導演使用「真實電影」技巧，使觀眾誤認為在觀看非演員演出，事實上，到了最後觀眾才知道一切都是經過編寫的，其中的角色是由演員扮演。觀眾所經歷的憤怒必定表示在兩種情形下（紀錄片和劇情片）產生了不同的認同過程（identification process），這也許已經代表對觀眾所能產生的終極效果。

很不幸的，因為對這個領域缺乏可信賴的研究，因此對這類效果的任何討論全然屬於臆測。如果容我暫時引用非科學性證據，則一些學生的回應令我相信，認同劇情片中的明星和回歸想像期的世界有關

是真實的（在拉康的系統中喚起自我-理想 ego-ideal 的狀態要比進入象徵系統更早發生）；然而紀錄片和影像的關係和我們日常生活中對人們的回應**類似**但**不**全然相同（全然相同是新古典主義運動的錯誤）。雖然在某種程度上，紀錄片的寫實策略的確將觀眾建構為被動，只能接收作者擁有的知識，在另一層次上，觀眾也許對銀幕上女人的形象做出判斷，而這種形象的確和符意表徵系統的符碼有關，但這種判斷是受到觀眾的社會、政治定位影響，即他/她的階級、種族、性別、教育背景，都影響符號顯現意義的經驗。例如，一些學生對珍妮的反應相當具有敵意，批評她對待孩子的方式（她對孩子太嚴厲，沒有讓他們穿的整齊，她不夠愛孩子，沒有好好教育孩子）；有些學生也許反對她的外表，反對她戴假髮或把頭髮染成不同顏色，等等。

此時可能發生兩種情形：巴特式的回答是，觀眾將在外在世界中學習如何看待現實的符碼運用在銀幕形象上；但另一方面來說，觀眾也許抗拒看到一個非傳統形象，因為這個形象違反商業電影再現給予他/她的期望。換句話說，當人們觀看這類紀錄片時會發生許多超乎我們所知的經驗（這類再現也許無聊、令人震驚、討好或告知觀眾，依觀眾的階級、種族和背景而定）。但這挑起一個**主動**的回應，具有挑戰我們對電影的期望、假設以及為我們所認識的世界增添新意的潛力。

但是如果特別將策略加以組織，這類電影可能不會成功。如果符號學者否認寫實主義可影響、產生任何改變是錯誤的，那左派激進分子假設**呈現**（showing）某件事本身就是論點也是錯誤的。很明顯的，《珍妮的珍妮》的作者假設任何觀眾都會自動站在珍妮這邊，因為他們將她設計為值得敬佩的人物，她的改變可做為規範。作者不明白有一種可能性，即將珍妮視為一種**形象**與將珍妮視為他們所認識的真正女人可能會產生不同的看法，由此作者可能對我學生的解讀感到震

15.當我們仔細觀看個別的寫實電影時，就知道全面概論化的弱點。即使觀衆永遠被動地接受作者的知識；寫實電影反映著對階級和經濟不同的定位。此處芭芭拉‧柯普 (Barbara Kopple) 在《美國哈蘭郡》中揭露了肯塔基礦區管理階級的殘忍。寫實主義的錯誤在於假設「展現」壓迫本身即是足夠有力的論點。

驚。

　　以上列出對寫實主義的攻擊是來自對寫實風格女性紀錄片並未在策略上有成功的認知❷❾。改變的可行方式之一是嘗試修正寫實風格形式，但評論者卻提出需要一種對抗電影。一羣活躍於寫實主義批評的女性（如克萊兒‧姜斯頓）自己起而行，拍攝了第一批前衛理論電影。在七〇年代中期，英國的姜斯頓、庫克、莫薇和伍倫開始發展一種新女性主義前衛電影，以早期前衛流派爲參考對象（俄國形式主義、布萊希特、超現實主義 ［杜拉克］ 和近期的對抗電影導演如高達、艾克曼、莒哈絲），其創新之處在於混合了符號學、結構主義、馬克思主義

❷❾當然仍然有許多女性繼續拍攝寫實主義風格電影，特別是在美國。最近兩個有趣的例子是康妮‧費爾德(Connie Field)的《鉚釘工人羅絲》(Rosie the Riveter) 以及 Pat Ferrero 的《Quilts in Women's Lives》。

和心理分析。這些影片使用複雜的電影策略和濃厚的理論基礎，需要個別的深入分析。在此，我只能簡單列出不同導演所使用的一些另類電影策略，他們刻意避免他們所認為傷害寫實主義的理論性問題。

這些理論電影並未反映出泰瑞·伊格頓指出的危險，即所指物無存在之地。這些電影代表著連繫著社會、主體、再現之間一種張力關係。它們全部打破了這三個區域中任何兩者間單純的關係，並顯示建立關係的複雜性。導演所關注的是破除再現的迷思（demystifying representation），使女性明白文本是意識型態的製造者，而我們生活在一個建構的世界中，這個世界並非由穩固的元素建構的。

這些電影有下面列出的共同特色：

1. 以電影機器是一種符號顯現意義系統為焦點，即電影本身是一種製造幻象的機器；使觀眾注意電影的過程並使用技術打破我們不是在看電影而是在看「現實」的幻象。

2. 拒絕建構一個固定的觀眾，而是將觀眾定位於必須參與電影過程，並非只是被動地被電影所吸引。使用疏離技巧（distanciation techniques）使觀眾和文本分離。

3. 刻意拒絕玩弄觀眾情緒所產生的愉悅（特別是和伊底帕斯情節相關的，如商業電影中依賴佛洛伊德家庭羅曼史的敘事）。試圖以在學習中取得愉悅（pleasure in learning）取代認知的愉悅（pleasure in recognition）（以認知過程對抗情緒性愉悅）。

4. 全部混合紀錄片和劇情片形式，部分原因是相信這兩種形式最後無法分辨成不同的電影模式，或是用於創造社會、主體和再現之間的張力。

理論電影大致可分為三大類別：

1. 處理女性主體問題——女性找到一個聲音——一個定位問題的電影（如莫薇和伍倫所拍攝的影片影響深遠）。使用拉康的心理分析，這些影片揭露在陽具中心（phallocentric）語言系統中，女性的定位是沉默、缺席或處於邊緣。

2. 和第一類電影相關，同樣依賴拉康，其目的在於解構古典父權文本（classical patriarchal texts），揭露女性如何「被說」，而非做為一個「說話」的主體，及女性的作用是用來滿足男性英雄的虛空符徵（empty signifier）。此類電影傑出的例子有莎莉・波特的《驚悚》和麥考爾/亭達/帕雅札科斯卡/韋斯塔克（McCall/Tindall/Pajaczkowska/ Weinstock）拍攝的《佛洛伊德的朵拉》。

3. 此類電影關注女性歷史和書寫歷史的全面性問題。這個項目中的導演同意諾亞・金對《工會女子》和《美國哈蘭郡》的批評，即它們沒有呈現任何關於歷史的問題，這些歷史理論影片的導演追隨著傅柯，顯示沒有任何歷史可以逃脫扭曲的觀點或形成一種觀點，通常是統治階級的觀點。克萊頓/柯寧（Clayton/Curling）的《襯衫之歌》（Song of a Shirt, 1980, 關於十九世紀縫紉女工的電影），也許是這類電影中最好的例子。正如席薇亞・哈維顯示的，導演揭露了歷史是一連串互相緊扣的論述，這些論述和非常特定的建構相關❸。這部電影令不同的文件紀錄互相對立，包括對縫衣女工的地位和歷史脈絡不同的看法，如哈維指出《襯衫之歌》使觀眾注意到影片本身的再現方式，讓攝影機在許多黑板和電視螢光幕前移動，顯示了以電影拍攝建構的歷史場景也呈現了影片拷貝和文件紀錄❸。影片交

---

❸ Slyvia Harvey (1981) "An introduction to *Song of the Shirt*," *Undercut*, No.1, p.46.

替使用下列形式：紀錄片、紀錄片重建（documentary reconstruction），以劇情片方式演出真實事件，將虛構成分以戲劇方式呈現等等，令我們了解影像是現實的複製品，而非現實本身。因敘事經常被打斷所產生的沮喪使我們了解敘事的誘惑力；這點在傑出的聲軌中即有暗示，詩意古典風格曲調重複地被無調性的音樂所淹沒，代表著當權者一直想平緩歷史論述中的矛盾和異議。哈維的結論是這些調停（mediations）所產生的結果令我們問了重要的政治性問題：「誰在再現？並且為誰再現？」❸❷

這些理論電影所引發的觀眾反應、可接受程度和相對理論等問題，我將留在第十一章中討論。為了總結我所討論對寫實主義的攻擊，我要評估左派激進電影和中產階級自由派女性電影使用的教條式、宣導式策略與新女性主義（仍然認同左派）理論電影策略，所帶來的社會性和政治性方面的改變。我會把重點放在符號顯現意義方式、女性主體性問題以及再現本身。

我已試著呈現寫實主義的爭辯在某些方面是一種錯誤的爭辯。首先即設立了並非必要的嚴格理論做為前提，嚴格要求形式和內容之間的關係；第二個前提是知識性理論，這雖然可闡明當代系統中的關係（特別是個人、語言與我們所居住的社會結構之間的關係），但運用於為女性每日生活帶來具體改變的方法上並不恰當❸❸。

讓我稍微再解釋批評寫實主義的知識性理論不恰當之處，這種理

---

❸❶ 同上。

❸❷ 同上，p.47。

❸❸ 參考 Terry Lovell (1980) *Pictures of Reality: Aesthetics, Politics and Pleasure*, London, British Film Institute，其中對寫實主義的知識與社會理論以及對阿圖塞理論的批判有完整的討論。

論也制約了反幻象電影的外貌。符號學的危險在於「逐漸遠離所指物」，正如我在前文中所引用的；這是有問題的，因為如果所有的現實、所有外生的生活經驗是透過符號顯現意義系統才被我們認知，則我們永遠無法「知道」符號顯現意義系統之外的任何事。這種二分法在柏拉圖時代就已存在於西方思想中，而處於邁入現代邊緣的康德重新加以詮釋。有些符號學者企圖擺脫這種不受歡迎的二分法，寧願冒著使分別層階(levels)崩潰的危險。但如果我們想在政治競技場上產生影響，帶來改變，這些層階必須維持界線分明。

正如我所說的，最好的理論電影不會排除所指物，並存在於刻意營造與社會互動的壓力中(經由結合紀錄片和劇情片形式產生)；但很弔詭的是新理論的問題在於它們企圖對抗中產階級個人主義而導致以主體為焦點。正如克莉斯汀‧葛蘭希爾指出，阿圖塞和拉康理論相關聯之處在於解釋了個人已經和他的意識脫離與象徵秩序中不同性別有不同定位。但這些理論並未收納階級或種族項目，經濟語言成為主要的塑造力量，取代了社會經濟關係和機構成為主要的影響。性別差異成為歷史的動力，取代馬克思主義的階級矛盾。因此，我們學習了如何將主體建構為個人時，並未學習到社會羣體中的個人❸❹。藉由符號學和心理分析所揭露的偏頗、有問題的自我（在此我並非否定心理分析的合理性），並未接著產生對其中政治性、社會性暗示的充分研究。因為太過於關注摧毀中產階級模式思考和認知，使我們並未考慮這類問題帶給我們什麼影響。女性評論者和導演一直被定位為負面人物，她們追求顛覆而非定位。如此摧毀統一自我和實體世界的危險將導致

❸❹ Christine Gledhill (1978) "Recent developments in feminist film criticism," *Quarterly Review of Film Studies*. Vol.3, No.4, pp.469-73.

相對論和絕望。

在此刻，我們必須運用過去十年中所學習的，在理論中由解構轉向再建構（reconstruction）。女性主義電影評論者必須小心檢視符號顯現意義方式，才能了解女性在語言和電影中如何被建構。而同樣重要的是不要忽視我們生存其中的物質世界，因為我們的壓迫在這個世界中成形，通常是以痛苦的形式出現。我們需要電影，能教導我們一旦女性能掌握、完全了解現有壓迫女性的論述時，我們如何能站在和這些論述不同的定位。就這方面來說，知識就是力量。我們必須知道如何操縱已被認可的主流論述才能開始**藉由**這些論述得到自由，而非忽視、超越這些論述。（有什麼值得超越的？）

至此應該很清楚的是，我並非在倡導回歸寫實主義及將它視為最佳或唯一能帶來改變的電影策略；而另一項應該很明顯的是我對新興理論電影感到很興奮（事實上，我是主要提倡者之一）。在理論方面，我主張以較不教條式方法討論電影。例如，以我們現在對寫實主義的了解、明白它的限制、了解它的再現並非「真實」，導演可將寫實主義視為一種可能的模式。同時理論家應該繼續將電影拍攝推至極致，看看還能使用何種不同的技術。

在十一、十二章中，我們將討論的正是「將電影拍攝推至極致」的結果，這是發現寫實主義之外，女性主義電影另一風貌的重要部分。

第十一章

前衛的理論性電影

三個英美國家的個案研究：
《佛洛伊德的朵拉》、《驚悚》、《艾美！》

在第十章裏，我簡要地介紹了前衛的理論性電影在英國發展出來的特性。在此我想探討三部代表性電影，來說明它們為了相似的目的所採用的不同策略，與電影正文如何將理論處理成形式的一部分。這些要求嚴苛、高難度的電影在電影實踐上代表了重要的進程。首先我們來看看安德魯・泰恩寶（Andrew Tyndall）、安東尼・麥考爾（Anthony McCall）、克萊爾・帕雅札科斯卡（Claire Pajaczkowska）與珍・韋斯塔克的《佛洛伊德的朵拉》；接者看莎莉・波特的《驚悚》；最後則是莫薇與伍倫的《艾美！》。在第十二章中，我將討論莫薇/伍倫較早的影片《人面獅身之謎》（Riddles of the Sphinx）與米雪・西桐的《女兒的儀式》，兩者都處理了理論性與形式上的議題，但我單獨地把它們歸成一類，以集中討論女性主義對於母親與母-女的傳統關係再現。

本章所要思考的三部影片都提出分析好萊塢電影的議題。事實上其中兩部影片（《朵拉》與《驚悚》）代表了閱讀古典正文（第一部是著名的一個佛洛伊德的個案紀錄，第二部則是一齣有名的歌劇）的方式，這些做為「通俗劇」的正文，跟我們在探討的好萊塢形式有著直接的關係。意即，新電影由「解構」古典通俗劇來顯出，首先，女主角是如何被「呈現」、而不是擁有聲音進而掌握命運的；再者，《驚悚》成功地，《朵拉》則稍遜地）顯出父權體制如何試圖犧牲女主角以成就其

目的，並凸顯父權體制中母親那種缺席/壓抑；《朵拉》回顧了對於《金髮維納斯》的分析（如下一章對莫薇/伍倫的《人面獅身之謎》所做的分析）；然而，在強調爲了讓男主角能夠滿足敘事上的目的，女主角就必須犧牲時，《驚悚》猶如我們所看到的，回顧了有關《茶花女》的討論。另一方面，莫薇/伍倫的《艾美！》則展現了一個歷史的女英雄（飛行員艾美·強生 Amy Johnson）被父權體制所建構的情形，以減緩其眞實行徑對父權體制所引發的威脅。而爲了以成全父權體制的目的，她也必須被「犧牲」，變成通俗劇中那些故事人物的其中之一。換句話說，父權體制不能忍受它的建構被冒犯。

更且，三部影片都提出了有關心理分析與歷史間聯結的議題。除了將佛洛伊德-朵拉的對話定位在中產階級資本主義的脈絡中以外，《朵拉》也質疑了傳統歷史如何將女性概念定位在文化之外。《驚悚》與《艾美！》展示了如果我們要理解女性的定位，就必須同時從心理分析與經濟/社會/政治的兩種面向來看待她們。

最後，三部影片都經由將注意力引導到電影的製作過程，讓我們意識到它們的建構與我們正在看電影這個事實，而標誌了它們做爲前衛理論性電影的地位。它們因此證明了電影（如開頭幾章所分析的，以其支配的、商業性形式）在女性永續被壓迫上所扮演的角色。

《佛洛伊德的朵拉》：對於歷史、心理分析與電影的女性主義途徑

《佛洛伊德的朵拉》之所以是部重要的影片在於幾個方面：首先，做爲對於我們在女性主義電影理論上所一直追尋的、有關於再定義心理分析與歷史這個持續性理論爭辯中它是一個調停者；再者，做爲衍生於本書第一部分中對於好萊塢電影的分析、對於女性在敘事與表陳中位置的議題，它是一個重要的彰顯；最後，第十章所討論的那些建

立在法國與英國，特別是高達、莫薇與伍倫和「倫敦女性電影工作者團體」(London Women Filmmakers Collective) 的女性成員來說，它是這些女性主義與獨立製片者作品上的一個前衛電影型態的範例。

讓我簡要地補充說明這些前衛理論電影所衍生的脈絡。上面所提到的電影工作者（將影響到把理論建構在形式中的影片成形的這些人），之所以獨特是在於身為電影評論者與/或理論家——一種造成非常不同於其他獨立製片導演的組合。將她們定義為左翼與定義為女性主義者（除了高達以外），都會牽涉到對中產階級電影策略（特別是寫實主義）的理論性批判，也牽涉到有關電影機器與意識型態內容間關係的爭論。當她/他們轉而拍片，所有人都試圖實踐自己的理論，實驗去避免商業的成規，且凸顯她們的理論思考的電影形式。影片探討且揭發了意義被符碼化與被再現於文化中所借用的符碼，特別是影響了女性影像的那些符碼❶。

《佛洛伊德的朵拉》攝製於一個跟這些影片類似的脈絡中。所有電影工作者都一直專注於理論上——當中有兩位是佛洛伊德讀書會團體裏的人，兩位則跟前衛電影有關；本片衍生於稍早一個由泰恩寶與麥考爾拍攝的影片《論辯》(Argument) ❷ 所引發的理論性議題，特別也出自於由莫薇與伍倫作品所引發的興趣。莫薇的〈視覺樂趣與敘事電影〉(Visual pleasure and narrative cinema, 特別是看她有關「未受到挑戰的主流電影將情慾製碼於主義父權秩序的語言中」❸的論點) 跟

---

❶ 在此我所指的影片，像是高達的《給珍的信》(Letter to Jane)，香塔‧艾克曼的作品《The Amazing Equal Pay Show》（由「倫敦女性電影組織」[London Women Film Group, 之後改為「倫敦女性電影工作者團體」] 所拍攝）、《Rapunzel》（由另一個英國女性電影團體所拍），和莫薇與伍倫的第一部片《潘瑟西勒亞》(Penthesilea, 譯註：Penthesilea 意為 Ares 之女，亞馬遜女王，幫助特洛依人作戰，後被 Achilles 所殺)，還有她們後來拍的兩部影片，這兩部片子將在本章與第十二章中討論。

莫薇/伍倫的《人面獅身之謎》(具體化了「父權體制裏女性所面臨的一系列無窮盡的迷思，與對女人而言難以解決的兩難困境，因爲她們必須在父權制度範圍中思考，但父權制度的文化並不屬於她們」，而且「我們生活在由父親所統治的社會裏，母親的位置在這裏則是被懸置的」這些觀念)爲《佛洛伊德的朵拉》中提及許多有關論述、陽物中心文化與窺視癖的問題提供了脈絡。我會先處理影片的這些面向，然後談到有關支撐整部影片基礎的歷史，並敍述這些具啓發性的觀念。

影片一開始的段落立即凸顯了論述的問題。當一系列歷史的「事實」出現在銀幕左邊之時（它們稍後出現更多)，右邊的女人影像（於大特寫中，我們只看到她的嘴唇)則詳述了她跟她那愛耍嘴皮子的男友對於心理分析這種論述的爭辯。這雙「說話的嘴唇」反對她的愛人認爲心理分析是一個提供現實情狀的論述的想法；對女性而言，這比較是一個從中產階級資本主義意識型態來看個人在眞實歷史與眞實鬥爭的論述，而且這就像是一個從來就不無辜的詭辯性語言遊戲。然而當影片中的男性認爲，關於「看」的想法，女性將會在**慾望**（desire)的層次上找到有關論述問題的**答案**（一種源自心理分析關於「看」的想法)，女性則主張，反而是在他們所鑄造的**歷史**層次上女性將會找到正確的**問題**。

這兩個論述反映了說話者各自的性別，而且爲佛洛伊德與朵拉間

❷《論辯》(90分鐘，泰恩實/參考爾，1978)爲《佛洛伊德的朵拉》提供了基礎，因爲《朵拉》正是試圖處理《論辯》所避免的議題。參考帕雅札科斯卡(擔任《論辯》的製片助理)與韋斯塔克在和本片一起出版的小冊子《論辯》中的文章。也參看安東尼‧參考爾與安德魯‧泰恩實1978年所寫的"Sixteen working statements", *Millenium Film Journal*, Vol. 1, No, 2, pp.29-37。我那未出版的與參考爾和泰恩實的訪談也與此相關。

❸ 蘿拉‧莫薇於1975年發表的〈視覺樂趣與敍事電影〉(Visual pleasure and narrative cinema) *Screen*, Vol.16, No.3, pp.6-18。

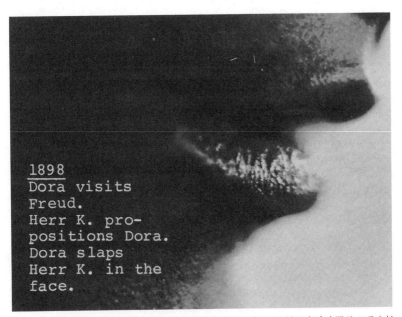

1898
Dora visits
Freud.
Herr K. pro-
positions Dora.
Dora slaps
Herr K. in the
face.

16.在《佛洛伊德的朵拉》開場，説著話的嘴唇大大地張開。説話者重建關於心理分析論述的爭論，畫面左邊的字幕則顯示出有關的歷史事件及人物。

的交替互換做了準備。當男性自信於能觸及一個「解釋」現實情狀和他與它者間關係的論述時，女性卻感到跟那樣的論述的疏離，發現到它無法處理/闡釋**她**做爲一個女性的現實情狀。她了解到，女性到目前爲止一直被排除於歷史之外，因爲那個論述並不是她們的；並了解到只有女性開始問**問題**，她們才能開始創造出自己的歷史，然後才有她們自己的論述。

在這樣的序幕之後，導演接著在影片的第二段落裏，有一部分他們以戲劇化手法處理佛洛伊德跟他的病人朵拉間的對話，如同案例紀錄中所詳述的一樣，給予我們一個心理分析論述的範例。在某種層次上，這樣的對話支持了一個觀點：心理分析是排除女人主體性的一種詭辯的語言遊戲。當佛洛伊德以第一人稱大聲地爲自身說話時，朵拉大部分是「被說」的；她那第一人稱的反應，明顯地被附加的「她回

答說」或「她證實」所替代，以呈現佛洛伊德對於其論述重述的掌控。在一個明顯是陽物中心的論述裏，她並不能輕易地使用她的聲音；但在這個論述中，我們還是看到了朵拉對於控制意義顯現（signification）、意義（meaning）與最後她自己的性別（sexuality）的抗爭。

藉由心理分析來看待現實，佛洛伊德在一系列（總共有四個）對話中的目標，是要把朵拉的性意識放置於陽物中心的文化裏；他要朵拉承認：1.她被父親吸引，但是被壓抑，因此變成好像她被賀爾·K.（Kerr K.）所吸引；2.這個吸引是來自於對父親性慾望的禁制，所以必須被壓抑；3.她那不被滿足的性慾需要被生理的徵候——咳嗽、對食物失去興趣、自殺的衝動——所取代；4.她的自慰則反映了她對於性交這種想法的恐懼的退縮；5.她也隱藏了對於佛洛伊德本人的性慾。

在他們之間的開場對話中，佛洛伊德在朵拉顯得最順從與脆弱時，贏得了她對前三項假設的承認。在此她穿著暗淡的灰色洋裝，以特寫拍攝，眼睛直接地盯著攝影機看，而且她被擺在一個單調的白色背景前。燈光刺眼而冷感，補充說明了演員單調的對話。雖然他因為主導著他們的對話，且掌控全局，但佛洛伊德被以跟朵拉相似的方式來拍攝。這個段落有意地被剪接成我們看到一個人仔細在聽另外一個人說話，而且，為了強調他們之間的距離，我們從沒看到他們在一起的鏡頭。佛洛伊德之於朵拉是侵略性的，為她詮釋她所說的，告訴她所感覺的是什麼與為什麼，不但偵察出朵拉對於性知識的程度，還暗示說她試圖有所隱瞞。

無論如何，在第二段對話中，朵拉開始反抗佛洛伊德支配他們之間的對話結果，在佛洛伊德到目前為止都很縝密、天衣無縫的論述中卻產生了一道瑕疵裂縫。朵拉現在別有意義地穿著醒目的鮮紅衫，且以正對著畫面中心來拍攝。打破了正/反拍鏡頭的法則，導演讓佛洛伊

德面對著同樣的方向，來增加兩者間的距離感。在滔滔不絕的流暢分析中，中斷卻發生在當朵拉表明她對於父親把她交付給賀爾·K.，當做像是賀爾·K.忍受他妻子芙歐·K.（Frau K.）與她父親間關係的代價的憎恨。這樣的見解令佛洛伊德嚇一跳——他承認他「不知道要說什麼」；之後，他回過神來，決定說這樣特別的認知必然掩飾了朵拉正在隱藏的某些具有重要意義的事；他接著繼續詢問她有關她跟芙歐·K.的親密關係，和她經由跟朋友一起所閱讀的書籍而獲得的性慾認知。他勝利地結論說，朵拉正隱藏對於芙歐·K.的一種情根深種的同性愛。

但是這樣的勝利只是表面的，因為事實上這樣的建議在分析裏嵌入了一個佛洛伊德無法處理的困難；亦即，如果朵拉愛著芙歐·K.，她就不能也想要賀爾·K.。佛洛伊德精心鋪排的假設因朵拉對賀爾·K.的嫌惡而瓦解，那是因為她對異性戀關係的排斥，且意識到他做為芙歐的丈夫的可能性❹。

既然佛洛伊德在治療朵拉的期間無法適當地處理同性戀性意識，所有那些有關同性愛戀的有趣問題（例如這可能提供一個之於陽物中心論述的出路，當然除非這樣的愛戀是經由對男性特質的認同而來）便一直都存在，直到影片最後。因此，下個對話繼續進行，就好像這個短暫的發現並沒有發生一樣；或者也許我們所看到的，就「發現」而言，是佛洛伊德經由他自己有效地誘惑朵拉，而將她納入異性戀關係的一個無上的努力成果。對話的形式與影像策略暗示著佛洛伊德與朵拉間那種象徵性的性慾結合：我們現在都只能看到佛洛伊德與朵拉

---

❹ 參看賈桂琳·羅絲於 1978 年作的「'Dora'-fragment of an analysis', m/f, No.2, pp.5–21。羅絲主張朵拉與芙歐的親密關係作用「猶如這個案例的『祕密』，因此直接影響到上至多與者所『顯露』的行為，下至藏狀的『潛伏』病因學（佛洛伊德的歇斯底里理論）。」她指出，佛洛伊德是多麼地熱衷執著於異性慾。

從前胸到大腿的部分；她的手放在骨盤的位置上，還拿著一個褐紅色的袋子（她的陰部？），佛洛伊德則持著如陽物般的雪茄出現在景框裏。這個對話不同於先前每個人輪流說話的形式，現在是兩個人在一種融合的方式下完成對方的話。佛洛伊德那得意洋洋的結論是，朵拉從小就手淫，而且想要得到他的親吻。

就這點而言，佛洛伊德顯得已經全然地支配著朵拉；他的心理分析論述似乎已說明了每件事。但是最後的對話顯現情況並非如此。雖然不能用聲音來介入論述（她沒有一個可以用來說的語言），朵拉採取了她唯一可用的行動——經由離開這個治療而將她自己從論述的文理脈絡中剔除掉。藉由將朵拉放置於一書架子有關馬克思主義、心理分析與電影理論的書之前，她的新獨立被符碼化了。她的黑色洋裝意指著某種力量，這些書則使人聯想到經由理論她已經得以進入象徵領域。其間，佛洛伊德則被拍攝於一個外景場地（這當然擾亂了電影成規，而且更凸顯了兩者間的距離），伴隨著背景裏的自由女神像（代表著資本主義現況，由心理分析所意指的論述）。佛洛伊德當然只能把朵拉的離去詮釋爲猶如她對他不夠愛她的報復，類似於她對賀爾‧K.似乎只能玩弄她，就好像他之玩弄她的女家庭教師一樣的報復行爲。佛洛伊德下結論說，治療的失敗是因爲朵拉不能面對她對他所產生的性愛情感❺。

這個案例紀錄並不完整，分析並沒有完結，這讓從女性主義觀點來進行的討論變得特別有趣。佛洛伊德理論中的裂縫（意即，他還沒發展出對於同性戀性意識——特別是跟女性有關的同性戀——的一個

---

❺佛洛伊德一直到 1905 年才出版《朵拉》(Dora)，因爲他不滿意個案的病例史。當他眞的發表時，他保留正文，加上許多對於分析的評論的註解。他了解到這個分析受制於那時候他對於移轉作用的缺乏了解，還有他亦欠缺對於同性戀性態理論的認知。

協調位置，而且也還沒有完全了解移轉作用）在論述中留下容許女人提出關鍵問題的「空間」。影片的第三與最後一個段落考慮了對於影片到目前為止的正文的重新檢視，凸顯了所有它留下未解以及為女人指出往後方向的議題。

但是在進入最後段落之前，重要的是先討論影片的第二個主題，即關於女人在媒體上的再現和女人在敘事中位置的評論。女人猶如多重且經常是矛盾的再現場域上，在《朵拉》的整個第二段落裏，在開始每段對話和主題性地與此相關聯的電視廣告跟色情片段裏被強調出來。表面上，這些呈現著兩極化（被賦予特殊意義）的影像——電視廣告再現著以做為家庭主婦、有魅力的女性與職業經理人這些角色的「正常」、健康美國婦女；而色情片段則以另個極端展現神秘的、「不健康的」、性慾的女人。除了凸顯生產所有影像的電影機制之外，朵拉-佛洛伊德對話中的主題也把興趣集中在影像的普遍性上。意即，首先，女性每次都是觀眾凝視的對象，攝影機總是導引著觀看的目光；再者，她的角色是由陽物中心主義的論說所決定的。因此，在第一個段落裏，電視廣告展現著一個比較輕佻的女人，討厭面談他的男性主管，卻因泰倫諾（Tylenol）頭痛藥就這麼好吞下去，而露喜悅之色；色情片段則呈現一個女子因口交而露出極樂的神色，這兩個片段接在一起，之後又接到佛洛伊德-朵拉的對話，在其中佛洛伊德堅持說朵拉的咳嗽正反映了她想跟父親口交那種被壓抑的希求——那種她懷疑芙歐·K.與他（她父親）正歡愉享受的性交形式。在每個情境中，女人都被再現為渴望去討男人歡心，要去服務陽物，而且從一個男性觀點來看，好像這樣做是對的。

雖然在理論上這些聯結的鏡頭是嚴肅的，但當中還是流露出喜劇式的、好玩的一面。廣告裏的除臭劑罐子，在影片的上下文中變得極

度陽物，如同色情片段中的陽物一樣（至少就不斷重播來看）；而這些在佛洛伊德-朵拉對話之前的片段，對我而言是相當喜劇式的反映，因爲這似乎是朵拉藉由說出自己女同性戀興趣以便結束治療，最後終於讓佛洛伊德陷入困境。

有關女性被建構的矛盾觀念，在影片所顯示有關女性被敘中的位置時，更進一步地被強調出來。猶如泰恩寶最近指出的❻，本片的三個部分可被視爲任何敘事中基本的三個相態。影片開場說明了每個故事都是一連串事件，而且都是特別的論述。佛洛伊德-朵拉的這個第二段落呈現了無可避免的「羅曼史」，故事開始於一個隱藏自己性慾而害怕或不願去順從男性的倔強女性；接著是男人追求女性與他要在性的方面贏得她；最後以女性成功地臣服於男性來做結，如此再建立了父權優勢。敘事的第三段的正文是「被閱讀的」，一旦它被書寫，它的目的就是被用來閱讀。

在這個特定案例中，「羅曼史」沒完成，意即分析還沒有結束的這種事實，讓朵拉這個正文變成像是一個討論話題而更爲有趣。朵拉並沒有「臣服」於佛洛伊德的「誘惑」，反而採取了她唯一可利用的抗拒行動而突然地棄他而去。因爲女人拒絕了能夠讓敘事完結的位置，敘事被腰斬，被留待解決。導演在此精確指出的是，傳統敘事與父權意識的必然聯結：在敘事的基本結構上，我們對「結局」的概念被前題化成是一定要追求到的，而女性就如同那個要被尋求而且最後被擁有的客體。如果她拒絕，那敘述就被懸置了。

影片的第三個部分因此變成是對於再現、敘事的歷史、心理分析

---

❻ 導演觀點的資料取自我跟她們所做的兩個不同的、未被發表的訪談。本章在多種不同觀點上我有自己的一些主張。然而對於正文的三個部分則是來自於泰恩寶的看法。

與女性主義所有這些在敘事的前兩個階段中被提出來的議題的一個反映。在一篇有關佛洛伊德的「朵拉」的文章中，賈桂琳‧羅絲提出了一個變成影片最後部分的主要焦點的問題：意即，「小女孩到底想要母親的什麼？」❼這個問題在《朵拉》中經由有些是由朵拉所寫的一系列給一位母親（她有時候是朵拉的母親，有時候是任何母親）的信而被凸顯出來。這些信是從明信片上讀到的，明信片先是取材自影片本身的不同場景（色情畫面或朵拉在跟佛洛伊德對話的卡片）；再來是達文西(Leonardo da Vinci)所畫的不同版本的「處女與聖安娜」(Virgin and St Anne)；或最後，是一系列男性英雄。

在此的主要目標之一是表現在傳統敘事裏，母親一直被忽略、被壓抑、被遺忘的事實，它首先在莫薇/伍倫的《人面獅身之謎》中被注意到。且羅絲在文中也強調的事實。在佛洛伊德式型模中，女孩只在前伊底帕斯時期中跟母親相關聯；之後，她必須放棄母親而集中於她跟父親的關係。母親在父女關係上的重要性只能猶如一個元素，一個負面元素。女兒為了父親而與母親競爭，把自己看做如同是母親的對手。在母親的處理上，拉康修正佛洛伊德的論點並沒有好到哪裏去：前伊底帕斯時期被定義為想像領域，而且女孩要進入象徵領域就必須認知閹割，放棄做為欲望客體的母親，然後臣屬於「父親的法則」，在語言和文化的次第中找到她的位置。

藉由把這段落集中到母親身上，導演凸顯了影片前面段落對於母親的忽略。母親的位置這個議題逐漸地被建立在一系列的信中。在她的第一封信裏，朵拉跟母親說到有關她與佛洛伊德所做的治療，談到佛洛伊德對於她在夢中看著拉斐爾(Raphael)的「西斯廷聖母」(Sistine

❼賈桂琳‧羅絲的"Dora"。

Madonna）畫所做的分析。佛洛伊德說，這幅「西斯廷聖母」是朵拉用來逃避她那被壓抑的性幻想的一個相對性想法。意即，女人轉向「母親」形象就好像是性意識的解脫，而不是為了母親本身。母親所讀的卡片內容，說明了女人不同的性慾，從手淫到奴役性的都有。但是朵拉接著經由了一系列重要的問題而質疑了佛洛伊德的詮釋——這些女性主義已經提出、但到目前為止都還沒有答案的問題。關於佛洛伊德就她對於「西斯廷聖母」的興趣所做的分析，意即，朵拉在注視的行為中所介入的一個男性特質的過程，朵拉從一封有達文西的畫的卡片所讀到的信來問道：「如果說主動的注視是一個男性特質的本能驅動……那就一個觀眾的位置而言，若其所看的畫是一幅女人的畫時，是不是這樣的位置就更為男性特質呢？」第二個問題，從有著一個女人手淫的色情圖象的卡片上所讀到，而問說：「就佛洛伊德所堅持是性慾的窺視癖的本能而言，若這樣的影像是有性行為時，那麼這樣的本能是不是就更具性慾了呢？」在有關色情的最後問題中，朵拉問道，為男性觀眾而建構的女人之間的性關係影像是如何說明她跟其他女性的真正肉體關係。

第二封信由一連串理論性問題所組成，母親只是為此的一個工具而已。這些問題跟夏卡特（Charcot）與歇斯底里的科學論述有關——兩者透露女性猶如客體。明信片有意義地展示了朵拉跟佛洛伊德對話的畫面，在其中佛洛伊德象徵地誘惑著她。

由其他女兒寫給其母親的第三封信，是一個正文一旦被閱讀就會變成什麼樣的最明顯例子。女兒談到一個發生在她的婦女社團裏、對於佛洛伊德的「朵拉」的爭論：某些女性視正文提供了兩個同樣壓抑的選擇，即朵拉能做為女性慾望的**客體**而被交換，或者是變成男性慾望的**主體**；其他人則視朵拉停止治療猶如英雄行徑，是拒絕臣屬於佛

洛伊德指定給她、那個在陽物中心文化中的位置。女兒則拒絕了這兩種閱讀，說她並不想要一個女英雄，而且「朵拉」之所以有趣，是因為它提出的問題而不是它提供的答案。恰如其分的是，關於這封信的一系列卡片展示了各種不同的男性英雄意象——榮譽公民格瓦拉（Che Guevara, 譯註：拉丁美洲的革命領袖與理論家）、耶穌、貓王、阿里（Mohammed Ali）與佛洛伊德，強調了沒有女英雄的事實，並揭露出英雄是如何被建構的。女兒做最後陳述的畫面是放這些理論書籍的書架，暗示著經由理論她將會發現需要去質疑的問題。

第四封信（類似於第二封信，也是一系列理論性問題，母親只是代言人）揭櫫了女性如何能以既定的陽物中心語言，明白地表達出對於她們抗拒被再現的方式。

最後一封信則回過頭去看第一封信：這次又是跟朵拉有關，處理有關佛洛伊德對她的分析，只是現在焦點是在於母親在心理分析中的位置。朵拉抱怨佛洛伊德輕描淡寫地打發了她母親，好像她只是個「愚蠢女人，承受著『家庭主婦的精神病』之苦」。她辯說佛洛伊德應該談到母親是許多角色的場域，不過真實的人只有一個。在列舉了她母親所擔任的不同角色之後，朵拉留意到她那介於其象徵母親——做為總是缺席不在，所以朵拉對之懷有恨意者，與真正的那個人——渴望與之分享事物、特別是她們做為女性的生活的人，這兩者間張力的處境。

最後一封信之所以重要，在於凸顯了佛洛伊德與拉康這兩種理論如何忽略了母親位置的方式。這是導演認為，不論陽物中心的語言的支配如何，正是女性主義者可以來填補的縫隙之一。對某些人而言，這個母親形象喚起了她們對於真實母親的情感；對她們而言，母親雖然對家庭至為重要，但因為她還是未被認知、沒有主張的，所以還是一個悲劇的形象，而不論她有著將家庭聯繫在一起的任務。對其他人

而言，因爲《朵拉》的正文忽略了她，她在理論上是重要的，她被強迫性地插入電影之中，聲明了一個跟父親一樣關係重大的象徵意義，而這個父親——佛洛伊德——正試圖要支配朵拉❽。

　　無論如何，導演仍否定母親的聲音，猶如朵拉在整部影片中沒有直接說話一樣。母親只閱讀朵拉或另一個女兒的想法，或在理論的層階上非個人的問題。雖然就整體而言，影片提供了在陽物中心語言和結構中找到縫隙的可能性，而經由這樣的縫隙，女性能夠開始發現她們自己的聲音與現實情狀，但影片本身並沒有理論性地展現除了被父權語言所定義之外的其他女性。朵拉的確在跟佛洛伊德爲她所下的性態定義而搏鬥；我們看到她行使她的權力而離開了他與他的分析，而且我們認爲她「退守到理論」眞的不只是她需要「去維護（母親）無罪」❾的一個結果，意即她會發現那些將會導引女人所必須找到答案的問題。姑且不論她自己的論說的缺乏，母親的出現其影響力是極爲有力的，而且正暗示著在影片所依賴的抽象、理論性的形式規劃中欠缺一個溝通與影響的層階。

　　影片的問題在於，它雖然開啓了至今在拉康的組織架構中仍屬封閉的地帶，因而大大地避免了這個組織體系的宿命論，但它還是會受限於它自己的體系。例如，從事體系**之間**的爭辯將會是有趣的，像是拉康這種與其他像狄恩史坦（Dorothy Dinnerstein）與卻多洛這些也極爲依賴佛洛伊德的心理分析的體系之間的爭辯。這些系統衍生於醫療臨床的脈絡之中，其優點便是它們跟問題的親近特性。在像是被女性

---

❽ 影片裏，母親的不同觀點衍生於跟導演所做的兩個訪談中。兩位男導演都將母親看待猶如悲劇性的，而且對她的情感安置了諸多意義；帕雅札科斯卡的興趣在於母親的象徵意義，而韋斯塔克則關照了眞實與象徵母親兩者間的張力。

❾ 朵拉自己在第五封信中提到這個可能性。影片的完整劇本請看 *Framework*, Nos 15-17 (1981), pp.75-81，由帕雅札科斯卡撰導言。

主義電影工作者與批評者使用的拉康體系中，其中一個對我而言一直都有問題，即對於來自治療經驗的觀點的忽略，意即接忽略不安、疏離與將早期童年經驗投射到成人情況的那些日常問題的經驗。

也許，猶如珍‧韋斯塔克指出的❿，拉康與(假設是)卻多洛的理論世界彼此間差得太遠，以致於不能同時被考慮；對我而言，要使它們協調一致，還不如在特定的上下文中看看各自理論的有效性來得重要。雖然卻多洛也許闡明了在我們日常生活人與人之間的關係，包括我們個人的心理和我們成長的設置兩者之間的聯結，但拉康的體系，在闡明女性是如何被建構在各種媒體的再現這方面是有價值的。《朵拉》的重要在於節錄了一個關於心理分析與女性主義間的爭論，在抽象、理論的層階上，豐富與深化了我們對女性影像與女性在陽物中心文化裏的了解。

但《朵拉》吸引我是因為它所做的不只是描述女性如何走到我們發現自我的位置；拉康的體系迄今還困擾我的，是因為它們的決定論、反歷史性（ahistoricity）、反人本主義，也因為它們似乎無可避免地將我們困在貶抑女性的架構中。我已經注意到導演建議的其中一些跟拉康體系中的隙縫合作的方式；但更重要的是它們試圖探討一個新的歷史概念，一個在傳統上被男性歷史家所允許之外的形式中做改變的概念。

影片開頭的段落也許意圖說明唯物主義觀念的荒謬可笑，這是個由男性設置的歷史，而且必然是看待英雄與看待我們當前、男性所支配的設置之演變。這種歷史忽略了女性，她們做為家庭主婦（隱無不見的勞工）是存在於它的評斷尺度之外的。對帕雅札科斯卡而言，既

---

❿ 這來自未被出版的訪談，猶如對於下面所指涉的歷史所做的評論一樣。

然這必然否定了我們日常生活中的衝突矛盾，神祕化我們所有少數幾位女英雄（和在開頭伴隨著「說話的唇」的話而出現的日期與名單中那一起被提及的男性）便是錯誤的。我們反而必須將「主觀的」歷史——歷史猶如個人的記憶——與更大的社會歷史相融合。

這個新歷史概念被暗示在影片的開場中、在「說話的唇」所說的話裏，她指出女性還沒有對**答案**有所準備，我們必須先發現適當的**問題**。本片整體而言是拒絕提供任何解決方案，因為對結尾與解答的偏執，正是一種男性的偏執。《朵拉》只有再現問題，這些明顯的問題是導演用來使議題得以更進一步討論的根本。因為問題可以衍生更多的問題，所以雖然這種運動非常不同於由男性歷史所假定的那種，但它被看做是女性唯一可能的運動。

我對這種歷史觀念有許多疑問，而且不清楚它如何允許廣闊的政治性與社會性變革。這幾乎就像導演被捲入一些時間與社會「現實」的新概念一樣。至少在《朵拉》中清楚的是，導演正在發展歷史與虛構敘事間的緊密聯結，他們並不使這兩者有所區別。因此，運用傳統（男性）歷史觀念來尋找過去、遺失的部分，並與傳統的敘事結合，正可以發現隱藏的秘密，這祕密通常與女性的性慾有關。因此新的說故事方法將導致新的女性主義歷史。導演於是試圖在影片的最後段落呈現這種牽涉到多重主體性的新拍法，在這裏母親是許多再現的場域，而且也是佛洛伊德的朵拉在同樣的時間畫面裏述說著，就好像是一個現代的「女兒」在閱讀著朵拉一樣。這個段落結構性地放棄了線性敘事：我們有著論述的層階而不是邏輯地往前發展的單一論述；這種內容的組構原則是記憶而不是「事實」。

就整體而言，朵拉的整個結構放棄了線性/邏輯的型模，而反映了導演認為必需的新型虛構故事與歷史。像《論辯》一樣，《朵拉》是以

一種較接近於音樂或詩，而不是散文敘事的態度來建構的。節奏韻律在兩部影片中都是根本要素，而且本質上比影像更為重要。泰恩寶與麥考爾相信近來的影評人因為高估了影像而付出了聲音的代價，在此，猶如她們對節奏性剪接的重視，她們回顧了艾森斯坦。在《朵拉》中，演員們說話的方式明顯是非寫實主義的，因為她們刻意地使用停頓來製造韻律。顯現在銀幕上的字也非常有節奏地被區隔開來。

影片這種協調一致的組構性讓人想起音樂或詩的結構：因此影片的三個主要部分作用像是交響樂一樣，有著起承轉合的主題。佛洛伊德-朵拉段落中的每個部分都由十四個鏡頭所構成，由電視與色情片段引導出對話內容。在任何一個段落裏，剪接有節奏地表現出該段落的情感。

色彩的應用也反映出刻意的形式：主要顏色是灰、白、紅與黑，後三個是純粹而根本的顏色。「說話的唇」的紅被重複在朵拉的紅色嘴唇上，在她短上衣的醒目紅色上，與結尾時母親的紅色洋裝上；朵拉與佛洛伊德起初都穿灰色衣服，但當朵拉離開了佛洛伊德，她的顏色也變得更強烈與大膽，最後她以壓迫性的黑色衣服來對比佛洛伊德顏色蒼白的雨衣。

影片因此這樣被結構以反映導演認為歷史與敘事應是非線性、開放結尾的，是一種尋求問題而非解決答案的新觀念。我們被鼓勵以新的方式**看**。當影片苦於像其他前衛電影面臨的接受性問題時，《朵拉》相對之下比較容易觀看。影片要全然地被欣賞，需要一些背景知識、電影素養與許多觀影經驗，但導演允許了一定程度的愉悅——如窺視癖、顏色——同時建立了一個對此愉悅的批判。隨著音樂/詩的結構而來的有趣、喜劇式調性，造成了一種愉悅經驗。

本片導演沒有考慮到一般的接受性問題，他們相信，在這種特別

的歷史性時刻裏，最有用的前衛電影是適合於一個特定的情況與人羣的那種。雖然《朵拉》也許會吸引心理治療師與對電影理論有興趣的人，但它是爲某種特定的女性主義觀眾所設計的。明顯的是，當影片所處理的議題變得更被普遍認知，影片的觀眾也會更爲廣泛。除了它的理論性限制外，《朵拉》是極吸引人的有趣實驗，它引發了重要議題，並在女性主義電影批評裏標誌了一個特殊的重要契機。

調查女主角：莎莉‧波特的《驚悚》

如我曾提到過，莎莉‧波特的《驚悚》從一個非常類似於《佛洛伊德的朵拉》背景的理論性脈絡中衍生出來。我們又有一部以女性主義方式解構古典通俗劇（如普契尼的《波希米亞人》）的電影，只是現在波特爲了她的實用性正文走得更回去，而到了十九世紀末期。像《朵拉》的導演一樣，波特的興趣在於古典敍述如何定位與再現女性，但她也對男性創作概念有興趣，這樣特別用來排除女性的概念正衍生於浪漫運動時期。

和《茶花女》（以逆勢閱讀來看）一樣，《驚悚》揭露了和唯物主義的中產階級在工業革命時期所面臨的困境一樣，在世紀末時期，女性也面臨艱難的困境。當這些中產企業階級的諸多「兒孫後裔」藉由變成波西米亞藝術家來表達他們的反叛時（猶如我在第二章指出亨利‧莫吉的「波希米亞生活」畫作中所呈現的），由於那些將她包圍、封閉起來的嚴格性慾與道德符碼，這其實是一種否定女性的手段。然而當這些有錢人家子弟能夠「扮演」一個窮困藝術家時（眞正的窮困男性至少能以當學徒或在工廠裏工作來抗衡），窮困女性唯一可利用的機會（除了婚姻之外）就只有做那少得可憐的工作（通常是縫補），或變成妓女。波特在其對於普契尼的歌劇《波希米亞人》的女性主義

解構、對莫吉「波希米亞生活」畫作的重新書寫中，揭發了在這種跟性別有關的不同「謀生」種類之間的對比。普契尼本身是個義大利版的波西米亞藝術家，在他的歌劇中也放進他自己的人生，女主角咪咪（Mimi）的角色預示了普契尼真實生活中的女僕多芮雅（Doria）被普契尼誘惑，被他的老婆公開驅逐後自殺❶。

　　既然咪咪的死，在波特對於古典父權正文如何剝削女主角的分析中扮演了這麼重的角色，發現普契尼（在他給編劇的信中）在表達他對於咪咪應該死的矛盾便會很有趣。他說明，他考慮到創造那種將會增進其主角地位的感傷痛苦效果。意即，他單獨就男主角的眼光，而從不是從女主角本身的角度，來考慮這個死亡。就好像對他而言，她只不過是男主角情感的一個作用，一個觸媒。他寫道，他希望她的死立即引發「驕傲與溫柔的情感」，而且「像把刀一樣刺穿內心」，「當這女孩（我為了她這麼努力工作）死了，我應該會比較喜歡讓她不是為了自己而是為了愛她的那個人而離開這個世界。」❷波特利用女主角對其自身的存在的罔顧無知，暴露了在敘事論述中女性主體性的被壓抑。因此，她的影片直接回顧了在第一篇中對於好萊塢電影的分析，示範了如果女性要了解她們在文化中的位置，解構這種古典正文便是必要的。庫克的《茶花女》就特別有其關聯性，因為其故事線相當類似於《波希米亞人》中的故事線，女主角在片中再次犧牲她自己，以便愛人能夠自由自在地過他要過的生活❸。

　　讓波特的影片變得複雜的是，她試圖將心理分析、女性主義與馬

❶ 參看 George Marek 於 1951 年出版的 *Puccini: A Biography*, New York, Simon & Schuster, pp.247-60。

❷ 參見 Giuseppe Adami (ed.) (1931) *Letters of Giacomo Puccini*，英文版由 Eva Makin 翻譯／編輯，Philadelphia and London, Lippincott, pp.96-7。

克思主義的論述與那些敍事聯結在一起。她的做法是將她的說話主體（咪咪I）建構於咪咪做為女主角（咪咪II）的敍事之外。她把咪咪在那樣的古典故事裏的位置，與她**為什麼**會這樣被定位的理由反映出來。咪咪I發現這顯現了調查的多重層階，而我們看到她經歷了一系列小心安排的階段，從潛意識的層階，到唯物主義、歷史的層階，到她在敍事裏位置的層階。《驚悚》的重要在於暗指這些結構就像是它們內在地（心理分析地）來影響個人，進展到它們如同在社會中影響個人那樣來看待。敍事被看做是佔據了這兩者間的一個地帶，暴露了剝削符號的顯意層階，而填充以蘊義、意識型態的意義的那個神祕層階。

　　第一個調查發生在心理分析層階，猶如咪咪I開始調查她在歌劇裏的死因，由於這是第一次重新面對這個劇情，她面臨了一個心理分析問題，意即，她自己調查主體的地位問題。男性聲音在傳統驚悚片裏就沒有這樣的問題，在此主要被定位成他在父權體制裏一樣，他擁有凝視並啟動慾望的能力。咪咪I（就好像女性主體在調查她自己的客體）理解到在她能開始任務之前，必須回到鏡像期；她必須了解她的主體性是如何被建構的，並處理她本身在由「父親」所支配的象徵秩序裏做為分裂主體的情形。她學習到在男性語言裏她唯一能佔據的位置就是發問的位置。所以，她設置關於她的死的迷思，也是整個影片的企劃：「我死了嗎？我是被謀殺的嗎？那這意味著什麼呢？」

---

❸ 扼要地來說，歌劇的情節是這樣的：年輕的裁縫女咪咪為肺病所苦，遇見且愛上了住在她閣樓下的畫家魯道夫。咪咪與魯道夫跟藝術家的朋友們一起激情而快樂地慶祝著他們的愛戀，其中包括男人所取笑的對象——活潑的妓女穆賽特。咪咪了解到魯道夫無法忍受她的病與無可理喻的善妒，她離開了魯道夫，跟一個富人共同生活。由於幾乎無法忍受這樣的分離之苦，咪咪的健康每況愈下；穆賽特發現了她的病，並將咪咪帶到魯道夫的房間，他們曾在那兒短暫和好。歌劇以藝術家們哀悼咪咪的死去做結。（如果需要《波希米亞人》簡易翻譯版本，附加有輔助性的資料，請參考 Ellen H. Beiler 1982 年的版本, New York, Dover。）

調查的第二個層階跟咪咪 II 在古典敘事裏做為女性的從屬位置有關，第三層階則發生在唯物主義的層次上。最後這部分首先集中在咪咪的角色做為被排除於古典敘事之外的生產鎖鏈中的裁縫女，再者，也做為被排除於古典敘事外的母親角色。這系列的調查讓波特能夠開啓有關，首先是敘事與心理分析的論說間的聯結問題，再者是敘事論說與歷史性論說間聯結的問題。

在展現波特如何在文字的、理論性層階建構這些調查之前，重要的是先注意影片如何以視覺方式來溝通。影像以非常特殊的多樣化方式及聲音聯結，這包括除了主要的女聲之外，重複的笑聲（撼動了意識與潛意識間的關係）、重複的尖聲慘叫（引發驚悚片那種有關主體性與客體性的恐怖）與心跳聲。咪咪 I 在說話的這個事實已經象徵了她對於讓自己變成為主體採取了第一而且必要的一步；雖然在影片中，咪咪 I 發現自身被定位在限制她的調查結構中，波特所用的電影裝置則提供給觀眾超越壓抑的承諾。意即，波特的正文本質上就是對古典敘事的一個干擾。做為觀眾，我們擁有咪咪 I 當然沒有的一個觀點。

開始時，飾演咪咪 I 的卡洛特‧拉芳（Colette Laffont）提供了對立於由咪咪 II 所代表的那種在歌劇正文裏的成規性女主角影像。咪咪 I 的姿態、面部表情、肢體語言、聲音、質感、服裝、頭髮、身體形態都有意地擾亂傳統的象徵意義。她的打扮普通，沒穿鞋，留短髮，沒化妝，沒有誇張地展現性感，最重要的是做為沒有特色的「女性特質」形式（當然，沒特色是就再現的意義而言）；她的陰暗性更進一步將她設置於白人文化之外那種無可言說的位置。她低沉、沙啞、口音重的聲音被拼貼並置到咪咪 II 那有著抒情詩特質、光滑柔順、高音的歌唱，而她**質問**的姿態則對立於咪咪 II 那**受苦**的姿態。在採用女性論述的傳統形式，並接受她在父權體制中的位置上而言，這個對比強調了咪咪

II事實上是接受她被壓迫的事實。

在（普契尼的與波特的）女主角上面所強調的這種矛盾對比，在每個女主角佔據的電影空間裏是一種同樣有效的對比。咪咪 II 佔據了歌劇中那劇場性場面的「凍結」空間。這種空間反映了傳統寫實主義慣例，將角色放在前舞台，並用中遠景鏡頭拍攝，創造了一種幻覺的/再現的場面調度，演員與客體在其中被和諧地配置安排著。

這種空間之所以是被審慎有意地「凍結」，在於兩個意義上：首先，鏡頭是「一個舞台演出照片」的照片（猶如韋斯塔克認為的是「符徵的符徵」）❶，比較是從符旨而不是一個電影鏡頭通常會做的那樣將它們設置在舞台上；再者，簡單地說，人物是不動的。攝影機偶爾為了某個細節的一個特寫會移近，例如咪咪 II 的臉，或裁縫女的手，但這只加重了這些人物無聲、被動的面向。這些劇照的「凍結」情形，回應了歌劇中魯道夫對咪咪的興趣**因為**她的手是冰冷的（意即因為她是窮困、虛弱與易受傷的），強調了對女性而言，要在布爾喬亞的敘事結構中改變是不可能的。

咪咪 I 所佔據的空間是一個以赤裸與不協調線條為特徵的閣樓。沒有壁紙——只有光禿禿的木板——地板上也沒有地毯——又是光禿禿的木板；通往左邊的門聯結到一面凸出於這個空間的牆；在後面有著什麼也看不到、沒有窗簾的窗子。唯一的家具是把木質的單人椅與框邊有著花式圖樣的鏡子。裝飾的這個小記號在最終代表著意識的空間裏強調了鏡子的意義。閣樓的打燈方式充滿著陰影——使它適合於驚悚類型的犯罪氣氛，也給人正在進行的這兩項調查的強烈暗示。左

---

❶ Jane Weinstock (1981) "She who laughs first, laughs last", *Camera Obscura*, No. 11, pp.73 -9。

邊打開一點點的門引發了一種有人可能會隨時進來的、無所不在的感覺，而門與窗戶之外的黑暗則更確認了閣樓是個被孤立、隱密的地方。

如果這個空間是做為與歌劇舞台空間的對比，那麼在這空間裏的人物運動也是如此。在演員們被咪咪 I 帶進來以「再建構」她的死亡時，波特事實上編排她們的運動。在影片的稍早時候，咪咪 I 回憶說：「喔！咪咪，你從房間那兒被帶來，被舉起，而且被帶離那兒。被帶離閣樓，是的——阿若貝思克的芭蕾舞姿式（arabesque）。是的，我是，那是重要的，我是擺著阿若貝思克姿勢。凍結在那舞姿中。你那小小的手。」這個敍述伴隨著咪咪/穆賽塔（Musetta）的影像（由羅絲‧英格列胥 Rose English 飾演），被兩個代表魯道夫與馬賽羅（Marcello）的男演員以阿若貝思克的舞姿舉起來。阿若貝思克的重要性在於它代表著女性特質形式所能採取的最完美的線條，而且它只能作用在當女性是被「凍結」、無法動彈的時候；她只能用單腳下來，而且通常需要男舞伴幫忙來維持這樣的姿勢。這些有形的、身體性的運動直言地解釋了咪咪 II 在歌劇中所代表的那種心理上「被凍結」的位置；她是引發男性欲求、而且是做為這樣欲求的客體的某種美麗事物，但她的位置是被固定、被定義、不被允許有自己的運動的。在此，這是一個視她周圍男性而定的附帶性動作，而且在任何咪咪 II 能被舉起與被帶走的時候——變成無聲，隱無不在。

在所有被重新建構的場景裏，波特讓演員以高度風格化、像舞蹈般的運動來走位。有時候，兩個男人把咪咪舉起，用他們的手掌握住她的腳；有時候，他們將咪咪頭上腳下地舉起。當咪咪稍後在質問做為敍事的主角的問題時，畫面切到採取阿若貝思克姿勢的男演員影像。這種心理位置的有形直譯，諷刺強調了咪咪 I 在敍述中所提到的議題的。

這些電影手法強調了調查的暗示，意即在原本歌劇中所使用的、布爾喬亞的寫實主義的手法，即肯定了父權論述的支配霸權，而且將咪咪 II 設置爲「它者」（謎題、神祕）。魯道夫的欲求、忌妒與佔有將她變成一個客體，而且造成她的死亡。在咪咪 I 的閣樓中所用的電影手法，來自於她拒絕被動地接受原先敍事論述中指定給她的位置。

　　那麼，在唯物主義的層面上，閣樓這個空間有意擾亂了傳統主義符碼，但是，就心理分析的次正文而言，這個空間比較是心理上而不是物理上的空間。不斷重複的鏡子畫面雖然不是傳統的手法，但是仍暗示了心理分析式的鏡像期心理過程。如同咪咪 I 做爲尋求自己的主體性的一個線索——她必然的第一步是調查自己生命與死亡的意義——我們看到她坐在鏡子前面，背對觀眾；另外一個鏡頭則在畫面的左後遠方，以傾斜的特寫角度呈現她的頭部壓在鏡子前方，以及以令人不安的角度反映其影像的鏡子。這些重複的鏡頭象徵了咪咪 I 掙扎著從鏡像期裏開闢出自己的路來。在此，她的目的是從想像領域的層階（在其中她跟母親是合而爲一）轉移到象徵領域的層階，在這層階中，她認知到在男性控制的論述中，自己即是客體、「它者」。波特將攝影機安置在咪咪 I 背後，使咪咪/穆賽塔從歌劇轉進到鏡像空間。咪咪 I 現在以第三人稱的敍述來象徵她進入一個試圖否定其主體性的語言結構裏，她說：「當她剛開始看時，她認知到她自身是『它者』。她看到咪咪在那裏，冰冷，疲憊，還病懨懨的。她看到了怯懦與脆弱。」

　　但是伴隨著這種認知，她也了解到自己（可能）是主體：她說，「然後，當我的影像轉過身去的時候，我看到了另一面。那是我嗎？」

　　在畫面上，當於咪咪/穆賽塔在鏡中轉過身去時，咪咪 I 的陰影被投射到銀幕上。這鏡頭呈現咪咪 I 現在背對著鏡子，面向攝影機，而影子則出現在畫面的左後遠方。這個鏡頭之所以特別不協調，是因爲反

映在鏡中的不是咪咪的背，而是一系列她的**臉的**重複，暗示著她現在超越了鏡像期。事實上她已經認知到這個分裂主體，被視覺化地再現在讓羅絲‧英格列胥進入左邊所開著的門（自身是「分裂的」主體，則由將她照成兩半的燈光所象徵），咪咪 I 的影子現在則被投映到牆上去（她又一次地面對鏡子）以象徵**她那**分裂的主體性❶❺。

　　橫過銀幕的陰影象徵著咪咪 I 已經確認了她自己的身分認同，而不是讓她自己被命名、被給予一個性格/身分認同，如同歌劇中的咪咪 II 一樣。伴隨著這些鏡頭的心跳聲，則象徵著她正在進行的重生。咪咪 I 現在是處在一個有力的位置去調查她做為(男性)敘事裏的咪咪 II 的位置，而且能夠回顧開頭時被附加在她的死的意義上的迷思。她再次經歷這個情節，現在，她的調查轉移到女性主義-教誨性的層階：咪咪 I 懷疑為什麼魯道夫會認為她的苦痛是如此迷人（「而之後是如此警惕」），在閣樓裏男性藝術家的意圖是什麼，他們的冰寒與窮困是如何地不同於她的冰寒與窮困。她了解到魯道夫是敘事的主角，而懷疑自己是否會比較喜歡當主角，她說道：「如果我已經是這劇情的主體而不是客體會怎樣？我正試著要去回憶。」接下來她認為如果她閱讀他們的（意即男性的）作品，也許她能夠了解她的死，接下來的畫面是咪咪 I 坐在閣樓、閱讀著法文的《原貌》（*Tel Quel*）的文章選集的鏡頭，畫面背景裏的咪咪/穆賽特則看著、聽著、靠著牆壁做著阿若貝思克的動作。敘事現在又以第三人稱前進：「她在尋找一個能夠解釋她的人生——以及因此解釋她的死亡的理論。他們已經寫了書——經由閱讀，她希望能夠了解。在同時間，其他女性正在看著、聽著。」第

---

❶❺若要參考《驚悚》的心理分析閱讀，請見 Joan Kopjec (1981) "*Thriller: an intrigue of identification*", Ciné-Tracts, No.11, pp.33-8。

17.在《驚悚》這個複雜的鏡頭中，波特在視覺上處理了鏡像期的艱困事件及分裂的主題。咪咪 I 背對著鏡子，面對鏡頭，景框左邊的陰影可能是羅絲‧英格列須（代表咪咪 II 及歌劇中的瑪斯塔）。這個鏡子的互映效果並沒有反映咪咪的背影，而是一連串她的臉孔及鏡子本身，也許暗示了她已由鏡像期進入分裂主體的認可。

三人稱敍事在咪咪 I 透過笑聲表示她心理成長過程繼續進行到下個階段。這個笑聲本質上代表的比較不是那麼在嘲笑男性歷史（波特讓女主角陷於像拉康與馬克思❶那種男性理論的進展過程），反而是象徵了對於無法在**文本**中找到答案的理解；人們必須經由她自己的**問題**而找到答案。現在的問題則跟正在看與聽的咪咪/穆賽特有關。咪咪 I 突然了解到，在歌劇裏女性被分成兩個——好女孩咪咪 II 與那個不會死但也不會被男人認真看待的壞女孩穆賽特。在歌劇中穆賽特也許比咪咪 II 有更多的聲音，她所獲得的代價是被徹底地輕視。

❶ 參看魯比‧瑞奇對於《驚悚》的評論 *The Chicago Reader* (March, 1980), pp.14, 16。

在這一點上，敍事似乎採用了兩種聲音，咪咪 I 與咪咪/穆賽特的（在原始版本裏是咪咪 II 與穆賽特），而咪咪/穆賽特則問咪咪 I 她如何能夠沉默地讓自己從閣樓裏被奪去生命。

咪咪 I 現在準備好要來最後審視歌劇的敍事，這次焦點擺在被排除於故事之外的裁縫女與母親角色。伴隨著這次敍述的不是歌劇照片而是裁縫女的歷史照片，意義深長的是，咪咪 I 不再問問題，而是陳述結論。她第三次走過整個劇情，現在理解到藝術家「生產故事以偽裝我如何必須生產他們的物品」。這個陳述是先前認知咪咪 I 有興趣的是，閣樓裏藝術家們正在創作某種東西的這個事實，雖然她並不確定那是**作品**。她知道主角魯道夫「正在找尋靈感」，他在對著咪咪 II 所唱的有關她那冰冷的手的歌裏找到了靈感。她也已了解到，雖然這些男人又窮又凍，但是他們的窮困與她的不同。她現在明白為了做為女主角，她的勞動在歌劇裏必須被隱藏；她那閣樓的空間必須被排除於歌劇的敍事之外，因為那將會讓她變成主體，而不只是魯道夫所欲求的被動客體而已。她的勞動也將提出一個問題，在生產線內她的工作與他們在這個生產線外的工作，之間有何不同？這將會暴露他們的工作是「浪漫的」，適當於故事的主題，但是她的則不是這樣。

更且，她最後了解到為什麼她必須死；如果她活著，她跟魯道夫將會生兒育女，那她就必須工作得更辛苦以撫養他們。從這個角度來看，母性就不是浪漫的，而且，它再次讓女人變成主體；小孩使**她**啟動慾望，而她將無法只是做為男性色情的客體而已。她之所以必須死也因為「一個老裁縫女是不適合做為愛情故事的主角的。年老是為浪漫愛情所厭惡的」。

咪咪 II 的死讓藝術家們「變成展示他們自己憂傷的英雄」，而咪咪 I 結論說，這事實上簡直就是謀殺。咪咪 I 結果終於了解，敍事是透過

分離咪咪I和穆賽特而作用的,她們兩人可能彼此相愛,而且可能給對方某種她們不能從男人那兒得到的東西。這是突破到主體的時刻。咪咪I了解到她和穆賽特是一樣的;用另外一種方式來說,原本各自就是完整的主體。彼此都不是分裂的,也不必要是敘事上被分裂的主體。影片由咪咪I與咪咪/穆賽特在閣樓的彼此擁抱、男人從窗戶無聲地悄悄溜走所象徵的突破而結束。

莎莉・波特的影片在很多方面都是精采的。首先,對某種特定古典敘事(浪漫愛情與偵探故事)的主導來說,它是個富有想像力的干擾,將對這樣敘事的一種批判變成為一種另類的藝術形式。波特事實上在很大程度上正在做蘿拉・莫薇與克萊兒・姜斯頓對於一種另類電影所做的建議,猶如我們在第十章所看到的那樣,亦即,「挑戰現實情狀的描寫」,並檢查電影的語言;以及同時「解放攝影機的注視(look),將之還諸於其時空中的物質性,並將觀眾的注視還諸於辯證的、激情的疏離之中。」❼

透過蒙太奇,我們傳統的認同模式被否定,反而迫使我們持續地回歸到有關於咪咪的生死意義的謎題。影片的敘事方向是循環而不是線性的,而重複則是最重要的形式。但在每次回歸到根本問題時,咪咪I知道得更多,而且能問更多的問題,直到最後她找到一個答案。

再者,影片的重要在於創意性地使用新的理論。波特試圖聯結心理分析與馬克思主義的論述。她首先指出,敘事的陽物中心論(根源於潛意識)否定了女性的主體性,將她們定位在「缺席」的位置上;但之後她繼續將這種心理分析的定位聯結到由同樣語言所管轄的社會

---

❼ 請參看他們經常被引用的文章:莫薇的〈視覺樂趣〉與姜斯頓的 (1973) "Woman's cinema as counter-cinema",皆收錄於強斯頓所編輯的 *Notes on Women Cinema*, London, Society for Education in Film and Television。

與政治性定位。亦即，敘事與歷史是相互平行的論述，而且同樣是在排除女性的論述。

我們不能期望一部短片處理所有波特所認定的理論含意；她的影片是藝術先於理論。但是重要的是，看到拉康理論超越了決定論，且在視覺的層階上看到改變（例如，我們**看到**先前在內在與外在上都分裂的女性轉而彼此擁抱，而由於認知到她們的一致性，男人就只能悄悄溜走）。就影片的形式而言，陳述的兩種型模——教誨的公開文本和心理分析的次文本——聰明地融合起來，而本片的特殊形式主義則確保著我們注意電影是意識型態的實踐。

剝削女主角：對於莫薇與伍倫的《艾美！》的分析

雖然我最後才處理《艾美！》，而且它是在此所分析的三部片中最近期的片子，但它相當重要的是，它說明莫薇與伍倫的理論與作品實踐在前衛理論電影的發展上所帶來的影響。莫薇與伍倫以一種不尋常的方式，試圖拍攝電影來反映並製作了一些不太容易了解的電影。他們前兩部用來宣揚某些理念的影片（《潘瑟西勒亞》Penthesilea, 1974 與《人面獅身之謎》），做為電影來說並不是拍得很好（雖然許多人，像我自己熟悉理論與前衛策略的人，能樂在其中地觀賞它們）。莫薇與伍倫已經盡其所能地讓他們的電影更能被接受（例如他們試圖出席影片映演以回答問題，出版影片腳本與訪談，並且撰寫、講授有關他們的影片的種種）。

莫薇與伍倫的前兩部片也許可被視為開啓了對再現的政治的一種特殊分析。莫薇與伍倫自然地受到高達作品的影響，但是他們因為在女性再現的問題上付出特別的關注而超越了他。他們的作品標誌了一個對於克莉絲汀・葛蘭希爾所提出的問題的努力，她問到我們是否能

找到一個再現系統，讓馬克思主義-女性主義來分析這個物質的世界，並分析這個世界該如何改變的概念❸。

猶如伍倫在一場演講所說的，他和莫薇所創作的所有故事都是在再處理抗爭中的女性。「原始素材。」伍倫說，經由將它放在歷史與心理分析的論述中而被轉形❹。這種論述衍生自拉康的心理分析，並建立了女人被排除於男性文化之外就好像是她們在伊底帕斯過程中被配置的一個結果；但是在每部影片中，這個問題是從不同的觀點和不同的層階上被探討的。

《潘瑟西勒亞》、《人面獅身之謎》與《艾美！》可看做為從一種對於女性被排除於男性文化與語言之外的一般性探討，進展到討論「排除」的特定形式，從母性被壓抑，到最後，對於被媒體剝削，以便能將她的行為包含於父權體制束縛中那種歷史的、自主的「女英雄」的檢視。這三部影片在考慮到避免以服務男性觀眾的立場來建構影片時（意即，避免造成男性凝視客體的女性身體），都面對了女性再現的問題，但《艾美！》強調了女性身體被剝削的議題，在其中女主角的影像必須被誤解與去威脅性，以保全其獨立與自主。

莫薇與伍倫在《潘瑟西勒亞》的訪談中，解釋他們如何運用巴修方（Bachofen）的文化研究理論，以致於能指出女性是如何被排除在主流的文化之外的。影片的第一個部分把焦點放在亞馬遜族（女性）（Amazons）如何對於父權律法的建制做最後的抗衡，而電影其他部分則以一種發現新的言語的觀點，試圖成為「女性對語言、『象徵性秩

---

❸ Christine Gledhill (1978), "Recent developments in feminist film criticism", *Quarterly Review of Film Studies*, Vol.3, No.4, p.484。

❹彼得‧伍倫於 1981 年 4 月在紐約為 Collective for Living Cinema 做的演講。伍倫也在 1981 年寫作有關他和蘿拉‧莫薇所拍的影片，題為 "The field of language", *October*, No. 17, pp.53-60。

序』、『律法』的質疑的女性質疑」。猶如莫薇指出的,她想提出的問題首先是「就『象徵性秩序』而言,你如何改變語言,以便能夠改變你的政治實踐,然後也利用這種語言改變幻想?」接著是「一個新的『象徵性律法』能夠被嵌進歷史之中嗎?」**⑳**

《潘瑟西勒亞》的最後部分說明了跟政治相關的語言問題。一個女演員讀著潔西‧艾須禮 (Jesse Ashley) 的信的影像被拼貼到有關投票參政權的一部舊喜劇片上。兩個「現實情狀」──潔西試圖說服人們,將得到女性投票參政權與無產階級的壓迫聯結起來的必要,與好萊塢對於參政權的搞笑影像──因為一起並置,以致於說明它們之不能相提並論。莫薇在影片的訪談中說,潔西的其中一個問題是,她無法被聽見:

> 她不說布爾喬亞 (中產階級) 的語言,但卻反而無法被工人階級所聽見。她的語言兩邊都沒聽到。她不能找到能被聽見的語言。她以如此樂觀的心情出發,認為她只要告訴人們,他們就會聽見而且看到參政權運動本身應該跟工人階級運動聯合起來的這個重要事實的明顯特性**㉑**。

在第十二章我們會釐清(在那兒將分析《人面獅身之謎》)本片接續《潘瑟西勒亞》所結束的地方。根據莫薇的說法,影片的目標在於看看他們是否能夠以前衛電影的形式實踐新的符意表徵與主導形式決裂,開啓女性特定問題中沒有被父權支配的一個地帶**㉒**。這也許代表了一種新語言,一個新的象徵律法的開始。母性既然還沒有被男性殖

---

⑳ "Interview about *Penthesilea*(與蘿拉‧莫薇跟彼得‧伍倫對談)", *Screen*, Vol.15, No.3 (1974), p.129。

㉑ 同上。

民，它似乎是個尚待開發的豐饒地帶；《人面獅身之謎》探討了母性如何一直在父權體制裏被壓抑，但也許就因這個原因，提供了隙縫，經由隙縫，女性開始能發出聲音，找到一個主體性。

在辯證的形式下，《艾美！》綜合了前兩部影片提出的問題，繼續檢視女性在流行文化中的位置。先前的調查顯示，雖然女性在一個限定的脈絡中也許能達到某種程度的自主與獨立，但這只是個脆弱與私密的空間。《艾美！》轉移到主導文化如何忌妒地護衛其父權符碼，不允許任何女人所做的有意義的侵入。在公開領域裏，女性越成功，父權體制就越必須介入，以便經由減輕其成就所代表的威脅的再現來收編她的行為。

古典好萊塢電影一直是父權體制所利用的再現系統，以便進行「收編」女性工作的其中一種方法：以這樣的角度出發，《艾美！》回顧了古典好萊塢電影《克里斯多福・史壯》（Christopher Strong），是根據艾美・強生較為人所知的美國版本——艾密莉・厄爾哈特（Amelia Earhart）。莫薇與伍倫作品裏的女性主義觀點，就在於讓我們能夠「逆勢閱讀」阿茲那（Dorothy Arzner）的影片。他們對艾美・強生挑戰主流論述所做的分析，讓我們能夠看到在《克里斯多福・史壯》裏的辛西亞・達玲頓（Cynthia Darington）如何也引發了「家庭與律法的組織脈絡中的一個隙縫」❷❸。她在兩個戰線上挑戰體系，首先是經由變成一個成功的飛行員，再者是經由她跟史壯（Strong）的成人關係。像艾美一樣，她的行為之所以「違反常規」，是在於她對飛行的興趣並不是一個相對於愛情的代用品。在遇見史壯之前，她快樂而自我完滿，之

❷ "Women and representation: a discussion with Laura Mulvey", *Wedge* (London), No.2 (1979), p.47。

❸《艾美！》的劇本請見 *Framework*, No.14 (1981), p.38。

後她繼續飛行，只是最後才在他的壓力下放棄了飛行。

　　但影片顯示了辛西亞被收編的必要，與因爲她的踰越，所以最後必須被懲罰。有意義的是，像庫克的《茶花女》的瑪格麗特一樣，達玲頓最後沒被收編，並不是由於外在力量，而比較是因爲她對父權價值的內化。她沒有抗爭去得到自己想要，而是使自己變成犧牲者，臣服於不可打破「幸福家庭」的法則。在這之前，她也認爲做爲一個母親應該比事業更優先，但這並不眞的是某種她所能控制的選擇，而是父權體制爲她所建構的選擇。影片接納了她的自殺，就好像是女人處在她的情況下所適合做的一件事，而沒去挑戰導致這個結果的父權論述❷❹。

　　《艾美！》暴露了潛藏的機制，在這樣的機制下，一個像辛西亞‧達玲頓的女性也許會決定讓自己從一個容許她向主導秩序挑戰的情況下抽離出來。就某種意義而言，這影片在一個比起早先影片中所採取的階段還要更晚地處理了女性依賴的問題；因爲女主角在此事實上到達了只有在其他作品中才有建議的那種程度的自主性。在《艾美！》中，有種可能的眞實感覺，雖然結尾它的脆弱淸楚地顯現父權如何在最後摧毀爲了主體性而創造論述的女性。《艾美！》問的是：我們如何經由男性文化去防止剝削女性論述？

　　像前兩部片一樣，《艾美！》結合了紀錄片與虛構故事；紀錄片提供了伍倫所談論的「原始材料」，而虛構的部分則讓我們能提出，沒有這些就無法了解女性情況的歷史性與心理分析性議題。猶如伍倫指出的，敍事因此被深埋於非敍事的論述中，以致於指出了敍事與歷史間

❷❹ Gerald Peary 與 Karyn Kay 的 "Interview with Dorothy Arzner"，再刊於兩人於 1977 年所編輯的 Women in the Cinema: A Critical Anthology, New York, Dutton, p.164。

的聯結。

影片的主要部分（本身混合了虛構與紀錄片）是由紀錄性的訪問倫敦潘迪頓學院（Paddington College）的青少女架構起來的，以調查女主角爲主題，而且爲艾美‧強生所受的剝削設置了一個歷史性脈絡。這些女孩顯現對需要英雄再現的認知素養，而且也意識到，在艾美那時代被認爲大膽的革新（意即，女性做工程工作）在今天是相當平常的。訪談爲觀眾對於回到過去做了準備——回到先前引導的事件，並且立即接著一九三〇年艾美‧強生環繞地球的單獨飛行。

這些事件的述說，部分是藉由艾美其功績偉業的歷史檔案影片資料，部分是透過重新扮演（這是莫薇與伍倫的影片常有的特色），部分則經由艾美其歷史生活單元內的字幕，並伴隨著使用歷史資料的旁白敘述。由於這些字幕是以一種非常高達式的方法運用，加上這些字的影像建立了一種後設語言，它們也許比最初顯現得更爲重要。如同伍倫指出的，這被書寫的語言之所以獨立於影片的其他相態之外，目的並不是爲了提供解答，而是爲了建立能在其中找到答案的領域❷。意即，這些字幕於影片中又多提供了一個論述的層階，強調了因敘述與紀錄片的結合而發生的議題，也多建立了一個在其中作用的空間。

經由重複的方法，艾美的「寢居室」段落試圖在短短時間內達成許多成就。我們於同樣的位置看到同樣姿勢的艾美，只是每次每件事都被導引到全然不同的結局。大約在第一次的時候，房間有種溫暖、浪漫的光輝，當她彎身從一個小小的棕色抽屜拿出一束信件時，攝影機靠近艾美，呈現其側面影像。艾美坐在鏡子前，旁邊有幅她未婚夫的照片，她打開信件，她的旁白則陳述著她要結束婚約的重要決定：

---

❷ 請看他爲 Collective for Living Cinema 作的演講與文章"The field of language in film".

現在我是老得多了，也更有經驗了，我能夠回顧過去那些年來，看看我曾多麼地愚蠢。我現在堅強得足夠把那些都全部切斷，而那正是我試圖要做的。不再等待那經常來得越來越少的信，不再想知道你什麼時候會再來倫敦來看我❷❻。

而當艾美的旁白聲音結束後，我們看到她燒掉那些信與照片。

伴隨著這場戲的無調性、非連貫性具體(現實)音樂（由「女性主義即興演奏團體」Feminist Improvising Group 所演奏）幾乎從根基削減了其整體視覺上的浪漫調性，而且爲我們做好將以斷裂來結束的準備。艾美開著摩斯（Moth）號飛機❷❼的一個簡短鏡頭指示著重複的開始，而且我們在先前艾美離開時的壁爐地方又再次看到她，只是現在她是一邊唸著工程學，一邊在破曉寒冷、灰色光線中泡著可可。現在她的手伸到同樣的棕色抽屜中，拿出來的將是個工具，而不是情書。

在此有意義的是，對於心理分析一般傳統上所揭示的以愛情來取代事業所進行的逆勢操作；在《艾美！》中，強生的愛情反而被看做是對她想要成爲飛行員的這個欲求的替代品。最後終於了解到，試圖讓愛情成爲她生命的中心是行不通的，她敢於做她一直想要的成就。

由於已經從艾美的觀點來看待事物，莫薇與伍倫接下來將她的成就放到主流文化的脈絡中。利用旅行期間刊在倫敦《泰晤士報》（Times）上的標題來記錄她單獨環繞地球飛行的這種方法，能夠讓我們先認知到她行爲的重要性，再意識到其他歷史事件的發生，像是法西斯主義的興起、甘地的印度革命、蘇聯海軍軍力的擴張、國際性的勞工抗爭、

❷❻《艾美！》的劇本，p.38。
❷❼莫薇與伍倫顯然加入 Haverfield Flying Club，以得到艾美·強生所駕駛機型的眞實照片。

美國境內犯罪的提高，甚至牽涉到英國君主政體的事件。經由她所使用的地圖來追蹤艾美的旅程，這場做為影片中最長鏡頭（超過七分鐘）的戲，強調她的成就的同時讓主流文化相形之下成為次要。

諷刺的是，艾美的勝利是由「來自國王的訊息」這樣標題所意指的，這項訊息成為一個在父權體制下的女英雄所能被推崇的最高榮耀。但是既然父權體制無法容許這種勝利以其自己的名義存在，那樣的時刻就別有意義地標示著艾美在私密與公開兩個層階上開始失勢。

這種改變由伍倫在片中以作者身分所插入的旁白來呈現。藉由他的言說，我們突然從歷史的論述轉移到心理分析的論述，論述間的矛盾對立標示著對於生活複雜性的了解與認知間的平行對比。審視過了強生成就的歷史重要性之後，影片現在轉向其可能的私密意義——即，猶如試圖去戰勝「被拋棄或遺棄的恐懼，就如同父母也許會遺棄小孩一樣」❷⑧。在這個論述中，喜愛驚悚正是對孩童時期的恐懼的補償；照這樣看來，既然這意味著要面對飛行被暫時懸置的恐懼，那麼這樣的回歸就變成非常具創傷性的。

但這種私密恐懼在下個段落中被認為具有其社會面向。如果女童有被父母拋棄的恐懼，是因為這關聯到父權體制下的女性定位，意即女性猶如「它者」，猶如客體，猶如**依賴**的定位。猶如依賴的設置只是增加被拋棄或被擁有的恐懼而已。女性由於缺乏主體性，對於剝奪是特別容易受傷害的。

影片在接下來艾美來到機場這個段落揭露了這種剝削。當艾美伴隨著象徵其成功的小酒瓶、手套與花，從機場室現身時，莫薇與伍倫將攝影機擺在好像要在她一現身就能夠捕捉到她的位置上，再現系統

❷⑧ 彼得・伍倫在《艾美！》劇本中的旁白，頁39。

如何誘捕女性身體的方式，在此是明顯的。艾美試圖去抗拒攝影機，先是背過身去，但攝影機好像有著一股邪惡力量似地跟著她，迫使她轉過身來，變成它的客體，防止她逃脫它的引誘。

對於商業電影的一個批判則被暗示在揭露攝影機猶如一個裝置，以迫使女性成為奇觀、其凝視的客體，並降格到受害者的位置。將女性描寫成如同一個概念、一個夢、一個象徵或主題、一個受害者，「新政體的映照」❷❾的那首搖滾歌曲的歌詞，則強調了這場戲的視覺意義。

莫薇與伍倫在接下來的驚人場景裏，強調艾美的身分為主流文化所撥用：在此我們看到父權體制如何迫使女性變成一個分裂主體，疏離於她自己本身。雖然這個疏離是人類的基本狀況（如果我們按照拉康的鏡像期分析的話），男性卻能夠經由環繞其週遭的影像，經由他們在支配文化中的定位設置，來恢復他們被分裂的自我。莫薇與伍倫藉由呈現艾美對著鏡子在臉上化妝、塗上口紅與眼線，來揭露女性於鏡像期所發生的分裂。她在此創造了父權體制所要求的女性特質的再現，意即，為了男性愉悅而展現的美麗客體。但是雇用父權影像的這個心理衝擊被表現在當艾美用口紅在玻璃上所畫的那張臉、被並置在她自己的影像上、因而暗示了一種分裂時：經由讓自己成為被欲求的客體，艾美已經從她自身中分裂出了她自身。既然，就像是由於出名與剝削的結果，那個人現在已經變成「一個惡夢與可憎的事物」❸❶，她的旁白告訴我們，她正試圖丟掉艾美·強生的身分。問題是艾美並沒有其他身分來取代失去的身分。當搖滾歌曲談論到「身分猶如危機」時，又一次地強調了這個主題。父權文化正強制給她另一個滿足**其**需

❷❾ 同上。
❸❶ 同上，p.40。

求的自我，而艾美則正掙扎來重獲她的身分認同。

影片藉由莫薇以作者身分所說的話，提供了對艾美心理分析閱讀，這平衡了稍早伍倫基於同樣目的所說的話。從父權角度來看，艾美的偉大成就是「違常」的，因為它們威脅了社會秩序，所以它們必須被抑制。而照莫薇的話，這些功績正製造了「家庭與律法的象徵身體中的一個傷口，這必須經由傳說、神話與影像的創造而才再次地縫合上。女主角的違常行為因此是成就，而她的象徵角色則為了我們的認同及娛樂而穩固。」❸

如同艾美與其英雄行徑被降格成娛樂的一個範例，莫薇與伍倫在影片的聲部中插入了三〇年代關於艾美的歌，這首歌將她矮化成一個令人「喜愛」的可愛對象。其成就所引起的真正威脅必須經由愛情故事的保護、屈就姿態來抑制。被愛情故事的論述貶低到只是做為一個臣服於「律法」女性，艾美的實際成就變成只是某種讓她變得惹人喜愛的事情而已，其真正的價值被遺忘了：

> 有個小姐擄獲了每個人的心，
>
> 艾美·強生，那就是妳……
>
> 艾美，美妙的艾美
>
> 我以妳飛行的方式為榮
>
> 相信我艾美
>
> 妳不能怪我，艾美，因為我愛上了妳。

當然，是很難想像同樣的一個男性成就會被這樣地矮化的。

但是依照莫薇與伍倫的風格而言，影片並不會以這樣的負面方式

❸ 同上。

結束。如同《人面獅身之謎》中女性體操者的影像變成解放的隱喻，艾美的飛行也成了自由的另一個隱喻。接下來從飛機上拍的鏡頭，讓人有身處大地之上、某種其他空間的感覺，遠離了文化的束縛限制，慢動作鏡頭則展現了一隻鳥漸漸從周遭的樹叢中解脫出來而自由地飛向開放的天空。在聲部上，伴隨著這些鏡頭的，是伊娃·芮娜的旁白，讀著來自其他不論是在飛行上（艾密莉·厄爾哈特）或在藝術上（葛楚·史坦 Gertrude Stein）成功女性的書寫中的引述。這方法將強生與其他勇敢抗爭的傑出女性聯結起來。對於同工不同酬與某些特定的卑賤工作被指爲猶如「女人的工作」的指涉，再次地將艾美的抗爭放到整個歷史進程中，關於女性抗爭與苦難的這個更廣闊的脈絡中。

不管怎樣，最後芮娜的獨白這個段落留給我們一個超越痛苦的時刻：

> 太陽改變時，雲自己形成不可思議的形式。我曾看到它像個腥紅色的球般在山峯間彈跳。在那時刻，我感覺我是自由的。我開始更自在地說話，當我感覺喜歡時，我甚至能允許自己做奢侈的停頓，因爲我知道如果我不想要一個影像現出的話，它就不會出現。我就是覺得很棒❷。

在此爲所有女性代言的這個聲音，首先，指出了超越痛苦的可能性，再來是找到一個聲音的期望，最後，擁有主控本質的期望。

如果這看來有點烏托邦，潘迪頓學院女孩的紀錄片訪問設計便將我們帶回到現實，但還是帶有一種可能性的感覺。因爲貝佛莉（Beverly）指出「要成爲一個女英雄並不一定要有名」，暗示著避免被主流文

---

❷ 同上，p.41。

18.艾美跨出她自己的形象,她已描繪在玻璃上,努力使自己進入慾望的男性客體。但
她並沒有別的可認同,以代替失去的一個。

化剝削的唯一方式是繼續從事偉大勳業,但不要讓自己「變得有名」。
雖然這並不是解決之道,而了解與抗拒那定義與限制女性的論述是邁
向自由解放的第一步,它還是提供了一個抗爭的位置。這種理解立即
把人放到相對於主流、壓迫性論述的一個不同位置,而經由這種新的
定位設置,才開始發生改變。事實上正是這種以現代訪問來營造艾美
的故事,暗示了在主流論述中定位女性的進步,在某些層階上,也展
現已經改變的事情是多麼得少。如同女性運動的結果,年輕大學女生
能夠以一種艾美‧強生無法有的態度來明白表達對於她們定位的觀
點。然而特別就再現而言,她們仍然為那些類似於束縛強生的結構所
束縛。

　　《艾美!》試圖在其短暫的時間內完成很多成就。如同它是建立

在一個歷史人物上一樣，雖然影片仍然在一個複雜層階上作用，但其具體存在的故事讓它相對地能夠被接受。影片成功的部分來自於它的一致性——表現著某些更深層意義的一致性。艾美環遊世界旅程的地圖這個遠景鏡頭似乎將影片變成兩半。前半部探討了艾美遵照其要做飛行員的意願而大膽踰越之於女性的既定符碼；猶如我們所看到的，她的行止被放到不同的論述裏，包括心理分析與歷史。地圖段落之後，影片探討了她成功的效果，又將它放在平行的歷史與心理分析論述中。影片的開場序言中提出了在現代做一個女英雄的相關議題，而就痛苦、煩惱與快樂而言，影片結束時，平衡這些歷史女英雄們成就的實際意義。

我們因此對於過去與現在的內在契合有一個清楚而可貴的感覺，透過重複，以及跨越縫隙及忽視的方式、明日事件的複雜性；觀點是被暗示出來的，而不是被辯證地呈現的——這些觀點是刻意以曖昧方式來呈現。

因此，這三部女性主義影片以不同的方式來探討在歷史與古典正文論說中的女性再現的問題。在下一章裏，我將分析兩部最近有關母性的女性主義影片，其中一部又是部前衛理論電影（莫薇與伍倫的《人面獅身之謎》），另一部（西桐的《女兒的儀式》）則利用真實（vérité）寫實主義來當做是寫實主義批評的基礎。

第十二章

兩部女性電影中
的母親與女兒

莫薇/伍倫的《人面獅身之謎》與米雪‧西桐的《女兒的儀式》

　　如在第十章所分析的三部前衛理論性電影在女性主義電影圈內引發了一些爭議，特別是在有關未來的策略上。在此我想要討論的兩部影片，從電影策略與對母女議題的處理兩個角度來看，都提供了一個有用的對比。莫薇/伍倫於一九七六年拍的《人面獅身之謎》是把新女性主義電影理論應用到電影實例的首批英國電影之一，而且它還影響到第十一章討論的影片所採取的形式。就試圖要結合寫實主義與前衛的策略，並降低風格兩極化的程度而言，米雪‧西桐的《女兒的儀式》在**形式上**也是相當重要的。

　　在敘事的層階上，這兩部影片提供了一個同樣有趣的對比：莫薇/伍倫的電影就理論性地處理從母親觀點出發，以討論與母親相關的問題而言，是開拓了新的天地（對比於我們在第十章寫實主義影片《三十四歲的喬伊絲》與《珍妮的珍妮》那種實用式層階而言）。而米雪‧西桐的影片則以結合潛意識的恐懼與幻想和有意識的態度來反映的這種方式，來面對女兒與母親關係的議題。

　　為了強調這些影片的啓發性及主題性，讓我先花點時間談談在女性主義製片如何忽略母女議題。這種忽略是普遍的，而且父權體制的歷史與文化也常忽略母親，因此理解女性主義與一般社會對此議題的看法便顯得相當重要。為了深入探討，我將論說區分成兩個不同層階：

首先，是深層的心理分析論說，關於神話、語言與文化形式的潛意識層階而言；再者，是社會形構的論說（意即，母性發生的社會設置）。

　　既然父權體制是根據**男性**的潛意識而建構的，女性主義者便如莫薇與伍倫在《人面獅身之謎》指出的，是成長於一個壓抑母親的社會。雖然莫薇與伍倫並沒有精確解釋這種壓抑如何運作，但我假定對於「母性」的處理，必然是出自於以男性的伊底帕斯恐懼和幻想爲基礎的觀點。以米蘭妮‧克萊（Melanie Klein）與西蒙‧德‧波娃（Simone de Beauvoir）的作品做爲基礎，桃樂絲‧狄恩史坦呈現了小孩對於母親的曖昧情感是如何造成母親成爲「好的」與「壞的」這種分裂的結局；她接著說明，母親如何因爲其再生產的功能，而被聯結到非人類的自然與超自然的力量❶。因此，由於被母親養育的記憶是如此逼人，以致於它必須被壓抑，放置在神話的位置上，在實質化、浪漫化（養育的、永遠的、但自我摒棄的形體）與蔑視（拒絕的、虐待狂的母親）之間。因此，母親在父權中被貶抑成沉默、缺席與弱勢。父權取而代之地把焦點放在母親是**被閹割**的，欠缺一個像男人所處而且一直被用來支配及擁有女性的位置。

　　但是當女性主義者一直反抗她們自身**被閹割**的這個位置時，她們爲什麼卻不強烈地抗拒母親做爲「局外者」、做爲「觀眾」的建構呢？一個答案是，當許多父權神話（像是環繞著女性與工作的那些）扭曲女性所擁有的能力時，女人本身竟無法認同母性。打擊「母性神話」意味著面對我們自己跟母親之間的潛意識抗爭。雖然這些抗爭事實上與男性所面對的那些非常不同，我們卻跟男性共同面對最初來到人

---

❶ Dorothy Dinnerstein (1977) *The Mermaid and the Minotaur*, New York, Haper, pp.97 -111。參考 Adrienne Rich (1976) *Of Woman Born*, New York, Norton。

世時與母親融合的問題❷。雖然我們能夠在許多其他領域裏認同女性的壓迫，但我們自己複雜的伊底帕斯心態卻阻礙了任何對於母親的壓迫的輕易認同。

問題因為這樣的事實而加重：女性主義矛盾的是其吸引力就正在於它提供了離開與母親那種壓迫性親密關係的一個舞台；女性主義部分是針對我們對抗母親、反對她們試圖將父權的「女性特質」灌輸給我們的一個主義，也是一個發現我們是誰與想要什麼的機會。不管我們實際上是不是母親，我們做為**女兒**般地接近女性主義。因此不足為奇的是，我們得花了這麼長的時間才能夠認同母親，而且開始從她的位置來看待事情。

我們不經意地重複了父權對於母親**之所以為**母親的輕忽，而只有從小孩的位置來說話。我們在心理分析上仍然被監禁在對於母親的曖昧狀態中，既深深地與她相繫，又同時努力去求一個自主性。在潛意識的層階上，我們之所以生母親的氣有兩個原因：首先，因為她不能給我們所需要的獨立，不能告訴我們該用什麼辦法來發現身分認同；再者，因為她無能保護我們去對抗在心理分析上、文化上與（有時候）身體上危害我們的父權文化❸。矛盾的是，我們潛意識的伊底帕斯心態造成我們自己將母親放置到類似於男性把她貶抑的位置——缺席與沉默，雖然我們這麼做的理由是不同的。

男性將母親貶抑成缺席，除了從小孩的觀點來看待，有部分明白顯現在傳統心理分析中對於母親的忽視。諷刺的是，就因為母親在小

❷ Nancy Chodorow (1978) *The Reproduction of Mothering: Psychoanalysis and the Sociology of Gender*, Berkeley, Calif., Univ. of California Press，特別是第五章。

❸ 最近一本探討女兒對於母親那種不恰當保護的忿怒的書，是 Lucy Gilbert 與 Paula Webster 於 1982 年出版的 *Bound by Love: The Sweet Trap of Daughterhood*, Boston, Beacon Press，特別是第二與第三章。

孩的伊底帕斯發展中是位重要的人物，理論家們本身從自己內心曾是小孩的立場出發，而且急於揭露與母親分離的掙扎心理，因此便將他們的理論能量放到那個方向而忽略了母親。同樣地，女性主義者也一直以類似的方式從小孩的位置來說明與理論化。

既然心理分析對於初期的女性運動有所阻礙，女性主義者便合理化她們對於母親的怨怒，而避掉了深層潛意識的議題。這並不是說在社會形構層階上的分析是錯的，而是因為它受限於我們無法把它跟心理分析的理解聯結起來。核心家庭對女性的摧毀特性的分析，結果造成將母親看成是父權「建構」的代理人，將我們的社會化勾結到被動、劣等與邊際特性。由於無法欣賞父權所建構的「母性」那種特殊負擔與犧牲（意即，不是母性所天生者）❹——也就是說，母親所必須忍受的衝突、矛盾與自我懷疑——和最重要的，我們無法對全然照顧另一個人的可怕責任表示感激（特別是如果我們自己不是母親的時候），我們對於從母親的角度來分析她從不感興趣。我們不能了解到我們和母親一樣均是父權的受害者，她今日之所以如此，是被一系列包括心理分析、政治與經濟的完整論說所建構出來的。

莫薇與伍倫的《人面獅身之謎》在理論上的重要性是因為它提供我們一個從母親立場出發的分析；應用拉康的想像領域與象徵領域的模型，影片首先探討了將母性倒回到想像領域的世界，接下來是為什麼母親的聲音在父權中一直被壓抑。導演呈現母親逐漸地了解到她在文化中的位置，並試圖在一個沒有其空間的象徵系統中找到一個論述。同時，米雪‧西桐給我們一部讓我們面對迄今一直阻礙我們得以從母親位置觀看的怨怒（潛意識與意識兩者）的影片。在兩部影片中，

---

❹ 蘿拉‧莫薇於 1975 年發表的〈視覺樂趣與敘事電影〉, Screen, Vol.16, No.3, p.18。

電影的策略都是經小心選擇以表達導演的意念。

以時間順序來看這些影片，我將先處理《人面獅身之謎》❺。猶如我在第十一章指出的，莫薇與伍倫專心致力於前衛電影，相信如果人們要超越觀看的舊有方式、舊有的意識型態，特別是影響女性的那些，需要新的電影與語言兩種形式。在《人》片中，莫薇與伍倫希望說明，若以舊有的方式來觀看母親，事實上等同於父權文化中對於她的論述的壓抑。在某種層階上，影片試圖發現一個新電影形式與新言語，讓影片中的母親露易莎，能夠藉這個形式來表達她對母性的思想與感情。這部片的實驗形式和《潘瑟西勒亞》一樣，是導演一個自覺地嘗試要否定我們那「『隱形客人』的滿足、快樂與恩典」，並且阻撓我們在傳統電影中對於「窺視癖的主/被動機制」❻的所有制式依賴。他們堅定的信念是，在父權象徵符碼的主宰下，是沒有其他方式能夠來表陳父權所壓抑的論說。

莫薇與伍倫打破傳統的電影符碼，並破壞我們對窺視癖的依賴，採用了類似於高達與其他新浪潮導演過去十多年來所嘗試的實驗。例如，露易莎的敍述被打成十三個破碎片段，讓人回想到高達的《賴活》（Vivre sa vie）。其他技巧，像蘿拉直接對著攝影機的陳述，迫使我們意識到拍片的過程,令人想起高達/哥林的《給珍的信》（Letter to Jane）與高達的《還好嗎？》（Comment ca va）。但是以一系列單一鏡頭，每個都由一個 360 度的旋轉鏡頭所組成，來講述露易莎故事的手法，便是原創地表達露易莎的自覺。然而，當高達為了解構布爾喬亞思想模

---

❺ 下面的討論許多是來自我的文章"Avant-garde feminist cinema", *Quaterly Review of Film Studies* (Spring, 1979) pp.136-41。

❻ 此處與其他的引述是來自《人面獅身之謎》的劇本，*Screen*, Vol.18, No.2 (1977), pp.61-78。

式而挑戰傳統的電影形式，繼續保持與他正在拍攝的電影之距離時，莫薇與伍倫卻似乎與她們的影片聯結在一起。這些形式上的手法與要傳達的訊息是密不可分的；《人面獅身之謎》則再現了一個可行的另類電影，而不只是引起我們對於這種電影有何不妥之處的注意。

影片作用於兩個不同的層階，且謹慎地用不同形式來區分。導演共以十三個鏡頭來陳述露易莎故事的三個段落，彼此平衡、引介，之後還形成電影的基礎。影片是有關父權中的女性與她們有的困難，「因爲她們必須在其中思考的文化，並不是她們的」。《人》片以一本法文書《南方的怪誕》（Midi-Fantastique）的鏡頭開場，書頁一直翻過直到停留在葛麗泰・嘉寶猶如人面獅身像的一幅照片上。也許，在此重點是，莫薇與伍倫爲了對女性的了解，因此回歸當代流行神話學中關於古老的傳統。嘉寶吸引女性是因爲她引發我們對失去接觸的某種未知事物的渴求，但她同時由於其神祕性而引誘也威脅著男性。

接著是露易莎直接對著攝影機講話，面向前面的一部錄音機，唸著一個作品。簡短地追溯了人面獅身-伊底帕斯神話歷史的這個論述，跟希臘與埃及的人面獅身像的影像交互剪接，現在猶如一般做法那樣把焦點放在人面獅身像的角色而不是伊底帕斯上面。蘿拉解釋她們決定用人面獅身像的聲音做爲敍述者是因爲它「再現了，不是眞實的聲音，不是一個回答的聲音，而是它的相反：一個問問題的聲音，一個質疑迷思的聲音」。然而從伊底帕斯的觀點來看，人面獅身是對於父權的一個威脅，因爲她本身抗拒它而且還關聯到（對男性而言）「母性」的神祕，人面獅身本身象徵著女性的被排除於父權體制之外：「人面獅身像位在城門之外，她挑戰著將女性放在臣服位置的文化與政治系統中。」

蘿拉的重述伊底帕斯神話強調了其中天生的一個矛盾：位於父權

之外的女性，最後變成代表著潛意識與因而是對於男性的理性秩序的一個威脅。女性在此被視爲非人類、不可解者。但生活於父權中的女性無法解開男性文化的脅迫的謎，既然那樣的文化是與她們對立的：「我們生活在一個由父親統治的社會裏，在其中母親的位置被壓迫。因此，人面獅身像只能用一種分離的聲音、一種靜默的聲音來說話。」

影片的第三個段落是世界各地不同人面獅身神像的照片的影像蒙太奇，音樂具體化了這樣的安排。這段落是相當驚人的。音樂建立了一種暗示著人面獅身像的神祕詭異的氛圍。我們有一種感覺，是它的位置是遠離於文明的，在文明發生之前就已存在。女性也許已經忘了這些方式，但也許還會對之有所反應。在讓人面獅身像的聲音成爲影片接下來主要段落中的敍述者，莫薇與伍倫暗示著女性也許能夠正面地用人面獅身像的神話。

對這神話的再詮釋讓我們能夠看到我們的論述是如何與爲什麼被壓抑的；如果女性不能像伊底帕斯那樣說出真相，至少能夠提出跟我們身處父權體制中的相關經驗的問題。我們能夠學習去發現我們生活在男性論述之下的內在思想與感情。莫薇與伍倫似乎是在說，如果我們能這麼做，那麼也許就能開始從身處男性文化中的兩難之境脫困。由於選擇「母性」做爲露易莎故事中的特殊焦點，莫薇與伍倫能夠廣泛地強調女性論說所受的壓抑。

這前三個段落，像平衡它們的後三段一樣，通常造成觀眾的困難。缺乏傳統的敍事與戲劇手法（但對我而言，這些想法是戲劇性與投入性的），加上導演對電影技巧的自覺，疏離了觀眾的情緒。但是莫薇與伍倫若不藉此策略如何能觸探露易莎的故事。露易莎的故事在前三段已產生意義。我們因此接著準備要來明白她的潛意識思想，而且要觀察她在男性文化中的位置。

片頭字幕揭開露易莎故事的十三個鏡頭，似乎即已表達了男性文化對於露易莎的觀點，尤其是從她丈夫的聲音而言。「可能露易莎跟她小孩是太親近了。」暗示他在批評她過分投入母親的工作，好像將外在世界排除不管一樣。但是接著的鏡頭卻相反地試圖要表達露易莎的內在思想似乎要超越現有象徵性秩序。在露易莎為小孩安娜準備飯菜時，那俐落、愜意的廚房 360 度迴轉鏡頭，創造了溫暖、舒適的感覺，而攝影機之定位在腰上景則暗示著露易莎的注意力不是集中於她自己身上而是在小孩身上。日常的家用物品慢慢地入焦，呈現出因為緊密的母子關係而產生的意義。在旋轉鏡頭結束時，我們看到男人——露易莎的丈夫克利斯——的手撿起被丟棄的麵包皮；他突然出現，在母子親密性中似乎是個不調和的侵入。

旋轉鏡頭時聲軌上的話有意地被模糊掉，好像和鏡頭不太和諧。它們代表了母性的矛盾情感：它的負擔，無止盡重複的日常瑣事，以及親密與溫暖的庇護。明白可見的是，有次序組織的句子將只能表達男性觀念的母性，而如果女性要聲言她們自己的論述，就要採取一個新的形式。

在安娜臥房的第二段落緊緊依著第一段來塑造，只是現在無聲的靜默特別將焦點放在母親似乎全然地滿足於照顧小孩，所引發的那種母子間親密、溫暖的感情。丈夫沒有出現，但他的要求經由敘述的聲音而出現，而且我們不訝異在字幕卡中閱讀到他正要搬出去，因為「他不能讓她明白事理而從這個世界有更多收穫」。下個在走道上拍的 360 度旋轉鏡頭，呈現了克利斯正把東西打包到車上；他的話與態度似乎是不連貫、空洞與敷衍的，相對於無聲的柔性溫暖。露易莎的痛苦表達在所敘述的話語上，但分離的「冷酷」因為她跟小孩間的「溫暖」而獲得補償。

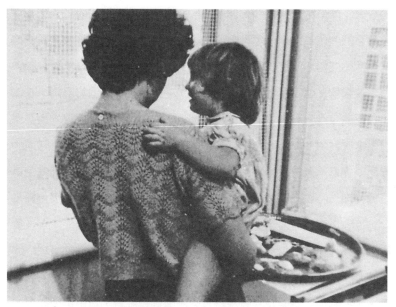

19.路易絲抱著孩子注視著丈夫拿著行李走向車子。取代分離的痛苦的是母子之間的親密關係，他們被窗框與外面的世界隔絕。

　　從鏡頭四到九呈現了露易莎從她跟女兒安娜像子宮般的親密狀態，痛苦地轉移到到忽視上班母親問題的「男性」領域世界中上班。在婦幼中心裏，她跟安撫她與跟丈夫分離的瑪辛成為朋友。露易莎因為擔心安娜而無法安心工作；瑪辛則建議她跟工作地方的婦幼中心聯盟聯繫，但這些女性做得並不好。在此意味深長的是女性的缺乏自信，就好像既然聯盟還沒有想到這個問題，那她們就不能確定她們的問題是一般普遍性的。她們小聲說話，語調壓抑，而忿怒則被隱藏起來。露易莎痛苦地發現，既然男性壓迫母性，因此托兒中心並不是男性社會中的重要事情，她嘗試要同時兼顧工作與母親的可能，最後終於在一系列問題中表達出來。她們列舉從有關如何將托兒的這些實際、政治性問題聯結到經濟的與社會的議題（例如「女性的抗爭是否應該集中在經濟的議題上？」「女性應該獨立於男性來組織嗎？」），以便從一

個較廣泛的層階上來質問，像是「父權體制是女性的主要敵人嗎？」「潛意識的政治會像什麼樣呢？」雖然露易莎不能找到答案，但就她已經開始問問題而言，那便有著希望了。

後來的三個段落——從十到十二——回到最初三個的層階，在露易莎離開家進入社會之前；但現在她更有自信而且能夠探討她內心現在是怎麼回事。露易莎經由參與安娜的生活而找到跟她的孩童時期的聯繫；在露易莎母親房子的一個安靜午後，露易莎跟瑪辛在那兒笑著看露易莎小時候的照片。接下來是克利斯剪接室裏的戲，在那兒露易莎轉而變得疏離冷淡，從她對丈夫所採的堅決態勢便很明顯。女性的論說在此被漂亮地對比於克利斯的論說：當克利斯想要處理實際的問題時，不是放映他將要呈現的影片，就是討論賣房子的事，露易莎與瑪辛卻把她們的時間花在看著一包駱駝牌香煙紙盒，指出影像如何因為玻璃紙的關係在鏡子中沒有倒轉，並欣賞駱駝那遲緩、寬鬆下垂的形體，及背對著後面那片連綿無盡的沙漠。當女性可以做其他事時，克利斯卻被必須面對工作與物質生活上的事物。

克利斯給露易莎與瑪辛看一部瑪麗‧凱利（Mary Kelly, 英國女性主義藝術家）在讀日記的影片。在這裏引出露易莎與小孩分離的拉康式分析似乎稍嫌作假，但它提供了我們一個機會，來回想露易莎之前的問題，並獲得智性上理解。露易莎學習到經由語言，一個「第三者」（Third Term）介入了母子這二元一體之中：

> 藉由父親的話（the word of the father），想像的「第三者」介入形成三角關係，也建立了父親的形象。

臨床語言在此破壞了露易莎的內在語言節奏。但這立即被下一場戲裏露易莎解讀著瑪辛的夢所平衡，這場戲就發生在瑪辛那個堆滿了

原始文物的不尋常房間裏。

這場夢非常驚人，而且充滿了明顯性慾與伊底帕斯的蘊意，莫薇與伍倫對此的用意爲何並不清楚。很可能是，夢又代表了另一形式的語言，又一個企及潛意識的形式，以到達未被男性文化所主宰的論說。對女性而言，夢使她們回到神話，到達伊底帕斯與男性文化存在之前的人面獅身像所存在的領域的一個重要方式。

旣然現在我們看到露易莎與安娜走在大英博物館裏，看著木乃伊的身體與神祕的手稿，露易莎故事的最後段落強調夢裏的主題。字幕卡的旁白現在似乎是安娜的，而不是克利斯的，沉默的人面獅身像則反映了安娜的思想，而不是露易莎的思想。安娜的內在言說的重大意義在於，她經由理性與邏輯，經由像巴修方與佛洛伊德的男性作者的理論，開始試圖要解決女性在父權中的兩難困境，但「她發現她的心神迷失、邏輯思緒錯亂，而回到她自己小時候的影像」。在旁白快結束時候，安娜最後試圖傾聽人面獅身的聲音——也就是說，去企及她自己所知但到那時候多少有點無法接受的一部分——這解決了她那有關「資本」、「延遲」、「身體」這些複雜問題。她已經到達舞者畫像所象徵的一個自由狀態。

影片的最後三段與開頭的段落對照。在人面獅身像的段落裏，現在是一系列穿著多采多姿的美麗女舞者，暗示著自由、多才多藝、能量、生命。開場的人面獅身像蒙太奇與這些女舞者的並置，或許意圖在暗示女性一旦跟人面獅身像的世界聯結起來，其身上的能量即可釋放。影片的第六段落對照了蘿拉的開場論述，只是我們現在看到她重述開頭所說的話，反省地傾聽其中某些部分。對我們而言，此段落提醒我們露易莎故事說明的一些主要議題。瑪辛的夢也包括在內，提醒了我們夢是通往潛意識的門徑。影片結束於一個水銀迷宮的特寫，在

其中，水銀必須經由一個迷宮以到達中心；對於我們努力去詮釋所被賦予的形式，在其中找到我們的路，且到達某種經由我們也許能夠檢閱環境、以確定自己位置的那個安全中心而言，這是一個適合的影像。

當影片的前三個段落呈現了女性在父權中所面臨的困境，最後三段則暗示由她母親成長而受惠的安娜也許能找到跟舊有形式決裂的一個方式；或至少去破解它們，就它們所是的來閱讀它們。這是部有關思考方式、有關語言與有關爲新的想法找到新的方式的影片。它問的是：女性如何在一個不是她們所有的父權文化中思考？

在《人》片中，莫薇與伍倫事實上已開始回答露易莎其中一個問題，而且呈現給我們「潛意識的政治」可能看起來是什麼樣子。不令人意外的是，人們向來不是不喜歡它，就是不了解這種傳統左派理論觀點。以歷史角度來看，本片以一種純淨心靈方式反映一個看待人與社會的外在、理性方式。每件事被表現得猶如單向的過程，沒有媒體生產與觀看它們的人之間那種複雜、辯證關係的認知。

對於本片的負面反映正說明了莫薇與伍倫的理論：前衛電影破壞了好萊塢機制。人們對影片覺得無聊，並不那麼是因爲它緩慢的步調或形式手法（同樣的人會被布紐爾 Luis Bunuel 或高達的影片所娛樂），而是因爲露易莎並沒有被安排成我們凝視的一個客體。360 度的旋轉鏡頭避免了露易莎被好萊塢片對女性——或女性某些特定的性慾部分——的處理方式。當布紐爾與高達經由嘲諷去顛覆布爾喬亞文化時，莫薇與伍倫則試圖呈現一個新穎、很少被聽到的論說。

有些人也許會抱怨片中對於美感的注意是反映了對於形式本身的考量。攝影機左右移動時，莫薇與伍倫已經小心地選擇與安排了客體的形狀與色彩。超級市場那場戲拍得很漂亮，猶如影片快結束時在大英博物館那場戲一樣。但是形式上的美有個功能和好萊塢影片不同，

那大部分是仰賴莫薇與伍倫努力避免的那種對女性特質形式的戀物化。在此它總是聯結到露易莎的心境想法。在早先幾場戲中，露易莎跟小孩是快樂的，反映了她那平靜、溫暖與安全的感覺。當露易莎開始工作時失去了這種美，因為她是煩惱、困惑、不確定的。而後面幾場戲中的美則又反映了露易莎自身那新的平和與她跟瑪辛在一起的快樂。

對本片的反感主要有三種：首先，有些人反對是因為影片並沒有展現露易莎贏得有關托兒的任何一場仗，而且因為影片對她做為一個單親、上班母親的政治性兩難處境並沒有解決；再者，人們反對用黑人女演員來扮演瑪辛，認為他們沒有處理她做為一個**黑人**女性的困境，這就會令人困惑了；最後，一般大眾認為本片缺乏親和力這一點是被批判的。

前兩個批評的問題在於把社會—寫實主義的標準套用到一部非常不同層階的影片。首先，就建議贏得托兒或如何處理聯盟或解釋資本主義如何剝削女性工人的方法而言，這並不是部政治性影片。影片本質上並不是被定位在社會現實的類型上，它比較是定位在呈現露易莎的潛意識中，她在男性文化所限定的語言與思想裏面的生活。

第二種批評因為不同的理由，因此比較成立。瑪辛這個人物之所以令人困擾，事實上是因為影像的處理，在一部有關再現的影片裏，不是忽略了我們跟黑人影像那文化、神話的關聯，就是更糟糕地無法提供黑人影像所必然引發的**批判**。就兩個女人間的女性同盟而言，莫薇/伍倫以「視覺差異」來置換賦予異性戀性態關係特徵的「性別差異」。但為什麼這是必要的呢？因為種族差異混了原有的問題。將瑪辛的膚色和原始主義與神話學關聯起來，也許強調了人面獅身傳說的主題，但沒有批判性地應用這種聯結便會有問題。

責難影片無法親近的這個最後反對論點，則反映了我在第十章所討論的一般問題。經由莫薇與伍倫的理論位置本身，很難明白非傳統影片如何能夠改變自覺。如果被指定是「疏離」（雖然**事實上**是更「真實」）的論說，那人們如何進入這些影片（的狀況）呢？因為一部像《人面獅身之謎》所賦有的複雜理論基礎，只能觸及學生與知識分子，也只有他們可以全然欣賞。

然而《人》片的重要，首先是因為對於資本主義與舊意識型態的批判，特別是針對跟母親的關係上面；再者因為試圖在馬克思主義的組織配置（就其走向革命的辯證過程的型模而言），與父權結構的新觀念（跟女性關係的心理分析概念有關的壓抑與錯置），兩者之間的理論性聯結。但問題是如何創造出一個既能接近一般大眾的對抗電影，但同時又不會充滿政宣意味或教條（就像許多左派與女性主義影片那樣），只是複製中產階級意識型態如何被溝通交流的方式。我不像英國團體那樣相信，認為形式能如此清楚明白地負載意識型態，並相信兩難之境的出路也許在於以挑戰舊概念的新方法來使用人們所熟悉的形式，同時還能讓人們了解現在是什麼狀況❼。

事實上，米雪‧西桐的《女兒的儀式》給它自己設定了這個挑戰，提供既是理論性也使用必要的前衛技巧，但同時衍生於人們的實際經驗，並用一種熟悉的方式來跟他們說話。

西桐在拍片時使用的過程到目前為止還相當有名：她總是留意一些家庭錄影帶的片子內容，但還沒有確定要如何使用。一旦有了女兒

---

❼ 參看 Ann Kaplan (1976) "Aspects of British feminism theory", *Jump Cut*, No.12-13, pp. 52-5；也參看 Christine Gledhill (1977) "Whose choice?——Teaching films about abortion", *Screen Education*, No.24, p.44。Gledhill 並不相信「所有那些仍然是開放於激進導演的是反對、對抗、否定」，或「只有經由衝突矛盾、失去方向感的主體、斷裂的語言經驗，意識型態才能被揭發」。

主題這個想法，她看到了一個利用這些影片的用途，可是她也開始跟女性做些有關她們母女相互關係的廣泛訪問。一個由其女演員們通力合作與她們的即興所完成的腳本，讓敘事變成是女性聲音融合的表現。

西桐決定從兩種不同敘事線來建構影片。一條是家庭電影鏡頭，慢速度播放，且重複，並配上一個如影片「作者」的人的日記選粹所構成的旁白。當中有夢的畫面和家庭電影鏡頭交互剪接；另一條路線是由被訪問的女演員所構成，是真實電影的風格形式。在這個虛構故事裏，她們是姊妹，在母親不在家（在醫院？）時暫時回到母親的家中，並分享成長的記憶。

現在，西桐和她的批評者❽均討論到這兩條敘事線的形式：意即，家庭電影鏡頭被看做猶如在「解構」熟悉的「寫實主義」電影形式，這形式承擔了有關在影片上「捕捉」生活經驗這種寫實主義假設的重任；它也被看做實踐著男性支配，因為母親與女兒一直是父親的攝影機的「客體」，為其（窺視癖的）攝影機鏡頭而演出；她們向外看到攝影機，意識到它的出現，與要為攝影機表現出「理想的家庭模樣」的需要。慢動作的設置，與重複地呈現某種特定姿態與動作所形成的影片，更進一步地解構所謂的理想家庭團體。影像先是透露了小女孩們被社會化成父權理想型的「女性」的方式；再來是那持續被要求的瞬間笑容的脆弱（偶而攝影機會捕捉到在正常的影片速度中將不被注意而略過的極度緊繃或非常哀傷的表情）。

之後，這條路線以一種非寫實主義的方式運作，**對於**寫實主義做

❽ 參看 Jane Feuer (1980) "Daughter-Rite: living with our pain and love", *Jump Cut*, No.23, pp.12-13；與 Linda Williams 和 B. Ruby Rich (1981) "The right of re-vision: Michelle Citron's *Daughter-Rite*", *Film Quaterly*, Vol.35, No.1, pp.17-21。

為一種電影形式的限制有所批判，意即，透露了寫實主義事實上是主流意識型態中的一個虛偽建構。旁白敍述進而解構寫實主義，說明其影像跟我們所看到的影像毫無特別關係（意即，聲音描述了在家庭電影裏安穩而和諧的家庭關係是有問題的）。

其間，乍看之下，眞實電影風格的路線給我們一個對於熟悉的、寫實主義的形式的幻覺（旣然我們還不知道那是虛構的），而且全然採信。我們欣賞著這些戲（它們通常以幽默的手法拍攝），然而，在影片結尾，當我們了解到扮演的這種演出時，我們譴責這樣的眞實風格，也理解了它的建構方式。我們了解到，在我們能在電影中捕捉我們所受壓迫的眞相這樣的假定上（猶如我在第十章指出的），我們的眞實電影自始至終一直費力地接近「家庭電影」，有意地過度戲劇化的敍述與演出的眞實對話，進一步批判了電視肥皂劇代表的一個支配、寫實主義的女性電影形式。

雖然西桐的電影策略地提出了這些形式的議題，但它們並非**只**被插進來以凸顯形式的特點：每一組策略也被聯結來區分我在談到女性處理母性議題的困難時所提到的兩個不同層階的論述，意即心理分析的論述與社會-個人-政治的論述。旁白敍事具體化了日記作者-女兒(們)掙扎著要跟母親分離，以發現她(們)的身分認同的潛意識層階；演出的眞實段落則再現了論述的意識層階，在此女兒的忿怒是針對母親在永續地確認了負面、壓抑的女性特質，這與社會化的父權主宰是相互勾結的。這個層階提供了一個對核心家庭的含蓄批判。

現在，影片非常清楚地是爲了女性觀眾而建構的，但對我而言她似乎能被定位在兩個方法中的其中之一：不是觀眾將自己定位成自己的**女兒**，認同影片中多種不同女兒的聲音，並可能被鼓舞以反映她自己的女兒-母親互動；就是觀眾隨著論述的不同層階，認知到各個路線

20.西桐以雙軌的方式構組這部電影。這個緩慢的家庭電影拆解了我們所熟悉的「寫實主義」模式，批評了寫實主義做為電影形式的局限；此外，西桐也強調了影片拍攝時的男性主宰，在影片中，母親和女兒永遠是父親攝影機捕捉的對象，攝影機即代表「他的」眼睛。在此，他們穿著夏服走來走去。

21.第二，真實電影風格給了我們較熟悉的寫實主義形式的幻象，這在獨立製片的女性電影中很普遍。若我們能確定某些場景已被創定，就會反映在「所有」影像的結構中。在這個畫面裏，「姊妹倆」正回憶她們與母親的經驗。

的相互交織混雜，就如同是一項調解聲音與影像的挑戰：在此，既然它們揭發了阻礙女性主義者研究母親在父權體制裏的建構（特殊形式的沉默、缺席與邊緣性這些阻礙），觀眾便被鼓勵變成爲一個「觀眾-治療師」，來分析敘事與對話。事實上，在這位置上的觀眾（當影片持續進行時）漸漸變得意識到母親的**缺席**與**沉默**：不被允許去爲她自己說話，母親只有經由女兒的聲音被聽到，只有經由父親的攝影機鏡頭（「我」）被看到，而自己則持續地在履行事先被設定的女性角色。然後觀眾被安排來**經驗**父權文化堅持的那種母親的壓抑：她了解父權如何讓女兒經由她努力克服的伊底帕斯過程這個機制，而與這種壓迫共謀串通。

在此，就我的目的而言，觀眾-治療師的位置將提供最適當的批評立足點。在第一個日記作者-女兒的路線裏，藉由伴隨著慢動作的家庭電影的旁白敘事，我們聽到了女兒對於母親那種潛意識的憤怒（我認爲，我們應該假定這不是一個女兒的連續敘事，而是一系列呈現不同女兒-母親關係的時刻或型模。觀眾也許不只努力要聯結不同的日記作者的敘述，也要將敘述的段落聯結到眞實對話，這即反映了一個吸引人的現象——觀眾渴望創造出一致和諧的敘事，即使當跡象暗示了並沒有和諧一致的敘事。我不確定西桐是否已經把這個情形考慮進去，就好像她也許還沒有了解到，當觀眾發現眞實的段落事實上是演出的那種困擾）。潛意識層階被敘述的緩慢、單調聲音指示出來，這些聲音有著斷裂的、非具體化的效果，就好像它眞的是衍生自烏有之處，不直接聯結到我們所看到的影像。誰在說話？而且是對誰？她被定位在哪裏？我們不知道，而且我們逐漸地了解到潛意識的聲音在起著作用，產生影響。

日記作者的敘述對於母親的一系列主題與態度，是對母親的每件

事所感到的憤怒與不耐。女兒爲母親決定搬到夏威夷而發火，在母親恐懼時則感到不耐煩，並指控母親的不誠實。但由於母親的離去所衍生與女兒所不能面對者的那種潛藏的不安，卻不知不覺地從某些特定評論裏冒出來，像是日記作者所說，母親的即將遠去象徵著童年的結束，甚至是「母親」的結束（意即，母親是用來依靠的）。所以，這系列主題似乎顯露出女兒在與母親分離這上面的問題：她既需要她，卻又必須拒絕她，如果她(女兒)是要得到自己的身分認同的話，而這種拒絕所最自然採用的形式便是對於母親的輕蔑鄙視。

但是這種輕蔑會讓說話者不安，因爲她害怕會變得**像**那母親那樣：在一個段落裏，這聲音訴說著這樣的恐懼，她會像母親一樣做出錯誤的決定，並發覺到在心田深處她其實是像母親一樣既軟弱又容易受傷害的；在另一段插曲中，這聲音表達了她害怕像母親一樣變胖與變得消沉，害怕既怨恨著自己的生活卻又不敢去改變它；稍我們又聽到：「我恨我那些來自於母親的軟弱，但怨恨她的同時，也怨恨我自己。」

西桐的影片因此開始明白表達出女兒在父權體制中成長的兩難，被設置在她們要去依賴且認同母親的位置，另一方面母親又被這麼定位以便能夠讓經由分離、獨立與社會化這種必要條件，使女兒因受壓迫而引發怨恨成爲必要。拒絕這種社會化的意識型態的女兒會有一段特別困難的時期，猶如影片裏這些聲音所展現的，因爲她們無可避免地要以母親爲對象來型塑，只是稍後才了解到這不是她們想要成爲的，或是她們想要過的生活。

偶而，一個不同的聲音會進入敍事：同情母親的聲音。這個聲音早先曾出現，被侵蝕掉，然後在影片快結束時更有力地呈現出來。稍早例子顯示了女兒在母親新屋裏對於母親落寞的同情，雖然這仍然因

母親不會承認其苦境而伴隨著不耐。稍後，當母親坐在女兒的沙發上講話時，引發了一個沉痛的感情：「我充滿著對這個女人的悲哀與愛意」聲音這麼說著。之後，當母親給女兒一些她從蜜月時就保留但早就已經穿不下的絲質睡衣時，女兒感到母親處境的痛苦，但也害怕她會變胖而穿不下她年輕時的衣服。

影片這條路線所敘述的三個夢則摘要了三種對母親的態度，進一步提出兩「姊妹」間的手足競爭。第一個夢反映了同情母親的立場，後兩者則呈現了一位母親與一位祖母聯手殺了說話者，再者則是說話者和其母親共同勾結謀害了一個已經生病而且是病危的姊妹。這三個夢皆顯示了母親對於女兒的重要性，與環繞著母親這位人物形象的手足競爭的痛苦。

日記作者-女兒的主題，與敘述中的家庭電影影像相互對照。畫面中大部分都呈現了小女孩跟母親一起的多種不同情況，這些情況首先呈現了母親持續地看管小孩；再者是她努力將她們塑造成適當的女性特質產品；最後則是那被假定成是快樂、理想的核心家庭，由不在畫面裏的父親所完成，他在觀眾的位置複製了真實生活中他不在母女間親密相互關係畫面裏的位置——父親並不吸引孩子們的強烈情感。

我們看到女孩們用調羹端著雞蛋奔跑競賽的慢動作——一種適合女孩子的運動；或在郊區小徑上來來回回地遊走著，清楚地展現了她們的那些新教養；或在參加一個當地盛宴時忙著推那裝載花的小車，所有人都作捲髮與皺摺邊打扮；或在一個生日派對上打開禮物，而且被明白告知要「感恩」與「快樂」；或在很小的年紀洗碗，被社會化成家庭的角色；或讓已經變得難以控制的頭髮固定地用髮夾夾在後面以形成一個清爽、整齊的外觀。這些在慢動作中可怕地沉默的影片，似乎是自己獨立地運作著，毫不費勁地，慢慢開展——詭異的是因為它

們那抽蓄、破碎的運動揭發了試圖要再現出一個十分快樂、和諧的影像的空洞，就像是社會要求核心家庭的那樣。它們的作用像是本我經由旁白敘述而逃脫之於超我那樣。

例如，手足競爭完全被隱藏在家庭電影裏（我們反而看到小女孩彼此親吻與幫忙），但這在真實對話中就變得清楚了無論如何，在對話中這比較是一種潛藏的張力，而不是一個明白的對峙。它顯現在有關借錢給母親的姊妹討論中，也以一種啞然的方式出現在做沙拉的場景裏。如同「現場」立即訪問與討論的五段真實對話，反映了引發-自覺與政治行動主義的論述。兩個主要的主題貫穿了這些討論與獨白。首先是母親侵犯女兒的隱私這個主題（討論有關某個姊妹的嬰兒的出生；談到母親拆開信件，細細翻查抽屜，並介入朋友間的情誼）。母親被責怪為不能接受小孩獨立存在，而且很關心她們變成怎麼樣。在此，她喜愛某個女兒甚於另一個女兒，而這個的女兒較為服從，因此她並不被那麼仔細地管教與侵犯。第二個主題是母親無法保護女兒免於父權的父親施加在脆弱小孩身上的虐待。這最顯見於一個被繼父強暴的女兒的獨白中——母親不想或做些什麼事。

通常討論是把日記作者在敘述中所提出的議題更為有意地戲劇化：也許最震撼的是女兒在最後的段落裏變成她們所指控的母親那種樣子——一個窺探者，一個不知道界限、侵犯隱私的人。當她們撿起一件接一件物件時，不能隱藏她們對於母親之喜愛這個或那個的驚訝；換我們不由自主地感覺到所有日記作者提到過的恐懼，已經具體化身在這些女兒身上——她們事實上沒有經過了解即已帶有母親的其中一個負面特性，顯示她們已社會化成像母親那樣的成人了。

因此西桐的影片從兩個不同的立足點顯現了對於接受、面對與之後慢慢解決女兒對母親的忿怒的需要：首先有從女兒自己立場出發的

需要；再者，有因母親立場而起的需要，意即，讓我們能夠**了解**母親。

雖然西桐的影片並沒有明確地表達出對母親忿怒的原因，但它提供了我們能從中得出一些結論的資料。這些跟母親與女兒兩者在父權中被定位的方式有關；而且藉由這方式，父親被理想化了。影片中寫日記的敍述者對於母親的曖昧情感，來自於她之拒絕她的社會化與她為此對母親的責備。

女兒因此不能從母親的位置來說話；在片中，經由女兒也經由父權體制被貶抑為沉默、缺席與邊緣特性的母親，為父權結構所強制命令的雙重否定所苦。她那如同是唯一主動肩負起為人父母者的角色（她的功用之後變成是操控）無可避免地刺激著小孩的愛恨情感。另一方面，她的角色要求她必須沒有聲音，要服膺於核心家庭，放棄她自己。因此，矛盾的是，實際上是主要在生理上與情感上提供他人大量滿足的母親，在心理學上竟是**被壓抑的**；做為她自身，她對於家庭與社會是隱形的。另一方面，雖然事實上父親是隱形的，但因為他代表著支配的「律法」，因此在心理分析上他是存在的。他是主體，操控支配，而且被賦與聲音，對立著被強加在母親身上的沉默。

女性主義者現在必須試圖匡正的是沉默，西桐的影片為我們做好負擔這個任務的準備，既然它是迫使我們明瞭**我們**對母親所做者，與**父權體制**對她所做者。女性主義者對影片的一些負面反應，只是強調了我們在明白母親如何在文化中一直被設計的困難。當對於母親的負面觀點是一個我們在各種場合都分享、卻寧願去否認或避免處理的觀點時，抱怨影片中這種觀點是不公平的。而且我不認為影片**本身**只因為女兒是敍述者與說話者，就採取了她們的批判立場；猶如我試圖要呈現的，母親的立場處境經由她在影片的論述中的壓抑而顯露了出來，以致於最後觀眾必然是站在她這一邊。西桐誠實地揭發我們與父

權形構是共謀的，其重要性在於它能夠讓我們超越正發生在我們身上的社會化。我們能夠以揭發母親一直被建構的方式爲目標，並試圖去給她長久以來被否定的聲音❾。

---

❾西桐本身繼續拍了一部寫實主義的紀錄片，給自己的母親一個聲音，以補償母親被壓抑的情形。

第十三章

第三世界的女性導演

莎拉・葛美茲的《這樣或那樣》

　　因爲一些顯而易見的原因，本書將重點放在資本主義文化中女性的再現。但當我想到獨立製片女性主義電影的未來以及獨立製片對美國電影製作、放映、發行的影響時，檢視在非資本主義地區的女性導演能做什麼是很重要的；雖然本文只能做簡短的討論，此議題需更大的篇幅探討❶。

　　革命後的古巴電影工作者和美國導演有兩個主要差異，第一是體制上的差異，第二是意識型態上的差異。在極度信仰社會主義的國家——古巴（其電影工業是國家體制內的一部分）用來教育未來導演的電影學校也屬於政府。不論這種情形可能產生的限制與問題（本文將不討論這些問題）❷，古巴導演得以實驗電影形式、處理爭議性和嚴肅的題材，而不必擔心商業成功與否❸。就這方面而言，儘管有些弔詭，但古巴官方政府資助的電影和美國獨立製片有許多相同之處。雖然美國獨立製片沒有受到政府任何的約束，得到很少的州政府資

---

❶ 但很重要的是莎拉・葛美茲是古巴唯一已拍攝一部劇情片的女性導演。很明顯地，葛美茲在影片所處理的成見及舊有的性別意識型態是缺乏女性導演的部分原因。很不幸地，葛美茲在完成剪接這部片不久之後就過世了。茱莉亞・李莎吉指出：「她的同事 Thomas Guitierrez Alea 及 Rigoberto Lopez 監督《這樣或那樣》的混音及後製，以準備在戲院發行。」參考 Julia LeSage (1979) "*One Way or Another*: dialectical, revolutionary, feminist" *Jump Cut*, No.20, p.23.

助，但和古巴電影的目標有許多相同之處，即一種挑戰人民信仰的電影形式，其目的是要帶來改變❹。

　　第二，在意識型態方面，古巴導演發現他們和美國導演的情形非常不同。在性別關係上，沒有人假裝社會主義會奇蹟地帶來女性解放（雖然有人仍理想地如此期待）；不同之處在於兩種文化中對殘留於後革命時期父權意識型態在態度上的差別。在美國婦女運動有驚人的進步，資本主義商業結構（電影、電視、廣告、報紙、廣播、音樂）對女性解放口耳相傳（正如對《慾海花》的分析），但主要仍在傳播男性統治觀念及為男性剝削女性身體。古巴官方立場則相反，贊成男女完全平等，反對對女性身體的剝削。

　　是這種想法造成差別，而不是社會中男人真正的行為。有人可能會爭辯，通常表現男子氣概的意識型態仍深植於拉丁美洲男性心中而其比例一直遠高於北美男性，尤其是美國男性已經開始揚棄沙文主義態度。這個事實使莎拉·葛美茲影片中對表現男子氣概的批評更為重

❷ 參考"Artistic freedom, political tasks," Michael Scrivener, Chuck Kleihans, John Hess, Julia Lesage 的討論，見於 *Jump Cut*, No.21 (1979), pp.28-9《跳接》是少數相當注意古巴電影的雜誌之一。這本雜誌中古巴電影的三個特別專題（*Jump Cut*, Nos 19, 20, 22）包括了古巴電影發展寶貴的概論介紹及特定電影的評論（有時由古巴雜誌翻譯而來）和古巴導演的訪談（也常從古巴電影雜誌翻譯而來），還有附參考書目的英文文章。

❸ 杭伯托·索拉斯（1978）在他和 Julianne Burton 的訪談中（*Jump Cut*, No.19, pp.27-33）說的很清楚；而 Carlos Galiano 對葛美茲電影的評論中也是：「《這樣或那樣》為古巴電影工業的基本目的之一做出了貢獻；即由一個批判的角度呈現我們當今的問題。」（同上，p.33）。

❹ 這是否是想在古巴達成的目標，在 Jorge Silva 與安利克·柯林那（Enrique Colina）的討論中很清楚地顯示（*Jump Cut* No.22, 1980 pp.32-3），柯林那說：

我們覺得我們的電影工作有一個大目標：使人們採取更有批判性、更內省、更冷靜分析的態度。我們致力於鼓勵人們努力以嚴肅的知識分子角度來看一切，這是任何改變現狀所需的準備及前題。我們試著增加人們對一切的了解，包括發行工作相關事務、電影商業化、影片被視為商品、市場加諸於影片產品的政治性、意識型態的及藝術的涵意。

要。這類批評在革命後立即開始（例如杭伯托・索拉斯 Humberto Solas 著名的《露西亞》Lucia, 1969）以及之後的作品（例如帕斯特・維加斯 Pastor Vegas 的近作《德瑞莎的畫像》Portrait of Teresa, 1979），這兩部電影之間的時間距離相當久，可顯示對這方面改變的抵抗、造成改變的困難以及政府無論如何仍強調改變的重要性。

就一個層次而言，葛美茲的《這樣或那樣》（One Way Or Another）處理了人際關係、性別領域複雜的改變，她將這些改變放在（相對之下）直接的經濟和現狀改變過程的脈絡中呈現。就如茱莉亞・李莎吉所說的，這部電影「由鄰人和家庭領域的觀點來檢視古巴革命的過程」❺。這兩種不同層次的改變由使用紀錄片形式表現外在改變和使用敘事形式表達內部改變的問題。這兩種形式的交互剪接（intercutting）使影片產生力量，這種並置（juxtaposition）對每個電影形式的能力提出了批評，也批評了這個形式所呈現的改變。

本片開場是一個工人因曠職而被調查，調查場面氣氛愈來愈火爆。當第一個人（杭伯特）被另一個（馬里歐）挑釁時，畫面突然剪至一棟樓房被拆掉的畫面，聲軌上出現了音樂，之後剪接至貧民區，再立刻剪至新建築物，形成對比。聲軌上出現一個女人的聲音，告訴我們這部電影拍攝的是真實人物和虛構人物，接著有個字幕卡告訴我們，將看到的人物是真實的。旁白繼續著，告訴觀眾新社區已經建造的事實，但也顯示所有的貧民區尚未消失。舊資本主義下貧窮、處於邊緣的人們在新體制下繼續存在著，而教育被推廣成為帶來轉變的主要工具。當革命推翻了舊秩序，我們被告知「存活於潛意識深層的文

❺ Julia LeSage "One Way or Another" pp.20-3. 除了 Galiano 的短篇影評之外，李莎吉的文章是我所知道唯一以整個篇幅討論葛美茲電影的文章。

22.在影片開場時有演出的敘事部分。此處尤蘭達和馬里歐分享彼此過去的經驗。他們的敘述和他們所描述相關的紀錄片交叉剪接，將他們的個人經驗置於社會和歷史的脈絡中。攝影機以角色的情緒為焦點，以公園為背景，暗示著羅曼史。

化可造成對社會改變的強力抗拒」，本片將探討邊緣地帶對文化改變的抗拒。

這兩個部分的功用是做為電影開場的序言。第一場是影片虛構部分的重要敘事高潮，第二部分的紀錄片將和虛構故事交織在一起。敘事部分將重述（retelling）導至高潮（即我們剛見證）的事件，以及分析馬里歐和尤蘭達（Yolanda）戀愛的進展。馬里歐生於哈瓦那的貧民區，他的女朋友尤蘭達是中產階級，尤蘭達被派至米拉佛拉住宅區擔任小學教師。這個區是革命後為貧民區居民建造的，也就在這裏她遇見了馬里歐。同時紀錄片的形式加強了敘事情節，有時提供歷史背景，有時只提供一種「證據」，支持敘事故事中進退兩難的困境。全片最引人注意之處在於強調性別關係，但李莎吉也指出❻性別關係的政治、社會背景以及關係中的壓力也一直強調著。

例如，在馬里歐描述他無法上學以及他在街上的生活之後，接著

是一個紀錄片片段，分析殖民統治下古巴人民的生活。當殖民主義下滋生的暴力和男性沙文主義融入早已存在的原始文化中，其古怪的儀式正再現了社會關係的互動之邊緣性格而非融合。這也暗示馬里歐的行為是殖民文化遺留下來的結果。

尤蘭達的故事則大不相同，大部分是因為她是個女人，婚姻對她而言是冒險，當她不願意離開學校跟丈夫到軍隊中時，她的婚姻失敗了。在一場戲中，女人的情況以紀錄片形式做更詳細呈現，尤蘭達的一個學生的母親（我們認為是紀錄片，但並不確定）有五個孩子，因為沒有男人扶養，她無法養活孩子，結果只能打她唯一能依賴的孩子。

當沒有女人在場時，男人之間的互動強調男子氣概（male machismo）。馬里歐的朋友（開場時被審判的人）以輕蔑、性暗示的言詞談論將和他一起離開的女人。當兩對情侶一起約會時，馬里歐的朋友貶低進而忽視他的女伴，因為她的性感不合他的喜好。

紀錄片片段說明了即使在革命之後，女孩的定位依然模糊。尤蘭達為她的女學生所面臨的困境感覺可惜，她們沒有未來，只有一個可悲的婚姻，其他老師則談論女孩可以從事的新職業，如農業。

尤蘭達/馬里歐關係的高潮發生於尤蘭達因為和其他老師開會而讓馬里歐等了一個小時。當他喊出「沒有人讓我等一個小時」時，尤蘭達決定結束這個關係。馬里歐雖然很沮喪，但他看到朋友吉勒摩（Guillermo）時，他又興致勃勃，忽視了尤蘭達（她被置於景框最左邊，幾乎看不見，她在影像上及心理上都被男性同盟 male bonding 所

---

❻ 李莎吉（同上）所說：

片中角色出現的每一時刻、生活的每一層面都由形成、制約他們的複雜社會關係來呈現，即角色生命中的每一層面及角色之間的每一個互動影響了他們本身以及其他人的未來。

壓迫），馬里歐則開始長篇大論。

導演再次使用紀錄片片段告訴我們吉勒摩是誰——一個失敗的拳擊手成為歌手，他在旅行中累積了一些智慧。在某個時刻，他告訴馬里歐，大多數人害怕離開他所熟悉的一切，他說「切斷一切需要勇氣」，在這之後是一個紀錄片段顯示建築物被拆掉，旁白告訴觀眾曾住在貧民區家庭的數據。

在一個感人的虛構場景，尤蘭達讓馬里歐明白，當他和朋友在一起擺架子、使用浮誇口氣時，他和平常多麼的不同。馬里歐表現得好像接受她的批評，但他無法立刻改變。在接下來的場景中，杭伯特因曠工而被審判，馬里歐最後被要求說實話，杭伯特不是去看他生病的母親而是和一個女人同居。審判之後，馬里歐厭惡自己「表現得像個女人」、「背叛男性忠於朋友的法則」，但他的朋友認為現在這些原則過時了，他們應該致力於建立一個新社會，而不是有人翹班時讓別人做他的工作。這些人正急著辯論案子的對錯時，在鐵絲網的另一邊，尤蘭達走過，馬里歐轉過來看著她，但他們是否會在一起，馬里歐是否能改變而使她留下來，並沒有清楚說出。這種模稜兩可的結局很恰當，使男性觀眾沒有得到任何解決方式，因為這樣可能使他遺忘這部電影。

但除了結局之外，更重要的是本片整體的效果，即對紀錄片和虛構故事有趣的運用。事實上，本片所提出的許多議題：關於電影中紀錄片寫實主義和敍事、虛構故事的相對優點在第十章中都已討論過。對社會主義社會中個人和社會改變所產生問題的反省，延伸為思考何種電影策略能最有效地使觀眾接受這**兩種**改變。如果男性抵抗性別關係的改變，很明顯的古巴的統治階級也抵抗經濟/身體領域的改變。

由電影策略層次來看，本片問了兩個重要而互有關聯的問題。第

一，傳統宣導式或紀錄片，藉由旁白敘述、駭人的景象及鏡頭的並置說明本片的道德觀點，說服觀眾同意，這種方式是否有效？第二，虛構故事是否能有效地促使個人改變或揭發性別關係中複雜的議題？這些問題藉由將兩種基本上不同電影並置的策略而產生，雖然兩種電影在「改變」這個觀念上和主題有相關，並藉由紀錄片鏡頭（例如大樓被撞毀）做爲暗喻，「撞毀」同樣可怕的父權架構下性別關係殘留物。

這兩種電影策略的並置迫使觀眾明白他/她對敘事的需要。因爲在觀賞過程中，觀者對紀錄片段不耐煩，總是想看故事。而突然剪接至紀錄片造成的中斷，使我們了解敘事電影的誘惑力，雖然本片敘事部分仍以寫實不煽情爲主。古巴導演和影評人一直關心敘事電影魅力的問題，因爲大眾對古典好萊塢電影一直有興趣。根據安利克・柯林那（Enrique Colina）的研究，每年在古巴放映的電影有一半是「資本主義」娛樂片，吸引滿場的觀眾❼。主流電影到底投射何種想像的世界而吸引了全世界？它觸動哪些基本需要？很明顯的，其中一項需要是敘事過程本身所提供的純粹歡愉，這點我在第十章已討論過，但問題接著產生（正如我們討論美國獨立製片導演目前正面臨的問題），即敘事的可能性不只在於娛樂，也可以是「教導」，挑戰現有的意識型態（如好萊塢電影）而非只是加強而已。

---

❼ Silva 和柯林那在《跳接》(p.32.) 的討論。柯林那寫道，這部分比革命前改善（當時百分之七十的電影由美國進口）。在柯林那對美國驚悚片《警網勇金剛》(Bullit) 的討論中可以清楚地看到他對好萊塢敘事體如何運作的關心。

讓我們試著將在看電影時阻止我們對片中英雄做出道德判斷，而使我們可以正面角度認同他的特殊表達手法來加以定義。我們也許能嘗試引用文學上的前例，來解釋爲什麼這種特殊的英雄在資本主義社會中被呈現爲一種娛樂。

柯林那的結論是，「我們的目標是發展讀者或觀眾的分析能力，使他們能抵抗文化入侵。」

換句話說，我們是否必須相信柏拉圖所說的，即所有的詩都腐化人心，因為詩只能以遠距離處理事物，因此必須禁止；或如西尼（Philip Sidney, 英國伊莉莎白女王時期作家）將詩視為最佳道德教導者，因為詩在提供歡愉的同時使教條較易被接受？

我認為莎拉‧葛美茲在《這樣或那樣》中是服膺西尼的方法，以取悅觀眾的方式教導我們道德教育。但她更進一步顯露提供取悅觀眾機制（mechanism）本身。因此我們同時也被教導了解電影裝置本身。跳開敘事是很突兀的，因為這強迫觀眾離開想像領域進入象徵領域。我們必須聆聽不同論點、統計數字、政治立場。我們思考人類時必須以抽象名詞代表全世界人類的方式思考，抗拒以輕鬆、認同方式認同像我們自己的男人或女人（男主角或女主角）。電影模式的轉變使我們明白觀眾對敘事的「上癮」，讓我們思考這種上癮，以及對較困難認知模式的抗拒。

同時，兩種風格的並置使我們明白**紀錄片**形式中的再現是經過高度選擇再建構的。每種電影形式均使我們明白**另一種**電影形式是經過建構的。因為電影裝置本身的說服力，使我們觀看一種電影形式時，不會特別注意到這是「經過建構的」。但由一種形式轉變至另一種形式則顯露出這個事實。這一切都是為觀眾製造的，並非自然生成的。

就在此刻，紀錄片片段提供了暗喻，並強調本片的基本主題，即性別歧視深植於人心中，必須以極大的力量、能力和承諾（和摧毀樓房為大家建造新穎、乾淨、整齊房屋和公園所需要的類似），才能改變我們和另一性別的關係。換句話說，如果這只是尤蘭達和馬里歐的敘事電影，我們可能在被娛樂、享受之後離開電影院，但並未**從內心**改變。當電影進行時，男性觀眾可能會認同馬里歐的掙扎，而必須認清他未注意到的一些部分。但當電影結束時（雖然並沒有真正的結局），

他（男性觀眾）離開電影院時，會忘記所看的電影和他日常行為之間的關係。但紀錄片帶來感官上的改變，內在改變的需要會更深植於觀眾心中。

．

第十四章

女性主義獨立製片電影前瞻

美 國 的 生 產 、 放 映 及 發 行 策 略

　　我們已知古巴電影工作者希望以有效的電影策略，產生必要的社會及心理改革時，他們所面對的諸多複雜的困境；但是和美國獨立製片導演比較起來，在電影的製作、放映及發行上看來，她/他們的處境顯得容易許多。古巴的觀眾雖然仍喜歡好萊塢商業電影，不過他們明顯對此有一更深的批評性自覺，而且他們頗能欣賞古巴導演發表的紀錄片及實驗電影❶。古巴導演(相對來說)從政府及人民共同的政治目標獲益不少。雖則許多古巴人顯然在心理或政治上都未能接受革命，但主流文化立場仍肯定革命，且認為古巴人應繼續實現此理想，無論相對的勢力為何❷。

　　試圖改變現狀的美國獨立電影工作者，則發現他/她們所處的情況稍有不同。以約十年的經驗來看，女性主義導演現在需要注意的，尤其是生產、放映及發行的問題，正以不被覺察的方式影響電影創作。問題是我在第十章所提到的爭議，主要已發生於抽象且理論性的層面上，而與生產、放映及接受的實際狀況有所區隔。由於我們如此專注

---

❶ 見 Humberto Solas 於 *Jump Cut. No.*19 (1978). pp.27-33 中的訪談，及 Enrique Colina 於 *Jump Cut. No.*22 (1980). pp.32-3 中的訪談。

❷ Cf. Julia LeSage (1979) *"One Way or Another: dialectical, revolutionary, feminist." Jump Cut. No.*20. p.20.

於理解「正確的」理論立場，「正確的」**理論性**策略，而忽略了觀眾「接收」(解讀)電影的方法，以及生產及接收所處的情況，特別是這些因此可能就決定了究竟是哪些電影會被拍攝，及電影是如何被解讀的❸。

　　從近來在《銀幕》等刊物的文章❹，以及麥克佛森 (Don MacPherson) 及威樂門 (Paul Willemen) 有關英國獨立製片一書的發行，可見評論界已轉入此一領域，這本書回顧了三〇年代，以探討生產、放映及發行如何型塑或影響了某些紀錄片的形式❺。雖然當你存於其中時，很難捕捉到什麼含意，但麥克佛森及威樂門的書仍**顯示出**明瞭獨立製片實際上仍受它不可避免存於其中的社會機制所型塑的重要性。

---

❸Julia LeSage 從 1974 年“Feminist film criticism:theory and practice”, *Women and Film*. Vol.1. No 5-6. pp.12-19 一文中開始思考生產、放映及發行的問題，而《跳接》將焦點放在女性電影其他的社會及政治脈絡等議題上，李莎吉的文章後以稍微修改的版本收錄於 Patricia Erens (cd.) (1979) *Sexual Stratagems: The World of Women in Film*. New York. Horizon Press, pp.156-67.

❹Marc Karlin et al. (1980-1) “Problems of independent cinema,” *Screen*. Vol.21. No.4. pp. 19-43. John Hill 及 Michele Barrett et al. (eds) (1979) *Ideology and Cultural Production*. London. Croom Helm 中的“Ideology, economy and British cinema.”一文；Anthony McCall and Andrew Tyndall (1978) “Sixteen working statements.” *Millenium Film Journal*. Vol.1. No.2 pp.29-37; Steve Neale (1980) “Oppositional exhibition: notes and problems.” *Screen*. Vol.21. No.3, pp.45-56; Michael O'Pray (1980) “Authorship and independent film exhibition.” *Screen*. Vol.21. No.2. pp.73-8.; Susan Clavton and Jonathan Curling (1981) “Feminist history and *The Song of the Shirt*.” *Camera Obscura*, No.7，pp.111-27. Susan Clayton and Jonathan Curling (1979) “On authorthip.” *Screen*, Vol.20, No.1, pp.35 -61; John Caughie (1980-1) “*Because I Am King* and independent cinema.” *Screen*, Vol. 21, No.4, pp.9-18.; Steve Neal (1981) “Art cinema as institution.” *Screen*, Vol.22, No.1, pp.11-41.

❺Don MacPherson (ed.) (1980) *Traditions of Independence: British Cinema in the Thirties* (with Paul Willemen). London, British Film Institute, 特別是 Claire Johnston 的“Independence and the thirties—ideologies in history: an introduction,” pp.9-23. 以及 Annette Kuhn. “British documentary in the 1930s and ‘independence’——recontextualizing a film movement.” pp.24-35.

完全獨立製片的電影基本上是一烏托邦的迷思。

在評論界不停爭論電影策略的這些年中，讓我先簡短列出某些主導各種另類電影的矛盾，以證實後面的陳述。

1.電影工作者得依靠他們所反對的體制的資助。

2.在反幻象電影中，導演所使用的電影手法對大多數習於敘事及商業電影的觀眾來說，相當不容易了解。

3.電影完成後，導演並沒有大規模發行、放映其影片的機構（只有在少數大城市的小型藝術電影院及學校社團活動中放映。應指出的是，歐洲情況稍有不同，且情況較好）。

4.最大的牴觸在於，那些意圖改變人們觀影、信仰及行為方法的電影工作者，僅獲得到一小羣已認同其價值觀的觀眾。

因此，評論者（希望是逐漸的，與獨立製片電影工作者）不僅需以正確的理論觀點來討論電影策略，同時也需論及上述矛盾處。我們需同時檢視（亦即做為一整體）我們的理論、電影策略以及影響電影被「解讀」的觀影策略（strategies of reception）。但於此之前，我們需仔細檢視電影生產的經濟基礎，及出資機構對於電影可能的影響。

許多近來美國獨立電影工作的完成，是因新的政府補助單位（國立的為國家人道主義基金及國立藝術基金；地方上則為不同的州立機構），及許多私人資助單位於七○年代對電影的興趣。問題在於：資金來源對生產的電影有何種程度的影響？同時，當電影工作者瞭解到何種電影可獲取資金時，他們會在多大程度上改變電影手法以取悅出資者？

依此架構發展的完整研究，將可顯示出獨立製片史在何種程度上本身即為出資者所建構。獨立製片史一如商業電影，是由其所處的經

濟關係所主導。這項研究無疑地可列出許多具不同創見卻因無法獲取資金而無能具現的計畫。其他還有實際上是獨立製片的電影，卻因相同的理由未能一開始就獲取資金。因為至少在美國，官方補助的電影同時也是那些在電影節中展出且得獎的電影，並受到圖書館收藏計畫的注意購買這些電影，並於大學或社區中放映（跨文化的研究對於闡釋美國特殊的政治文化限制，相對於歐洲的不同情況會非常有用。歐洲及美國另類電影的差異部分可經由不同文化論述及運用被詮釋）。

要是有上述的研究，可告訴我們「歷史」是如何形成的，同時也可顯示出，另類電影絕不可能獨立於社會之外。也就是說，另類電影無法經由其相對於主流電影，而突出於主流論述之外。我們可以知道另類電影在某種程度上來說，仍受他們企欲顛覆的重要電影所限。也許對女性主義電影工作來說，依據法蘭茲·法農（Franz Fanon）的說法，原始文化需經由相關的殖民主義才能往前進展，這種階段性的步驟是有必要的：我們目前處於唯一的策略為與主流相對立的階段。因此我們需思考如何不僅只是顛覆現有建制，以創造真正的另類電影，但這牽涉到如何超越主流論述的問題。正如我先前指出的，我們可能僅能**經由**主流論述來獲得解放。

只要我們能瞭解自己的處境，就可能對不同的獨立電影製作以及放映和觀影做出陳述並從中選擇。從前一觀點來看，電影工作者得從下列三種情況中選擇，1.持續製作他們想拍的電影，實驗各項理論及電影裝置，但這情況是他們要自籌資金，且拍好的電影僅能吸引少數已獲認可的觀眾；2.取得政府或私人企業的資金，同時付出得在形式或內容折衷的成本——雖然可能較預期中有更多自由度，且某些非當權派的支持者會對非傳統的文本感興趣；3.進入主流電影中奮鬥，在這種情況下，有實際選擇的危險性，及在意識型態或形式方面做出更多

的妥協（如克勞迪雅‧威爾、莉娜‧華特穆勒 Lina Wertmuller、吉莉安‧阿姆斯壯 Gillian Armstrong）。

面對這三種選擇，電影工作者的挑戰是，他們都需要更進一步注意主流論述的結構：人們得以現有的論述檢視可行之道，而不被其所屈服。正是經由這種張力，這種啓蒙的掙扎，才能在主流論述中開啓端倪，以此開始翻轉我們所理解現實的符碼。

第二個議題，關於接受及放映的策略，需與我們所使用的電影策略相聯結。舉例來說，身爲老師的我們很清楚前衛理論電影對一般學生觀眾的困難。許多作品對觀眾多有所求，且其爲非常特殊的電影。對電影及某些哲學或其他議題更廣泛的涉獵，對於理解許多電影中的意涵是必須的。對好萊塢電影觀眾而言，需有全新的觀影習慣，特別是在觀影樂趣方面。

這種樂趣，正如我們所知，與將觀眾與銀幕結合的特殊敘事結構相關聯，這主要是經由家庭浪漫劇及認知/認同的機制，將我們固著於父權文化的特定位置中。許多新電影（如我們在第一章中所見）刻意將觀眾排拒於他們所習慣的樂趣之外。我們得思考是否可能有一種既愉悅卻又不會產生商業電影中退化效果的敘事形式，或者是否可能教育觀眾學習的樂趣(一種認知的過程)，以做爲一種反認知/認同的樂趣(情緒性的過程) ❻。

爲了充分回答這些問題，我們需對改變的發生有更多瞭解：這是經由意識(包括潛意識)、範例(典範的仿傚)，或是人類情感的作用？同時，我們也得對人們如何「閱讀」電影有更具體的瞭解。舉例說來，

---

❻ Metz (1979), "The cinematic apparatus as social institution:an interview with Christian Metzs." *Discourse*, No.1, pp.20-8 中詳盡地討論了這些議題。

關於何處同時放映寫實主義及理論性電影，且產生什麼效果的資訊是非常有用的。在何種情況下理論性電影是可行的？寫實主義電影在不同情境下如何被「解讀」❼？電影在(假設說)紐約電影節、教室及工舍中放映會有不同的回應。這些差異究竟為何？我們又如何看待它們❽？

在獨立製片的觀影策略方面，我們需考慮新的觀影情境以產生較佳的結果，特別是對理論性電影來說。許多理論性電影的導演，藉由以注釋來說明電影的意涵和知性的內容，或在放映時與導演對談，做為觀影準備的實驗❾。另一概念是拍攝特別針對某類觀眾的電影，因此電影工作者及觀眾可有一共同觀影的基本架構，因此觀眾可立即進入電影所指的範圍❿。這對理論性及寫實主義電影來說都非常有用；因為也許寫實主義最具功能的用途為，在某一特定時空的政治運動(例如罷工、墮胎及兒童保育)，需要有直接且可獲得的資訊時，以獲得支持及闡明策略。

即使我們可改善只達到少數固定觀眾的情況，或找出開發觀眾的方法，獨立製片較大的放映問題依然存在。在美國，我們永遠無法企及理想中的大眾。正如我指出的，在歐洲情況較好，因電視已成為各種激進電影放映的管道 (尤其是在德國和英國⓫)。而某些獨立製片能

---

❼ 見 McCall and Tyndall, "Sixteen working statements."，它們認為寫實主義電影通常對觀眾並沒有持久的影響。

❽ 舉例來說，Pat Ferrero 於 1980 年紐約電影節放映《Quilts》(1980) 時引發觀眾的笑聲(這種電影策略並不保證有這樣的回應，對這種真實-寫實主意是一很重要的評論)。而在女性主義的課堂上，這部影片有了感人啟蒙的經驗.

❾ 彼得‧伍倫及蘿拉‧莫薇已實踐過於影片放映時到場，而莎莉‧波特、Susan Clayton、Jonathan Curling 及米雪‧西桐亦然。從這些電影工作者身上汲取他們與觀眾間互動的經驗將非常有趣。

❿ 見 McCall and Tyndall, "Sixteen working statements"

在劇院放映，在此處是鮮少的⓬。主流論述如何運作在各個文化間顯然是不同的，而檢視此種差異也許對美國會有更多瞭解，及關注何種策略可獲得更多觀眾，而又不會讓我們想說的以及說的方法上得大量妥協。

對女性主義電影理論及女性主義電影工作者來說，專注於這些中心議題是很重要的，並可以此打破僵局，我認爲這是我們在十年密集、多樣且令人興奮的作品中已達到的。我們必須創造女性主義理論者及電影工作者可共同努力、互惠的情況。正如我指出的，至少在英國，電影工作者及理論家之間有明顯有益的合作，已製作許多有趣且創新的電影。這種合作在此才剛開始（例如第十二章分析米雪•西桐的《女兒的儀式》，顯示出新的理論對她電影的影響，她試圖跨越早期寫實主義眞實電影及新的反幻象電影的鴻溝）。若我們可以共同發展出生產、放映及觀影的新策略，這種合作在可預見的未來將產生有趣的作品。然而，發展關於突破父權體制主流論述的理論同時也是必要的。下一章將簡要說明此一議題。

⓫ 在英國，英國第四電視台（Channel 4）方始營運，且提供了獨立電影工作者一放映的管道。觀察這些結果及電影工作者爲英國電視台工作的經驗將非常有趣。
⓬ 舉例來說，莎莉•波特的電影爲商業放映，在美國，獨立製片電影鮮少獲得放映，其他亦如 Kopple 的《美國哈蘭郡》，但這後來總是以寫實主義的模式呈現。

第十五章

結論：母性與父權論述

在本書的後半部分，我們省思了歐、美與第三世界國家的女性導演，她們對於好萊塢處理女性影像所做的多種回應，並開始探討女性做為主體的聲音與地位的可能性。新近女性導演所拍攝的影片一直在強調，在父權建構外的女性特質可能為何。如果女性只能從父權所定義的位置來發言，那單單只是「給女性聲音」就足夠了嗎？如果既成的男性論述是全然統一與完全掌控的，那女性如何能在其中寫入另一個「現實情狀」呢？女性從何得知有任何其他的「現實情狀」呢？

我們已經檢視過了新女性導演對於這些問題採取的不同理論立場；有些女性相信，只是說出我們的經驗與展現我們日常生活影像就能帶來變革；其他的人則認為我們能夠做的，只是明白表達出我們在藝術與文化中的壓抑位置，並提出有關父權影響之外女性特質受抑的問題。

在此我想扼要地介紹一個立場，那是介於這兩個極端之間，而且在第十二章裏對於有關母性的電影的討論已被提出的位置。利用不同的理論處理方式，不同作者（包括桃樂絲‧狄恩史坦，艾德安‧瑞奇 Adrienne Rich、茱麗亞‧克麗絲特娃、蘿拉‧莫薇、南西‧卻多洛）建議我們回過頭去看基本的母子關係，以發掘女性為什麼一直被壓迫，為什麼父權試圖控制女性。就某些方面言，男孩永遠不能從曾經

被養育與全然地依賴於這樣一個人物——先是被閹割，再者又擁有一個在他看來是邪惡的性器官（陰部）的人物——這樣的事實中復原。此外，男孩也因爲認知到他那小小的性器官永遠不能滿足母親，而受到威脅。女性理論家則主張，在很多方面來看，所有或是部分原因是父權必須將女性放置在某個位置上，以緩和她們所引起的威脅。

但是猶如我在第十二章指出的，女孩被母親養育的經驗則相當不同。在心理分析中，這些差異沒有適當地處理其實正是永續壓迫女性的一部分，就好像心理分析也忽略了從母親的位置來看待她的事實一樣。由於試圖去修正被母親養育的不同性別經驗，南西・卻多洛也許最清晰地例證了女孩跟母親的關係將還是永遠不能解決、且不完整。在異性戀性態中她被迫離開她一開始的愛戀對象，而且註定永遠無法回復到原來狀態（與母親融合的一體），但男孩子則經由迎娶某個像他母親的人，能夠以另外一種方式重獲他原始的滿足。女孩則必須將她對愛的需求移轉到父親身上，但猶如卻多洛所顯示的，他(父親)從不能全然地滿足這種需求❶。

如同我們在第十二章看到的，蘿拉・莫薇與彼得・伍倫在《人面獅身之謎》裏試圖經由直接地面對，來矯正父權文化中那種對於母親的壓迫。影片主張女性「生活在一個由父親所統治的社會，在其中母親的位置被壓抑著。母性（活在其中或不活在其中）則存在著這兩難之境的根源」❷。在一次訪問中，莫薇指出心理分析對她有關母子交換（「兩者間的認同，以及對於自體中心與在『他者』身上的對自我認

---

❶ Nancy Chodorow (1978) "Psychodynamics of the family" in Nancy Chodorow (ed.) *The Reproduction of Mothering*, Berkeley, Calif., Univ. of California Press, pp.191-209。

❷ *"Riddles of the Sphinx*: a film by Laura Mulvey and Peter Wollen; script"*, *Screen*, Vol. 18, No.2 (1977), p.62。

知的暗示」）的理解之影響，但她接著表示這是一個很少從母親的觀點來閱讀的領域❸。

另一方面，如同我們在第十一章看到的，《佛洛伊德的朵拉》的導演則呈現了心理分析是如何忽略母親。女兒的評論（結尾時母親閱讀的信中）陳述了佛洛伊德在其個案紀錄中遺忘了朵拉的母親，而不是從「再現的許多隙縫裏」來討論她（就此而言，歷史的母親就只是其中之一而已）。這種省略不只是一種忽略，而且，就佛洛伊德的體系而言，還是一種必須❹。

但是蘿拉・莫薇與茱麗亞・克麗絲特娃以不同方式證明了這種對於母親的省略其實是提供了某種希望，因為它顯示出父權文化並非是完全統一、被全然地縫合著；它有女性能藉之而開始質疑進而引導出改變的隙縫。母性變成由此開始去再型構我們做為女性的位置的一個地方，就因為父權並沒有在理論上或社會領域中處理它(意即，經由提供免費的孩童照顧，免費墮胎、產假、小孩課後照顧等等)。除了實質化、浪漫化與理想化之外，母性在所有階層都被壓抑❺。然而女性一直在跟做為母親的生活搏鬥著——沉默地，安靜地，經常是苦惱地，經常是無上喜悅地，但總是試圖讓我們(男人與女人)全都忘了我們母親所在的社會邊緣。

但是，令我印象深刻的是「母性」與我們都曾被母愛所孕育的事實，將是不會被抑制的；或者，如果這樣的嘗試成功的話，那將會有象徵壓抑的恢復(到意識域)」的結果。在父權體制的整個建構中，女

---

❸ Sandy Flitterman & Jacquelyn Suter (1977) "Texual riddles: woman as enigma or site of social meanings? An interview with Laura Mulvey", *Discourse*, Vol.1, No.1, p.107。

❹ Claire Pajaczkowska (ed.) (1981), "Introduction to script for *Sigmund Freud's Dora*", *Framework*, Nos.15-17, pp.75-81。

❺ Flitterman & Suter, "Texual riddles", pp.109-20。

性彷彿是「缺席」的，而壓抑母性的需要以及遺留在男性中的痛苦記憶是造成它缺席的原因。陽物的運作只有建立在「它者」缺席的這個條件上，因此整個焦點變成在「閹割」上頭。但是，這種焦點是否可能是被設計來掩飾母性所擁有的更大威脅呢？女性猶如被閹割的這個觀念，隱藏了對於母親的恐懼，使我首先將焦點放在好萊塢的一部影片《金髮維納斯》上，而在這本書的後半部，則著重於近期女性電影提出母性如何在父權體制中被建構的整個議題。在此，我想簡要地陳述為什麼如果女性是要往前邁進的話，將焦點放在「母性」上非常重要。

桃樂絲‧狄恩史坦和艾德安‧瑞奇都根據一些傳統的佛洛伊德概念，將凱倫‧霍妮所分析對女性的一般恐懼，延伸到特別是對於母親的恐懼上。例如，瑞奇提到「男性對女性擁有生命創造力的那種自古以來不曾間斷地嫉妒、敬畏及恐懼，已經由對女性其他創造力的憎恨所替代」。瑞奇指出對母親的恐懼如何被置換到一種會引發報復的恐懼❻。同時狄恩史坦將米蘭妮‧克萊和西蒙‧德‧波娃的想法加以延伸而顯示出，首先，環繞著母親這個人物的極度曖昧，就好像她被分裂成「善」與「惡」兩種客體一樣❼；再者，母體因為與非人的、自然及超自然力量等聯想在一起所遭受的輕蔑貶抑❽。我們可以歸結出，早期跟母體的經驗所引發的強烈感情，導致父權體制對母親的壓抑，因此反而去強調女性的缺席。

然而，如果我們從女性的立場來看，這種缺席是否必然有著父權所主張的那種可怕暗示呢？把焦點放在女性猶如性物(簡單地說)或

❻ Adrienne Rich (1976) *Of Woman Born*, New York, Norton, pp.40, 41。

❼ Dorothy Dinnerstein (1977) "*The Mermaid and the Minotaur*", New York, Harper, pp.95, 97-8, 105-6。

❽ 同上，pp.116-19。

（複雜而言）猶如被拜物化的對象（自體中心的男性欲求），這些我們經由一直在追蹤的好萊塢影片，也許就是壓抑母性的設置的一部分。這種堅持對性別角色的嚴格定義，與支配-被動、窺視癖-戀物癖的機制，也許就是爲了這個目的而被建構的。

　　以這種方式來強調母性的議題，就不會必然地掉入本質論的陷阱。首先，我不否認「母性」就是以她那種被壓抑的地位而被建構在父權體制裏的；其次，我也不是說女人天生就是母親；第三，也不是說唯一能夠表達女性特質的理想關係即爲母性。相反地，我是說「母性」是至今仍然曖昧不明的領域之一，能夠讓我們再形構既有的位置，而不是在我們身處其中的體制之外去發現出一個特性來。這是一個人們可以開始重新思考性差異的地方，而不是終點。

　　讓我在此簡短地回顧「母性」能夠被放置在心理分析中來考量的幾個主要方式。首先，也是最保守的，「母性」一直被分析爲如同本質上就是自戀的（narcissistic）關係，而且與閹割的問題相關。就這方面而言，它類似男性的戀物癖，即如男性爲了減低女性的威脅而將女性拜物化（在「它者」身上尋找自我）；所以女性將小孩「拜物化」，在其身上找尋陽物象以「補償」閹割的情結。就重新閱讀古典佛洛伊德的立場而言，她將此宣稱爲母性的「父性象徵」之樞軸：

分析的論述證明，對於母性的慾望即是爲父親生育一個小孩的慾望（她爲自己父親生一個孩子），因此，父親通常被同化類比爲小孩自身，以致於回歸到它猶如**被貶抑的男性**的位置，只有在發揮其功能時才被召喚，以便去創造與正當化再生產的慾望❾。

　　再者，「母性」可以被視爲自戀者，但不是在於從小孩身上找到陽物象徵，而是從小孩身上找到**自我**（這以另一種方式類似女性的男性

戀物化）；女性在此與小孩的關係並非如同「它者」，而是如同其本身自我的延伸。第三，最極端地（但此亦是會導致本質主義的立場），人們可以主張說，既然律法壓抑母性，就留存有一個經由之就可能得以顛覆父權體制的隙縫。

後者的立場反映了克麗絲特娃對於「母性」第二可能性的概念，意即她所謂的「非象徵、非父性的意外」，反映了無法以言語表達的一個「前語言的、無可表陳的記憶」，「對於主要壓抑的限制之一種脫離」❿。克麗絲特娃很有意思地認為，母性是「女人-母親和**她**母親的身體再結合」的唯一途徑。對克麗絲特娃而言，只因為母親的身體欠缺陽具它是所有女性渴望的；在此，女人具體化了「母性那同性戀的一面」，在其中女性「更接近其本能直覺的記憶，更接受其自身的精神傾向，也因此對社會的、象徵的束縛限制更為否定」⓫。那麼在「母性」中，因全然地認同，女人變成她的母親。克麗絲特娃在此找到了一個可以補償異性戀性態所無法做到的位置，意即提供（猶如它為男性所做的）一個與母親的再融合。

不幸地，這些上述（亦為最有希望的）立場有兩個問題：第一是本質論的危險，第二是如何在一個壓抑母性的象徵領域裏來**表達**母性。猶如蘿拉・莫薇所看待的，女性面臨一種不可能的兩難困境：維持在想像領域中、與小孩在一起的幻想共同體裏（繼續守在這個領域裏），或者是進入母性「不能被言說」、不能「再現在一個權力位置上」的象徵領域裏⓬。對克麗絲特娃而言，既然母性那同性戀的一面看來似乎

❾ Julia Kristeva (1980) "Motherhood according to Bellini"，由 Thomas Gora, Alice Jardine, Leon S. Roudiez 翻譯，收錄於 Leon S. Roudiez (ed.) *Desire in Language: A Semiotic Approach to Literature and Art* (New York, Columbia Univ. Press), p.238。
❿ 同上，p.239。
⓫ 同上．p.239。

只是「一堆字，完全欠缺意義、理解、感覺、替換、節奏、聲音，幻想地附著在母體之上，就好像是游泳池上的一個銀幕」❸，那麼沉默就是唯一的抵抗了。

但這不正是背叛了理論性形構的限制的其中一個位置？在這些位置中，是對本質論的依附，以及想像領域與象徵領域之間的分裂。在最近的一分論文中，瑪麗・安・竇恩例證了(在女性主義電影實踐與理論方面)超越本質論與反本質論之間對立所引起的僵局的必要。竇恩指出，本質論的電影實踐目的是「生產提供純粹反映真實女性的影像，將女性的身體還諸女性，猶如是她當然的所有物一樣」❹。這種立場是假設身體「之於透明的電影論述是可企及的」，就好像意義生成可能存在心靈之外。在指出此立場的錯誤之中，反本質論顯示這如何「保留了父權體制本身最強而有力的合理化」，假定「女性本質」與「天生、既定或就正好在政治行動的範疇之外，且因而不可改變者」❺之間必然關聯性。

但是，相對地這種反本質論的危險是將女性身體絕對排除在外，「拒絕想像或再現那樣的身體的任何嘗試」。竇恩主張這兩種立場都否認了「提出身體和心靈間複雜關係的必要」，而且顯現了對於「將女性身體建構為猶如一個名詞的遣詞構句」❻的必要。最近有關「母性」的理論著作 (特別是法國的著作) 與一些女性主義前衛電影，已開始

❿ "Women and representation: a discussion with Laura Mulvey", *Wedge* (London) No.2, (1979) p.49。

❸ Kristeva, "Motherhood according to Bellini", pp.239-40。

❹ Mary Ann Doane "Woman's stake in representation: filming the female body", *October*, No.17 (1981), p.33。

❺ 同上，p.26。

❻ 同上。

營造這類新的用辭構句❶，就如我們所知的一些美國學者（像是南西‧卻多洛和桃樂絲‧狄恩史坦），應用更多傳統佛洛伊德概念，已經開始「言說」一種有關母性的論述，好比是「經由」父權論述來言說一樣（意即，雖然仍維持在心理分析的範疇裏，卻提供了有關母親的定位和有關女孩的伊底帕斯循環的新見解❶）。

除此之外，從一個社會學的觀點來看，我們都生活在母親逐漸地與子女共同生活的一個時期，為衍生新的心理型模提供了可能性；父親漸漸地變得參與養兒育女的工作，也與子女共同生活相處。佛洛伊德的那種科學（牽涉到研究生長在嚴格的維多利亞式中產階級家庭環境的人們）嚴謹地被應用到現代人身上，而導致了不同的結論。單親母親之於小孩的關係，被迫讓他們變成為主體，她們被迫去發明創造出新的象徵角色：結合了先前指派給父親的位置與傳統女性位置的角色。既然身處單親家庭環境裏，孩子無法將母親定位為猶如「父親的法則」的客體，因為是**她的**欲求讓事情運作起來的。

方法論學通常本質上不是變革的就是反動的，但開放於為了多種不同用途的運用。就這一點而言，女性主義者可能必須採用心理分析，但是必須以一種對立於傳統方式的態度來執行。其他的心理進程明顯地能夠存在，而且可能說明了我們在西方資本主義文化薰陶下克服所面對的混沌困境那種心理型模。例如，茱麗亞‧克麗絲特娃提出欲求在中國以一種非常不同的方式在運作，並且敦促我們以非常謹慎的心理分析角度來研究中國文化，來看看可能性為何。她在中國並沒有發

---

❶ 有關母性的法國理論的典範案例，見 Isabella de Courtivron 與 Elaine Marks 於 1980 年編輯的 *New French Feminisms*, Amherst, Mass., Univ. of Massachusetts Press 出版，與《人面獅身之謎》、《女兒的儀式》、Marjorie Keller 的《Misconception》與海琪‧山德的《All Round Redupers》。

❶ Nancy Chodorow, "Psychodynamics of the family"。

現到我們在西方所謂的「陽物原則」（phallic principle）所決定的再生產與象徵性的再現。雖然後來克麗絲特娃警告將中國人的問題等同於我們自己問題的危險，但她還是將他們的情況看做是對於「因爲我們語言與死靜的沉寂，已經在世界這邊作用的一個形上學傳統與生產模式」❶的一個批判式起點。

許多我們在好萊塢影片所發現到的機制，是深植在西方資本主義文化的迷思之中，因此並非神聖不可侵犯的、永恆的、不變的或天生必然的。它們反而反映了父權體制的潛意識，包括對母親所帶有的前伊底帕斯時期的豐饒的恐懼。女性爲男性凝視所支配，是父權意識要去吸納母親具體化的威脅，去控制在男性潛意識裏留下曾受母親養育的記憶蹤跡那種正、反面的衝擊。因此，女性反過來已經學習到將她們的性慾男性凝視聯結，爲尋找她們客體化的情慾，她們處於一個受虐狂式的位置。經由遵照享樂原則，她們已經參與並且還永續了她們的支配，她們因此不會被安置在原有的位置。

每件事因此都圍繞著享樂議題打轉，也就是在這裏父權的壓抑是最負面的。因爲父權結構一直被設置來讓我們忘記每個人，不論男女，和母親曾共享的相互、快樂的聯繫。一些近來的實驗性研究（猶如對抗心理分析的研究）顯示，凝視最先在母子關係中被啓動❷。但這是

❶ Julia Kristeva "Chinese women against the tide", Elaine Marks 譯自 "Les Chinoises à 'contrecourant'"。收錄於 Courtivron 與 Elaine Marks 的 *New French Feminisms*, p.240（但 Marily Young 最近的作品所建議的那些有關中國的論點可能都不是這麼好）。

❷ Eleanor Maccoby 與 John Martin (1983) "Parent-child interaction", 收錄於 E.M. Hetherington (ed.) *Handbook of Child Psychology*, New York, Wiley。除了我主要一直在考量的理論性、心理分析的論述之外，在此我們明顯地必須小心所介紹的這些在全然不同階層作用的論述。然而以有著更多實證基礎的論述，來跟心理分析的論述相抗衡，也許能引導至理論的開發，引導至對於心理分析框架定位女性僵局出路的暗示。但那是另一本書的事了。

一種**相互性**的凝視，而不是將這兩者其中之一貶抑到從屬位置的那種主客體關係。父權體制努力地避免它所(神祕地)畏懼的母權回歸（這可能發生的情況是親密的母子聯結的回歸），反過來支配或替代「父親的法則」的位置。

在此我一直嘗試說明的是，當女性性慾（也許是不可避免地）被套牢在象徵領域時，對「母性」而言這卻並非全然真實。女性性慾一直為男性凝視所擺佈，此外，這種支配-被動的模式或許對於西方資本主義文化下的兩性而言，是性愛的天生元素。因為父權體制與異性戀性態之間的糾結，它的論述一直能夠支配女性的性慾，包括女同性戀的關係❷。但是，當「母性」必然地被象徵領域挪用時，克麗絲特娃和其他人已經表明了，還是有一些仍未遭染指、未被父權體制所滲透的部分。這是因為，不同於在性慾的領域裏面，部分的「母性」是存在於父權的考量、網路脈絡及組織配置之外的。就是這個部分逃脫了父權的掌控。父權支配女性性慾的極端性，可能正出自面對「母性」所代表的威脅之無助反動。

這絕不是在主張回歸到母權體制是可能的或是可欲求的。我們反而要超越長久以來文化及語言的對立模式：男人/女人(猶如這些名詞近來所意指的)；支配/臣服；主動/被動；自然/文明；秩序/混亂；母權/父權。如果嚴格定義的性別差異一直被建構在對於「它者」的恐懼上，我們必須思考如何去超越這些只帶給我們痛苦的二分法❷。

---

❷ 我的意思是，既然異性戀性態被變成為「正常」，女同性戀關係通常沒有其他選擇，只能被設置為猶如「正常」的逆向指標（因此在某種程度上它們的形態為「正常」所控制，或模仿「正常的」異性戀配偶關係）。

❷ 參考 Jessica Benjamin (1980) 的重要文章"The bonds of love: rational violence and erotic domination", *Feminist Studies*, Vol.6, No.1, pp.144-73。

影片資料與劇情簡介

好萊塢電影

茶花女 (CAMILLE, 1936)

製片：Irving Thalberg, Bernard Hyman；導演：George Cukor；編劇：Zoë Atkins, Frances Marion, James Hilton，根據 Alexander Dumas 的 *La Dame aux camélias* 改編；攝影：William Daniels, Karl Freund；藝術指導：Cedric Gibbons；剪接：Margaret Booth；音樂：Herbert Stothart；舞蹈：Val Raset；演出：Greta Garbo (Marguerite Gautier); Robert Taylor (Armand Duval); Lionel Barrymore (Duval 先生); Elizabeth Allan (Nichette); Jessie Ralph (Nanine); Henry Daniell (Baron de Varvillle); Lenore Ulric (Olympe); Laura Hope Crews (Prudence); Rex O'Malley (Gaston); Russell Hardle (Gustave); E. E. Clive (Saint Gaudens); Douglas Walton (Henri); Marion Ballou (Corinne); Joan Brodel (Marie Jeanette); June Wilkins (Louise); Fritz Leiber, Jr (Valentin); Elsie Esmonds (Mme. Duval); Edwin Maxwell (醫生); Eily Malyon (Thérèse); Mariska Aldrich (Marguerite 的朋友); John Bryan (DeMusset); Rex Evans (同伴); Eugene King (吉普賽首領); Adrienne Matzenauer (歌手); Georgia Caine (路人); Mabel Colcord (Barjon 夫人); Chappel Dossett (神父); Elspeth Dudgeon (侍從); Effie Ellsler (Duval 祖母); Sibyl Harris (Georges Sand); Maude Hume (Henriette 姑媽); Olaf Hytten (荷官); Gwendolyn Kogan (女家庭教師); Ferdinand Munier (神父); Barry Norton (Emile); John Picorri (樂隊領隊); Guy Bates (拍賣人); Zeffie Tilbury (老公爵夫人)

拍攝：Metro-Goldwyn-Mayer Studios

完成：1936 年 12 月

放映：1937 年 1 月

片長：108 分鐘

劇情簡介：《茶花女》是關於一名叫瑪格麗特‧高蒂耶的女人的故事。電影開場是一八四〇年代的巴黎，靠有錢男人過日子的她已患有肺結核，但是她仍然堅持過歡樂的日子，每夜沉溺在歌劇裏，向她的好友普蘿登絲買華服，而且一定在髮間上別著昂貴的山茶花。

誤將亞蒙‧杜瓦（僅是一位中產階級律師的兒子）當做是富有的瓦維伯爵，瑪格麗特開始了她的初戀；但她拒絕了，反而投向這位富有伯爵，過了一段時間，我們知道她病了好一會兒，而當時伯爵也外出旅行好一陣子。瑪格麗特後來到拍賣場碰到亞蒙，才知道當她病時，他天天來探訪，因此她邀他當晚到她開的派對。

整個派對非常吵雜。亞蒙覺得相當不安，當瑪格麗特被一陣突來的咳嗽嗆住時，阿蒙扶著她到房裏。兩人因此有了互訴衷曲的機會，她把鑰匙給他，希望當晚稍後他可以回來看她。然而，伯爵改變計畫回來了，因此亞蒙進不來。伯爵開始懷疑瑪格麗特的忠貞，她心底想著她的幸福已因此溜走了。

亞蒙回家要一筆錢準備出國。瑪格麗特收到一封信告訴她亞蒙將遠行時，她立即拜訪他。兩人的感情又重新燃起。瑪格麗特答應隨亞蒙到鄉下渡日，但她必須先回城裏和伯爵把一切財務上的事情辦完。這當然指的是向伯爵要錢。

接著是快樂的鄉村生活，瑪格麗特拋棄了城裏的華貴嗜好，享受鄉村生活的單純樂趣，不過，她與亞蒙都知道他們住的這個城堡是伯爵的財產。

有一天當亞蒙在城裏尋找機會謀生來賺取自己和瑪格麗特的生活費時，杜瓦先生（亞蒙的父親）來探訪瑪格麗特，希望她為了亞蒙能放棄他；他說亞蒙是無法和生活圈外的女人一同生活的。懷著破碎的心，瑪格麗特假裝不愛亞蒙而回到伯爵的身邊。而亞蒙也因此遠行海外。

時間飛快地過去，兩人重逢於一個俱樂部。亞蒙對瑪格麗特冷嘲熱諷，但也表示了難忘舊情，只是瑪格麗特堅守自己對杜瓦先生的承諾，亞蒙從伯爵處贏了一大筆錢，懇求瑪格麗特回到他身邊，隨他離去，她不依，他於是將贏來的錢灑了她一身。亞蒙與伯爵兩人因而對決，伯爵受傷，亞蒙遠離法國。

後來，瑪格麗特被伯爵拋棄，重病在身而身邊所有財產也被剝奪，她只

有全心期待亞蒙回到身邊。終於，亞蒙懷著悔恨之心及時在她死前找到了她。兩人終於在一起，但是，幸福卻只停留那麼短暫。

金髮維納斯 (BLONDE VENUS, 1932)

導演：Joseph Von Sternberg；編劇：Jules Furthman, S. K. Lauren；故事：Joseph Von Sternberg；攝影：Bret Glennon；藝術指導：Wiard B. Ihnen；歌曲：Ralph Rainger 的"Hot Voodoo"及"You little so and so"；歌詞：Sam Coslow; "I could be annoyed" by Dick Whiting and Leo Robin (lyrics)；音樂：Oskar Potoker

演出：Marlene Dietrich (Helen Faraday); Herbert Marshall (Edward Faraday); Cary Grant (Nick Townsend); Dickie Moore (Johnny); Gene Morgan (Ben Smith); Rita La Roy ("Taxi Belle" Hooper); Robert Emmett O'Connor (Dan O'Connor); Sidney Toler (偵探 Wilson); Cecil Cunningham (夜總會老闆); Hattie McDaniel, Mildred Washington (黑人女傭); Francis Sayles (Charlie Blaine); Morgan Wallace (Pierce 醫師); Evelyn Preer (Iola); Robert Grave (La Farge); Lloyd Whitlock Baltimore (經理); Emile Chautard (Chautard); James Kilgannon (Janitor); Sterling Holloway (Joe); Charles Morton (Bob); Ferdinand Schumann-Heink (Henry); Jerry Tucker (Otto); Harold Berquist (Big Fellow); Dewey Robinson (希臘籍餐廳老闆); Clifford Dempsey (Night Court Judge); Bessie Lyle (Grace); Gertude Short (招待員); Brad Kline (紐奧爾良警察)

拍攝：Paramount Studios

完成：1932 年

放映：1932 年

片長：80 分鐘

　　劇情簡介：艾德華在德國旅行時認識了女演員海倫，當時她正和朋友在湖邊游泳。一見鍾情的艾德華立即和她約會並迅速結婚。時間緩緩過去，在紐約的海倫正在為他們的兒子強尼洗澡。但此時艾德華已因研究工作的關係患了嚴重的病。而也因研究未有成果，家中並沒有足夠的錢，因此海倫決定重披歌衫為艾德華籌德國求醫的旅費。

在經紀人班・史密斯的安排下，海倫來到政客尼克・湯森常去的俱樂部工作。尼克立刻被海倫的表演所吸引，並邀請她在秀結束之後見面。海倫因此很晚才回家，手中還有一張金額足供艾德華到歐洲求醫的支票。

就在艾德華旅歐時，海倫與尼克墜入情網，他要她和強尼搬到他的華屋共同生活。

另一方面沒想到艾德華很快痊癒回到紐約，發現人去樓空，找不到海倫。直到有一天海倫回公寓來取郵件，發現艾德華已回來，立即表示她願意回來與他共同生活。艾德華立即以諷刺的姿態拒絕了她，並要回強尼。海倫不得已答應他，但心中已準備帶走強尼遠走高飛。

下一場戲即是海倫帶著強尼四處遊盪，並躲避艾德華僱來的偵探。愈向南走之際，她也愈發無法登台唱歌，因為太公眾、招搖，最後她只好出賣自己，她將強尼照顧得很好，教他讀寫並要他記住父親的樣子。

最後，禁不起長期煎熬，她終於向一位根本認不出是她的偵探自投羅網。艾德華立即前去找她，領走強尼之際還把一筆錢還給海倫。海倫轉身將錢轉送給無家可歸的流浪婦人，立志要靠自己過活。

一連串的蒙太奇快速交代海倫成名的經過。在巴黎最時髦的俱樂部裏，以迷人的男性裝扮表演歌唱。尼克・湯森也在那兒捧場，並在表演結束後到她的化粧間找她。美麗但冰冷的海倫假裝快樂且毫不在乎。尼克知道她的心事，給了她一張回紐約的船票，暗示他仍然想她，且她也懷念兒子強尼。

海倫和尼克抵達紐約，並找到艾德華的公寓，他最後同意讓海倫見強尼，但生氣地拒絕尼克在金錢上的幫助，強尼很高興看到媽媽，而海倫也立即扮演起媽媽的角色，為他鋪床安排入睡。看著海倫如此入神地照顧強尼，尼克安靜地離開。就在強尼要求海倫講他最喜歡的床邊故事——她與艾德華相遇的故事時，艾德華心軟了。海倫和他終於彼此原諒，回復全家人的生活。

上海小姐（LADY FROM SHANGHAI, 1946）

製片：Harry Cohn；助理製片：Richard Wilson, William Castle；導演：Orson Welles；助導：Sam Nelson；編劇：Orson Welles，改編自 Sherwood King 的小說 *If I Die Before I Wake*；攝影：Charles Lawton, Jr；攝影機操作員：Irving Klein；剪接：Viola Lawrence；藝術指導：Stephen Goosson, Sturges Carne；場景裝置：Wilbur Menefee, Herman Schoenbrun；特效：Lawrnece Butler；音樂：Heinz Roemheld；音樂指導：M. W. Stoloff；樂隊：Herschel Burke Gilbert；歌曲："Please don't kiss me" by Allan Roberts, Doris Fisher；服裝：Jean Louis；錄音：Lodge Cunningham

演出：Orson Welles (Michael O'Hara); Rita Hayworth (Elsa Bannister); Everett Sloane (Arthur Bannister); Glenn Anders (George Grisby); Ted de Corsia (Sidney Broom); Gus Schilling (Goldie); Louis Merrill (Jake); Erskine Sanford (Judge); Carl Frank (地方法院檢查官 Galloway); Evelyn Ellis (Bessie); Wong Show Chong (Li); Harry Shannon (馬車駕駛); Sam Nelson (警官); Richard Wilson (Galloway 的助理); 舊金山京劇院表演者

拍攝：Columbia Studios，攝於好萊塢及墨西哥、舊金山

完成：1946 年

放映：英國──1948 年 3 月；美國──1948 年 5 月

片長：80 分鐘

發行：Columbia

　　劇情簡介：麥可・奧哈拉夏夜在紐約中央公園閒逛，他是個失業的小說家，遇見了年輕貌美的艾莎・班尼斯特，她是亞瑟・班尼斯特的妻子。而班尼斯特是個跛腳的且惡名昭彰的律師。整部電影是以回溯的方式進行，麥可在旁白告訴觀眾，當時有幾個混混劫持了她的馬車，麥可救了她並帶她到停車場，他當下就被艾莎的美貌吸引。艾莎向他提議到她的船上工作，她和亞瑟正要乘這艘船到舊金山去。因害怕她致命的吸引力，他婉拒了。

　　在職業介紹所，亞瑟・班尼斯特前來找奧哈拉；在介紹所裏是兩個人喝醉了，麥可覺得該為班尼斯特在船上安危負責。艾莎接著說服麥可接受這個工作。

　　船即開航。有一天，船靠岸休息，艾莎在附近游泳，喬治・葛里斯比上船告訴麥可關於艾莎如何迷戀他，麥可感到厭惡。艾莎回到船上並誘惑麥可，他摑了她一巴掌，卻立刻回應她的擁抱。觀眾這時看到葛里斯比在另外一艘船上，把這一段完全看在眼裏。

　　在航程的中段，麥可告訴班尼斯特他打算在抵達舊金山後就離開這個工

作；班尼斯特嘲笑他，這時，艾莎唱起歌來，優美的歌聲令船上的男人全部屏息傾聽。接著船在一不知名的地方靠岸，隨即班尼斯特辦了一個野餐。艾莎找到機會和麥可說話，向他訴說班尼斯特如何懷疑她，並要偵探假扮廚師來監視她。一會兒葛里斯比和班尼斯特兩人喝得爛醉，並把麥可找來奚落一番。艾莎靜靜在一邊聽著，當晚，兩人又相聚，艾莎求麥可將她帶離這種生活。但她也指出她已習慣奢華的生活，而麥可卻是個身無分文的人。

之後，葛里斯比建議麥可：請麥可假扮殺手殺他自己，他即可給麥可一大筆錢，因為他因此可以獲得一大筆保險金。他向麥可保證不會被捕，因為警察不會找到他的屍體。麥可為了錢很快同意了。

終於抵達舊金山，艾莎與麥可兩在博物館祕密相會。麥可坦言葛里斯比的提議，但如此他便有足夠的錢帶她遠走高飛。但假扮廚師的偵探發覺了他們的勾當，葛里斯比打了他一槍，他馬上警告麥可一定會被捕。而且葛里斯比事實上在艾莎的協助下，正要殺班尼斯特，而麥可會揹上所有黑鍋。當麥可抵達班尼斯特的辦公室要警告他葛里斯比可能會來殺害他時，卻發覺葛里斯比早已死在那兒，而他已被視為謀殺者。

班尼斯特雖為麥可辯護，但事實上他心底希望麥可被判刑。在審判中，艾莎建議麥可應假裝自殺以求逃亡機會。麥可答應了，但此時他已知道艾莎可能是這整個陰謀幕後操縱者。艾莎看到麥可跑進中國城的一個京劇院。而艾莎在中國城有朋友，馬上設下眼線，並誘導他到鄰近的馬戲團裏。麥可在一個鏡廳中醒來，發現艾莎手中有槍，正打算殺他。班尼斯特出現，並說他已給檢察官留話，她才是殺害葛里斯比的人。兩人舉槍互射，結果鏡廳裏的玻璃四處飛射，三人的身形投射在鏡廳的碎鏡子上。班尼斯特先嚥了氣，但艾莎掙扎著站起來，全身受傷。麥可面對她，正視著她邪惡的心思。他離開奄奄一息的艾莎，決定走出這個環境，雖然這可能會讓他的下半輩子都想辦法忘記這段回憶。

這部電影未曾在影片中交代複雜的劇情，且留下一堆謎團。

慾海花 (LOOKING FOR MR GOODBAR, 1977)

製片：Freddie Fields；導演：Richard Brooks；編劇：Richard Brooks，改編自 Judith Rossner 的小說；攝影：William A. Fraker；藝術指導：Edward Car-

fagno；剪接：George Grenville；音樂：Artie Kane；服裝：Jodie Lynn Til-
len；助導：David Silver

演出：Diane Keaton (Teresa Dunn); Tuesday Weld (Katherine Dunn); William
Atherton (James Morrissey); Richard Kiley (Mr Dunn); Richard Gere (Tony
Lopanto); Alan Feinstein (Engle 教授); Tom Berenger (Gary Cooper White);
Priscilla Pointer (Mrs Dunn); Laurie Pranger (Brigid Dunn); Joel Fabiani (Bar-
ney); Julius Harris (Black Cat); Richard Bright (George); LeVar Burton (Capt.
Jackson); Marilyn Coleman (Mrs Jackson); Elizabeth Cheshire (Teresa 幼時)

拍攝：Paramount 片廠及外景

完成：1977 年

放映：1977 年 10 月

片長：135 分鐘

劇情簡介：泰瑞莎·唐正幻想誘惑她的大學教授，且嘗試得到當他助理
的機會。長時間相處後，有天在教授的家裏她終於和他上了床。雖然自覺有
點猴急，從此泰瑞莎更加迷戀他。

回到家，泰瑞莎的空中小姐妹妹凱西也回家小住。她向泰瑞莎說她已懷
孕，但不知誰是小孩的老爸，所以打算飛到波多黎各墮胎。泰瑞莎流下淚來，
回想小時候多麼嫉妒凱西，因爲爸爸一向比較喜歡凱西。

回溯的場面交代了泰瑞莎挫折的童年。當家人發現她患了 scoliosis 的病
時，診斷治療已太遲，必須開刀，結果在她的背上留下一道長長的疤。泰瑞
莎的父母無能力面對這樣的境況，使她從小即是在一種被忽視的情況下成
長，而她的姊姊布里姬則獲得全家的喜愛，因爲她嫁了當地男人，並生了小
孩。

泰瑞莎繼續與馬丁·伊格教授交往，只要他電話一來就與他見面，但她
因爲必須顧慮到他的妻子，無法主動打電話給馬丁。結果他還是對她開始感
到厭倦，利用暑假結束了兩人的關係。

這時妹妹凱西已和她的新婚夫婿布魯克斯搬回紐約長住。在泰瑞莎受邀
到她家的派對上，她首次接觸到大麻、色情電影以及狂歡宴會這樣的東西，
非常盡興，直到第二天早上才回家。因爲無法具體交代自己前晚的行蹤，泰

瑞莎的父親很生氣地將她逐出家門。凱西在她自己住的大樓裏爲泰瑞莎找到一間公寓。

　　泰瑞莎接著在聾啞學校找到教職。她的耐心使學生回報給她更多的愛及熱情。她甚至更深入幫助一位黑人小女孩艾咪。但到了夜晚，她就在酒吧裏鬼混找男人。有一晚她認識了有趣又狂野的男人東尼，他用特製的霓虹小刀，使她的身體相當興奮。從此他任意出入她的生活。

　　有一天泰瑞莎帶著艾咪回自己老家，遇到一位社工詹姆斯，她請求他爲艾咪申請醫療補助。兩人很快成爲好朋友，也邀他到家中晚餐。老爸很喜歡他，並希望泰瑞莎嫁給她。只是泰瑞莎並不確定自己是否被他吸引，尤其是他的床上功夫並不怎樣。

　　有一天，東尼突然回來要住下來，泰瑞莎拒絕他，使他咆哮著並詛咒著她而離去。由於他愈來愈不可理喻，泰瑞莎自覺這段關係該做個了斷。此時詹姆斯向泰瑞莎求婚，但她拒絕了，因爲她自己仍不確定是否就要和他一起過日子。

　　凱西和布魯克斯離了婚，並和她的心理學教授結婚。泰瑞莎打算在新年後也傲效妹妹。她於是戒了大麻，把家裏好好地打掃一番。詹姆斯來電希望能共度除夕夜。她仍然拒絕，因爲她決定這會是她最後一次在單身酒吧出現了，只要過了除夕夜，一切就是新的開始。

　　在這家她常去的酒吧裏，她認識了一個看起不太穩的年輕人喬治，之前他好似和他的朋友在吵架。泰瑞莎喜歡他外表的樣子，便邀請他到她的公寓去。喬治原是來性無能，他開始提起他之前在牢中的日子，最怕的就是被認爲有些娘娘腔。最後他講到累得躺下來睡著了。泰瑞莎叫醒他，希望他不要在此過夜，結果他變得十分暴躁，並歇斯底里地大叫。電影最後結束在一閃一閃的燈影下兩個人糾纏扭打的黑影。

獨立製片女性電影

娜妲莉‧格蘭吉 （NATHALIE GRANGER, 1972）

導演：Marguerite Duras；編劇：Marguerite Duras；攝影指導：Ghislain Cloquet；攝影機操作員：Bruno Nuytten, Jean-Michel Carré；助導：Benoît Jacquot, Remy Duchemin；剪接：Nicole Lubchansky；剪接助理：Michèle Muller；錄音：Paul Lainé；錄音助理：Michel Vionnet, Michèle Muller； Continuity：Geneviève Dufour；劇照：Jean Mascolo；技術組：Daniel Arlet；混音：Paul Bertault

演出：Lucia Bose (Isabelle Granger); Jeanne Moreau (L'Amie); Luce Garcia Ville (校長); Gérard Depardieu (推銷員); Dionys Mascolo (父親); Valérie Mascolo (Nathalie Granger); Nathalie Bourgeois (Laurence Granger)

拍攝：1972 年 4 月 2 日於法國 Yvelines 郊區開拍

完成：1972 年 4 月 16 日

放映：1972

（註：導演在片中提到拍攝地點的房子建於 1750 年，離 Versailles 約 14 公里，目前屬於莒哈絲，她指出這屋子 1940 年時曾被德國人佔領。） 花呂

發行：法國 The French Consulate, 934 Fifth Avenue, New York, N.Y.10021.

劇情簡介：電影一開場，伊莎貝爾・格蘭吉和她的丈夫、她的朋友，以及兩個孩子娜塔莉及蘿倫絲正要吃午餐。她與丈夫正在討論是否該把娜妲莉送到另外一個學校，因爲她在現在的學校裏表現很差。

不一會，丈夫與兩個小孩離開餐桌，餐廳即恢復寂靜。兩個女人（伊莎貝爾與她的朋友）安靜地清理餐桌及洗碗。這時收音機傳來一個小女孩在森林中被強暴的報導，以及警察如何尋找嫌疑犯的過程。下午的寂靜就被逮捕嫌疑犯的廣播所干擾。

伊莎貝爾接著打電話給音樂老師，討論是否轉學後，娜妲莉應該繼續這個音樂課程，因爲明顯的，音樂課程對娜妲莉的心理建設有益處，不過，老師表示，這要由娜妲莉自己決定。朋友走到屋外開始撿木塊，預備生營火。伊莎貝爾這時又打電話給移民局，她的葡萄牙籍女傭馬麗因爲不懂法文，卻簽了毫無權益而留在法國的文件。但是移民局表示無能爲力。

兩個女人接著去拜訪娜妲莉的校長，結果校長說他從沒見過像娜妲莉這麼不乖的小孩，而且強調在這麼小的女孩身上會有這樣的暴力傾向是不尋常。因到家後，伊莎貝爾打電話到達特金寄宿學校，讓他們接受娜妲莉轉學。

整個下午，伊莎貝爾就熨衣服、整理家務，並幫娜妲莉的衣服打包，她

覺得沮喪。她的朋友在一旁幫她。

一位洗衣機推銷員來推銷她早已有的機種。他很緊張地說一堆推銷辭令，兩個女人靜靜地坐著看他，他顯然因自己的辭窮而感到困窘。他起身離開，畫面從窗戶看出去，他快速地開車離去。

去學校接小孩下課的時間到了，接回來後，伊莎貝爾和她的朋友準備小點心給小朋友。娜妲莉在花園裏與貓兒一起玩，蘿倫絲和她的朋友則坐在船上，清理池塘。

音樂老師來了，娜妲莉和朋友看著蘿倫絲上課，伊莎貝爾則在外頭緊張地走來走去，不斷從窗戶往裏看。娜妲莉決定上課，伊莎貝爾因此而放寬了心。

她馬上打電話給達特金學校，告訴他們娜妲莉不轉學了。兩個女人這時決定打個盹，小孩也在另一個房間睡一下，伊莎貝爾撕掉報紙、信件及娜妲莉的練習簿。

洗衣機推銷員又回來了，他坐在廚房，絮絮叨叨說著他如何痛恨自己的工作，真希望自己回去當洗衣店的服務生，接著便哭出來。伊莎貝爾安靜地走到花園去，推銷員站起來，在房裏走來走去，如同他正在一個陌生得令人畏懼的空間一般。他迅速地離去，這幢老房子又恢復寂靜。推銷員上了車。在花園裏，我們看著伊莎貝爾削瘦的黑色背影在樹林間徘徊。

德國姊妹（MARIANNE AND JULIANE／DIE BLEIERNE ZEIT／THE GERMAN SISTERS, 1981）

製片：Eberhard Junkersdorf；製片經理：Gudrun Ruzickova；助理製片：Gerrit Schwarz；導演：Margarethe Von Trotta；編劇：Margarethe Von Trotta；助導：Helenka Hummel；攝影：Franz Rath；攝影機操作員：Werner Deml；剪接：Dagmar Hirtz；剪接助理：Uwe Lauterkorn；音樂：Nicolas Economou；錄音：Vladimir Vizner；錄音助理：Hieronymus Würden；服裝：Monika Hasse, Petra Kray；化妝：Rüdiger Knoll, Jutta Stroppe；劇照：Ralf Tooten；燈光：Rudolf Hartl, Uli Lotze, Wolf-Dieter Fallert；Continuity：Margit Czenki；道具：Robert Reitberger；場景裝置：Georg von Kieseritzky；

演出：Jutta Lampe (Juliane); Barbara Sukowa (Marianne); Rüdiger Vogler (Wolfgang); Verenice Rudolph (Sabine); Luc Bondy (Werner); Doris Schade (母親); Franz Rudnick (父親); Ina Robinski (17 歲的 Juliane); Julia Biedermann (16 歲的 Marianne); Ingeborg Weber, Carola Hembus, Margit Czenki, Wulfhild Sydow, Anna Steinmann (女性主義刊物編輯); Samir Jawad (4 歲的 Jan); Patrick Estrada-Pox (10 歲的 Jan); Barbara Paepcke (6 歲的 Juliane); Rebecca Paepcke (5 歲的 Marianne); Karin Bremer (官員); Hannelore Minkus (老師); Rolf Schult (報紙編輯); Anton Rattinger (神父); Satan Deutscher (Marianne 的朋友); Michael Sellmann (和 Marianne 在一起的第二個男人); Lydia Billiet (護士); Wilbert Steinmann (律師); Felix Moeller (Rolf); Christoph Parge (Dieter); Dieter Baier (Cascadeur)

拍攝：1981 年 2 月 23 日開拍，Bioskop-Film München 及 Sender Fries Berlin，外景遍及西柏林、義大利、突尼西亞

完成：1981 年 9 月

放映：影展首演 1981 年 9 月 11 日; 戲院首演 1981 年 9 月 25 日

片長：109 分鐘

發行：Filmverlag der Autoren, München 及 New Yorker Films, New York

　　劇情簡介：電影一開始是茱麗安為女性主義雜誌的平靜研究生活因她的妹夫華納帶著兒子揚前來，希望她照料揚，而被擾亂。茱麗安因痛恨妹妹瑪麗安選擇當一個恐怖分子，而把孩子丟給她，她決定只答應照顧揚一、二天。然而，接著華納自殺，讓她相當難堪，她很不願意地將揚安置到寄養家庭去。

　　此時，瑪麗安聯絡上茱麗安，姊妹倆選擇生活途徑的差異更加明顯。雖然茱麗安同意瑪麗安所說的，中產階級的資本主義應被修正（包括第三世界人民被屠殺的事件），她並不認同瑪麗安的激進手法，而瑪麗安也反唇相譏茱麗安是修正主義的女性主義。接著的回溯畫面說明她們的童年，事實上兩人的角色剛好相反，茱麗安是個叛逆的姊姊，而瑪麗安是乖乖牌，但兩人關係非常密切。在她們極端保守的家庭裏，極權的父親主宰了一切，也統治著她們性格溫和的母親。

時間過去，在一個早晨，瑪麗安和她暫住的朋友，對茱麗安及她中產階級建築師男友渥夫岡非常不客氣。

　　之後瑪麗安即被捕入獄。一開始瑪麗安非常排斥茱麗安來探訪她，但之後她開始感激她爲她做的一切（傳遞消息及帶東西）。即使兩人對政治及父母的態度不同，但兩人關係再度建立了。童年回憶再度成爲她倆獄中相見時的話題，觀眾也得以了解納粹時期前後的政治氣候如何影響她們的自覺，並形成她們日後的政治信仰。

　　有一次當茱麗安和渥夫岡好不容易挪出時間度假，卻傳來瑪麗安在獄中上吊自殺的事情。由於認定妹妹不會自殺，應是被謀殺，茱麗安要求當局澄清。隨著她瘋狂地重建瑪麗安自殺前後的狀況，她逐漸認同瑪麗安，由於太過投入這項調查，她忘了自己，忘了渥夫岡，也忘了揚，最後她終於收集到足夠的證據，卻發覺外面世界早已對一個幾年前恐怖分子的死亡沒什麼興趣。

　　茱麗安突然接到寄養家庭的電話，告知揚的同學發現瑪麗安是他的母親時，竟放火燒他。揚在病床上好一會，出院時，茱麗安決定收養他。

　　電影就在兩人生活在一起、共同回憶瑪麗安的爲人以及她的過去中結束。

表演者的生命（LIVES OF PERFORMERS, 1972）

編/導：Yvonne Rainer；攝影：Babette Mangolte；剪接：Yvonne Rainer, Babette Mangolte；錄音：Gene De Fever, Gordon Mumma

演出：Yvonne Rainer, Valda Setterfield, Fernando Torm, James Barth, Epp Kotkas, John Erdman, Shirley Soffer, Sarah Soffer

拍攝：New York

完成：1972 年

片長：90 分鐘

發行：Castelli-Sonnabend Tapes and Films Inc., 420 West Broadway, New York, N.Y. 10012

關於一個女人的電影（FILM ABOUT A WOMAN WHO..., 1974）

編/導：Yvonne Rainer；攝影：Babette Mangolte；剪接：Yvonne Rainer, Babette Mangolte；錄音：Deborah Freedman；

演出：Dempster Leach, Shirley Soffer, Sarah Soffer, John Erdman, Renfreu Neff, James Barth, Epp Kotkas

拍攝：New York

完成：1974 年

片長：105 分鐘

發行：Castelli-Sonnabend Tapes and Films Inc., 420 West Broadway, New York, N.Y. 10012

佛洛伊德的朵拉 (SIGMUND FREUD'S DORA: A CASE OF MISTAKEN IDENTITY, 1979)

導演：Anthony McCall, Claire Pajaczkowska, Andrew Tyndall, Jane Weinstock；編劇：與上同，加上 Ivan Ward；攝影：Babette Mangolte；錄音：Deedee Halleck

演出：Joel Kovel (Sigmund Freud); Silvia Kolbowski (Dora); Anne Hegira (Dora 的母親); Suzanne Fletcher (說話的唇)

拍攝：紐約

完成：1979 年

發行：McCall and Tyndall, 11 Jay Street, New York, N.Y. 10013

驚悚 (THRILLER, 1979)

導/攝/錄音/剪接：Sally Potter

演出：Colette Lafont, Rose English, Tony Gacon, Vincent Meehan

拍攝：倫敦

完成：1979

美國放映/發行：Serious Business Company, 1145 Mandana Blvd, Oakland, Calif. 94610

女兒的儀式 (DAUGHTER-RITE, 1978)

編/導/剪：Michelle Citron；錄音助理：Sharon Bement, Barbara Roos；攝影助理：Sharon Bement, Barbara Roos；製圖：Nancy Zucker；引言：Deena Metzger, "The book of hags," *Sinister Wisdom* (Fall 1976)

演出：Penelope Victor (Maggie); Anne Wilford (Stephanie); Jerri Hancock (Narrator)

誌謝：Irene Wilford, Emily McKenty, Jerri Hancock

拍攝：Chicago

放映：1978

發行：Iris Films, Box 5353, Berkeley, Calif. 94705

人面獅身之謎（RIDDLES OF THE SPHINX, 1976）

編/導：Laura Mulvey, Peter Wollen；攝影：Diane Tammes；攝影助理：Jane Jackson, Steve Shaw；剪接：Carola Klein, Larry Sider；錄音：Larry Sider；音樂：Mike Ratledge

演出：Dinah Stabb (Louise); Merdelle Jordine (Maxine); Rhiannon Tise (Anna); Clive Merrison (Chris); Marie Green (Acrobat); Paula Melbourne (Rope Act); Crissie Trigger (Juggler); Mary Maddox (Voice Off); Mary Kelly, Laura Mulvey

製作：British Film Institute

拍攝：1976 年 8 月於倫敦開拍

完成：1976 年 10 月

發行：The Museum of Modern Art, 11 West 53 Street, New York, N.Y. 10019

艾美（AMY!, 1980）

編/導：Laura Mulvey, Peter Wollen；攝影：Diane Tammes；組員：Jonathan Collinson, Anne Cottringer；第二攝影師：Francine Winham；錄音剪接：Larry Sider；設計：Michael Hurd

演出：Mary Maddox (Amy) (words from Amy Johnson's letters); Class Community Care Course, Paddington College; Yvonne Rainer (Voice of Bryher, Amelia Earhart, Lola Montez, 'S', and Gertrude Stein); Jonathan Eden (*The Times*, 1930

年 5 月的頭條); Laura Mulvey; Peter Wollen

誌謝：Chris Berg, Ian Christie, Rosalind Delmar, Keith Griffiths, Ilona Halber-stadt, John Howe, Tina Keane, Tamara Krikorian, Carol Laws, Patsy Nightingale, Geoffrey Nowell-Smith, Carl Teitelbaum, Chad Wollen, Evanston Percussion Unit, the De Havilland Moth Club

特別感謝：Feminist Improvising Group, Poly Styrene 及 X-ray Spex, Jack Hylton 及其樂團

發行：The Museum of Modern Art, 11 West 53 Street, New York, N.Y. 10019

這樣或那樣 (ONE WAY OR ANOTHER/DE CIERTA MANERA, 1974)

導演：Sara Gomez Yara；製片：Camilo Vives；編劇：Sara Gomez Yara, Tomas Gonzalez Perez；攝影師：Luis Garcia；音樂：Sergio Vitier；剪接：Ivan Arocha；錄音：Germinal Fernandez

演出：Mario (Mario Balmaseda); Yolanda (Yolanda Cuellar); Humberto (Mario Limonta)

其餘工作：Tomas Alea Gutierrez, Julio Garcia Espinosa

發行：Unifilm, Inc., 419 Park Avenue South, New York

　　劇情簡介：電影一開始是工人荷伯托因爲不明原因沒來上班，他的同伴正在關心及猜測。結果，荷伯托的朋友馬利歐經過內心掙扎後，坦白說出荷伯托其實是擱下病重的母親在家和一個女人私奔了。

　　電影於是回溯到過去。馬利歐和一個剛被派到此地的女教師尤蘭達相識。隨著他們羅曼史的發展，導演葛美茲切入一些紀錄片畫面，呈現在卡斯楚政權下，這個社區如何從貧民區一轉成爲高樓公寓。

　　隨著他們的故事，我們看到他們因性別不同而遭受不同的掙扎，呈現了本片探討古巴國內兩性的角色扮演。經濟層面是多麼容易變化，而兩個人的心理層面的緩慢改變又是如何痛苦。

　　之後，影片又回到現在；馬利歐因「出賣」荷伯托而感到內疚，但也明白這種誇大的男性自尊已沒什麼用。雖然他和尤蘭達之間的戀情也因他難以駕馭的男性自尊而告吹，電影在結局時暗示了事情可能因而會有些轉機。

給老師的話

在導論中我曾提到這本書的起源，主要是我多年來教授一系列關於電影中的女性的課程。因為沒有隨手可得的原文，必須常仰賴魯特格斯圖書館特藏室(Rutgers Library Reserve Room)的複印文章——這個方法非常不方便且不具時效。我明白如果老師與學生能夠有一本書，內容不只是將議題清楚地放在他們的歷史的及理論上的上下文中，而且可以提供電影的深入解說，任何一部電影的討論可以在一個更高也更一致的層次上進行。當然，不可能每個老師或同學都同意我在這裏提供的讀本；然而我希望這些分析不只可以刺激關於電影本身或其內在，同時也對於在這些詮釋中任何獨特的理論假設的辯論。

課程可以從談論文本開始，檢閱及試驗其中的假設，並更進一步提出議論。有時課堂上也可以以閱讀方式進行，其他時候則棄閱讀，運用不同的理論假設來推想。本書前半部著重在心理分析學，可以提供一個閱讀好萊塢電影的試練場。但可以思考，此法是否「照亮」了這幾部電影？此法是否遮掩了電影其他的意義？

也不見得所有的老師都會使用我在書中無法避免地以異質方法所選擇的幾部電影。因此我在此列出幾部明顯可以「替代」的片單。這必定對學生很有幫助；他們可以從電影中學習，或在課堂經驗另一部電影(從同時期及類型中選片)。老師也可以用新片來看看相同方法適

不適用，或建立不同的方法，來延伸學生對各種理論方法的覺醒。

我通常會以一部默片開始，幾年來我一直採用法蘭克・鮑威爾的《從前有一個愚人》（1914），因爲它呈現了明顯的處女-妓女分裂（virgin-whore split）。影片講的是一個有點冒失的金髮處女和一個聖人般長期受苦的妻子，兩人要共同對抗吸血鬼。這個家庭受到吸血鬼的威脅，而吸血鬼則變成伊甸園中的蛇。此外，幾乎任何葛里菲斯（D. W. Griffith）的作品都可以拿來運用，如《殘花淚》（Broken Blossoms, 1919）、《東方之路》（Way Down East, 1920）、《國家的誕生》（Birth of a Nation, 1916）、《世界之心》（Hearts of the World, 1918），雖然導演愈好，他的作品也會愈複雜。其他影片則有些微不同的重點，例如：馮・史卓漢的《愚妻》（Foolish Wives, 1921）、路易斯・偉伯（Lois Weber）的《我的孩子在哪？》（Where Are My Children?, 1916）或《The Blot》（1921）這兩部影片可能頗有趣；或者是金・維多（King Vidor）的《羣眾》（The Crowd, 1928），在這部片中，關於國教文化（Establishment culture）和對特定性別位置有複雜的批評。

至於《茶花女》，我的建議是：馮・史登堡的《摩洛哥》（1930）、費茲莫里斯（George Fitzmaurice）的《魔女瑪塔》（Mata Hari, 1932）、阿茲那的《克里斯多福・史壯》（1932）、茂文・李洛埃（Mervyn LeRoy）的《1933淘金熱》（Gold Diggers of 1933, 1933），或是喬治・庫克的《男裝》（Sylvia Scarlett, 1935）。

至於《金髮維納斯》、約翰・史多（John Stahl）的《春風秋雨》（Imitation of Life, 1934）、阿茲那的《Craig's Wife》（1936）、金・維多的《史黛拉恨史》（Stella Dallas, 1937）；或些微強調不同重點的：庫克的《晚宴》（Dinner at Eight, 1933）。

《上海小姐》部分，我建議的有：《郵差總按兩次鈴》（The Postman

Always Rings Twice, 1946)、《漩渦之外》(Out of the Past, 1947)、《雙重保險》(Double Indemnity, 1944)、《謀殺愛人》(Murder My Sweet, 1944)、《吉姐》(1946)，及些微不同重點的《慾海情魔》(Mildred Pierce, 1945)，這部電影可以有效地提出「母親」的議題。

如果老師想加入五〇年代的電影，道格拉斯‧塞克 (Douglas Sirk) 或希區考克 (Alfred Hitchcock) 的電影可如願有用。塞克的部分，我建議《苦雨戀春風》(Written on the Wind, 1957) 或《深鎖春光一院愁》(All that Heaven Allows, 1956)，兩部片子均可讓教師去發展通俗劇的議題。彼得‧布魯克斯的作品可以用被蘿拉‧莫薇及瑪麗‧安‧寶恩的作品補足，因為他們與五〇年代特別相關。至於希區考克，《後窗》(Rear Window, 1955) 或《迷魂記》(Vertigo, 1959) 對於本課程是最完美的，但若要跨到六〇年代，《鳥》(Birds, 1964) 或是《豔賊》(Marnie, 1966) 會不錯，尤其是六〇年代也有比爾‧尼可斯、Bellour 及珊蒂‧佛莉特曼的作品。

其他五〇年代電影則有孟基維茲 (Joseph L. Mankiewicz) 的《彗星美人》(All about Eve, 1950)，或是喬瑟‧羅根(Joshua Logan)的《野宴》(Picnic, 1956)。

替代《娜妲莉‧葛蘭吉》，也許可以先考慮用莒哈絲較晚期的作品《印度之歌》(India Song, 1975)。但如果可以取得香塔‧艾克曼的電影的話最好，尤其是《珍妮‧德爾曼》(Jeanne Dielman, 1975)。另外可能的話，可以選安妮‧華姐的《克莉歐五點到七點》(Cleo de 5 à 7, 1962) 或《巴黎兩女子》(One Sings the Other Doesn't, 1975)，或妮莉‧凱普蘭的《好奇女孩》(A Very Curious Girl, 1976)，雖然後者在最近很難取得，但在課堂上使用效果頗佳，因為它是部極具爭議性的片子。

馮‧卓塔的早期影片《克莉絲塔的覺醒》（The Second Awakening of Christa Klages, 1979）可以取代《德國姊妹》（我較推薦她的另一作品《姊妹》，因為此片令人毛骨悚然）。其他較不為人知的德國女姓電影作者的作品可以拿來運用，尤其是海琪‧山德（Helke Sander）的《All Round Reduced Personality/Redupers》非常完美；但烏瑞琪‧歐婷傑（Ulrike Ottinger）的作品，如《單程票》（Ticket of No Return）也不錯。有時候，我會將當代德國電影和羅婷‧莎更（Leontine Sagan）的三〇年代的作品《Maedchen in Uniform》兩部同映，一起討論。在前納粹時期的女性－女性關係電影的早期電影，建立了一個有趣的聚焦於後納粹時期的新電影對女性同盟的關係。魯比‧瑞奇《跳接》雜誌（1981年3月，Nos 24-5）上關於這部電影的絕妙文章，搭配本片會是最有效果。

要替換伊娃‧芮娜的作品可能很難，因為她的作品是如此獨特，尤其是在美國文化的脈絡中。她晚期電影《柏林之旅》（1980）可做為不錯範例。老師也可以加上賈姬‧雷諾（Jackie Raynal）的《Deux Fois》（1970）這些作者（莒哈絲、艾克曼、高達及芮娜）的作品，均影響了女性主義前衛理論電影的外貌。《Deux Fois》做為解構傳統好萊塢電影的概要方法，《暗箱》作者羣根據這部電影寫的一篇分析文章即說明了此點。如果影片和此篇文章可以並用，可以獲得對前衛理論電影一個很好的導讀，這對本課程後半部很有用。

我通常會以獨立女性短片作品，如潔敏‧杜拉克的《布達夫人的微笑》（The Smiling Madame Beudet, 1922），及瑪雅‧黛倫的《午後的羅網》（Meshes of the Afternoon）及《At Land》（1943）來為近代電影建立歷史脈絡。因為在挑選當代歐洲及美國獨立製片作品有頗多選擇，我建議老師們可以採用我在第六章提到的三類電影（實驗、寫實

紀錄及前衛理論電影）。老師可以根據重點需要及不同前題來選擇。我通常會挑康妮‧費爾德（Connie Field）的《鉚釘工人羅絲》（Rosie the Riveter, 1980）做寫實紀錄片之例，或 Wunderlish 和 Lazarus 的《強暴文化》（Rape Culture, 1975）。《The Wilman 8》（1979）或《帶著旗子與小孩》（With Babies and Banners, 1978）、《工會女子》（在芭芭拉‧柯普 Barbara Kopple 的《美國哈蘭郡》中的一段），均可。我在這課程也重視母性，將它做為一個主題，然後放映不同形式的電影，包括馬里歐里‧凱勒（Marjorie Keller）的《誤解》（Misconception）、Choppra 的《三十四歲的喬伊絲》，Geri Ashur 的《珍妮的珍妮》及莫薇/伍倫的《人面獅身之謎》；西桐的《女兒的儀式》幾乎是無法取代的，尤其是片中對女兒的處理，有獨特的視覺風格。前衛理論電影如《驚悚》、《佛洛伊德的朵拉》及《艾美！》可組成一組電影，但老師不見得真的得三部一起討論。Curling/Clayton 的《襯衫之歌》是有趣且獨特的作品，但學生認為太難。我建議至少放一卷影片。

　　要找影片來取代葛美茲的電影實在很難。不但在第三世界難找，更何況是關於女性議題的。因此，只有杭伯托‧索拉斯的《露西亞》（1969），或是帕斯特‧維加斯的《德瑞莎的畫像》（古巴, 1979）。女導演作品且在美國有發行的（大部分是賣給 Unifilm 公司），有 Anna Carolina 的《Sea of Roses》（巴西, 1978）、Maria Del Rosario 的《Branded for Life》（巴西, 1975），Vera Figueiredo 的《Feminine Plural》（巴西, 1977），或是 Helena Sonbert-Ladd 的紀錄片《The Double Days》（巴西, 1975）或《Nicaragua from the Ashes》（尼加拉瓜, 1982）。

　　最後我相信所有老師都能找到自己的方式來組織這堂課。本書的素材希望能有所助益，在開發女性議題的電影上，我們還處在默片期，而可預見未來我這堂課會不斷地擴大下去。

下列是我在魯特格斯大學的課程計畫，也許可以提供大家一個關於課程安排、電影放映、演講及教科書讀本等方面的參考。

課程一：電影中的女性

首先，本課程的目的是在呈現從二〇年代至今女性電影(women's cinema)的進化，再者是在分析各個理論學派認為女性主義電影應有的面貌。因為許多理論是藉由批評商業電影的形式而來，因此我們即從四個好萊塢電影例子開始，來看看電影中的女性形象，以及這些電影如何架構男性及女性觀眾的特殊位置。第三，我們將檢閱這些用來分析獨立製片或商業電影的理論——社會學、心理分析學、符號學以評價它們的不同，並明白它們個別的用途。

必看影片**只會在課堂上放映**，因此出席非常重要。

必備書籍：約翰・柏格（John Berger）的《看的方法》（*Ways of Seeing*）（譯注：台灣已有譯本，明文書局，陳志梧譯）；

彼得・范林斯(Peter Filene)的《他/她自己：美國的性角色》（*Him/Her Self: Sex Roles in American*）；

安・卡普蘭編，《黑色電影中的女人》（*Women in Film Noir*）。

課表：

第一部分：好萊塢電影中，女人的缺席、沉默與邊緣現象

1.介紹：主流文化中女人的主導形象——為男性觀眾建構的處女-妓女二分法

電影：《Killing Us Softly》（獨立製作紀錄片，美國, 1980）

《從前有一個愚人》（好萊塢默片, Theda Bara 演出，美國,

1915)

　　閱讀：約翰‧柏格《看的方法》第一、二章

2. 主題：**女性形象與社會/政治歷史之間的關係**

　　(a)基本電影術語

　　(b)歷史上與古典敘事裏女性為受害者之形象

　　電影：庫克的《茶花女》（美國, 1936, 葛麗泰‧嘉寶主演）

　　閱讀：范林斯，《他/她自己》第一章，

　　　　　卡普蘭，《黑色電影中的女人》中的〈凝視是男性的？〉

3. 主題：**好萊塢電影中母性的架構（I）**

　　電影：維多的《史黛拉恨史》（好萊塢電影，美國, 1937, 芭芭拉‧

　　　　　史丹妃主演）

　　閱讀：范林斯，《他/她自己》第二章

　　　　　柏格，《看的方法》第三、四章

4. 主題：**好萊塢電影中母性的架構（II）**

　　電影：寇蒂斯，《慾海情魔》第一集，（好萊塢，美國, 1946, 瓊‧

　　　　　克勞馥主演）

　　閱讀：潘‧庫克（Pam Cook），在卡普蘭所編的書《黑色電影中的

　　　　　女人》中的〈慾海情魔中的口是心非〉（Duplicity in Mildred

　　　　　Pierce）。p.68ff。

　　　　　范林斯，《他/她自己》，第三章

5. 主題：**力圖主宰女性論述的黑色電影**

　　電影：《慾海情魔》第二集

　　閱讀：珍奈‧派拉斯（Janey Place），〈黑色電影中的女人〉，收錄

　　　　　於卡普蘭的《黑色電影中的女人》一書

　　　　　范林斯，《他/她自己》，第四章

柏格，《看的方法》第五、六章

6.主題：**踰越當代好萊塢電影中的男性論述（處罰獨立女性）**

　　電影：亞倫‧派庫拉，《柳巷芳草》（美國, 1971, 珍‧芳達主演）

　　閱讀：葛蘭希爾，〈柳巷芳草 2：女性主義及《柳巷芳草》〉，收錄
　　　　　卡普蘭所編《黑色電影中的女人》pp.112-28

　　　　　柏格，《看的方法》，第七、八章

　　　　　莫薇，〈視覺樂趣與敍事電影〉

第二部分：發掘女性聲音──女性製作的實驗電影、前衛電影及外國
　　　　　電影

7.主題：**杜拉克及黛倫對於對抗電影的概念中的女性論述及電影改造**

　　電影：杜拉克，《布達夫人的微笑》（法國, 1922）

　　　　　瑪雅‧黛倫，《午後的羅網》（美國, 1943）

　　閱讀：黛倫，"A letter to James Card"

　　　　　姜斯頓，〈女性電影做爲對抗電影〉（Women's cinema as
　　　　　counter-cinema）

　　　　　范林斯，《他/她自己》第五章

8.主題：**德國電影中女性同盟之政治（I）**

　　電影：羅婷‧莎更，《Maedchen in Uniform》（德國，1932）

　　閱讀：范林斯，《他/她自己》第六章

　　　　　Horney, "The dread of Woman"

　　　　　Mayne, "Women at the Keyhole: women's cinema and fem-
　　　　　inist criticism"

9.主題：**德國電影中女性同盟之政治（II）**

　　電影：馮卓塔，《克莉絲塔的覺醒》（The second Awakening of

Christ a Klages, 德國，1977）

閱讀：范林斯，《他/她自己》第七章

New German Critique, Nos 24-5 (1981-2), 有特別論及德國
新電影的文章

第一次報告

第三部分女性寫實主義紀錄片及女性前衛理論電影

10. 主題：女性電影中母性的建構（I）

電影：米雪・西桐，《女兒的儀式》（美國, 1978）

閱讀：Le Sage, "Feminist criticism: theory and practics Feuer,"
Daughter-Rite: Living with our pain and love.

Williams and Rich, "The right of re-vision. Michelle Citron'
s*Daughter-Rite*"

第二次報告

11. 主題：女性電影中母性的建構（II）

電影：Choppra，《三十四街的喬伊絲》；

Ashur，《珍妮的珍妮》（1971）

Keller，《誤解》（1973-7）

閱讀：McGarry, "Documentary realism and women's cinema"

12. 主題：寫實紀錄片中的策略

電影：Field，《鉚釘工人羅絲》（美國, 1980）

閱讀：Barry/Flitterman, "Texual Strategies"

13. 主題：顯露父系制度中壓抑現象的前衛與寫實政策

電影：Lazarus and Wunderlish，《強暴文化》

韋斯塔克等人，《佛洛伊德的朵拉》

閱讀：Freud，"Dora: a case history"

帕雅札科斯卡，《佛洛伊德的朵拉》劇本

14. 主題：分析敘事電影中的女主角

電影：莎莉・波特，《驚悚》(英國, 1980)

閱讀：《驚悚》劇本

期末考

參考書目

Abrams, M. H. (1953) *The Mirror and the Lamp: Romantic Theory and the Critical Tradition*, London, Oxford University Press.

Adami, Giuseppe (1931) *Letters of Giacomo Puccini*, trans. and ed. for the English edn by Eva Makin, Philadelphia and London, Lippincott.

Allais, Jean-Claude (1961) "Orson Welles," *Premier Plan*, March, pp.29-32.

Althusser, Louis (1969) *For Marx*, trans. Ben Brewster, New York, Vintage-Random House.

——(1971) *Lenin and Philosophy and Other Essays*, trans. Ben Brewster, New York and London, Monthly Review Press.

Arbuthnot, Lucy (1982) "Main trends in feminist criticism: film, literature, art history—the decade of the '70s," PhD 博士論文, New York University. (包括參考書目)

——and Seneca, Gail (1982) "Pre-text and text in *Gentlemen Prefer Blondes*," *Film Reader*, No.5, pp.13-23.

Barrett, Michèle, et al. (1979) "Representation and cultural production," in Michèle Barrett (ed.) *Ideology and Cultural Production*, London, Croom Helm.

Barry, Judith and Flitterman, Sandy (1980) "Textual strategies: the politics of artmaking," *Screen*, Vol. 21, No.2, pp.35-48.

Barthes, Roland (1967) *Elements of Semiology*, London, Jonathan Cape.

——(1971) "Rhetoric of the image," *Working Papers in Cultural Studies*, No.1, pp. 37-52.

——(1972) *Mythologies*, trans. Annette Lavers, London, Jonathan Cape.

——(1974) *S/Z: An Essay*, trans. Richard Miller, New York, Hill & Wang.

——(1975) *The Pleasure of the Text*, trans. Richard Miller, New York, Hill & Wang.

——(1977) "Introduction to the structural analysis of narratives," in his *Image-Music-Text*, London, Fontana.

——(1981) "Upon leaving the moive theater," in Theresa Hak Kyung Cha (ed.) *Apparatus*, New York, Tanam Press, pp.1-4.

Baudry, Jean-Louis (1974-5) "Ideological effects of the basic cinematographic apparatus," trans. Alan Williams, *Film Quarterly*, Vol. 28, No.2, pp.39-47.

——(1976) "The apparatus," trans. Bertrand August and Jean Andrews, *Camera Obscura*, No.1 pp.97-126.

Baxter, John (1971) *The Cinema of Josef Von Sternberg*, London, Zwemmer.

Baxter, Peter (1978) "On the naked thighs of Miss Dietrich," *Wide Angle*, Vol. 2 No.2, pp.19-25.

Benjamin, Jessica (1980) "The bonds of love: rational violence and erotic domination," *Feminist Studies*, Vol.6 No.1, pp.144-73.

Berger, John (1977) *Ways of Seeing*, New York, Penguin.

Bergstrom, Janet (1977) "Jeanne Dielman, 23 Quai du Commerce, 1080 Bruxelles (Chantal Akerman)," *Camera Obscura*, No.2 pp.117-23.

——(1979) "Enunciation and sexual difference (Part I)," *Camera Obscura*, Nos

3-4, pp.33-70.

——(1979) "Rereading the work of Claire Johnston," *Camera Obscura*, Nos 3
-4, pp.21-32.

Bessy, Maurice (1963) *Orson Welles*, Paris, Editions Seghers.

Bovenschen, Silvia (1977) "Is there a feminine aesthetic?" *New German Critique*, No.10, pp.111-37.

Brenner, Charles (1957) *An Elementary Textbook of Psychoanalysis*, New York, Anchor.

Brooks, Peter (1976) *The Melodramatic Imagination*, New Haven and London, Yale University Press.

Brunsdon, Charlotte (1982) "A subject fot the seventies," *Screen*, Vol.23, Nos 3
-4, pp.20-30.

Burton, Julianne (1981) "Seeing, being, being seen: *Portrait of Teresa*: or contradictions of sexual politics in contemporary Cuba," *Social Text*, No.4, pp. 79-95.

Cahiers du Cinéma editors "John Ford's *Young Mr Lincoln*," reprinted in *Screen*, Vol.13, No.3 (1972), pp.54-64.

Califa, Pat (1979) "Unraveling the sexual fringe: a secret side of lesbian sexuality," *The Advocate*, 27 Dec., pp.19-23.

——(1981) "Feminism and sadomasochism," *Heresies*, Vol.3 No.4, pp.30-4.

Camera Obscura editors (1976) "An interrogation of the cinematic sign: woman as sexual signifier in Jackie Raynal's *Deux Fois*," *Camera Obscura*, No.1, pp.27-52.

——(1976) "Yvonne Rainer: an introduction" and "Yvonne Rainer: interview," *Camera Obscura*, No.1, pp.5-96.

Carey, Gary (1971) *Cukor and Co: The Films of George Cukor and His Collaborators*, New York, Museum of Modern Art.

Carroll, Noel (1980-1) "Interview with a woman who...." (Yvonne Rainer), *Millenium Film Journal*, Nos 7-9, pp.37-68.

——(1983) "From real to reel: entangled in nonfiction film," *Philosophical Exchanges*, Fall.

Caws, Mary Ann (1981) *The Eye in the Text: Essays on Perception, Mannerist to Modern*, Princeton, N.J., Princeton University Press.

Chodorow, Nancy (1978) *The Reproduction of Mothering: Psychoanalysis and the Socialogy of Gender*, Berkeley, Calif., University of California Press.

Cixous, Hélène (1976) "The laugh of the Medusa," *Signs*, Vol.1, No.4, pp.875-93, reprinted in Isabelle de Courtivron and Elaine Marks (eds) (1980) *New French Feminisms*, Amherst, Mass., University of Massachusetts Press, pp.245-64.

——(1980) "Sorties," in Isabelle de Courtivron and Elaine Marks (eds) *New French Feminisms*, Amherst, Mass., University of Massachusetts Press, pp. 90-8.

Colina, Enrique and Silva, Jorge (1980) interview, in *Jump Cut*, No.22, pp.32-3.

Comolli, Jean and Narboni, Paul (1971) "Cinema/ideology/criticism," *Screen*, Vol.12, No.1, pp.27-35.

Cook, Pam (1975) "Approaching the work of Dorothy Arzner," in Claire Johnston (ed.) *The Work of Dorothy Arzner: Towards a Feminist Cinema*, London, British Film Institute.

——(1978) "Duplicity in *Mildred Pierce*," in E. Ann Kaplan (ed.) *Women in*

Film Noir, London, British Film Institute.

——and Johnston, Claire (1974) "The place of women in the cinema of Raoul Walsh," in Philip Hardy (ed.) *Raoul Walsh*, Edinburgh, Edinburgh Film Festival.

Courtivron, Isabelle de and Marks, Elaine (1980) *New French Feminisms*, Amherst, Mass., University of Massachusetts Press.

Coward, Rosalind (1976) "Lacan and signification: an introducton," *Edinburgh Magazine*, No.1, pp.6-20.

——and John Ellis (1977) *Language and Materialism: Developments in Semiology and the Theory of the Subject*, London, Routledge & Kegan Paul. (Includes a bibliography.)

Cowie, Elizabeth (1977) "Women, representation and the image," *Screen Education*, No. 23, pp.15-23.

Curling, Jonathan and Clayton, Susan (1981) "Feminist history and *The Song of the Shirt*." *Camera Obscura*, No.7, pp.111-28.

——and McLean, Fran (1977) "The Independent Filmmakers' Association ——Annual General Meeting and Conference," *Screen*, Vol.18, No.1, pp. 107-17.

Daney, Serge (1966) "Welles au pouvoir," *Cahiers du Cinéma*, No.181, pp.27 -8.

Dawson, Jan (1980) Review of Yvonne Rainer's *Journeys from Berlin*, *Sight and Sound*, Vol.49, No.3, pp.196-7.

de Courtivron, Isabelle, see Courtivron

de Lauretis, Teresa, see Lauretis

Delorme, Charlotte (1982) "Zum Film *Die bleierne Zeit* von Margarethe Von

Trotta," *Frauen und Film*, No.31, pp.52-5.

Deren, Maya (1946) "Cinema as an art form," *New Directions*, No.9, reprinted in Charles T. Samuels, *A Casebook on Film*, New York, Van Nostrand Reinhold, pp.47-55.

——"A letter to James Card," (1965) reprinted in Karyn Kay and Gerry Peary (eds) (1977) *Women in the Cinema: A Critical Anthology*, New York, Dutton.

——"An Anagram of Ideas on Art, Form and Film," (1946) reprinted in George Amberg (ed.) (1972) *The Art of Cinema: Selected Essays*, New York, Arno Press.

——(1980) "From the notebook of 1947," *October*, No.14, pp.21-46.

Derrida, Jacques (1976) "Of Grammatology", trans. Gayatri Spivak, Baltimore and London, Johns Hopkins Press.

Diary of a Conference on Sexuality (1982) Barnard Women Scholars Conference, New York, Faculty Press.

Dinnerstein, Dorothy (1977) *The Mermaid and the Minotaur*, New York, Harper.

Doane, Mary Ann (1981) "Woman's stake in representation: filming the female body," *October*, No.17, pp.23-36.

——(1982) "Film and the masquerade—theorizing the female spectator," *Screen*, Vol. 23,Nos 3-4, pp.74-88.

——"The woman's film: possession and address," paper delivered at the Conference on Cinema History. Asilomar Monterey, May 1981; forthcoming in P. Mellencamp. L. Williams, and M. A. Doane (eds) *Re-Visions: Feminist Essays in Film Analysis*, Los Angeles, American Film Institute.

Dozoretz, Wendy (1982) "Germaine Dulac: filmmaker, polemicist, theoretician,"博士論文, New York University.

Dulac, Germaine (1932) "Le Cińéma d'avant-garde," in H. Fescourt (ed.) *Le Cinéma des origines ā nos jours*, Paris, Editions des Cygne.

——Essays in *Le Rouge et le noir, Cinémagazine*, and *Les Cahiers du mois* during the 1930s.

Duras, Marguerite (1969) Interviewed by Jacques Rivette and Jean Narboni, *Cahiers du Cinéma*, reprinted in *Destroy, She Said* (1970) trans. Helen Lane Cumberford, New York, Grove Press.

——(1973) Interviewed in Suzanne Horer and Jeanne Soquet (eds) *La Création étouffée*, Paris, Horay, partly reprinted as "Somthered creativity," trans. Virginia Hules, in Isabelle de Courtivron and Elaine Marks (eds) (1980) *New French Feminisms*, Amherst, Mass., University of Massachusetts Press.

——(1973) *Nathalie Granger*, Paris Gallimard.

——(1975) Interviewed by Susan Husserl-Kapit, *Signs*, reprinted in Isabelle de Courtivron and Elaine Marks (eds) (1980) *New French Feminisms*, Amherst, Mass., University of Massachusetts Press.

Dyer, Richard (1979) *Stars*, London, British Film Institute.

Eagleton, Terry (1978) "Aesthetics and politics," *New Left Review*, No.107, pp. 21-34.

Eco, Umberto (1976) *A Theory of Semiotics*, Bloomington, Ind., Indiana University Press.

Ellis, John (1980) "On pornography," *Screen*, Vol.21, No.1, pp.81-108.

Emmens, Carol (1975) "New Day Films: an alternative in distribution," *Women and Film*, No.7, pp.72-5.

Erens, Patricia (ed.) (1979) *Sexual Stratagems: The World of Women in Film*, New York, Horizon Press (包含參考書目)

Fenichel, Otto (1945) *The Psychoanalytic Theory Neurosis*, New York, Norton.

Feuer, Jane (1980) "*Daughter-Rite*: living with our pain and love," *Jump Cut*, No.23, pp.12-13.

Fischer, Lucy and Landy, Marcia (1982) "The eyes of Laura Mars——a binocular critique," *Screen*, Vol.23, Nos 3-4, pp.4-19.

Flitterman, Sandy and Suter, Jacqueline (1979) "Textual riddles: woman as enigma or site of social meanings? An interview with Laura Mulvey," *Discourse*, Vol.1, No.1, pp.86-127.

Foucault, Michel (1972) *The Archeology of Knowledge*, trans. Alan Sheridan, London, Tavistock; New York, Pantheon.

——(1978) *The History of Sexuality*, Vol.1: *An Introduction*, trans. Robert Hurley, New York, Pantheon (London, Allen Lane, 1979).

Freud, Sigmund "Dora: a case history," *Standard Edition*, Vol.7, London, The Hogarth Press, 1953, pp.3-112.

——"Three essays on the theory of sexuality," *Standard Edition*, Vol.7, London, The Hogarth Press, 1953, pp.135-243.

——"A child is being beaten," *Standard Edition*, Vol.17, London, The Hogarth Press, 1955, pp.175-204.

——"Mourning and melancholia," *Standard Edition*, Vol.14, London, The Hogarth Press, 1957, p.237ff.

——*Civilization and Its Discontents*, *Standard Edition*, Vol.21, London, The Hogarth Press, 1960, pp.59-176.

——"Fetishism," *Standard Edition*, Vol.21, London, The Hogarth Press, 1961, pp.152-9.

Friday, Nancy (1974) *My Secret Garden: Women's Sexual Fantasies*, New York, Pocket Books.

Galiano, Carlos (1979) Review of Sara Gomez's *One Way or Another*, *Jump Cut*, No.20.

Gallop, Jane (1982) *The Daughter's Seduction*, Ithaca, N.Y., Cornell University Press.

Gauthier, Xavière (1980) "Is there such a thing as women's writing?", trans. Marilyn A. August, In Isabelle de Courtivron and Elaine Marks (eds) *New French Feminisms*, Amherst, Mass., University of Massachusetts Press, pp. 161-4.

"Gespräch zwischen Maragarethe Von Trotta und Christel Buschmann" (1976) *Frauen und Film*, No.8, pp.29-33.

Gidal, Peter (ed.) (1976) *Structural Film Anthology*, London, British Film Institute. (見 Gidal's 的文章"Theory and definition of structural-materialist film," pp.1-21.)

Giddis, Diane (1973) "The divided woman; Bree Daniels in *Klute*," *Women and Film*, Vol.1 Nos 3-4, pp.57-61, reprinted in Bill Nichols (ed.) (1976) *Movies and Methods*, Berkeley, Calif., University of California Press.

Gilbert, Lucy and Webster, Paula (1982) *Bound by Love: The Sweet Trap of Daughterhood*, Boston, Beacon Press.

Gilbert, Sandra M. (1978) "Patriarchal poetry and women readers: reflections on Milton's bogey," *PMLA* (Publications of the Modern Language Association of America), Vol.93, No.3, pp.368-82.

——and Gubar, Susan (1979) *The Madwoman in the Attic*, New Haven, Conn.

and London, Yale University Press.

Gledhill, Christine (1977) "Whose choice?—teaching films about abortion," *Screen Education*, No.24, pp.35-46.

——(1978) "Recent developments in feminist film criticism", *Quarterly Review of Film Studies*, Vol.3, No.4, pp.458-93.

Godard, Jean-Luc and Gorin, Jean-Pierre (1973) "Excerpts from the transcript of Godard-Gorin's *Letter to Jane*," *Women and Film*, Vol.1, Nos 3-4, pp.45-52.

Grant, Elliott M. (ed.) (1934) *Chief French Plays of the Nineteenth Century*, New York, Harper & Row.

Halberstadt, Ira (1976) "Independent distribution: New Day Films," *Filmmakers' Newsletter*, Vol.10, No.1, pp.18-22.

Harvey, Sylvia (1978) *May '68 and Film Culture*, London, British Film Institute.

——(1978) "Woman's place: the absent family in film noir," in E. Ann Kaplan (ed.) *Women in Film Noir*, London, British Film Institute.

——(1981) "An introduction to *Song of the Shirt*," *Undercut*, No.1.

Haskell, Molly (1973) *From Reverence to Rape: The Treatment of Women in the Movies*, New York, Holt, Rinehart & Winston.

Hawkes, Terence (1977) *Structuralism and Semiology*, London, Methuen.

Heath, Stephen (1975) "Film and system: terms of analysis, Part I." *Screen*, Vol. 16, No.1, pp.7-17.

——(1975) "Film and system: terms of analysis, Part II," *Screen*, Vol.16, No.2, pp.91-113.

——(1976) "On screen, in frame: film and ideology," *Quarterly Review of Film Studies*. Vol. 1, No. 3, pp.251-65.

——(1976) "Screen images, film memory," *Edinburgh Magazine*, No.1, pp.33-42.

——(1978) "Difference," *Screen*, Vol.19, No.3, pp.51-112.

——(1981) *Questions of Cinema*, Bloomington, Ind., Indiana University Press. ("On Screen, in frame"重刊於此)

Herrmann, Claudine (1980) "The virile system," in Isabelle de Courtivron and Elaine Marks (eds) *New French Feminisms*, Amherst, Mass., University of Massachusetts Press, pp.87-9.

——(1980) "Woman in space and Time," trans. Marilyn R. Schuster, in Isabelle de Courtivron and Elaine Marks (eds) *New French Feminisms*, Amherst, Mass., University of Massachusetts Press, pp.168-73.

Horney, Karen (1932) "The dread of woman," in Harold Kelman (ed.) (1967) *Feminine Psychology*, New York, Norton.

——(1933) "The denial of the vagina," in Harold Kelman (ed.) (1967) *Feminine Psychology*, New York, Norton.

——(1933) "Maternal conflicts", in Harold Kelman (ed.) (1967) *Feminine Psychology*, New York, Norton.

Irigaray, Luce (1977) "woman's exile," *Ideology and Consciousnessn*, No .1, pp.62-76.

——(1980) "Ce sex qui n'en est pas un," reprinted as "This sex which is not one," trans. Claudia Reeder, in Isabelle de Courtivron and Elaine Marks (eds) *New French Feminisms*, Amherst, Mass., University of Massachusetts Press, pp.99-110.

Jameson, Fredric (1981) *The Political Unconscious*, Ithaca, N.Y., Cornell University Press.

Johnston, Claire (1973) "Women's cinema as counter-cinema," in Claire Johnston (ed.) *Notes on Women's Cinema*, London, Society for Education in Film and Television.

——(1975) "Dorothy Arzner: critical strategies," in *The Work of Dorothy Arzner: Towards a Feminist Cinema*, London, British Film Institute.

——(1975) "Femininity and the masquerade: *Anne of the Indies*," in Claire Johnston and Paul Willemen (eds) *Jacques Tourneur*, Edinburgh, Edinburgh Film Festival, pp.36-44.

——(1975) "Feminist politics and film history," *Screen*, Vol.16, No.3, pp.115-24.

——(1976) "Towards a feminist film practice: some theses," *Edinburgh Magazine*, No,1, pp.50-9.

——(1980) "'Independence' and the thirties: ideologies in history: an introduction," in Don MacPherson (ed.) *Traditions of Independence: British Cinema in the Thirties* (with Paul Willemen), London, British Film Institute, pp.9-23.

——(1980) "The subject of feminist film theory/practice," *Screen*, Vol.21, No.2, pp.27-34.

Jump Cut, special issues on "The Cuban cinema," Nos 20 (May 1979) and 22 (May 1980); on "Lesbians and film," Nos 24-5 (March 1981); and on "Film and feminism in Germany today," No.27 (July 1982).

Kaplan, E. Ann (1975) "Women's Happytime Commune: New departures in women's films," *Jump Cut*, No.9, pp.9-11.

——(1976) "Aspects of British feminist film theory: a critical evaluation of texts by Claire Johnston and Pam Cook," *Jump Cut*, Nos 12-13, pp.52-5.

——(1977) "*Harlan Country, U.S.A.*: the problem of the documentary," *Jump Cut*, No.15,pp.11-12, Tom Waugh (ed.)改寫(forthcoming 1983) *History and Theory of the Radical Documentary*, Metuchen, N.J., Scarecrow Press.

——(1977) "Interview with British ciné-feminists," in Karyn Kay and Gerald Peary (eds) *Women and the Cinema: A Critical Anthology*, New York, Dutton.

——(1978) "Lina Wertmuller's sexual politics," *Marxist Perspectives*, Vol.1, No. 2, pp.94-104.

——(ed.) (1978) *Women in Film Noir*, London, British Film Institute.

——(1980) "Integrating Marxist and psychoanalytical approaches in feminist film criticism," *Millenium Film Journal*, No.6, pp.8-17.

——(1980) "Patterns of violence to women in Fritz Lang's *While the City Sleeps*," *Wide Angle*, Vol.3, No.3, pp.55-60.

——(1983) "Fritz Lang and German expressionism: a reading of *Dr Mabuse, der Spieler*," in Stephen Bronner and Doublas Kellner (eds) *Passion and Rebellion: the Expressionist heritage*, New York, Bergin Press.

——(1982) "Movies and the women's movement: sexuality in recent European and American Films" *Socialist Review*, No.66, pp.79-90.

——(ed.) (1983) *Re-Garding Television: A Critical Anthology*, Los Angles, American Film Institute. (Contains essays on soap operas relevant to issues of women in melodrama.)

——"Cinematic form and ideology in Fritz Lang's *Scarlet Street* and Jean Renoir's *La Chienne*," *Wide Angle*, forthcoming.

——"Feminism, mothering and the Hollywood film: the mother as spectator in Vidor's *Stella Dallas*," *Heresies*, forthcoming.

——and Ellis, Kate (1981) "Feminism in Bronte's *Jane Eyre* and its film versions," in M. Klein and G. Parker (eds) *The English Novel and the Movies*, New York, Ungar, pp.83-94.

——and Halley, Jeff (1980) "One plus one: ideology and deconstruction in Godard's *Ici et Ailleurs* and *Comment Ca Va*," *Millenium Film Journal*, No. 6, pp.98-102.

Kay, Karyn and Peary, Gerald (eds) (1977) *Women and the Cinema: A Critical Anthology*, New York, Dutton.

Kinder, Marsha (1977) "Reflections on Jeanne Dielman," *Film Quarterly*, Vol. 30, No.4, pp.2-8.

King, Noel (1981) "Recent 'political' documentary—notes on *Union Maids* and *Harlan County, U.S.A.*," *Screen*, Vol.22, No.2, pp.7-18.

Klinger, Barbara (1981) "Conference Report" (of the Lolita Rodgers Memorial Conference on Feminist Film Criticism, Northwestern University, Nov. 1980), *Camera Obscura*, No.7, pp.137-43.

Kopjec, Joan (1981) "*Thriller*: an intrigue of identificaton," *Ciné-Tracts*, No.11, pp.33-8.

Kovel, Joel (1981) *The Age of Desire: Reflections of a Radical Psychoanalyst*, New York Pantheon.

Kristeva, Julia (1975) "The subject in signifying practice," *Semiotext(e)*, Vol.1, No.3, pp.19-34.

——(1976) "Signifying practice and mode of production," *Edinburgh Magazine*, No.1, pp.64-76.

——(1980) "Chinese women against the tide," trans. Elaine Marks of "Les Chinoises à 'contre-courant,'" in Isabelle de Courtivron and Elaine Marks (eds) *New French Feminisms*, Amherst, Mass., University of Massachusetts Press, p.240.

——(1980) "Oscillation between 'power' and 'denial'," trans. Marilyn A. August of "Oscillation du 'pouvoir' au 'refus'," in Isabelle de Courtivron and Elaine Marks (eds) *New French Feminisms*, Amherst, Mass, University of Massachusetts Press, p.165.

——(1980) "Woman can never be defined," trans. Marilyn A. August of "La Femme, ce n'est jamais ça," in Isabelle de Courtivron and Elaine Marks (eds) *New French Feminisms*, Amherst, Mass., University of Massachusetts Press, pp.137-41.

——(1980) "Motherhood according to Bellini," trans. Thomas Gora, Alice Jardine, and Leon S. Roudiez, in Leon S. Roudiez (ed.) *Desire in Language: A Semiotic Approach to Literature and Art*, New York, Columbia University Press, pp.237-70.

Kuhn, Annette (1975) "Women's cinema and feminist film criticism," *Screen*, Vol.16, No.3, pp.107-12.

——(1978) "The camera I: observations on documentary," *Screen*, Vol.19, No. 2, pp.71-84.

——(1982) "Women's Pictures: Feminism and Cinema, London: Routledge & Kegan Paul. (包括參考書目)

——and Wolpe, Annmarie (eds) (1978) *Feminism and materialism*, London, Routledge & Kegan Paul. (包括參考書目)

Lacan, Jacques (1968) *The Language of the Self*, trans. Anthony Wilden, Baltimore, The Johns Hopkins University Press.

——(1968) "The mirror phase as formative of the function of the 'I.'," *New*

Left Review, No.51, pp.71-7.

——(1970) "The insistence of the letter in the unconscious," in J. Erhmann (ed.) *Structuralism*, New York, Anchor Books.

——(1970) "Of structure as an inmixing of Otherness prerequisite to any subject whatever", in Richard Macksey and Eugenio Donato (eds) *The Structuralist Controversy*, Baltimore and London, The Johns Hopkins Press, pp.186-200.

Lauretis, Teresa de (1978) "Semiotics, theory and social practice: a critical history of Italian semiotics," *Ciné-Tracts*, Vol.2, No.1.

Lentricchia, Frank (1980) *After the New Criticism*, Chicago, The University of Chicago Press, and London, The Athlone Press (精裝) and Methuen (平裝).

LeSage, Julia (1974) "Feminist film criticism: theory and practice," *Women and Film*, Vol.1, Nos 5-6, pp.12-19.

——(1978) "The political aesthetics of the feminist documentary film," *Quarterly Review of Film Studies*, Vol. 3, No.4, pp.507-23.

——(1979) "*One Way or Another*: dialectical, revolutionary, feminist," *Jump Cut*, No.20, pp.20-3.

——Conference on Feminist Film Criticism 討論色情的未出版稿件, Northwestern University, Chicago, Nov. 1980.

Lévi-Strauss, Claude (1969) *The Elementary Structures of Kinship*, London, Eyre & Spottiswoode.

Lippard, Lucy (1976) "Yvonne Rainer on feminism and her films," in Lucy Lippard (1976) *From the Center: Feminist Essays on Women's Art*, New York, Dutton.

Lovell, Terry (1980) *Pictures of Reality: Aesthetics, Politics and Pleasure*, London, British Film Institute.

Lyon, Elisabeth (1980) "Marguerite Duras: Bibliography/Filmography," *Camera Obscura*, No.6, pp.50-4.

MacCabe, Colin with Eaton, Mike and Mulvey, Laura (1980) *Godard: Images, Sounds, Politics*, Bloomington, Ind., University of Indiana Press.

McCall, Anthony and Tyndall, Andrew (1978) "Sixteen working statements," *Millenium Film Journal*, Vol.1, No.2, pp.29-37.

Maccoby, Eleanor and Martin, John (forthcoming 1983) "Parent-child interaction," in E. M. Hetherington (ed.) *Handbook of Child Psychology*, New York, John Wiley.

McGarry, Eileen (1975) "Documentary realism and women's cinema," *Women and Film*, Vol.2, No.7, pp.50-9.

MacPherson, Don (1980) Introductions to all papers, in Don MacPherson (ed.) *Traditions of Independence: British Cinema in the Thirties* (with Paul Willemen), London, British Film Institute.

Martin, Angela (1976) "Notes on feminism and film,"未出版論文, London, British Film Institute.

Mayne, Judith (1981) "The woman at the keyhole: women's cinema and feminist criticism," *New German Critique*, No.23, pp.27-43.

——(1981-2) "Female narration, women's cinema: Helke Sander's *The All-Round Reduced Personality/Redupers*," *New German Critique*, Nos 24-5, pp.155-71.

Metz, Christian (1974) *Film Language: A semiotics of the Cinema*, trans. Michael Taylor, New York, Oxford University Press.

——(1975) "The imaginary signifier," *Screen*, Vol.16, No.2, pp.14-76.

——(1976) "History/discourse: Notes on two voyeurisms," *Edinburgh Magazine*, No.1, pp.21-5.

——(1979) "The cinematic apparatus as social institution: an Interview with Christian Metz," *Discourse*, No.1, pp.7-38.

Michaelson, Annette (1974) "Yvonne Rainer, Part one: The Dancer and the Dance," *Artforum*, Jan.: "Yvonne Rainer, Part two: Lives of Performers," *Artforum*, Feb.

Millett, Kate (1970) *Sexual Politics*, New York, Doubleday.

Mitchell, Juliet (1974) *Psychoanalysis and Feminism*, New York, Random House.

Modleski, Tania (forthcoming 1983) "The rhythms of day-time soap operas," in E. Ann Kaplan (ed.) *Re-Garding Television: A Critical Anthology*, Los Angeles, American Film Institute.

Mulvey, Laura (1975) "Visual pleasure and narrative cinema," *Screen*, Vol.16, No.3, pp.6-18.

——(1976-7) "Notes on Sirk and melodrama," *Movie*, Nos 25-6, pp.53-6.

——(1979) "Feminism, film and the avant-garde," *Framework*, No.10, pp.3-10.

——(1979) "Women and representation: a discussion with Laura Mulvey," *Wedge* (London), No.2, pp.46-53.

——(1981) "On *Duel in the Sun*: afterthoughts on 'Visual pleasure and narrative cinema,'" *Framework*, Nos 15-17, pp.12-15.

——and Wollen, Peter (1974) "*Penthesilea; Queen of the Amazons* ——interview,", *Screen*, Vol.15, No.3, pp.120-34.

——and Wollen, Peter (1977) "*Riddles of the Sphinx*, script," *Screen*, Vol.18,

No.2, pp.61-78.

——and Wollen, Peter (1981) Script of *Amy!*, *Framework*, No.14, pp.38-41.

——See also Flitterman, Sandy and Suter, Jacqueline.

Neale, Steve (1980) "Oppositional exhibition: notes and problems," *Screen*, Vol.21, No.3, pp.45-56.

Nelson, Joyce (1977) "*Mildred Pierce* reconsidered," *Film Reader*, No.2, pp.65 -70.

Nemser, Cindy (1975) Editorial, *Feminist Art Journal*, Vol.4, No.2, p.4.

New German Critique, 有特別論及德國新電影 Nos 24-5 (Fall-Winter 1981 -2), eds David Bathrick and Miriam Hansen.

Nichols, Bill (1981) *Ideology and the Image*, Bloomington, Ind., Indiana University Press.

Nizhny, Vladimir (1969) *Lessons with Eisenstein*, New York, Hill & Wang.

Pajaczkowska, Claire (1978) "The thrust of the argument: phallocentric discourse?" in the booklet *Argument*, 以 McCall and Andrew Tyndall 之名刊行.

——(1981) "Indtroduction to script for *Sigmund Freud's Dora* (written by McCall, Pajaczkowska, Tyndall, and Weinstock)." *Framework*, Nos 15-17.

Peary, Gerald and Kay,Karyn (1977) "Interview with Dorothy Arzner," reprinted in Karyn Kay and Gerald Peary (eds) *Women and the Cinema: A Critical Anthology*, New York, Dutton.

Perlmutter, Ruth (1979) "Feminine absence: a political aesthetic in Chantal Akerman's *Jeanne Dielman...*," *Quarterly Review of Film Studies*, Vol.4 No.2, pp.125-33.

Place, Janey and Burton, Julianne (1976) Feminist film criticism, *Movie*, No.22, pp.53-62.

Polan, Dana (1982) "Discourses of rationality and the rationality of discourse in avantgarde political film culture," paper presented at the Ohio University Film Conference, April 1982.

Pollock, Griselda (1977) "What's wrong with images of women?" *Screen Education*, No.24, pp.25-34.

——(ed.) (1977) "Dossier on melodrama," with an essay by Geoffrey Nowell-Smith, *Screen*, Vol.18, No.2, pp.105-19.

Rainer, Yvonne (1974) Script of *Lives of Performers*, in Yvonne Rainer (1974) *Work 1961-73*, New York, New York University Press.

——(1976) Script for *Film About a Woman Who...*, *October*, No.2, pp.39-67.

——See also *Camera Obscura* and Carroll, Noel.

Rich, Adrienne (1976) *Of Woman Born*, New York, Norton.

Rich, Ruby (1978) "The crisis of naming in feminist film criticism," *Jump Cut*, No.19, pp.9-12.

——(1980) Review of *Thriller*, *The Chicago Reader*, Vol.10, pp.14, 16.

——(1981) *Yvonne Rainer*, Minneapolis, The Walker Art Center.

Rivette, Jacques and Narboni, Jean (1969) "La destruction la parole," interview with Marguerite Duras, *Cahiers du Cinéma*, No.217 (November), pp.45-57.

Rose, Jacqueline (1978) "'Dora'—fragment of an analysis," *m/f*, No.2, pp.5-21.

Rossner, Judith (1975) *Looking for Mr Goodbar*, New York, Simon & Schuster.

Rubin, Gayle (1975) "The traffic in women: notes on the 'political economy of sex,'" in Rayna Reiter (ed.) *Toward an Anthropology of Women*, New

York, Monthly Review Press.

Ryan, Michael (1981) "Militant documentary: Mai '68 par lui," *Ciné-Tracts*, Nos 7-8.

Saussure, Ferdinand de (1959) *A Course in General Linguistics*, trans. Wade Baskin, New York, The Philosophical Library.

Scrivener Michael (1979) "Artistic freedom, political tasks," a discussion with Chuck Kleinhans, John Hess, and Julia LeSage, *Jump Cut*, No.21, pp.28-9.

Sheridan, Alan (1980) *Michel Foucault: The Will to Truth*, London, Tavistock.

Silver, Charles (1974) *Marlene Dietrich*. New York, Pyramid.

Silverman, Kaja (1981) "Masochism and subjectivity," *Framework*, No.12, pp.2 -9.

Skorecki, Louis (1977) Review of Jackie Raynal's *Deux Fois*, *Cahiers du Cinéma*, No.276 (May), pp.51-2.

Solas, Humberto (1978) Interview with Julianne Burton, *Jump Cut*, No.19, pp, 27-33.

Stanton, Stephen S. (1957) "Introduction" to *Camille and Other Plays*, New York, Hill & Wang.

Stern, Lesley (1979-80) "Feminism and cinema: exchanges." *Screen*, Vol.20, Nos 3-4, pp.89-105.

Stoller, Robert (1975) *Perversions: The Erotic Form of Hatred*, New York, Pantheon.

Strouse, Jean (ed.) (1974) *Women and Analysis: Dialogues on Psychoanalytic Views of Femininity*, New York, Grossman.

Suter, Jacqueline (1979) "Feminine discourse in *Christopher Strong*," *Camera Obscura*, Nos 3-4, pp.135-50.

"Talking *Reds*: a discussion of Beatty's film" (1982) (between Bell Chevigny, Kate Ellis, Ann Kaplan, and Leonard Quart), *Socialist Review*, No.61, pp. 109-24.

Todorov, Tzvetan (1977) "Categories of the literary narrative," *Film Reader*, No.2, pp.19-37.

Turim, Maureen (1979) "Gentlemen consume blondes," *Wide Angle*, Vol.1, No.1, pp.52-9.

Von Sternberg, Joseph (1965) *Fun in a Chinese Laundry*, New York, Macmillan: London, Secker & Warburg.

Von Trotta, Margarethe, Script of *Die bleierne Zeit*. See Weber, Hans Jürgen.

Weber, Hans Jürgen with Weber, Ingeborg (eds) (1981) *Die bleierne zeit: Ein Film von Margarethe Von Trotta*, Frankfurt Am Main: Fischer Taschenbuch. (包括完整劇本，馮・卓塔及其工作人員的訪談)

Weinstock, Jane (1978) "The subject of argument," in the booklet *Argument* published by Anthony McCall and Andrew Tyndall, along with their film of that name.

——(1981) "She who laughs first, laughs last," *Camera Obscura*, No.11, pp.33 -8.

Wilden, Anthony (1972) *System and Structure: Essays in Communication and Exchange*, London, Tavistock.

Willemen, Paul (1978) "Notes on subjectivity: on reading Edward Branigan's 'Subjectivity under siege'," *Screen*, Vol.19, No.1, pp.41-69.

——(1980) "Letter to John," *Screen*, Vol.21, No.2, pp.54-65.

Williams, Linda and Rich, Ruby (1981) "The right of re-vision: Michelle Citron's *Daughter-Rite*," *Film Quarterly*, Vol.35, No.1, pp.17-21.

Wollen, Peter (1976) "The tow avant-gardes," *Edinburgh Magazine*, Summer, pp.77-86.

——(1981) "The avant-gardes: Europe and America," *Framework*, Spring, pp. 10-11.

——(1981) "The field of language in film," *October*, No.17, pp.53-60.

——See also Mulvey, Laura.

"Women and film: a discussion of feminist aesthetics," (1978) *New German Critique*, No, 13, pp.83-107.

Wood, Robin (1980-1) "The incoherent text: narrative in the 70s," *Movie* (UK), Nos 27-8, pp.33-6.

Zita, Jacqueline (1981) "Films of Barbara Hammer: counter-currencies of a lesbian iconography," *Jump Cut*, Nos 24-5, p.27.

人名／片名索引

名詞索引

avant-gardes, the, 前衛／27,30,64,134,135,
    147,149,173,174,215,255,257

Cahiers du Cinema,《電影筆記》／61

Camera Obscaura,《暗箱》／174-176,178,186,
    328

castration, 閹割／35,36,60,74,128,225,258,
    302,303

cinema:avant-garde, 前衛電影／133,134,
    136,142,173,177,191-214,209,215-255,
    295,305,328,329,333

cinematic apparatus, 電影裝置／22,33,43,
    235

classical Hollywood, 古典好萊塢電影／21,
    22,32,93,94

code, 符碼／22,40,42,135,167,193,255,261

connotation, 蘊義／40,41,42,234

counter-cinema, 對抗電影／30,64,200,209,
    270

denotation,顯義／外延意指／38,40,41,42,
    234

diegesis, 情節／劇情的／42,87

discourse, 論述／41,42,88,113,201,207,211,
    214,218-220,235,263

documentary, 紀錄片／21,28,29,30,136,139,
    141,142,171,177,191-194,196,197,200
    -202,205-208,210,212,213,247,248,253,
    283-289,292,329,333

dominance-submission, 支配-被動／52,53,
    55,58,119,303,308

essentialism, 本質論／20,195,304,305

exhibitionism, 暴露狂／36

extra-cinematic, 電影以外的／43,44,88,98,
    119

family romance (Freud), 家庭羅曼史(佛洛
    伊德)／94,206,210

family:patriarchal, 家庭/父系制度／65,70,
    72,117,119,122,124,126,129

Father/father, 父親/父權／43,57,60,80,81,
    83,84,112.218,220,225,228,234,238,244,
    246,250-252,258-263.266,268,270,274,

國家圖書館出版品預行編目資料

女性與電影:攝影機前後的女性/ E. Ann
Kaplan 著;曾偉禎等譯 -- 初版 -- 臺北
市:遠流, 1997[民 86]
　　面;　　公分.-- (電影館;69)
參考書目:面
含索引
譯自: Women and Film:both sides of the
Camera
　ISBN 957-32-3226-6-X(平裝)

　1.電影 - 評論

987　　　　　　　　　86004287

・思索電影的多方面貌・

電影館

・郵撥／0189456-1　遠流出版公司
・地址／臺北市汀州路3段184號7F之5
・電話／365-3707　電傳／365-8989

＊本書目所列定價如與書內版權頁不符以版權頁定價爲準

電影館

思 索 電 影 的 多 方 面 貌

入門+進階系列

K2001
認識電影
Understanding   Movie
Louis Giannetti 著/焦雄屏 等譯   450 元

本書作者告訴我們如何在五花八門的影片中去觀看電影、認識電影、了解電影，進而享受電影，作者並以許多當代著名電影作爲實例，讓讀者能輕易進入深廣浩瀚的電影世界。本書根據一九九〇年最新版本 *Understanding Movies* 翻譯而成，附有數百幅照片，是一部精采的入門書。

K2061
解讀電影
How Movies k
Bruce F. Kawin 著/李顯立 等譯   600 元

本書讓你在出入電影世界時，能找到更神妙的捷徑。書中所提供的，是一系列深入而細膩的觀影途徑。電影不一定要十分艱澀才有重要價值，有不少優秀的作品都非常淺顯單純；所以，請快樂地品嚐電影中無比的樂趣及其生氣才華。

K2058
電影是什麼?
Qu'est-ce que le cinema?
Andre Bazin 著/崔君衍 譯   360 元

安德烈‧巴贊的電影理論被目爲是電影理論史上的重要里程碑，這本書中的評論涉及了電影美學、電影社會學、心理學、寫實主義等，形成了與傳統的電影蒙太奇不同的理論體系。巴贊對電影藝術本質和表現技巧的探討，對後世的電影研究及電影創作者有極深遠的影響。

K2070
電影理論與實踐
Une praxis du cinema
Noel Burch 著/李天鐸、劉現成 譯   220 元

這本電影研究的經典作品指出了電影媒體以及其做爲創作形式的潛在應用。
作者討論到電影創作上時空關係的策略、剪接上的圖形關係、聲音的應用、
虛構與非虛構主題的不同形式等等變數在古典及當代電影中扮演的角色。書
中對許多經典名片做了細密的觀察,以支持書中所提出的理論系統。

K2048
電影意義的追尋----電影解讀手法的剖析與反思
Making Meaning
David Bordwell 著/游惠貞、李顯立 譯   350 元

本書透過對影評史的評介,探討影評「解讀」電影的角度和方法,最後並提
出不同於「主流」影評的另一種看電影的方式,見解獨到,將電影研究引導
主到全新的方向。最後,作者提醒我們,電影除了「閱讀」之外,還有其他
欣賞、批評的方法。

K2060
當代電影分析方法論
L'Analyse des Films
Jacques Aumont & Michel Marie 著/吳珮慈 譯   320 元

這本書相當系統性地闡述了七〇年代以降歐美地區(尤以當代電影思潮發源重
鎮的法國爲主)主要的電影理論分析流派,對諸如結構主義文本分析、敘事學
分析、精神分析等理論的基本問題架構及其付諸實踐後的成果----亦即具有重
要影響力的電影分析篇章----做一綜覽與評介。

K2064
電光幻影一百年
100 journees qui ont fait le cinema
Cahiers du cinema 企劃/蔡秀女、王玲琇 譯　　　　　　　　　300 元

法國最具權威的電影雜誌《電影筆記》為紀念電影一百年，邀請電影學者及
影評人撰述、匯集而成本書。讀者可在其中親炙一百年來電影史中那些靈光
閃現或暗潮洶湧的時刻、事件、交會，更能體會電影從出生、成長以來的輝
光、頓挫與嚮往。全書由影史上的一百則小故事編綴而成。

K2063
紀錄與真實----世界非劇情片批評史
Non-fiction Film: A Critical History
Richard M. Barsam 著/王亞維 譯　　　　　　　　　500 元

本書仔細地引介、分析了百年來世界各國在紀錄片、紀實電影、民族學誌電
影、戰時宣傳片、探險電影、直接電影與真實電影等不同領域影片的發展，
在批評、剖析各種片型的理論與美學時，旁徵博引地做多面向的檢視；而在
大時代的氛圍上，也鉅細靡遺地描繪出政治與社會背景上種種生動的細節。

K2068
電影的社會實踐
Film as Social Practice
Graeme Turner 著/林文淇 譯　　　　　　　　　220 元

這本書希望能脫開美學分析導向的電影研究傳統，試圖將電影當做一種娛樂、
敘事以及文化活動來研究。作者告訴我們，通俗電影的生命並不止於院線的上
片或電視上的重播；明星、類型電影以及經典名片成為我們個人文化的一部分
、我們的身分認同。

K2069
女性與電影----攝影機前後的女性
Women and Film:Both Sides of the Camera
E. Ann Kaplan 著／曾偉禎 等譯   340 元

近年來女性主義電影批評已呈現百家爭鳴的豐碩現象,其範圍涵蓋了社會學
、政治學、結構主義、心理分析,作者從中提出了一個獨特而創新的綜論,
以社會結構的層面探討影片中女性角色的種種變貌,並分析傳統上電影如何
表現女性,威權式的影像如何宰制女性,以及女性電影工作者如何回應這種
種現象。

K2049
女性與影像----女性電影的多角度閱讀

游惠貞 編   250 元

所謂女性影像作品,是指由女性執導,以女性議題為素材,並帶有明確女性
意識的電影和錄影帶作品。本書探討了 37 部女性影像作品,共分為身體篇、
性別差異篇、媒體篇、人物篇、運動篇、社會篇、實驗篇、理論篇等七個部
分;所涉及的議題由家庭暴力、墮胎權、語言歧視、同工不同酬到女性內心
幽微的自我檢視。而其所關注的地區亦廣及日本、美洲及本土。

K2067
信手拈來寫影評
A Short Guide to Writing About Film
Timothy Corrigan 著／曾偉禎 等譯   200 元

這本書只有很少很少的比例教你如何寫好五百字的消費性影評,但很大的比
例,是在引導對電影有狂烈慾念的人,在看完電影後,萬般心得雜亂飛舞時
,找到一個方法,組織好自己對電影的觀點;如此,不但可以短暫消解電影
觀後的焦慮,也完成了電影評論。

K2023
電影製作手冊
The Filmmaker's Handbook
Edward Pincus & Steven Ascher 著／王 瑋、黃克義 著 　　　　330 元

對電影製作而言，本書提供了非常周詳的入門知識，舉凡影片製作中所會牽涉到的每一個層面，如：攝影、燈光、剪接、錄音、沖印等都可以在書內找到仔細的說明。這本書是為廣大的電影製作者撰寫的，不論他的興趣是在拍劇情片、紀錄片、商業或實驗影片，均能能從本書獲益。而各種技術的討論，則兼顧了商業製作和個人實驗創作者的需求，提供實用的資訊、觀念和專業術語。

K2025
導演功課
On Directing Film...
David Mamet 著／曾偉禎 譯 　　　　130 元

憑著獨特的編劇技巧及數部劇情片的實務經驗，David Manet 在本書說明了電影是如何構組而成的。他從不同的面向------自劇本發想到剪接------揭示導演在面對眾多「功課」時，內心最重要的主旨：呈現一個觀眾可以了解且永遠具驚奇和必然等特質的故事。

K2037
魔法師的寶典----導演理念的釐清與透析
Un Cinema Nomme Desir
Andrzej Wajda 著／劉絜愷 譯 　　　　160 元

波蘭導演華依達列舉出他曾遭遇的困難，並提出解決之道。同時，也陳述了他的理念，讓讀者明確了解其緣由，掌握其思考邏輯，甚至電影觀念。這其中絕無深奧的說理，只是實戰後的智慧語言，句句切中要點，深具啟發性，對創作的說明不再停留於拍攝技術的討論，而是拍攝思想的釐清和透析，以及一些電影藝術放諸四海皆準、不受地域及政治影響的基本真理。

K2034
電影編劇技巧
Screenplay:The Foundations of Screenwrititng
Syd Field 著/曾西霸 譯　　　　　　　　　　　　　　220 元

這是本實用性極高的入門書籍，作者對電影劇本的寫作，從基本構想到完劇本，進行非常詳盡的創作重點提示。對於電影劇本寫作的關鍵性重要術語，定義下的十分扼要清晰；在「視覺化」處理的手法方面，也有些實際有效的提示……。作者並告訴讀者，什麼才是好的劇本？如何迅速地找到寫作好劇本的竅門？如何寫出「人人心中所想，人人筆下所無」的精采成品？

K2046
電影編劇新論
Alternative Screenwriting:Writing Beyond the Rules
Ken Dancyger & Jeff Rush 著/易智言等 譯　　　　　　　240 元

本書以多種角度檢視編劇與電影製作的藝術。首先重新評估眾所周知的主流三幕劇結構，然後再鼓勵讀者以非主流的另類手法編寫傳統或個人風格的劇本。其旨在超越傳統三幕劇結構，探究更新奇及更具創造力的編劇方法，讓讀者在傳統的類型、調性、人物及結構等各方面都能打破傳統陳規，接受新的挑戰，並經由例證及個案研究來驗證這些挑戰及創新。

劇本實例參考：
K2022　推手/李安編導
K2047　飲食男女/李安導演‧王蕙玲、李安、James Schamus 編劇
K2031　戀戀風塵/侯孝賢導演‧朱天文、吳念真編劇
X1004　悲情城市/侯孝賢導演‧朱天文、吳念真編劇
K2033　青少年哪吒/蔡明亮編導
K2051　我的美麗與哀愁/陳國富編導
K2052　袋鼠男人/劉怡明導演‧李黎、劉怡明編劇
S1014　風月/陳凱歌導演‧陳凱歌、王安憶編劇
K2026　新浪潮----高達的電影劇本/高達編導
K2011　秋刀魚物語/小津安二郎編導

K2012
攝影師手記
A Man With a Camera
Nestor Almendros 著／譚智華 譯　　　　　　　　　　　　　170 元

Nestor Almendros 是當今最傑出的攝影指導之一，他的書解答了當代電影工作者無法避免的問題:如何防止不美的東西出現在銀幕?如何使畫面更純淨以增加情緒張力?如何把二十世紀以前的故事可信地搬上銀幕?如何在畫面中調和自然和人工景象、有時間性和無時間性的元素?不同的材料如何統一?怎樣和太陽搏鬥，或是利用他的威力?如何去了解一個很清楚自己不要什麼、卻說不清要的是什麼的導演之所需?

K2062
光影大師----與當代傑出攝影師對話
Masters of Light:Conversations with Contemporary Cinematographers
Dennis Schaefer & Larry Salvato 著／郭珍弟、邱顯忠等 譯　　　　350 元

本書網羅了依好萊塢觀點、對當代電影攝影最有影響力的十五位攝影師，兩位作者以訪談的方式，將大師工作的經驗、美學的觀點、學習的過程、個人特殊的技巧，毫不保留地以文字記錄下來，其內容涵蓋了不同的出身背景、不同的攝影理論與風格、兼論實務經驗和美學觀點。

K2056
電影剪接概論
The Film Editing Room Handbook:How to Manage the Near Chaos of the Cutting Room
Norman Hollyn 著／井迎兆 譯　　　　　　　　　　　　　350 元

本書是為對電影剪接室的運作有興趣的人而寫的。作者巨細靡遺地描述了在前置作業、拍攝中與後製作業各階段的聲音與影像剪接工作，並旁及最新進的電腦剪接系統，希望夠提供電影學生、獨立製片者和其他人足夠的知識，讓他們知道如何在拮据的情況下，最有效地組織剪接程序，以節省時間及金錢。此外，對電影工作的處世哲學，從剪接器具、人員、角色定位、工作職責專業態度到求職方法等，都做了全面性的觀照。